比较文学与世界文学名家讲堂
王向远 主编

诗心会通

张思齐教授讲东西比较诗学

张思齐 著

中央编译出版社
Central Compilation & Translation Press

作者简介

张思齐(1950—),重庆人,文学博士,著作家、翻译家。

2010 年起任武汉大学文学院教授,2002 年起任比较文学与世界文学博士生导师,兼任中国比较文学学会、中国东方文学研究会、中国诗经学会、中国楚辞学会理事,香港道教学院《海外道教学译丛》编委(德语国家统筹)等。

主要研究领域:比较诗学、比较批评史、比较宗教学等。著有《中国古代接受美学导论》(1988)、《诗文批评中的对偶范畴》(1995)、《六朝散文比较研究》(1997)、《宋代诗学》(2000)、《中外文学的比较与共生》(2005)、《宋金元文学编年史·两宋之际卷》(2006)等。译有 An Outline History of Chinese Philosophy(two volumes,2008)、A New History of Chinese Literary Criticism(three volumes,2013)等。

《比较文学与世界文学名家讲堂》前言

"比较文学与世界文学"学科，顺应改革开放的时代潮流，在上世纪最后二十年开始起步发展，到现在为止的三十多年时间里，已经有了丰厚的知识产出和思想建树。它的异军突起，是当代中国一道引人瞩目的学术文化景观，是中国走向世界、世界走进中国的鲜明印证，也是当代中国学术文化繁荣的一个重要表征。

三十多年的学科建设和学术发展史已经表明，要在人文研究及文学研究中建立世界观念和视野，要把中国文学置于世界文学背景下加以考察和研究，要把外国文学放在中国文化立场上加以审视和阐发，要连接中外文学，要打通文学研究与其他学科的壁垒，要把细致微观的实证研究与高屋建瓴的理论建构相结合，那必然会走向比较文学与世界文学。

在这里，"比较文学"与"世界文学"两者相辅相成、互为依存。"比较文学"是学术观念、研究范式与研究方法，"世界文学"则是学科资源与研究视野。它在贯中外、跨文化、通古今、越科界的学术视阈与研究方法上的优势，使其无可替代地成为当代中国学术文化中最有时代性、最有包容性、最有创新性的高端学科之一。

事实上，近二十年来，中国的比较文学不仅在中外文学关系史研究等方面生产了大量的新知识，而且逐步建立了既有中国特色又具有理论普适性的学科理论系统，逐步完善了比较诗学、中西比较文学、东方比较文学、翻译文学等分支学科，在学术成果的质与量上已居世界各国之首，还全面进入了大学中文系、外文系文学专业的课程体系，从而使中国比较文学成为当代世界比较文学的重心和中心，代表着世界比较文学兼收并蓄、超越学派的第三个发展阶段。

收在这套《比较文学与世界文学名家讲堂》的作者，在当代中国比较文学学术史上，是继季羡林、乐黛云等老一辈学者之后的第二代学人。这些作者固然只是第二代学者中的一部分，却有相当的代表性。他们现年多在四十五至六十五岁之间，从学术年龄上说大体属于中壮年，都是各大学的教授、博士生导师和学术带头人，大都在1980年代后走上比较文学与世界文学之道，1990年代后崭露头角或脱颖而出，进入21世纪后的十几年里，更成为我国比较文学与世界文学学术界的中坚力量。他们有幸拥有了可以安心治学的环境，赶上了数字化、信息化的新时代。既抬头看世界，又埋头务笔耕，既坚持学术的严谨，也保持思想的活跃，充分展示了中国学者的文化立场，充分发挥了中国学者的学术优势和想象力、思考力、创造力，取得了与时代要求相称的成果。这些成果不仅是个人学术履历的证明，也是对中国学术文化史上的一份奉献，更成为新时代"国人之学"即"国学"的重要组成部分。

《比较文学与世界文学名家讲堂》二十卷，选题上以比较文学与世界文学的学科理论为主，以讲述和示范学术方法为要，涉及比较文学与翻译文学基本理论、比较诗学、东方文学及东方比较文学、西方文学及中西文学关系、世界文学总体研究等方面。各卷均按一定的范围和主题，将作者有原创性、有特色的成果收编起来，将大学讲堂搬到书本上来，以读者为听众，以写代"讲"，以言代"堂"，深入浅出，以雅化俗，汇集中国比较文学第二代学者中的代表人物，以使五指成拳、十指合掌，形成大型丛书的规模效应，得以占书架之一角，入读者之法眼，从一个侧面展示近年来中国比较文学的新进展和新成果。而且，不同作者及著作之间也可以相互显彰、相互映照、相互补充，读者也可以在异中见同、同中见异，在参读和比照中领略五彩缤纷的文学世界和世界文学，得窥比较文学殿堂之门径。

《比较文学与世界文学名家讲堂》的编辑出版，得到了北京师范大学的资助和中央编译出版社的支持，编者和作者深表谢意！

愿"讲堂"满座，愿比较文学与世界文学学术事业更加繁荣！

王向远

2014 年 4 月 20 日

自　序

比较诗学的成立是一件必然的事情，因为它反映了人类深入广泛地认识文学的需要。

然而，比较诗学这一概念的建立，经历了一个历史的发展过程。在比较诗学产生之前，生活在世界各地的各民族的人们，首先认识到了诗学。由于各民族间的交往逐渐增多，因而人们能够认识到其他民族诗学的特征。这些特征有的与自己民族的诗学类同，但是它们并不完全等同。这些特征有的与自己民族的诗学歧义，但是其间依然存在诸多的契合点。人们对各民族诗学之类同与歧义的认识积累到一定的时候，便产生了认识论上的飞跃。这种飞跃导致人们对各民族诗学进行学科层面的归纳，这时候比较诗学就产生了。

"迄今为止，《圣经》已经被翻译成了1800多种语言，同一种语言的多种译本并不算在内。在马丁·路德之前就已经有许多种《圣经》的德文译本。"[①]地球上大约每三种语言中拥有一种《圣经》译本。如此估算，全世界一共有近六千种语言。然而，语言发展的总趋势是语言在减少，因为人数较少的语言不断在死亡。每一种语言均代表该语言的人们认识世界的方式，即是说，每一种语言均代表一种世界观。世界上的语言林林总总，民族之林犹如一座丰

---

① 德·汉斯·约阿西姆·施杜里希著，吕叔君、官青译《世界语言简史》，济南：山东画报出版社，2009年，第6页。

饶的大森林。尽管如此，大体说来，这些世界观可以区分为两大类，一曰西方，一曰东方。以此之故，世界各民族使用各种语言表述的诗学，也相应地区分为两个大类，一曰西方诗学，一曰东方诗学。

中国明清之际的学者王夫之(1619—1692)提出了比类相关的思想。王夫之《张子正蒙注·动物篇》："凡物，非相类则相反。《易》之为象，《乾》《坤》《坎》《离》《颐》《大过》《中孚》《小过》之相错，余卦二十八象之相综，物象备矣。错者，同异也；综者，屈伸也。万物之成，以错综而成用。或同者，如金烁而肖水，木灰而肖土之类；或异者，如水之寒、火之热、鸟之飞、鱼之潜之类。或屈而鬼，或伸而神，或屈而小，或伸而大，或始同而终异，或始异而终同，比类相观，乃知此物所以成彼物之利。金得火而成器，木受钻而生火，惟于天下之物知之明，而合之，离之，消之，长之，乃成物用。不然，物各自物，而非我所得用，非物矣。"[①]比，比较。类，具有相同属性的事物对象。人们通过认识事物之间的相互关系，进而认识事物的本质属性。王夫之列举了一大串例子，都是为了说明这个道理。王夫之还认为，参与比较的单元，不必局限于两方，可以是三方、四方、五方，抑或是更多方。尽管如此，多方大致可以归结为较大的两方，如是方能有效地进行比较。故而，笔者主张在东西方诗学之间进行比较。这样的比较，气势较宏阔。然而，为了所获的认识具有说服力，本人比较侧重于就细致的具体问题的进行比较研究。

就人类的认识规律来说，总是从个别到一般，从分散到整合。西方诗学的产生发生在西方有了诗歌之后。西方诗学力求对各种文

[①] 宋·张载撰，清·王夫之注，张子正蒙。上海：上海古籍出版社，2000年，第127页。

艺思想进行综合与比较。东方诗歌是与西方诗歌相对而言的，东方诗学也是与西方诗学相对而言的，它们的发展途程大致相似。东西诗学比较乃是学术发展的必然。

为了更好地认识东西方诗学，我们有必要对轴心期学说做一辩证的考察。轴心期的学说，由德国学者卡尔·雅斯贝斯（Karl Jaspers，1883—1969）提出，在我国学术界影响广大。雅斯贝斯在《历史的起源和目标》（*Von Ursprung und Ziel der Geschichte*，1949）一书中说：

> 最不平常的事件集中在这一时期。在中国，孔子和老子非常活跃，中国所有的哲学流派，包括墨子、庄子、列子和诸子百家，都出现了。像中国一样，印度出现了《奥义书》和佛陀，探究了一直到怀疑主义、唯物主义、诡辩派和虚无主义的全部范围的哲学可能性。伊朗的琐罗亚斯德传授一种挑战性的观点，认为人世生活就是一场善与恶的斗争。在巴勒斯坦，从以利亚到以赛亚，和耶利米到义赛亚第二，先知们纷纷涌现。希腊贤哲如云，其中有荷马，哲学家巴门尼德、赫拉克利特和柏拉图，许多悲剧作者，以及修昔底德和阿基米德。在这数世纪内，这些名字所包含的一切，几乎同时在中国、印度和西方这三个互不知晓的地区发展起来。[①]

根据轴心期的学说，世界上各民族之间较大规模的文化交流主要发生在轴心时期之后。按照卡尔·雅斯贝斯的定义，轴心时期的上限一般为公元前500年，顶多往上推至公元前800年，而下限为公元

---

① 何兆武主编：《历史理论与史学理论——近现代西方史学著作选》，北京：商务印书馆，1999年，第673页。

200年。笔者认为,在轴心时期,这几大地区并非互不知晓。实际上,在世界各处所生活的人类集团之间的联系远比我们现在所知晓的在数量上要多得多,在时间上也早得多。《尚书·禹贡》:"东渐于海,西被于流沙,朔、南暨声教,讫于四海,禹锡玄圭,告厥成功。"[1]这是《禹贡》的最后一段话。《禹贡》是中国最早最有价值的地理学著作。这段话的大意如下。东方进入大海,西方到达流沙。北方和南方都有声教达到,于是大禹被赐予黑色的美玉,表示大功告成了。大凡读过《尚书》的人,对这段话都会留下深刻的印象:中华文化,所及区域,十分辽远。值得注意的是"流沙"一语。我国的领土,东面是大海,西面有沙漠。有人求之过深,因而他们错误地以为,流沙指地貌,即流动的沙丘。这是不对的。流沙,不是地貌,而是地名。孙星衍《尚书今古文注疏》认为,流沙为地名,该书的中华书局标点本并且施以地名号。曾运乾著《尚书正读》还给出了流沙的具体位置,他说:"西被于流沙者,自葱岭以东诸流沙之地皆禹功德所覆也。"[2]我国有多种文献记载葱岭。葱岭是古山脉名,其地甚广。北起南天山、西天山,往南绵亘,包括帕米尔高原、西昆仑山、喀喇昆仑山和兴都库什山,都属于葱岭。葱岭是古代中国西部的界山,这是中国古代陆路交通南亚和中亚的必经之地。"欧洲和东方的遇合可以回溯到罗马帝国时期。对远东的实际发现在中世纪后期才到来,在十四世纪初期人们才想起威尼斯商人马可·波罗所撰写的报告,其中记录了他在中国的17年(1275—1292)居留,人们才想起第一次基督教布道尝试,即意大利

---

[1] 陈戍国撰:《尚书校注》,长沙:岳麓书社,2004年,第30页。
[2] 曾运乾著,黄曙辉点校《尚书正读》,上海:华东师范大学出版社,2011年,第91页。

方济各会神父蒙特高维诺于1295年进入北京。"①在文化交流史中，我们不能因为后期才留下确凿记录便否认早期发生的依稀往来。

在轴心时期的中外交流中，有三件事情值得我们注意。第一是老子化胡说。老子驾青牛西行出关，前往印度去教化胡人。此事有许多文献记载，大家却不以为然。其实，老子只是一个文化符号，它说明那时已经有人从中土前往印度了。青牛也是一个文化符号，它说明当时先进的中国农耕文明传播到了印度河流域。第二是骊靬人和骊靬县。《汉书》卷二八、《后汉书》卷三三、《晋书》卷一四和卷八六、《通志》卷一八六等数十种文献对此均有记录。克拉苏（Marcus Licinius Crassus，前115—前53）时期的罗马军团征战亚洲，一路上高歌猛进，战斗中所向披靡。然而，其中有一个军团，在中国西北吃了败仗。待到大部队撤回罗马的时候，该军团被丢落了。汉朝设置骊靬县安置了这一批自称为骊靬人的罗马军人。对于此事，有些学人极力否认。其实，发生这样的事情是合乎情理的。基诺族是我们的兄弟民族，其自身的传说认为，他们的祖先是七擒孟获时诸葛亮派去的一支部队，撤退的时候被"丢落"了，于是谐音叫做基诺族。骊靬，与古罗马的"军团"（拉：legio, legionis；试比较英：legion）一词发音是相当接近的。第三是《山海经》一书。《山海经》记录了西汉以前中国人所进行的大规模的西行活动。在《山海经》一书中记录了各种肤色的人种和许多在今天看来俨然异域的不少地方。这些都表明，在轴心时期，中国人与世界其他民族之间有着广泛的交流。

比较诗学在当代呈现出勃兴的势头。"诗学"一语在当代有三个维度。第一是指文论一般，这是广义的用法。第二是指诗歌理

---

① Jurgen Berndt［Mitarb.］*Ostasiatische Literaturen*（Leipzig：Bibliographisches Institut，1985）Seite 13.

论，这是狭义的用法。第三是指热点话题，这是当前流行的用法。《普林斯顿诗歌与诗学百科全书》："'诗学'这一术语在西方已经用于好几种意义了。在最近几十年里，它已经被用来指人类的几乎任何一种活动，以至于它似乎意味着就是'理论'。这样的用法最一般也最不有用。此语也用来指作者的著作，比如，'陀思妥耶夫斯基的诗学'一语指的便是那些隐含的原则，它用来讨论外在的理论与内在的原则之间的关系。"① 笔者以为，以上三者不可偏废，因为它们本身就是纠结在一起的。由于诗学在当代具备了三个维度，因此我们看到，当代诗学具有立体性。至于当代比较诗学，则不仅是立体的，更是网络纵横的。作为当代学人，在东西比较诗学中进行探索是幸福的。

---

① Alex Preminger and T. V. F. Brogan, ed., *The New Princeton Encyclopedia of Poetry and Poetics* (Princeton, New Jersey: Princeton University Press, 1993) p.929.

目 录

《比较文学与世界文学名家讲堂》前言 ……………… 王向远 1
自 序 ………………………………………………………… 1

上编　东西方诗学交汇论 ……………………………………… 1
比较诗学与文学发生论 ………………………………………… 3
西方比较诗学论纲 ……………………………………………… 16
济慈诗学三议
　　——济慈诗学的东方可比性因素 ………………………… 53
布莱克诗歌创作中的东方因素 ………………………………… 80
《雅歌春天狂想诗》中的意象主义考察 ……………………… 102
在比较中看日本诗歌的六个特征 ……………………………… 121
泰戈尔与西方泛神论思想之间的类同与歧义 ………………… 140
从中西诗学比较看宋诗的理趣 ………………………………… 158

下编　诗学与宗教关系论 ……………………………………… 177
托马斯·阿奎那文艺思想比较研究 …………………………… 179
试论大卫的三种类型的形象 …………………………………… 197

论以斯帖形象的美学意义 ………………………………… 213
从《诗篇46》看教堂与明堂之契合及差异 …………… 232
论保罗的精神操练 ……………………………………… 253
论但以理的形象、故事组的情节性和西方
　　小说的历史发展 …………………………………… 271
论婚姻神学的文学表达 ………………………………… 302
从比较的角度看《商颂·烈祖》中的祭祀 …………… 327

后　记 ………………………………………………………… 349

上编　东西方诗学交汇论

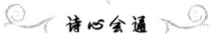

比较诗学与文学发生论[①]

古往今来的研究，大都是从文学的产生出发来研究文学理论的产生，进而研究诗歌理论的产生。自从比较文学这一学科产生之后，这一局面有了改变，而双向比较逐渐为人们所认识。所谓双向比较，指的是在比较的过程中，不但可以从甲方出发来研究乙方，亦可以从一方出发来研究甲方。双向比较所以得以成立，乃是因为它合乎人类思维的一般原则，也合乎文化交流的总体趋势。这是因为，既然是交流，必然是双向的。而比较文学，正是在人类的文化交流中才得以产生出来的一门新兴的学科。从比较诗学的角度考察文学发生论，可以拓宽和加深我们对文学发生论的认识。

对于比较诗学和文学发生论，西方学术界已经反思了2500余年。在中国传统诗学的框架之下，中国学者使用的是一套与西方不同的文论话语。中国学者对这些基本问题也进行过反思，并在某些方面取得了成就，值得我们加以发掘。不过中国文论话语与西方文论话语之间的转换只能随着研究的深入而逐渐进行。在目前尚不能够转换的地方，无论以西方文论话语为载道之器，还是以中国文论话语为载道之器，都是可以的。双驾马车，可以并行不悖。毫无疑问，比较诗学与文学发生论二者之间具有密不可分的联系。在这一领域，中西方文论是相通的。为着线索清晰起见，兹以西方文论为

---

① 本文原载《西华师范大学学报》2006年第3期。

主而予以申说。中国文论的相关内容则随机予以关照。由于比较诗学是诗学的一种存在形态，而诗学又是对于文学所作的理论上的总结和观念上的提升，因此当我们认识比较诗学与文学发生论的关系的时候，有必要首先认识文学发生论。所谓文学发生论，指的是文学如何发生的学说。这些学说，按照传统的讲法，可以归结为四种，它们是模仿说、游戏说、心灵表现说、文学起源于劳动说。然而，在比较诗学形成的过程中，学者们一直在努力工作，他们试图以比较诗学为着眼点对以往的文学发生论进行改造。由于比较诗学家们坚忍不拔的努力，目前在这一领域已取得了不少成就。

我们首先考察比较诗学与文学发生论的基本框架。请注意，在这里诗歌是一个极为宽泛的概念，它泛指一切文学作品乃至一切艺术作品，诗人泛指一切文学家乃至一切艺术创造者，诗学则用其广义即一般诗学，也就是文艺理论。我们之所以使用"诗歌"、"诗人"、"诗学"这样的术语，一方面是为了遵从源远流长的学术传统，另一方面也可以使讨论的问题相对集中一些。总的说来，在比较诗学的视野之下，大多数的诗歌发生论都以诗歌本身为认识的中心，因而认为诗歌是一种人工的制造物（a fabricated thing），是技艺的产物（the product of skill）。英国诗学家菲利普·锡德尼（Philip Sidney，1554—1586）在《为诗一辩》中，说过一段精彩的话，对诗这一人工制造物的本质进行了界说。他说："不过，现在让我们看一下希腊人是如何命名诗歌的，而且对它是怎么想的。希腊人称诗人为'poet'，而这名字，因为是最优美的，已经流行于别的语言中了。这是从'poiein'这个词来的，它的意思是'to make（制造）'。在这里，我不知道是由于幸运，还是由于智慧，我们英国人也称他为'maker（制造者）'，这是和希腊人一致的了。这名字是何等崇高和无与伦比的称号，我宁可用划分学术范围的办法来说明，而不用片面的陈述。"①显然，仅仅在大自然之中人们是找不到诗歌的。诗歌的发生取决于一系列要素。这些要素可以概括为诗歌、宇宙、听众和诗人四种。

　　一首诗是一个诗人生产出来的。这个不争的事实关系到几个方面。首先，我们应当考虑诗歌的题材与宇宙的关系。在这里，宇宙用其广义，它包括人、物和事件。其次，我们应当考虑诗歌的作用，诗歌是要朗诵给人听的，或者说是要写出来供人阅读的，这就关系到听众。在这里，听众用其广义，它包括听者、读者、欣赏这等。虽然四个要素都在诗歌中起作用，但起作用各不相同。通常，批评家仅仅取这些要素或关系中的某一项作为主要的研究对象，来探索诗歌与外部世界、听众、或诗人之间的关系，来回答来源、目的和艺术检验诸方面的问题。换句话说，当批评家把诗歌看成是一个自足的实体时，他便可以将诗歌与宇宙中那些作为原因的其他因素隔绝开来，以便最为得心应手地分析诗歌。当然其他三要素也密不可分，因为只有从宇宙中诗歌才能获取其题材、趣味和信念；只有面向听众诗歌才能表达其基本的诉求；只有诗人才能将其性格、意图、思想和感情化为诗的存在。但是，为了分析的方便，批评家暂把其他三要素放在一旁，而仅就诗歌本身进行分析。这就是新批评流行以来，西方批评家认识诗歌的基本操作方法。这种方法强调了诗歌本身的存在，也就突出了文学发生论的终极目的。但是，诗学发生论还包括其他的价值取向，四大要素乃是缺一不可的。因为

---

① But now let us see how the Greek named it, and how they deemed of it. The Greeks called him a "poet," which name hath, as the most excellent, gone through other languages. It cometh of this word *poein*, which is, to make: wherein, I know not whether by luck or wisdom, we Englishmen have met with the Greeks in calling him a maker: which name, how high and incomparable a title it is, I had rather were known by making the scope of other sciences than by any partial allegation. — M. H. Abrams and others ed. *The Norton Anthology of English Literature*, fifth edition, 2 vols. (New York: W. W. Norton & Company, 1986) vol.1, p.506.

一旦失去诗人，诗歌就失去了主体。一旦失去了听众，诗歌便缺少对象。如果没有宇宙，则主体、对象和诗歌这个人工的制造物或曰技艺的产物便同时失去了栖居之地。于是在新批评之后的岁月里，人们又恢复了将四种要素一并考虑的较为全面的诗学观念。在中国，由于存在着诗话这一特有的诗歌评论形式，中国诗学家在运思的时候，除了极个别的情形之外，一般总是将诗歌、诗人、读者、宇宙或与之有关的事类一并进行论述的，诸如诗歌发生、诗歌流派、风格特点、演变规律、做诗方法、诗语生成、评骘鉴赏、考订讹误以及与诗歌创作有关的一切轶闻趣事，都在搜罗之列。因此，诗话这一看似古老的中国文论的话语形式，实际上与20世纪后半叶以来西方诗学的批评方式颇多契合之处。就目前西方学术界的情形而论，已经得到普遍公认而又有代表性的以比较诗学为出发点的诗歌发生论，主要有以下四种学说。它们分别是比较诗学发生论中的模仿理论、实用主义理论、表现主义理论和客观主义理论。

一、比较诗学发生论中的模仿主义理论（mimetic theories）。这是关于文学艺术起源的最古老的理论。德谟克利特（Democritus，460—360 BC）认为艺术起源于对自然的模仿，他说："在许多重要的事情上我们是模仿鸟兽，作鸟兽的小学生的。从蜘蛛我们学会了织布和缝补，从燕子学会了造房子，从天鹅和黄莺等唱歌的鸟学会了唱歌。"（《著作残篇》）[①] 苏格拉底（Socrates，469—399 BC）也主张模仿说，重申"艺术模仿自然"这一当时流行的命题。

柏拉图（Plato，427—347 BC）对模仿的看法是建立在理式论的基础之上的。他认为文学艺术是对理式的模仿的模仿。尽管柏拉图的理式论模仿说缺陷较多，但是就模仿说的发展史来说，他还是在客观上丰富和发展了古希腊早期的模仿说。

---

① 伍蠡甫主编《西方文论选》上卷，上海：上海译文出版社，1979年，第5页。

后来，亚里士多德（Aristotle，384—322 BC）建立了比较全面的模仿说。其要义有三。第一，他肯定了艺术模仿的对象本身是真实的存在，他抛弃了意义含混的"艺术模仿自然"的提法。在《诗学》第二章中他说："模仿者所模仿的对象是在行动中的人。"①在亚里士多德看来，艺术的尤其是诗歌的真正内容完全不是自然而是人生。第二，亚里士多德把模仿看成是人类的一个基本才能。他认为文学艺术的动力是模仿的快感，是人自孩提时代起就具有的本能，这种出自本能的模仿直接导致了诗歌的产生。在《诗学》第四章中他说："模仿出于我们的天性，而音调感和节奏感也是出于我们的天性，起初那些天生最富于这种资质的人，使它一步步发展，后来就由临时口占而做出了诗歌。"②在亚里士多德看来，诗歌的起源有两个原因，其中一个是模仿的本能，另一个诗音调感和节奏感，它们都是出于人的天性。模仿本能的要求和美学结构的要求之间存在着一种微妙的张力：艺术必须对应于生活，同时也要获得结构秩序。第三，他还认为，艺术不仅能够模仿现实世界，而且还能够表现出现实世界所具有的必然性和普遍性，因而诗歌高于历史，这实际上亚里士多德在模仿说中运用跨学科研究而得出的响彻千古的宏伟意识。在《诗学》第九章中他说："诗人的职责不在描述已发生的事，而在描述可能发生的事，即按照可然律或必然律是可能的事。历史学家与诗人的差别不在于一用散文，一用韵文；希罗多德的著作可

---

① Mimetic artists portray people in action. —Thomas E. Wartenberg, ed. *The Nature of Art, An Anthology* (Belmont, California: Wadsworth Inc, a division of Thomson Learning Inc., 2001) 17.

② Imitation, then being natural to us-as also the sense of harmony and rhythm, the meters being obviously species of rhythm-it was through their original aptitude, and by a series of improvements for the most part gradual on their first efforts, that they created poetry out of their improvisations. —Dabney Townsend, ed. *Aesthetics, Classic Readings from Western Tradition*, second edition (Belmont, California: Wadsworth Inc, a division of Thomson Learning Inc., 2001) 28.

以改写为韵文,但仍是一种历史,有没有韵律都是一样。两者的差别在于一叙述已发生的事,一描述可能发生的事。因此,写诗这种活动比写历史更富于哲学意味,更受到严肃的对待;因为诗所描写的事带有普遍性,历史则叙述个别的事。"①

二、比较诗学发生论中的实用主义理论(pragmatic theories)。实用主义的框架把诗歌置于一种"手段—目的"的关系之中,认为模仿的内容和方式都是为着在读者那里产生某些效果而使用的工具性的手段。实用主义诗歌观的原型来源于贺拉斯(Horace, 65 BC—AD 8)的《诗艺》。该书始终强调,诗人的目的,以及衡量诗歌成功的尺度,乃是使同时代的罗马听众愉快,博得他们的赞赏,以及让诗人的名声流芳百世。英国诗学家锡德尼提出了一个典型的公式,该公式系按照一种实用主义的取向把模仿说加以改造而成。在《为诗一辩》中他说:"诗歌,因此是一种模仿艺术,正如亚里士多德用'迈米悉斯'一词所称它的。就是说,它是一种再现,一种仿造,或者形象的表现;用比喻来说,就是一种说着话的图画,目的在于教育和怡情悦性。"②约翰逊博士(Samuel Johnson, 1709—1784)也坚

---

① The poet's function is not to describe, not the thing that has happened, but a kind of thing that might happen, i. e. what is possible as being probable or necessary. The distinction between historian and poet is not in the one writing prose and the other verse, and it would put the work of Herodotus into verse, and it would still be a species of history; it consists really in this, that the one describes the thing that has been, and the other describes the thing that might be. Hence poetry is something more philosophic and of graves import than history, since its statemensts are of the nature rather of universals, whereas those of history are singulars. —Dabney Townsend, ed. *Aesthetics, Classic Readings from Western Tradition*, second edition (Belmont, California: Wadsworth Inc, a division of Thomson Learning Inc., 2001) 32.

② Poesy therefore is an art of imitation, for so Aristotle termeth it in the word mimesis-that is to say, a representing, counterfeiting, of figuring forth-to speak metaphorically, a speaking picture-with this end, to teach and delight. —M. H. Abrams and others ed. *The Norton Anthology of English Literature*, fifth edition, 2 vols. (New York: W. W. Norton & Company, 1986) vol. 1, p. 508.

持实用主义的诗歌观,在《莎士比亚戏剧集·序言》中他说:"文学批评总得求援于人性。写作的目的在于给人以教导;诗歌的目的在于通过快感给人以教导。"①试比较《论语·阳货》:"子曰:小子何莫学乎诗?诗可以兴,可以观,可以群,可以怨。迩之事父,远之事君,多识于鸟兽草木之名。"②这是中国诗学中的一段名言,即"兴观群怨"说,过去我们简单地把它看作诗歌的功能论,误以为这是孔子就中国的第一部诗歌总集《诗经》的作用而发表的言论。因此我们感觉纳闷:作为中国诗学的开山祖师之一的孔子,为什么不讲一讲诗歌是如何发生的呢?对比西方比较诗学发生论中的实用理论。我们就可以看得清楚一些了。孔子的这段话实际上也是就诗歌的本体而言的,其实孔子也是从"手段—目的"的关系出发,考察了诗歌发生的原委。这一点,我们在后面研究刘勰的"诗歌发生于道"的学说时,将会看得更加清楚。从"手段—目的"的关系认识诗歌的发生,实际上是以作为认识主体的"我们"(当然往往是统治者的立场)为中心来看待诗歌的发生的。从"手段—目的"认识诗歌的发生,实际上是预设了一个前提:诗歌为着社会人生而发生。由于诗歌、文学和艺术对人们的思想影响极大,因此直到今天,实用主义的诗歌发生论,无论在西方还是在东方各国,依然有着广阔的发展空间。

三、比较诗学发生论中的表现主义理论(expressive theories)。在这种理论看来,模仿的诗人是一位施动者,他举着镜子观看镜子中呈现出来的自然。实用主义的诗人则存在于内在力量(自然)与习

---

① There is always an appeal open from criticism to nature. The end of writing is to instruct; the end of poetry is to instruct by pleasing. —Vincent B. Leitch and others, ed. *The Norton Anthology of Theory and Criticism*, (New York: W. W. Norton Company, 2001) 472.

② 郭绍虞主编、王文生副主编《中国历代文论选》第一册,上海:上海古籍出版社,1979年,第17页。

得的知识和技艺(艺术)所构成的张力之间,因此他们必须想尽千方百计来建构一个诗歌的目的。这种建构的工作有时及于诗歌的某些部分,有时及于诗歌的整体,否则就难以实现手段为目的服务的初衷。当然,有时候这种目的显得很复杂,需要仔细辨析才能见出来。在表现主义的取向中,诗人进入了架构的中心,于是诗人变成了一首诗的题材、特征、价值观念等等的第一发生器。在西方这种观点源远流长,其主要来源为古罗马文论家朗加纳斯(Longinus, first century AD)的专论《论崇高》。郎加纳斯说:"崇高是高尚心灵的回响。"①他又说:"一个崇高的思想,如果在恰到好处的场合提出,就会以闪电般的光彩照彻整个问题,而在刹那之间现出雄辩家的全部威力。"②在这篇专论中,崇高这一风格品质被界定为令人狂喜的效果,并被归结于五种要素。第一是孕育庄严伟大的思想的力量。第二是强烈而激动的情感。第三是运用藻饰的技术。第四是高雅的措辞。第五是整个结构的堂皇卓越。郎加纳斯的表现主义诗歌发生论在17世纪后半叶有很大的影响,意大利批评家维科(Giambattista Vico, 1668—1744)把它发展到了一个新的高度。维科认为人类社会的发展经历了神的时代、英雄时代和人的时代。在神的时代,原始人凭本能生活,他们缺乏理性,但具有较强的感觉力和生动的想象力,他们把自己感觉到但无法解释的那些事物的原因统统想象为神。这种形而上学的想象就是诗。在世界的儿童期,人们按照本性来说都是崇高的诗人。在英雄时代,神话中的人取代了神,这时的

---

① Sublimity is the echo of a noble mind. — Vincent B. Leitch (general editor), *The Norton Anthology of Theory and Criticism* (New York: W. W. Norton & Company, 2001) 141.

② Sublimity, on the other hand, produced at the right moment, tears everything up like a whirlwind, and exhibits the orator's whole power at a single blow. — Vincent B. Leitch (general editor), *The Norton Anthology of Theory and Criticism* (New York: W. W. Norton & Company, 2001) 138.

人是英雄人物，语言是英雄的语言，而表达方式通常为歌唱。人的时代，其标志是推理能力增强，随之出现了哲学和散文，而且人的欲求也更明显了。他说："由于人类推理力的欠缺，崇高的诗才得以产生，崇高到一种程度，使得后起的各派哲学、诗艺和文学批评都没有能赶上或超过它，甚至妨碍它的创造。"①维科还从考察原始民族的心理入手探索了诗歌的起源。原始民族好比儿童，儿童不善于抽象思维，但是喜欢想象，并常常模仿自己所能懂得的事物来取乐。世界在它的婴儿期是由能诗的民族组成的，因为诗不是别的，就是模仿。诗的产生适应了原始民族实践的需要。原始人把自己变成衡量一切事物的尺度，并把自己的本性转移到事物身上去，而最早的神话诗人就用这种方式创造了最伟大的神话故事。由于人心受本性的驱遣，喜爱一致性，所以原始人还用想象性的类概念来认识事物。原始人用形象鲜明的个别具体的事例来代表同类事物，这种特点表现在诗歌中就使诗歌显得特别真纯。后来，英国诗人华兹华斯（William Wordsworth，1770—1850）在《抒情歌谣集1800年版序》对表现主义的诗歌发生论作了进一步的论述，他说："诗是强烈感情的自然流溢。"②

四、比较诗学发生论中的客观主义理论（objective theories）。这种诗歌发生论的源头还是亚里士多德，因为他说过，悲剧是对行动的模仿，似乎行动在客观上具有种种力量或效力驱使着诗人把悲剧

---

① For it has been shown that it was deficiency of human reasoning power that gave rise to poetry so sublime that the philosophies which came afterward, the arts of poetry and of criticism, have produced none equal or better, and have even prevented its production. —Vincent B. Leitch (general editor), *The Norton Anthology of Theory and Criticism* (New York: W. W. Norton & Company, 2001) 412.

② Poetry is the spontaneous overflow of powerful feelings. —Vincent B. Leitch (general editor), *The Norton Anthology of Theory and Criticism* (New York: W. W. Norton & Company, 2001) 661.

当作一种实体来呈现。由于亚里士多德没有明白地说出这种观点，此后诗歌发生的客观理论没有得到张扬。在18世纪人们对诗歌的认识才发生了根本的转移。这是因为自古以来，诗学家们一直在努力建构评价诗歌优劣的范式，而到了18世纪评价的范式才让位给了感觉的范式。在感觉的范式中，感觉者所面对的是一首业已完成了的诗。不管这首诗是怎样完成的，不管你怎么分析它，反正它都是一种客观存在。英国批评家艾迪生（Joseph Addison，1672—1719）在《旁观者》（*The Spectator*）杂志第四一六期（1712年6月27）上发表文章说："文字如果选择得好，力量非常大。一篇描写往往能引起我们许多生动的观念，甚至比所描写的东西本身引起的还多。凭文字的渲染描绘，读者在想象里看到的一幅景象，比这个景象实际上在他眼前呈现时更加鲜明生动。在这种情形下，诗人似乎胜过了大自然。诗人确实在模仿自然的景物，可是他加深了渲染，使整幅景致生气勃勃，因而从这些东西本身发生出来的形象，与诗人表达出来的形象相比，就显得浅弱和模糊了。"[①]艾迪生从想象对感觉的依赖开始，肯定了艺术品本身的客观存在。于是艺术哲学从早期的模仿主义的理论、实用主义的理论转移到了肯定诗歌本身作为一种存在的客观主义的理论。一首诗的形象的模式乃是作为它自身所创造的世界而存在的（The figurative model of a poem exists as its own created world），诗人的工作并不是模仿上帝所创造的世界，而是像上帝创造世界那样，创造他自己的世界。诗人的这种创造方式，意大利批评家称之为"无中生有"（ex nihilo）。艾迪生说，"无中生有"（out of nothing）才是诗人"创作的正当方式"（the fair way of writing）。正是在诗人的虚构和想象中，我们才被引进一种新的创造里。正是在其非现实的成分中，诗歌才造成了它自己的新世界，并向我们展示了

---

① 伍蠡甫主编《西方文论选》上卷，上海：上海译文出版社，1979年，第570页。

在现实中根本找不到的那些人。刘勰（约465—520）著《文心雕龙·原道》，探索文学的根源。"原道"乃"文原于道"之缩合。他说："人文之元，肇自太极。幽赞神明，易象惟先。庖牺画其始，仲尼翼其中。而乾坤两位，独制文言。言之文也，天地之心哉！"①三国魏时，王弼（226—249）祖述老庄，以道为无。北宋周敦颐（1017—1073）《太极图说》："无极而太极。""太极本无极。"也就是有生于无、无中生有的意思。由此可见，诗歌生成的客观理论与中国的传统学说是相通的，明乎此，可以拓宽我们对于中国独创的"意境说"的认识。再看西方，艾迪生之后，诗歌的客观理论不断有人加以申说。美国批评家爱伦·坡（Edgar Allan Poe，1809—1849）在《诗的原理》（*The Poetic Principle*）一文中说："然而，简单的事实却是这样，只要我们让我们内省自己的灵魂，我们立刻就会在那里发现，天下没有、也不可能有比这样的一首诗更尊贵的了——这一首诗本身——更加是彻底尊贵的、极端高尚的作品——，这一首诗就是一首诗，此外在没有什么别的了——这一首诗完全是为诗而写的。" 爱伦·坡把诗歌发生的客观理论提升到了一个崭新的高度。②

让我们再看比较诗学与文学发生论的最新发展。20世纪以来，人们对文学发生论的研究也有了新的进展，其中最主要的成是关于艺术生产力的理论。具体说到文学，就是文学生产理论。这是德国学者本雅明（Walter Benjamin，1892—1940）、法国学者麦舍雷（Pierre Macherey）和英国学者伊格尔顿（Terry Eagleton，1943—）等人根据马

---

① 詹锳《文心雕龙义证》上册，上海：上海古籍出版社，1989年，第11页。

② But the simple fact is, that, would we but permit ourselves to look into our own souls, we should immediately there discover that under the sun there neither exists nor *can* exists any work more thoroughly dignified-more supremely noble than this very poem-this poem *per se*-this poem which is a poem and nothing more-this poem written solely for the poem's sake. — George Mc-Michael and others ed. *Anthology of American Literature*, second edition, 2 vols(New York: Macmillan Publishing Co., Inc.1980), vol. I, pp. 992 – 993.

克思主义的社会经济生产理论引申出来的一套文学批评理论。总的说来，作为艺术的一个门类，文学的发生遵循艺术生产力的一般规律。一方面，艺术是与经济基础关系最为间接的社会生产。另一方面，艺术也是经济基础的一部分：它像别的东西一样，是一种经济方面的实践，一类商品的生产。我们可以视文学为一种文本，但也可以把它看成一种社会活动，一种与其他形式并存和有关的社会经济生产的形式。文学生产理论涉及以下四个概念。一、生产者。本雅明认为，把作家视为生产者，这是一个根据他在生产过程中的地位来下定义的类型，同时也表明它置身于阶级斗争中的进步作用与其他劳动者——生产者所获得的共同身份。麦舍雷反对把作家视为创造者，作家实质上是生产者，他加工一定的产料，制成新的产品，如果把作家看作创造者，等于说文学作品是凭空地、神秘地由无生有。伊格尔顿认为，艺术家运用某些生产工具——专门的语言艺术技巧，将预言与经验的材料变为既定的产品。这种制造没有任何理由比别的制造来的神秘。二、生产力。本雅明把技术视为艺术生产力的重要因素。伊格尔顿则认为，艺术像其他形式的生产一样，依赖某些生产技术——某些绘画、出版、演出的能方面的技术。这些技术是艺术生产力的一部分，是艺术生产发展的阶段。三、生产方式。伊格尔顿认为，在发达的资本主义社会结构中，文学生产方式中居于统治地位的是大规模的资本主义出版、印刷和发行，他们再生产一般社会生产中居于统治地位的那些因素，但也作为一种至关重要的成分与次要的生产方式进行合并：文学生产者本人的手艺人模式，他象征性地出卖他的劳动产品（手稿）——而不是劳动力——给出版商以换取社会费用。四、生产关系。伊格尔顿认为，艺术形式、艺术生产方式都体现出艺术的生产关系。形式是思想知觉方式的具体化，但它也体现了艺术家与群众之间的某些生产关系。一个社会采用什么样的艺术生产方式——是成千本印刷，还是在风雅圈子里流传手稿——对于生产者和消费者之间的社会关系是一个非常重要的决定性的因素。从这个意义上说，艺术生产关系在于艺术内部，由内部形成它的形式。而且，如果艺术工艺的变化改变了艺术家与群众的关系，它们同样也改变了艺术家之间的关系。一提到作品，我们本能地想到这是作家孤立的个人的产品，大多数作品确是这样产生的。但是，新的工具或是经过改造了的传统工具，开创了艺术家之间新的合作的希望。

总之，在有关比较诗学发生论的种种学说中，既有西方学者的伟大贡献，又有中国学者的独特贡献；既有一般的文学发生理论，又有具体的各种诗歌或文学发生理论。我们既需要掌握传统的文学发生理论，又需要了解文学发生论的最新进展。对于比较诗学的研究来说，如何将中国学者关于文学发生论的论述与西方的相关学说结合起来，是今后建设中国文论话语的一项重要工作。

西方比较诗学史论纲[①]

西方比较诗学的发展经历了漫长的历程。对西方比较诗学的历史发展的认识,应该建立在对西方比较诗学的基本认识之上。首先,西方比较诗学是立足于比较文学的学科立场,而对西方诗学实践所做出的理论概括和经验总结。其次,西方比较诗学也是根据西方诗学的历史发展和诗学观念的矛盾运动,而对西方诗学今后的发展所做出的一系列希望和预示。第三,西方比较诗学产生之后,又以极大的能动作用反过来指导和影响诗学的实践活动。西方文学艺术的发展可以分为上古时代、中古时代、文艺复兴时期、近代和20世纪五个阶段。与此相对应,西方比较诗学的发展也可以分为上古时代、中古时代、文艺复兴时期、近代和20世纪五个阶段。这样的划分有助于我们了解西方比较诗学的基本面貌。

一、上古时代的西方比较诗学

上古时代是西方比较诗学的胚胎时期。上古时代的西方比较诗学,指古希腊和古罗马这一历史阶段中的全部具有比较意义的文艺理论学说。上古时代的西方比较诗学涵盖了从公元前10世纪到公元5世纪大约1500年的漫长时间。其间,在欧洲先后存在过三个文明,即希腊文明、希腊化文明和罗马文明。

---

① 本文原载《西南民族大学学报》2006年第7期。

西方比较诗学发源于地中海沿岸各国。古代希腊的文明走在地中海沿岸各国的前头。古希腊的比较诗学具有从总体上把握各种文学艺术现象和规律的性质。这主要由于古人开始认识世界的时候，还不能够分门别类地去认识客观对象，因此他们的认识往往具有较强的对宇宙进行综合判断的特点。于是，诗学家们在认识方法论上往往不自觉地跨越了学科界限。希腊化时期的诗学亦然。

希腊化时期以马其顿王亚历山大(Alexander the Great, 356—323 BC)的远征为标志。亚历山大所向披靡，他的军队进军到哪里，就把当时先进的希腊文化带到哪里。在亚历山大征服的欧洲、亚洲和非洲的广大区域内，到处都打上了希腊的印记。他建立了希腊的殖民地，有不少殖民地后来还演变成希腊人统治的小王国。换句话说，这些区域都接受了希腊的影响，都希腊化了。希腊化文明是希腊因素与亚非因素的混合体。在希腊化时期，古希腊及东地中海其他国家经历了一段辉煌的历史，它们的文化艺术都比较繁荣，但其文化艺术的中心却不在希腊本土而在埃及的亚历山大城。这段时期一直延续到公元前约30年埃及成为罗马帝国的一部分。亚历山大的头脑里充满了世界国家(World State)的幻想，因此希腊化时期的比较诗学也具有从总体上把握各种文学艺术现象的总规律的性质。这样的例子是很多的。例如，毕达哥拉斯(Pythagoras, c. 572—479 BC)认为宇宙万物的本源是数。毕达哥拉斯有一句名言："一切事物均由数组成。"[①]因为万物都能够用数去计算，因此认识世界就是认识支配世界的数。他认为数的原则是一切事物的原则，而整个天体体现着一种数的和谐。从这种观点出发，毕达哥拉斯学派研究了艺术和美学的关系，得出了"美是和谐统一"的结论。毕达哥拉斯提出了"数的和谐"的理论，此系运用自然科学观点研究艺术美学的

[①] Pythagoras claimed that "Everything is made of numbers."—Daniel Kolak, *ed. Lovers of Wisdom, An Introduction to Philosophy with Integrated Readings*, seventh edition (Belmont, California: Wadsworth Inc, a division of Thomson Learning Inc., 2001) 32.

结晶，其诗学思想具有明显的跨学科的性质。其他古希腊思想家也大多如此。赫拉克利特(Heraclitus，540—480 BC)受毕达哥拉斯的影响，提出了"对立和谐"的理论。他认为和谐统一是相互排斥的东西之结合。柏拉图(Plato，428—348 BC)是一个更为典型的例子，他在建构自己的思想过程中实际上运用了比较文学的立场。柏拉图继承了毕达哥拉斯的思想方法。毕达哥拉斯的思想方法可以概括为："我们有神圣的数感。动物、树木、岩石和植物则没有。这一切之中最重要的乃是：数具有一种离开我们的血肉之躯的存在。这样一来下面的说法就不足为奇了，即人类的精神性这一概念的真正核心——灵魂——乃是由毕达哥拉斯发明的，并由他的最著名的学生柏拉图(尽管他隔了一个世代)加以完善。"①柏拉图以"灵感说"而闻名。在解释灵感时，苏格拉底对诗人伊安说过一段意味深长的话："你这副长于解说荷马的本领并不是一种技艺，而是一种灵感。像我已经说过的。有一种神力在驱遣你，像欧里庇德斯所说的磁石。磁石不仅能吸引铁环本身，而且把吸引力传给那些铁环，使它们也像磁石一样，能吸引其他铁环。有时你看到许多个铁环互相吸引着，挂成一条长锁链，这些全从一块磁石得到悬在一起的力量。诗神就像这块磁石，她首先给人灵感，得到这灵感的人们又把它传递给旁人，让旁人接上他们，悬成一条锁链。凡是高明的诗人，无论在史诗或抒情诗方面，都不是凭技艺来做成他们的优美诗歌，而

---

① We have the divine number sense. Animals, trees, rocks, and plants do not. Most important of all: numbers have an existence apart from our physical bodies. It thus comes as no surprise that the very heart of the concept of human spirituality—the soul—was invented by Pythagoras and perfected by his most famous student (though he came a generation later), Plato. —Daniel Kolak, *ed. Lovers of Wisdom, An Introduction to Philosophy with Integrated Readings*, seventh edition (Belmont, California: Wadsworth Inc, a division of Thomson Learning Inc, 2001) 34.

是因为他们得到灵感，有神灵凭附着。"①这就是有名的磁石之喻。从修辞学的角度看，这段话的确讲了一个比喻。然而从文学史的角度看，除了"荷马式的比喻"可以长达十来个诗行之外，如此长篇大论式的比喻十分罕见。因此我们有理由认为，与其说这是一个美妙的比喻，毋宁说这是他在娴熟地运用物理学的知识来阐明诗学原理。在这里，柏拉图显然跨了学科，而这正是比较诗学立场的具体体现。

公元前146年和30年，希腊和埃及先后被罗马吞并，希腊化时期结束了。代之而起的是罗马帝国，她是当时世界上幅员辽阔、资源丰富、文艺繁荣的庞大帝国，领导着西方文化的潮流。约公元前44年至公元395年，古罗马人统治着欧洲、北非和西亚诸国。之后罗马帝国分裂为两部分。西罗马帝国延续到公元476年，东罗马帝国则一直延续到15世纪。罗马文明的特点是追求世界大一统。罗马皇帝马库斯·奥雷利乌斯·安托尼努斯（Marcus Aurelius Antoninus, AD 121—180）说："只就我是安托利努斯而言，我的诚实和故乡是罗马，但就我是人而言，我的城市和故乡是世界。"

---

① As I said earlier, that's not a subject you've mastered-speaking well about Homer; it's a divine power that moves you, as a "Magnetic" stone moves iron rings. (That's what Euripides called it; most people call it "Heraclian.") This stone not only pulls those rings, if they're iron, it also puts power *in* the rings, so that they in turn can do just what the stone does—pull other things—so that there's sometimes a very long chain of iron pieces and rings hanging from one another. And the power in all of them depends on this stone. In the same way, the Muse makes some people inspired herself, and then through those who are inspired a chain of other enthusiasts is suspended. You know, none of the epic poets, if they're good, are masters of their subject; they are inspired, possessed, and that is how they utter all those beautiful poems. —Vincent B. Leitch (general editor), *The Norton Anthology of Theory and Criticism* (New York: W. W. Norton & Company, 2001) 41.

(《沉思录》[*Meditations*])①演说家埃利乌斯·阿里斯提德斯(Aelius Aristeides，AD 117—89)说："因为你们不应把人类分成希腊人和蛮族两类，……你们应反过来把人类分成罗马人和非罗马人。这样你们就弘扬了你们城市的名声。"(《对罗马人的演说》)②这些话不仅是豪言壮语，也是罗马人心态的逼真反映。罗马人把地中海当成自己的内湖，他们孜孜不倦地努力，要建设世界大一统的国家。虽然罗马人在创新方面有所不足，但是他们在知识的分类方面比希腊人细致得多，这样就为罗马人在文论领域里进行跨学科的研究打下了基础。贺拉斯(Horace，65 BC—AD 8)在《诗艺》(*Ars Poetica*)中提出了"合式"(decorum)的原则。合式对于古典作家具有相当的重要性。在贺拉斯之前，亚里士多德(Aristotle，384—322 BC)在《诗学》(*Poetics*)中，西塞罗(Marcus Tullius Cicero，106—43 BC)在《论演说》(*De Oratore*)中，都谈到过这个问题。这是一个综合性的诗学观念。合式这一原则不仅可以用在艺术作品的体裁、题材、结构和语言等方面，而且可以用在人物性格和行动，以及作家的叙事风格和话语方式等方面。在体裁上悲剧和喜剧不得混淆，在题材上作家要多加斟酌，务必选择力所胜任的东西来写。在结构上悲剧最好为五幕，并且不要用"机械降神"的办法来解决戏剧冲突。在语言上要小心讲究巧妙安排。在风格上要协调一致，力求十全十美。在人物上要区分不同的年龄、性格，同一性格的人物要首尾一致，不能自相矛盾。由于贺拉斯的合式观念力图面面俱到，后世的批评家们认为他的文艺观是折中主义的。其实，贺拉斯的这种倾向代表了在比较诗学发生的初期人类力求对各种文艺要素进行综合与比较的努力。维特鲁威(Marcus Vitruvius Pollio)所著《论建筑》(*De architectura*)，可谓古罗马

---

① Philip Lee Ralph, Robert E. Lerner, Standish Meacham, Edward McNall Burns, *World Civilizations Their History and their Culture*, volume 1, eighth edition (New York: W. W. Norton & Company, Inc., 1991)225.

② *Ibid.*

时期跨学科比较诗学的经典著作。维特鲁威是生活在公元前1世纪的罗马建筑学家和工程师，曾在恺撒的部队中服过兵役。《论建筑》由十卷构成。第一卷：城市规划、建筑总论、建筑师的必要条件；第二卷：建筑材料；第三、四卷：神殿和建筑的等级；第五卷：剧院（含音响效果）、澡堂及其他公共建筑；第六卷：家用建筑；第七卷：内部装修，马赛克路面，装饰性雕塑和色彩的采用；第八卷：供水；第九卷：几何学、天文学、测量学以及有关水漏计时器的评注；第十卷：民用和军用机械。维特鲁威的基本观点如下：第一，建筑是权力的象征；第二，建筑是一个系统工程；第三，建筑的楷模是人体；第四，建筑应当遵循三大原则，即坚固、实用和美观。维特鲁威写此书是为了献给奥古斯都皇帝。维特鲁威部分靠自己的经验部分采取早期建筑学家们用希腊文撰写的同类著作编撰了此书。这是古代西方流传下来的唯一的建筑学著作。此书在中世纪时期就很有名，但只以手抄本的形式流传，直到文艺复兴时才得到重视，成为建筑学的权威论著。维特鲁威说："神殿的设计要依靠对称的方式，建筑师必须努力领会这种方式。它来自比例。比例在于从建筑物的部分和整体两者中取得确定的模数。只有凭借此比例才能获得对称。没有对称和比例，任何神庙都不可能有正规的设计，也就是说，它必须按照完美的人体形式而制定出精确的比例。因为造物主所设计的人体，使他面部从下颏到前额发根的长度是全身的十分之一；手掌从腕部到中指尖也同样长。从下颏到头顶是全身的八分之一；从胸上部脖子下部到发根是六分之一；从胸中部到头顶是四分之一；从下颏底到鼻孔底是脸长的三分之一；从鼻孔底到双眉的长度也是三分之一；从这条线到前额发根也是三分之一；双脚是身长的六分之一；肘是四分之一；胸也是四分之一；其余四肢也有各自的比例长度。……如果造物主如此设计了人体，使得各部分的比例和整个构造相符合，那么古人就有理由做出决定，在建筑中准确地调整某些部分使之适合于所设计的总样式。"①在维特鲁威那里，建筑与艺术的跨学科比较研究竟然做得如此周密仔细，令人钦佩！他的"主观对称"（eurhythmy）说，是对合式说的发展，亦可用于文学等艺术门类。在西方艺术中有个术语"维特鲁威人"（Vitruvian man），说的就是他的这种人体比例的理论。人体被纳入一个四方形之中，而这个四方形又内接于一个圆之中。后来，达·芬奇（Leonardo Da vinci，1452—1519）对之作了图解。从笼统的人认识，到分门别类的认识，又到综合的认识，并最终以人为尺度来认识，这就是从古希腊到古罗马时期人们在认识方法上走过的一条不断飞跃的路径。朗吉努斯（Dionyius Cassius Longinus，213—273）所著《论崇高》（*On Sublimity*）侧重于内在灵魂的涵养和提高，重视作家的心智，是文学与心理学相结合的典范，自然属于跨学科比较诗学研究的范畴。他比较了荷马史诗《伊里亚特》（*Iliad*）和《奥德赛》（*Odyssey*），又比较了古罗马演说家西塞罗和德摩斯梯尼（Demosthenes，384—322 BC）的作品，从中寻找出大量的例证，发现了文学作品何以崇高的原因。按照郎吉努斯的分析，崇高美有其语言方面的来源。换句话说，对于崇高美可以作文体分析。他认为，崇高美的主要来源可以说有五个。第一是孕育庄严伟大的思想的力量。第二是强烈而激动的情感。第三是运用藻饰的技术。第四是高雅的措辞。第五是整个结构的堂皇卓越。朗吉努斯思维高妙，辞采华美，他的许多言论已经成为比较诗学研究者经常引用的名言，比如："思想深沉的人，语言就会闳通。"②"美妙的措辞就是思想特有的光辉。"③"崇高是高尚心灵的回响。"④"一个崇高的思想，如果在恰到好处

---

① ［波兰］塔塔科维兹著：《古代美学》，褚朔维等译，北京：中国社会科学出版社，1990年，第365—366页。
② Words will be great if thoughts are weighty. —Ibid. 141.
③ Beautiful words are the light that illuminates thought. —Ibid. 148.
④ Sublimity is the echo of a noble mind. —Ibid. 141.

的场合提出，就会以闪电般的光彩照彻整个问题，而在刹那之间现出雄辩家的全部威力。"①普罗提诺（Plotinus，205—270）是古罗马文艺理论家，他所创立的"太一"说可谓文学与宗教学相结合的典范，具有跨学科比较诗学研究的明显特征。普罗提诺的诗学思想包含在其著作《九章集》（*Enneads*）中。他认为宇宙可以解释为由实体构成的一个等级秩序，一根存在的大链条，其中最高的存在是原因，它把存在给予其下一级。普罗提诺把这个过程叫做流溢，而流溢总是从较高一级向较低一级进行。在这个过程中有一种逐渐的递减，因此每一个存在都低于它的原因。在这个等级的顶端有三个神圣的存在，它们是太一（*Hen*，the One）、心灵（*Nous*，Mind）和灵魂（*Psyche*，Soul）。在最高处的是太一，它是至善。心灵直接位于太一之下，心灵通过沉思其原因而获得其形式，因此心灵是太一的一个碎片般的形象，而与有直觉能力的思想相当。灵魂从心灵获得其形式，它只能在连续中沉思其客体，从一个往另一个运动，因此它创造时间和空间，灵魂产生的下一个实在是自然（*Physis*，Nature），它是生命和生长的原则。在自然之外，位于实在的最低层级的便是物质（matter）了。人是小宇宙，其中部分地包含着物质、自然、灵魂和心灵。至于一个人究竟会变成什么，这取决于他把自己的意识导向哪一个层级。按照理智的法则一个人有望上升到心灵的层级。在狂喜的状态下，一个人甚至有可能超越心灵而与最高的太一合而为一。②

---

① Sublimity, on the other hand, produced at the right moment, tears everything up like a whirlwind, and exhibits the orator's whole power at a single blow. —Ibid. 138.

② Cf. M. C. Howatson, Ian Chilvers, ed. *The ConciseOxford Companion to Classical Literature*, revised edition and condensed version (Oxford: Oxford University Press, 1989) 433 – 434.

二、中古时代的西方比较诗学

中古时代是比较研究方法在西方诗学中得到初步运用的时期。中古时代即中世纪。中世纪早期(600—1050)与人们过去所说的黑暗间隙期最为接近,此时西欧开始形成自己独特的文化特征。中世纪盛期(1050—1300)是人类历史上最具有创造力的时期之一。中世纪晚期(1300—1500)经济衰退,瘟疫流行,但此时人自逆境中奋起,既继承了传统遗产的精粹,又创造了新的社会规范和思想体系,"因此,整个中世纪时代确实堪称一个成百上千年的丰富多彩的时代。"①中世纪是一个信仰的时代,基督教和拉丁语的存在是中古时期比较诗学成立的根据。中世纪时期,欧洲各国都信奉基督教,但是各国的宗教情形仍有差别。1054年教会分裂为西方天主教和东方正教。东西方教会的差别很突出,各种宗教冲突不时发生。其实,在中世纪时期,除了基督宗教之外,各种其他的思想依然存在,只是未占统治地位罢了。在中世纪时期,西方教会、欧洲各国政府和知识界使用的语言主要是拉丁语,但是各国有自己的方言(vernacular),还出现了不少用方言写作的文学作品,这些方言后来演变为欧洲各国的国语。在这种大一统之下各国各地区各种特色并存的格局中产生的诗学理论势必带有比较的色彩。奥古斯丁(Aurelius Augustinus,354—430)在文学与语言学的关系上对诗学理论有重大突破,这就是所谓奥古斯丁的语言图像(Augustinean picture of language)说。奥古斯丁是一个修辞学家,他对语言现象有着特殊的兴趣。在他的光照论中,有一些与语言和语言哲学有关的内容。在《忏悔录》(Confessions)第一卷第八章中,他回忆了自己年幼年学习语言的

---

① Philip Lee Ralph, Robert E. Lerner, Standish Meacham, Edward McNall Burns, *World Civilizations Their History and their Culture*, volume 1, eighth edition (New York: W. W. Norton & Company, Inc., 1991)352.

经过,他写道:"当我的长辈们指称某物时,他们自然地朝那物移动。我一见此就明白了他们发出声音指什么。他们的意图用身体的动作来显示,好像这就是各民族自然的语言。比如,面部表情、眼神、肢体的移动、语调等,都显示出他们心灵的喜好,要寻找、拥有、拒绝或避免某物。这样,我在不同的句子中的适当位置听见重复的语词,我便渐渐地明白了那些词的含义。后来我征服了嘴里的舌头,就用这些词来表达自己的想法了。"(拙译,据拉丁文)①维特根斯坦(Ludwig Wittgenstein,1889—1951)接着说:"在我看来,上面这些话给我们提供了关于人类语言的本质的一幅特殊的图画。那就是:语言中的单词是对对象的命名——语句就是这些名称的组合。——在语言的这一图画中,我们找到了下面这种观念的根源:每个词都有一个意义。这一意义与该词组关联。此所代表的乃是对象。"②从语言哲学的发展看,奥古斯丁的观点因过于简单化而遭到了批评,它仅仅关注了名词,而忽略了其他词类,况且在名词中命名关系也是极为复杂的。维特根斯坦从这种观点出发提出了另一种理论,强调各种不同词类的多样性和语言的不同用法。尽管如此,

---

① Cum ipsi (majores homines) appellabant rem aliquam, et cum secondum eam vocem copus ad aliquid movebant, videbam, et tenebam hoc ab eis vocari rem illam, quod sonabant, cum eam vellent ostendere. Hoc autem eos velle ex motu corporis aperiebantur: tamquam verbis naturalibus omnium gentium, quae fiunt vultu et nutu oculorum, ceterorumque membrorum actu, et sonitu vocis indicante affectiones animi in petendis, habendis, rejiciendis, fugiendisve rebus. Ita verba in variis sententiis locis suis posita, et crebro audita, quarum rerum signa essent, paulatium colligebam, measque jam voluntates, edomito in eis signis ore, per haec enuntiabam. —Aurelius Augustinus, *Confessions*, I, 8.

② In diesen Worten erhalten wir, so scheint es mir, ein bestimmtes Bild von dem Wesen der menschlichen Sprache. Nämlich dieses: Die Wörter der Sprache benennen Gegenstände—Sätze sind Verbindungen von solchen Benennungen. —In diesem Bild von der Sprache finden wir die Wurzeln der Idee: Jedes Wort hat eine Bedeutung. Diese Bedeutung ist dem Wort zugeordnet. Sie ist der Gegenstand, für welchen das Wort steht. —Ludwig Wittgenstein, *Philosophical Investigations*, trans. G. E. M. Anscombe (New York: The Macmillan Company, 1953)1.

奥古斯丁研究语词和对象关系的努力却是值得赞赏的。奥古斯丁的努力对后来比较诗学中的许多重要流派，比如，象征主义、形式主义、结构主义、符号学等，均具有重大的启迪作用。纵观《忏悔录》全书，我们发现奥古斯丁具有较强的比较意识。他将数学与美学相结合，认为整一性、匀称性和鲜明性是构成美的三种性质，而数是精神发展的原则和美学的尺度。他认为，在世界上美是悦目的，在美丽上形象是悦目的，在形象里量度是悦目的，在量度里数是悦目的。法兰西神学家阿伯拉尔（Pierre Abelard，1079—1142）的个人情感生活十分不幸，他因与学生爱洛伊斯相爱并有私生子而遭到阉割。他将不幸的情感经历写在自传《我的受难史》（*Historia calamitatum*）中。阿伯拉的不幸却使得他在文学、历史和人类心灵的关系方面有所创获，他实际上提出了心灵史的观念。意大利神学家托马斯·阿奎那（Thomas Aquinas，1226—1274），除了研究神学之外，还广泛而深入地研究过哲学、政治学、法律学、伦理学、经济学和自然科学的诸多学科。他效法亚里士多德的榜样，跨越自然科学和人文社会科学的界限进行学术研究。他将整个文艺学纳入神学的大体系之中，使用理性分析的方法力求实现文艺理论的科学化。但丁（Alighieri Dante，1265—1321）生活在中世纪与文艺复兴的交合点上，从其思想的基本倾向看，将他看作中世纪的诗人和诗学家更为合适。但丁将文学创作与基督教的三位一体思想相结合，不仅创作了名著《神曲》（*Divina Commedia*，*Divine Comedy*），也提出了一些极其富于启迪意义的诗学思想。他在《致斯加拉太亲王书》（*The Letter to Can Grande della Scala*）中论述《神曲》的意义时写道：

> 为了进一步阐述我的意见，应该说这部作品的意义并不简单，相反，可以说它具有多种意义，因为我们通过文字得到的是一种意义，而通过文字所表示的事物本身所得到的则是另一种意义。头一种意义可以叫做字面的意义，而第二种意义则可以称为譬喻的、或者神秘的意义。为了更好地阐明它的意义，

这种处理方式可以就下面这行诗考虑一下:"以色列出了埃及,雅各家离开说异言之民,那时犹太为主的圣所,以色列为他所治理的国度。"假如你就字面而论,出现于我们面前的只是以色列的子孙在摩西时代离开埃及这一件事;可是如果作为譬喻看,它就表示基督替我们所做的赎罪;如果就道德意义论,我们看到的就是灵魂从罪恶的苦难到天恩的圣境的转变;如果作为寓言看,那就是圣灵从腐朽的奴役状态转向永恒的光荣的自由的意思。虽然这些神秘意义都有各自特殊的名称,但总起来都可以叫做寓意,因为他们同字面的历史的意义不同。"寓言"一词源出希腊"alleon",这和拉丁词"alienum"或"diversum"意义相同,意为"相异"或"其他"。①

在这里,但丁提出了文学作品的多义性(polysemous)问题,这与中世纪复调音乐的产生是分不开的。中世纪盛期的一项伟大发明是复调音乐(polyphony),即两个或更多的声部同时奏出。但丁的贡献

---

① For the clarification of what I am going to say, then, it should be understood that there is not just a single sense in this work; it might rather be called *polysemous*, that is, having several senses. For the first sense is that which is contained in the letter, while there is another which is contained in what is signified by the letter, the first is called literal, while the second is called allegorical, or moral or anagogical. And in order to make this manner of treatment clear, it can be applied to the following verses: "When Israel went out of Egypt, the house of Jacob from a barbarous people, Judea was made his sanctuary, Israel his dominion." Now if we look at the letter alone, what is signified to us is the departure of the sons of Israel from Egypt during the time of Moses; if at allegory, what is signified to us is our redemption through Christ; if at the moral sense, what is signified to us is the conversion of the soul from the sorrow and misery of sin to the state of grace; if at the anagogical, what is signified to us is the departure of the sanctified soul from bondage to the corruption of this world into the freedom of eternal glory. And although these mystical senses are called by various names, they may all be called allegorical, since they are all different from the literal or historical. For allegory is derived from the Greek *alleon*, which means in Latin *alienus* ("belonging to another") or *diversus* ("different"). —Vincent B. Leitch (general editor), *The Norton Anthology of Theory and Criticism* (New York: W. W. Norton & Company, 2001) 251.

则是将这种理论移植到文学作品的分析上。他揭示了语言艺术意义的多层次性,为文学批评和语言理论的发展提供了理论启示。从方法论上看,但丁将基督教神学中的预表解经法(typological interpretation)运用到一般文学作品上,并且作了一次得心应手的纯熟的运用。在这里,但丁那深邃的基督教修养帮了他很大的忙。从实践意义上看,但丁将一般诗歌与圣经并列,这样就提高了诗歌地位,而他对诗歌作品的具体分析则从理论上发展了诗学。但丁对自己的作品《神曲》的分析总的说来具有跨学科比较研究的性质,即宗教学与文学之间的交互跨越。在西方,有不少学者将但丁看作基督教神学家,认为他将文学的研究法移植到了神学的研究之中,对基督教神学作了重要的发展。这从另一个角度承认了但丁的跨学科。今天西方学者普遍地把但丁看作教会历史人物,认为但丁在地域、炼狱和天堂的精神领域中,一生忠于教会,同时也批判了国家统治者和教会中的罪人。20世纪俄罗斯文论家巴赫金(Mikhail M. Bakhtin, 1895—1975)以复调小说理论(polyphonic novel, theory of)、对话理论(dialogism)和狂欢化诗学(carnivalization, poetics of)而享誉文艺界,显然这是受到但丁学说的滋养和启迪的结果。虽然但丁关于文学作品有四重意义的观点源出教父神学家亚历山大的克莱门特(Clement of Alexander, c.150—211),但是但丁说得比较透彻,分析深入,论证充分。应当承认,这里边也有他自己的创造。20世纪西方文论中有阐释学(hermeneutics)一派,他们显然也受到了但丁学说的滋养和启迪。总之,中世纪时期主要的文艺理论家们,其学说或多或少都具有跨学科比较研究的性质。

三、文艺复兴时期西方比较诗学

文艺复兴时期是比较研究方法在西方诗学中得到广泛运用的时期。文艺复兴时期追求人文理想,它要求塑造全面发展的人,因而诗学的系统发生了很大的变化,呈现出新的面貌,综合研究成为这个时期西方比较诗学的总的趋势。这种趋势集中表现在当时诗学研究的时代风气之上。文艺复兴是打着复苏古代文化的旗号而进行的一场广泛的思想文化运动。为了替人文主义的理想寻找根据，人们对于古代希腊和罗马的文献发生了兴趣。在这种背景之下，在西方近两千年来一直湮没无闻的亚里士多德的《诗学》引起了人文主义者的极大兴趣。"《诗学》属于亚里士多德最有生气的著作之列。他的任何著作都不如《诗学》那样引起一批才华横溢的解释者的注意，他的任何著作都不像《诗学》那样有许多争议。"①他们把《诗学》从故纸堆中搜了出来，让他走进了学者们的书房。1494年，意大利人瓦拉（Giorgio Valla，生卒年不详）将《诗学》从阿拉伯文翻译为拉丁文。尽管瓦拉的拉丁文本还不够完善，但是许多重要术语的标准译法就是由该文本确立下来的。意大利出版商阿尔都斯（Aldus Manutius，1449—1515）于1495—1498年间陆续出版了亚里士多德文集。由于《诗学》只是《修辞学》（*Rhetores Graeci*）的一部分，阿拉都斯没有在亚氏文集中收录《诗学》。1508年，阿尔都斯校订本《诗学》终于问世，从而为当时的学术界提供了《诗学》的标准文本。1538年，希腊文本《诗学》出现在巴黎的书店。在此前后，还出现了《诗学》的各种欧洲语文本。至迟从1541年起，就已有学者讲授《诗学》了。1543年，《诗学》成了各大学正式讲授的课程。1545年，在天主教会召开的特兰托会议上，亚里士多德的学说不但解禁，而且被看成与天主教教义一样具有权威性。这样一来，不但变了当时的学术风气，而且掀起诗学研究的热潮。现在，人们从热衷于柏拉图转向崇拜亚里士多德。亚里士多德成了文艺的新立法者。《诗学》成了文艺的新法典。总的说来，意大利文艺复兴时期的学者对《诗学》文本之确立贡献最大。在文艺复兴时期，人们广泛阅读的《诗学》文本是由意大利人斯伽利格（Julius Caesar Scaliger，1484—1558）翻译的，并于1561年出版。在西方，人们翻译、考

---

① William David Ross, *Aristotle* (London: Methuen & Co. Ltd. 1960) 276.

据、校正、勘误、注释和研究《诗学》非常活跃，其态度之严肃和工作之热情不下于中国古代对经学的关注。贺拉斯的《诗艺》也受到人文主义者的欢迎，对之进行翻译、考据、评注、论述的人不少。在欧洲各国，关于《诗学》和《诗艺》的译本和注释本一般都在十数种乃至几十种以上。我们今天见到的《诗学》和《诗艺》的标准文本，大都逐章逐句标有数字和记号，有的详注本还有逐个单词的索引，这种情形几乎与圣经一样。有了经典的文本之后，研究经典的学术著作便雨后春笋般地涌现出来。其中文索夫的杰弗里（Geoffrey de Vinsauf, fl. c. 1200）的《新诗学》（*Poetria Nova*）值得我们注意，他在书中明确地提出了比较研究法。

　　文索夫的杰弗里是英国修辞学家，除了《新诗学》之外，还著有《修辞学中的色彩概要》（*Summa de Coloribus Rhetoricis*）。在中世纪后期，这两部书是诗歌修辞的标准教科书，经常为人们引用。乔叟在《坎特伯雷故事集·修女教士的故事》中提到过他，叹息自己没有他那样的才华："哦杰弗里亲爱的至高的大师，/你那英勇的查理王被射死时，/你曾经抱怨他的死如此心伤；/为何我没有你的才学和句子，/不能像你那样痛骂星期五呢？/因为在星期五他真的被杀死。/那样我怎样悲伤就暴露于你，/因为害怕疼痛的还有大公鸡。"（拙译）①原来，杰弗里写过一篇论文谈论诗歌的做法。在谈哀歌的时候，所用的例子是一首悼念狮心王查理一世的诗。与中世纪的多数英国学者一样，杰弗里的著作是用拉丁文写作的。在古代英国曾经是罗马帝国高卢行省的一部分，不过英国人并不以为这有什么不好，甚至还感到自豪。本来，在英国有盎格鲁拉丁语文学（Anglo-Latin Literature）的传统，该传统起始于597年圣·安德鲁修院院长奥古斯丁前来比列颠传教，止于1422年国王亨利五世（Henry V, 1387—1422）去世。在近千年的时间里，在英国与在欧洲大陆同样，

---

① Larry D. Benson, ed. *The riverside Chaucer*, third edition (Oxford: Oxford University Press, 1987) 260.

拉丁语一直是教育和文化的语言。亨利五世乃大有为之君主。虽然他任英国国王只有十年(1413—1422)，但政绩辉煌。他于1415年大败法军于阿让库尔，于1419年征服诺曼底，并且于1420年迫使法国接受特鲁瓦条约，从而成为法王继承人与摄政。操英语的民族打败了操法语的民族，而法语是从拉丁语方言的一支演变而来的。这简直是个奇迹！不过从那时起拉丁语文学在英国开始衰落了，从此以后再也没有复苏。因为从那时起，虽然还有诗人用拉丁语来创作诗歌，但是听众日渐减少，拉丁语的诗歌只有在教室里面吟诵一下了。尽管如此，较诸英国悠远的盎格鲁撒克逊传统来说，罗马帝国的统治并没有给英国文化留下太深刻的影响。或许因为英语不属于罗曼司语族的缘故吧，英国不像意大利、法国、西班牙、葡萄牙诸国那样重视拉丁语的传统，因而许多用拉丁语写作的古代文献和作品并没有受到足够的重视。水准非常高的拉丁文教师在牛津和剑桥这样的大学中不仅难于做教授，往往穷其毕生的精力只能做普通的语言教员(lector)，其待遇与从吾国聘请去教普通话的教员不多。再加上年代久远，不少书目中早已不再收录有关杰弗里的词条了。不过最近以来，由于盎格鲁－拉丁语文学得到强调，人们开始严肃地对待杰弗里了，认为他是一位有成就的诗歌美学家。美国出版的大型文论选中，往往收有文索夫的杰弗里撰写的著作选段。那么，如此高明以至于连大文豪乔叟都自叹不如的杰弗里是怎样论述比较的呢？在《新诗学》中文索夫的杰弗里写道：

> 比较(collatio)。这第三步就是比较，它须与两条规律中的一条相一致——要么以隐蔽的方式，要么以公开的方式。请注意，有些事物要联系得巧妙，但是某些记号却暴露连接点。公开做出的比较代表记号明白指出的那种相似性。这些记号有三种：由单词more(较多)、less(较少)和equally(相等)来表达。隐蔽地做出的比较不由指出它的记号引入。它被引入，但并不按照自己的面貌引入，而以隐藏的方式引入，好像根本就没有

什么比较一样。(250)但是，你可以说，这样却获得了一种嫁接得极妙的新的形式，在这种新形式中，新的要素完全适合于上下文，好像那新要素是从主题中生出来的一样。的确，新的术语是从别处来的，不过似乎它就是从那里取来的。它从外边来却不像是外边的。它具有里边的面貌却不是里边的。因此它在内外之间波动，在此处和彼处之间波动，在远处和近处波动。它站得远远的，却好像就在手边。它是一株树；假如它被种在有形的花园里那么对题目的处理就更令人愉快。这里有汩汩流淌的井泉之水，在井泉中源头流得更清纯。这里有巧妙连接的公式，在公式中被连接的诸要素汇流在一起，它们互相接触好像它们不是毗邻的而是连续的一样；(260)就好像大自然的手已经把它们连接在一起了，而并不是艺术之手来连接的。这种类型的比较才是更艺术的；它的用途乃是杰出得多的。①

---

① Comparison (collatio). The third step is comparison, made in accord with one of two laws-either in a hidden or in an overt manner. Notice that some things are jointed deftly enough, but certain signs reveal the point of juncture. A comparison which is made overtly presents a resemblance which signs explicitly point out. These signs are three: the words *more*, *less*, *equally*. A comparison that is made in a hidden way is introduced with no sign to point it out. It is introduced not under its own aspect but with dissembled mien, as if there were no comparison there at all, (250) but the taking on, one might say, of a new form marvelously engrafted, where the new element fits as securely into the context as if it were born of the theme. The new term is, indeed, taken from elsewhere, but it seems to be taken from there; it is from outside and does not appear outside; it makes an appearance within and is not within; so it fluctuates inside and out, here and there, far and near; it stands apart, and yet is at hand. It is a kind of plant; if it is planted in the garden of the material the handling of the subject will be pleasanter. Here is the flowing water of a well-spring, where the source runs purer; here is the formula for a skillful juncture, where the elements joined flow together and touch each other as if they were not contiguous but continuous; (260) as if the hand of nature had joined them rather than the hand of art. This type of comparison is more artistic; its use is much more distinguished. —Vincent B. Leitch (general editor), *The Norton Anthology of Theory and Criticism* (New York: W. W. Norton & Company, 2001) 232.

以上是文索夫的杰弗里关于比较的精彩论述。《新诗学》的原文系采用拉丁文诗歌体裁写成，全书长达数千行。为了人们阅读方便，按照当时的习惯，每十行标明行数。圆括号中的数字指拉丁文本中诗行的行数。在这段论述中有四点值得我们注意。

（一）两类比较。文索夫的杰弗里认为，比较有两类，一类是公开的比较，一类是隐含的比较。比较可以是公开的，比如我们今日常见的文章标题"……比较研究"。比较也可以是隐蔽的，比如，钱锺书《宋诗选·序》就是隐蔽的比较。如果不留心观察，那么很难发现钱先生在进行比较研究。事实上，这篇序是一篇运用比较文学的研究方法写出来的绝妙论文。在两种比较方法之中，杰弗里更看重隐蔽的比较。他认为，比较应该做得巧妙，显出记号就不好了。对此，我们有必要从历史主义的角度出发加以认识。他为什么偏爱隐含的比较呢？因为他是从做诗的角度看问题的。中国有句古话"不留斧凿痕"，说的也是这个意思。杰弗里说，较多、较少、相等这三种记号都不好。为什么呢？这是因为真正的比较应当深入事物的本质。那么，如何才能将比较深入事物的本质呢？这就要求用于比较的诸方面之间应有本质上的联系。这也就是清·王夫之所说的"比类相关"。宋·张载《正蒙·动物》："物无孤立之理，非同异、屈伸、终始以发明之，则虽物非物也。"[①]世界上没有孤立的事物，如果它们之间的关系不是相同或相异、弯曲或伸展，终结或开始，那么即使有人把它们叫做事物它们也不是对我们有用处的事物。王夫之《张子正蒙注·动物篇》："凡物，非相类则相反。《易》之为象，《乾》《坤》《坎》《离》《颐》《大过》《中孚》《小过》之相错，余卦二十八象之相综，物象备矣。错者，同异也；综者，屈伸也。万物之成，以错综而成用。或同者，如金烁而

[①] ［宋］张载撰，［清］王夫之注：《张子正蒙》，上海：上海古籍出版社，2000年，第127页。

肖水，木灰而肖土之类；或异者，如水之寒、火之热、鸟之飞、鱼之潜之类。或屈而鬼，或伸而神，或屈而小，或伸而大，或始同而终异，或始异而终同，比类相观，乃知此物所以成彼物之利。金得火而成器，木受钻而生火，惟于天下之物知之明，而合之，离之，消之，长之，乃成物用。不然，物各自物，而非我所得用，非物矣。"①比，比较。类，具有相同属性的事物对象。通过认识事物之间的相互关系，进而认识事物的本质属性。王夫之列举了一大串例子，都是为了说明这个道理。当然，将比较作得隐蔽，并不容易。笔者认为，就个人来说，在从事比较文学研究的初期，在文章中申明比较，公开标举比较的旗帜并没有什么不好。就比较文学这一学科的发展来说，在一个相当长的时期之内鼓励人们进行公开的比较甚至是必要的。

（二）考据功夫。这一段话虽然是从作诗法（prosody）出发而作的论述，但是也具有在学术研究上如何进行比较的意义。在西方的传统中，语法学家、修辞学家和批评家起初是合在一起的。后来，随着学科的分工越来越细，这三者之间才逐步有了差别。在古典拉丁文文献中，grammaticus，可以指语言学家、语法学家，也可以指语文学家，还可以指文艺评论家。而文艺评论家的工作性质，与比较文学家已经很接近了。至于"修辞学家（rhetor, rhetorician）"或"文体学家（stylist）"，均指文笔好的作家，至今西方各国还这样用。比如，善于演讲的大师级人物可以称为修辞学家。又比如，英国文豪高尔斯华绥（John Galsworthy, 1822—1911）就被称作文体学家。显然，对于比较文学工作者来说，有一个重要的任务，那就是努力将自己培养成为语法学家、修辞学家。即使不能成家，也最好留意这

---

① ［宋］张载撰，［清］王夫之注：《张子正蒙》，上海：上海古籍出版社，2000年，第127页。

方面的基本训练，时时进行锻炼。如果缺乏古籍整理的能力，那就很难使用中国典籍中的材料。而对于外国语文的研习，最终也还得深入到历史语言学中去，才能在人文社会科学领域做出具有国际水准的成绩来。从前人们常说：考据是成为学者的唯一道路。今天情形有了不少改变，然而考据依然是成为学者的重要道路。材料准确，研究才可靠。唯有拿出钢鞭，才能叫人信服。中国的比较文学学科建立较晚，欲我国之比较文学真正步入国际学术的大雅之堂，我们还必须老老实实地谦虚谨慎地努力多年。这种努力既包括向中国传统学术学习考据，也包括向西方学术传统学习高级批评(higher criticism)。

（三）材料问题。从事比较研究，与从事其他类型的研究一样，占有丰富的第一手材料是首要的条件。比较，原文用的是 collatio 一语，而不是通常的 comparo 一语。从学科发展史上看，这是值得注意的。比较文学，今日通用 comparative literature。比较，动词通用 compare，名词用 comparison，欧洲各国大都如此，仅据各国语言的拼写习惯而略有差异罢了。我们经常说的"比较"，来源于拉丁文动词 comparo，意思是把相同的事物(par)放在一起(com)，引申为将等同物而放在一起(bring together as equals)、联系(connect)、配对(pair)、匹配(match)、连接(unite)、联合(join)、比较(compare)。① 在德文语境中，比较文学用 die vergleichende Literatur 来表达，Ver-是动词前缀；gleich 是形容词，相同的；-en 是动词后缀；-de 是现在分词的标志。由此可见，无论是用 die vergleichende Literatur，还是用 comparative literature 来表达"比较文学"这个概念，其思路是一样的，都是将等同物放在一起。但是，杰弗里用 collatio 来表示

---

① Charlton T. Lewis, ed., *An Elementary Latin Dictionary* (New York: Oxford University Press, 1996)149.

"比较"。这是怎么一回事呢？原来，名词 collatio 也是拉丁语的单词，它来源于动词 confero（conferre，contuli，conlatus，拿来放在一起，bring togethe）。其中，col - 就是 con - ，随其后的辅音而长生了同化；- latio 由 fero（bring，带来）变来，这是动词变位中的错根变化，亦即在某些位上借用了其他单词的词根。至今，在拉丁文中还有动词 confer，意思是"参照"。拉丁文名词 collatio 稍加变化就成了英文的 collation（核对、校勘、整理），其含义与"比较"仍有联系。"比较文学"这一术语在西方语文中的变化对我们是具有启示的：它可以用来为我国的新兴学科比较文学正名。我国学界流行一句俗话："比较文学一只筐，乱七八糟往里装。"这话有些讽刺意味，至少也是一副调侃腔。不过，别忘了，总还是有东西装呀！肚子里有货，总比追风赶潮玩弄术语人云亦云强。

（四）可比性问题。中国的比较文学总是要发展的。比较文学工作者也在不断地进步。随着事业的发展和研究的深入，我们的眼光也应瞄准国际一流。要想做出国际一流的研究工作，就得提高鉴别材料的眼光。对于比较研究来说，材料虽然重要，但并非一切材料均可用于比较，这里边有个选择材料的问题。《墨子·墨经下》："异类不比，说在量。"①[3]（第204页）墨子认为，不同的事物不能比较推论，其原因在于衡量的标准不同。他还举例作了说明，《墨子·经说下》："木与夜孰长？智与粟孰多？爵、亲、行、贾四者孰贵？"②[3]（第204页）空间（木头的体积）与时间（黑夜的长短）之间不能比较长短，智慧与粮食之间不能比较多少，爵位、亲属、操行、物价之间不能比较贵贱。这里所说的实际上就是可比性问题。将没有可比性的东西放在一起，不是比较，充其量只是比附。当

---

① 姜宝昌：《墨经训释》，济南：齐鲁书社，1993年，第204页。
② 姜宝昌：《墨经训释》，济南：齐鲁书社，1993年，第204页。

然，比附并非完全无益，它是人们进行比较研究的初级阶段。比附也能够让人们扩大视野，看见相关的事物，进而激发人们去深刻地认识事物。通过认识相关的事物，也能够达到认识研究对象本身的目的。但是，比附还不能见出事物的本质和联系。要走出比附，进而进入比较，就得寻找一些基本点。这些基本点之间有的具有统一性，有些具有相似性，有些甚至具有恰恰相反的性质。将这些基本点排列起来，找出它们之间的联系，琢磨这些联系的原因，解释它们的关系，并进一步推论到广大纷繁的现象上。一组这样的基本点就构成了可比性。可比性本身是一个历史地发展着的范畴。随着人们认识的深入，可比性也日益得到更多的开掘。有许多人们从前认为缺乏可比性的事物，随着科学的发达，新理论的提出，视觉的转换，也会成为可比的事物。比较可以在多方之间进行，但通常是在两方之间进行，因为多方也可以按照它们的性质之相似或相反而区分为较大的两方。两方之间的比较便于操作，可以把比较进行得深入一些，展开得广阔一些。

四、近代的西方比较诗学

近代是西方比较诗学的学科建设时期。近代的西方比较诗学，指从古典主义时期到自然主义时期这一阶段的全部具有比较意义的诗学。在时间的跨度上。西方近代比较诗学涵盖了从17世纪法国完成了国家统一和王国专政，经由18世纪法国资产阶级大革命，到19世纪后期西方各国资产阶级革命大体完成的大约300年的时间。17世纪是理性的世纪，人们把一切问题都提交理性的法庭。这种思维特征促使西方诗学家对各种学说进行整合。同时，在17世纪的文坛上古典主义占据主导地位，它反过来促进了诗学理论的条理化。18世纪是启蒙主义的时代，传统的诗学似乎有些衰落，但是美学却异军突起，取得了长足的进展。各种美学体系的提出和建立，在更高的层面即艺术哲学的层面上为西方比较诗学后来的发展做了准备。19世纪是浪漫主义占据主导地位的世纪，在浪漫主义与现实主义的论争中，各种诗学思想重新被激活，有了新的推进。同时，空想社会主义与非理性主义也在抬头，它们丰富了19世纪的西方比较诗学。在这个时期的西方比较诗学中，四个跨越的特征体现得较为全面，出现了不少比较诗学的大家。他们当中，有的诗学家在建构自己的学说体系时只作了一个跨越，更多的诗学家则作了多个跨越。

在德国，莱辛（Gothold Ephraim Lessing，1729—1781）提出了诗画异质说，他比较了诗歌、绘画以及雕塑的联系与差异。莱辛的研究显然在诗歌与绘画之间进行了跨越。黑格尔（Georg Wilhelm Friedrich，1770—1831）的艺术史研究，具有完美的综合研究的品格。歌德（Johann Wolfgang von Goethe，1749—1832）成功地论述了民族文学与世界文学的发展问题。赫尔德（Johann Gottfried Herder，1744—1803）在西方比较诗学的跨民族比较研究和跨语言比较研究方面均取得了重要的突破。《论莪相和古代民族的诗歌》（*Ossian und Lieder alter Völker*）论述了传说中的3世纪爱尔兰诗人和英雄莪相与古代各民族诗歌创作的关系，是一部跨民族、跨语言的比较诗学力作。《民歌中各族人民的心声》（*Stimmen der Volker in Liedern*）是一部民歌选集，收录民歌约两百首，其中多数为德国、法国、西班牙民歌，但是也有英国、希腊、丹麦、苏格兰、秘鲁、马达加斯加等国的民歌，体现了编者的宽广视野和博大胸襟。尤其值得注意的是，英国诗人济慈（John Keats，1795—1821）所提出"消极能力"（negative ability）说，具有丰富的东方可比性因素。再者，"诗画同质"说在西方由来已久，古希腊诗人西摩尼底斯（Simonides，556—468 BC）说："画是无声诗，诗为有声画。"①古罗马的贺拉斯（Horace，65—8 BC）也说过："诗如此，画亦然。"②但此后"诗画同质"说在西方长期处于停滞状态。不过，在近代时期里，情况却有了显著的变化。英国诗人布莱克（William Blake，1757—1827）不仅在其诗歌创作中有着大量的东方因素，而且在其诗学理论中他再次高扬了诗画互补的认识方法，这就不仅发展了西方的"诗画同质"说，而且与中国诗学中的诗画关系学说形成了东西呼应的张力关系。

在近代西方比较诗学的发展过程中，施莱尔马赫（Friedrich Schleiermacher，1768—1834）提出的比较观，尤其值得我们注意。德国学者施莱尔马赫被尊为解释学的奠基人之一。他留下来的著作有《1819年讲课提纲》（*Outline of the 1819 Lectures*）一书。该提纲由"导言"、"第一部分：语法的阐述"和"第二部分为：技术的解释"构成。在导言里，他系统地说明了对文学作品作心理展示的那些原则。在第一部分里，他详细说明了那些用来进行语言分析的原则。在第二部分里，他对导言做了扩充，描述了解释学的两部分在对作品进行"占卜"时如何共同工作。该书第二部分第六条专门论述了解释学的两种研究方法，他说：

> 整个任务要求使用两种方法，占卜的方法和比较的方法，由于它们经常互相参照，因此不得被分开。
>
> 使用占卜的方法时，一方要设法理解作家，亲密[直接]到如此地步，以至于你可以把自己转换成另一方。使用比较的方法时，一方要设法理解一部作品，把它看成具有某个特征的一类，换句话说，按照别人喜欢它的那个样子来观察作品。一方

---

① Mutum est pictura poema, poema loquens pictura.

② Ut pictura poesis.

是人性知识中的阴性的力量,另一方则是阳性的力量。

双方相互参照。首先取决于这个事实,即每一个人都具有可疑性以便用它来直觉其他人,此外他还要分享许多的人性的特点。这一点本身显然取决于这个事实,即每一个人都分享某些普遍的特征;占卜后来受到鼓励,鼓励读者将自己与作者作比较。

但是,比较怎样才能包含那处于一个总类之下的题材呢?显然,要么通过比较,要么通过占卜,而比较可以无限地进行下去。

两方之中,谁也离不开谁,因为占卜首先从一个肯定的比较那里接受其准确性,没有比较它就变成天方夜谭了。但是,比较本身不可能产生统一性。一般和特殊必须相互渗透,而这一点只有通过占卜才能发生。①

---

① The whole task requires the use of two methods, the divinatory and the comparative, which, however, as they constantly refer back to each other, must not be separated. Using the divinatory, one seeks to understand the writer intimately [unmittelbar] to the point that one transforms oneself into the other. Using the comparative, one seeks to understand a work as a characteristic type, viewing the work, in other words, in light of others like it. The one is the feminine force in the knowledge of human nature; the other is the masculine. Both refer back to each other. The first depends on the fact that every person has a susceptibility to intuiting others, in addition to his sharing many human characteristics. This itself appears to depend on the fact that everyone shares certain universal traits; divination consequently is inspired as the reader compares himself with the author. But how does the comparative come to subsume the subject under a general type? Obviously, either by comparing, which could go on infinitely, or by divination. Neither may be separated from the other, because divination receives its security first from an affirmative comparison, without which it might become outlandish. But the comparative of itself cannot yield a unity. The general and specific must permeate each other, and this can only happen by means of divination. —Vincent B. Leitch (general editor), *The Norton Anthology of Theory and Criticism* (New York: W. W. Norton & Company, 2001) 625.

在施莱尔马赫对比较所作的专门论述中，有三点值得我们注意。

（一）施莱尔马赫将比较与占卜并列，认为这是解释学的两种主要的工作方法。这两种方法经常相互为用，因此不能分割开来看。须知，无论在欧洲还是在中国，占卜都是一种很古老的认识方法。人们对事物的推测，首先采用卜的方法，然后才采用占的方法。在中国人们很早就知道"卜凶问吉"了。在西方，古罗马时期有"卜官"（auger）一职，他的工作就是"卜"（augery）。卜官承担是一种宗教职务，即通过观察自然的迹象来解释神的意志，从而对渔猎、农事、战争、庆典、工程等人事活动的前途作出预测。所卜的对象通常是飞鸟，卜官观察鸟儿飞行的路线、方向、发出的叫声、单独飞行还是集群飞行等。必要时，卜官还解剖射下来的鸟儿，察看其内脏的纹理，以便更准确地判断吉凶。这叫做飞鸟卜。此外，还有梦卜、星卜、云卜、气候卜等等。这种情形与中国古代的龟卜是类似的。龟卜是社会生产力还处于渔猎时代的产物。在龟的腹甲或牛羊的肩胛骨上用火灼烧出裂纹，然后观察其裂纹来行卜。后来，随着人类生活的发展，人们逐渐放弃了卜，而采用更为先进的占。占比卜包含更多的人为的努力，在占中人的主观能动性得到了更大的发挥。在占中，主观猜想的成分增加了，而猜想往往包含着大量复杂的推算。这种情形与中国的占筮类似。占筮是社会生产力发展到农耕时代的产物，人们放弃了龟甲和兽骨，而采用轻便的蓍草的茎来作为行占的工具。占筮有专门的经书作指导，这就是《易经》。筮法包含极为繁复的操作和推算，有四营、三变成爻、十八变成卦等程序，旧题朱熹《筮仪》有详明的解说。在西方，有占官（diviner）一职，他的工作就是占（divination）。随着基督宗教的发展，占官的工作后来由神学家担任，或者由教会中的精通神学的工作人员担任，许多行占的人实际上就是牧师。这种情形生动地反映在语言上，即使在当代英语中，divine 这同一个单词仍有三种基本的意义，作形容词时意为"神圣的"，作动词时意为"占卜、预言"，作名词时意为"牧师、神学家"。施莱尔马赫将比较与占卜并列，这说明了其解释学乃是建立在对西方文化深入了解的基础之上的。如果只用占卜，那么不成其为解释学了，那只是片断的零碎的局部的解释，只能为解释教义服务。再有，施莱尔马赫将比较与占卜并列，提高了比较的地位。这是因为，尽管比较是人类最早的认识方法之一，但是在施莱尔马赫之前"比较"从来没有得到系统而科学的说明，"比较"也未能像"卜"或"占"那样进入严肃的宗教生活之中。

（二）施莱尔马赫所说的比较，就是客观地理解文学作品。用客观的态度来对待研究的对象，这正是科学发展的要求。按照施莱尔马赫的讲法，使用占卜的方法时，在作为主观的读者这一方要设法去理解作家那一方，而且还要亲密或直接到如此地步，以至于读者可以把自己转换成另一方即作家。为了怕别人误解他的意思，《1819年讲课提纲》的英译者扬·沃吉契克(Jan Wojcik)特地在"亲密"的这个单词之后附上了德文原文 unmittelbar（直接，不经过中介）。也就是说，进行占卜式阅读的时候，一个主观要转化为另一个主观。这相当于所谓以设身处地的态度理解作家。这时，读者所关注的主要对象是作家而不是作品。使用比较的方法时，情况就不同了，这时读者这一方要设法理解那一部客观地已然存在的作品，而不是理解那个作家。那个作家当时怎么想，他究竟想表达什么意思，读者暂且可以不去管它。读者应一切从作品出发，把它看成具有某个特征的一类。换句话说，按照别人喜欢它的那个样子来观察作品本身。别人不止一个，有许许多多的别人，尽管他们阅读之所得是有差异的，然而作品矗立在那里，他们的差异始终是围绕着作品转的。因此，读者这一方仅仅是人性知识中的一种力量，施莱尔马赫把它称为阴性的力量，因为它是受支配的。至于另一方，也就是作品的那一方，它巍然矗立着，随便你怎么看，作品最终还是要支配你的，因此施莱尔马赫称之为阳性的力量。

（三）施莱尔马赫所说的占卜，就是通过直觉来把握文学作品。可以认为，施莱尔马赫强调心理学的解释，这就使解释学获得了认识论的意义。这是施莱尔马赫的解释学理论的总体倾向。不过，在这段引文中，施莱尔马赫还是更多地肯定了比较。为什么呢？这是因为，"比较可以无限地进行下去。"这是施莱尔马赫的一句名言，这也是对比较研究方法的肯定。我们可以把它理解为比较文学作为学科的生命来源和立论的根据。无论是卜，还是占，进行的次数都不可能太多，多了就不灵了。在古代中国，如果要求行卜的人对于灼烧出来的裂纹不满意，那么他当然可以请求卜官多灼烧几次。不过，典籍的记载乃至影视的表现都告诉我们，在这种场合，卜官一般是不乐意再次灼烧的，因为他明白，假如重新灼烧一次，他又怎么处理前面那一次呢？难道前面那一次不是神的旨意吗？在古代罗马，卜官也不乐意对同一桩事由再次行卜。因为事情明摆着，谁再次射杀一只飞鸟，射下来的肯定不是原来那一只，或许当时根本就不再有飞鸟可射了。这就是占卜依赖自然物所受到的必然局限。占虽然优于卜，但是仍然没有摆脱对于自然物的依赖。至于比较，就不同了。比较不依赖于自然物，它就不受自然物的局限，因此比较可以无限地进行下去。只要有契合点，就可以进行比较。而契合点会随着人类认识的拓展而发现和增加。当然，比较也像人类的任何认识方法一样，并不是万能的。施莱尔马赫认为，比较和占卜不能分割。作为两种主要的认识方法，比较和占卜要相互补充。具体说来，比较文学的研究方法应该与其他学科所采取的研究方法配合使用。这是我们提倡跨学科研究的前提。如果有两种研究方法存在，那么不妨双方相互参照，这是施莱尔马赫的建议。我们对于这个观点,不妨加以拓展。如果有数种研究方法存在,那么不妨多方相互参照。多种研究方法的使用,首先取决于这个事实,即每一个人都具有可疑性并且有权用这种可疑性来直觉其他人。此外,每一个人还得分享许许多多人性的特点。这一点本身显然取决于这个事实,即人的共性,也就是每一个人都分享某些普遍的特征。所谓占卜后来受到鼓励,这是就历史的情形而说的。推广开来,我们有理由认为,无论科学如何发展,直觉毕竟还是一种重要的认识方法,它应当受到鼓励。比如,鼓励读者将自己与作者进行比较,这就是对直觉方法的一种有效的运用。这相当于孟子所说的"以意逆志"。孟子说:"故说诗者,不以文害辞,不以辞害志。以意逆志,是为得之。"①

西方比较诗学的发展过程是漫长的,但是它终于迎来了飞跃,那就是"比较诗学"最终变成了一个学术研究的基本范畴。究竟是谁首先采用"比较诗学"这一术语呢?使用一个术语恐怕比建立一个学科还要早一些。据目前所掌握的材料看,19世纪下半叶德国学者威廉·谢雷尔(Wilhelm Scherer,1841—1886)首先提出了建立比较诗学这一学科的构想。谢雷尔是历史语言学家,1868年任维也纳大学教授,1872年任斯特拉斯堡大学教授,1871年任柏林大学教授。他著作众多,影响较大的有《走向德国语言史》(*Zur Geschichte der deutschen Sprache*,1868)、《德国文学史》(*Geschichte der deutschen Literatur*, 1883)以及《诗学》(*Poetik*,1888,写于1885年)。《诗学》是一部未完成稿,作者未及在理论上深入全面地展开。由于谢雷尔其他方面的成就比较大,其《诗学》一书的成就被遮掩了。美国批评家韦勒克综述谢雷尔的成绩如下。谢雷尔是19世纪后期最有影响的德国文学史家。他的著作极其显豁地标明了实证主义胜利所引起

---

① 杨伯峻译注:《孟子译注》,北京:中华书局,1960年,第215页。

的学术空气的变化。谢雷尔认为，文学的学术研究已变成一门运用归纳法的社会科学了，它以严格的决定论为指导。谢雷尔设法全面说明做诗过程，并且探求历史的一般规律，以便使之成为一种激发的力量。在在多种散篇撰述中，谢雷尔扼要地表述了他的宗旨。他想证明自然的一般合法性也适用于诗作。实际上谢雷尔是在探索文学的源头、类似的现象、平行发展以及生活中的原型。总之，谢雷尔力求养成新的科学眼光。比较诗学、历史规律、全盘的决定论解释法，这番前景无疑令其信服甚而倾倒。①关于谢雷尔对于比较诗学这一门学科的贡献，韦勒克指出：

> 除了说明个别的作品和生平，谢雷尔心里产生的希望就是确定文学史、谐和局面、周期循环的规律。他断定德国文学每隔六百年繁荣一次，年代为 600 年，1200 年，1800 年，而确切出现极度衰落的时期为 900 年和 1500 年，他还估计到可以用细微的对称曲线来标明以及 2400 年聊以慰藉的新的繁荣，由此他以为发现了上述的规律。最后，他设想了一门理想科学的比较诗学，它将从认识原始民族的精神状态入手，追溯诗歌种类的本源。②

遗憾的是，谢雷尔仅仅有了建立比较诗学道德构想，其构想尚未实现，他就去世了。谢雷尔同时期的其他学者，尚未意识到其构想的深远意义。正式营建比较诗学的任务落到了 20 世纪学者们的肩上。

---

① [美]雷纳·韦勒克著，杨自伍译：《近代文学批评史》，第四卷，上海：上海译文出版社，1997 年，第 347—353 页。

② Réne Wellek, *A History of Modern Criticism*, Volume IV: *The Later Nineteenth Century*(New Haven: Yale University Press, 1955) 298.

五、二十世纪的西方比较诗学

  20 世纪是西方比较诗学大放光彩的时期。20 世纪距离我们比较近,属于比较诗学的现当代时期。现当代西方比较诗学,指从唯美主义到后殖民主义这一阶段的全部具有比较意义的诗学。在时间的跨度上,西方现代比较诗学仅仅涵盖了 19 世纪末期到 20 世纪的一百多年的时间,但是在这一时期里西方比较诗学的发展十分迅猛。这是比较文学学科建立并且迅速迎来大发展的时期。19 世纪末比较文学作为一门学科形成了。在比较文学的法国学派独领风骚半个世纪之后,在 20 世纪 50 年代,比较文学的美国学派开始崭露头角,并且很快产生了一批研究成果。这也是西方比较诗学发展史上最令人鼓舞的一个时期,因为大约在 20 世纪 60 年代初期,西方学者便普遍使用"比较"(comparative)一词来修饰和限定"诗学"(poetics)一语了,从而使得孕育两千余年的比较诗学思想终于正式走上了人文科学的学科舞台,诞生了"比较诗学"(comparative poetics)。此后不久便陆续有西方学者撰写比较诗学方面的专著。历史上的重大事件,往往在相隔一段时间之后才更清楚地凸显其面目。我们有理由相信比较诗学发展史上的这一重大事件,无论是其意义,还是其内容,抑或是其成立的细节,将会在今后的岁月中进一步得到彰显。美籍俄裔批评家罗曼·雅各布森(Roman Jakobson,1896—1982)在《最近的俄国诗歌》(*Novejsaja russkaja poezija*,1921)一文说:"文艺科学研究的对象不是文学而是'文学性',也就是说,是将某一部作品造就为一部文学作品的品质。同时,情形早已是这样的了,文学史家们做得简直就像警察一样,警察们出去逮捕罪犯的时候,会把他们当场发现的每一件事、每一个人,以及任何过路人(只要是涉案的)都逮捕起来。文学史家们则自己取用每一样东西——环境、心理学、政治学和哲学。他们努力炮制出了一些土产的学科来代替文艺科学。他们似乎已经忘记，这些学科属于它们自己的研究领域——哲学史、文化史、心理学等，学问的那些领域确实可以使用文学的一座座丰碑来作为文献，尽管这些文献有欠缺，其丰富性仅仅属第二等，而且还掩藏在其他材料之中。"①雅各布森的本意旨在指责有些人不重视文学性，不过他说这一番话的时候无意中道出了比较诗学作为一门学科必然会形成的根据，那就是综合与跨越。事实上，从狭隘的、封闭的、单一的学科研究，走向宽广的、开放的、综合的学科研究，正是处于现代时期的西方文艺科学乃至各门学科的时代大趋势，不仅其势浩浩荡荡不可阻挡，而且其优越性也越来越明显。

在现当代西方比较诗学中，后现代诗学呈现出蓬勃发展的势头。所谓后现代诗学，指从解构主义到后殖民主义这一阶段的全部具有比较意义的诗学。在时间的跨度上，后现代西方比较诗学涵盖了从20世纪50年代以来半个多世纪的时间。这个时期乃是以电脑用于商业信息的加工处理为开端的，因此这是一个信息爆炸、知识爆炸、精神科学日益加速的伟大时代。在短短的半个世纪中，人类所经历的物质文化生活的丰盈性远远超出以往所有时期的总和。在西方比较诗学的后现代时期中，各种新学说风起云涌。在这些新学说中，与比较诗学关系较为密切的主要有结构主义、解构主义、西方马克思主义诗学、接受美学、女权主义批评、新历史主义批评、后殖民主义批评等。这些异彩纷呈的学说基本上可以归属于科学主义和人文主义这两大思潮，它们要么处于共时性的对立里，要么处于历时性的否定中。尽管这些学说各持非此即彼的立场，难免互相

---

① Julie Rivkin and Michael Ryan, ed. *Literary Theory: An Anthology*, revised edition (Oxford: Blackwell Publishing Ltd., 1998) 8.

攻击，显得有些片面、偏激乃至偏执，但是它们也在针锋相对的斗争中显出了自己的特色和价值。卡尔·波普尔（Karl Popper, 1902—）在《科学革命的合理性》（*The Rationality of Scientific Revolution*）一文中，曾经风趣地说："弗朗西斯·培根确实忧虑过这个事实：我们的理论可能对我们的观察产生偏见。这导致他向科学家们提出忠告说，他们应该通过净化他们那充满各种理论的头脑来避免偏见。类似的处方还有人在开。但是，为了达到客观性我们不可能依赖于空空如也的头脑。因为客观性依赖于批评，依赖于批评性的讨论，并依赖于对实验的批评性审视。"①如果我们以一种开放的心态以海纳百川的气度去对待后现代时期的各种新学说，那么这些学说对学我们认识西方比较诗学，发展世界比较诗学，并进而建设比较诗学的中国话语，将会有极大的裨益。在西方比较诗学的后现代时期里，由于电脑的广泛使用和网络的逐渐推开，思想的交流和交锋都变得十分方便和快捷。作为比较诗学的学科性标志的四个跨越突出地贯穿在课堂教学、理论研究、撰文著述、文化交流和国际交往等几乎所有的环节之中。

六、西方比较诗学的学科立场

比较文学的学科立场是我们研究西方比较诗学的出发点和归宿。当我们研究西方诗学的时候，不仅要追踪西方诗学观念本体的发展历程，还要考察西方以外各个文化系统的诗学对西方比较诗学的影响，以及这种影响在西方诗学形成过程中的潜在的比较诗学现象。当我们以西方诗学为本体而进行考察的时候，我们首先要注意

---

① Daniel Rothbart, ed. *Science Reason and Reality*, *Issues in the Philosophy of Science*, (Belmont, California: Wadsworth Inc, a division of Thomson Learning Inc, 1998) 305.

西方诗学的生成语境。西方语境是一个宏大的存在。在以二希文化（Hebrew-Hellenistic Culture）为宏阔背景的西方语境之下，人们认为热爱智慧乃是一件十分自然的事情。比如，圣经里的约伯，就是一个喜欢寻根问底的人，他老是在追问："智慧从何处来呢？聪明之处在哪里呢？"①据拉丁文原文，"聪明之处"指"理智存在的地方"。他不仅寻找智慧，还研究智慧，思考智慧产生的地域问题。约伯对人类的认识能力本身进行了理性的思辨。"那时他看见智慧，而且述说；他坚定，并且查究，"②据拉丁文原文，"他坚定"指"他事先有所准备"，即受过理性思维的良好训练。因此，热爱智慧的人在从事诗学研究的时候，注重话语权、注重思辨乃是顺理成章的事情。热爱智慧，这使得西方诗学从很早的时候起就具有比较的性质。在西方语境之下，不同民族、不同语言、不同的民族文化之间也存在着双向的交流乃至多方向的汇流、激荡和互补。由于西方自古以来的爱智传统像灯塔一样照耀着学者们的心灵，西方不少诗学理论家往往是多面手，他们不仅在各体文学、各门类艺术中建树颇丰，而且其中一部分人往往还是天文学家、或博物学家、自然哲学家、数学家、化学家、生理学家、医学家、建筑学家、工程师等等，因此西方诗学往往也有与各门学科融会贯通的性质。也就是说，在西方语境下，也存在着不同学科之间的双向的交流乃至多方向的汇流、激荡和互补。由此可知，比较文学所倡导的跨语言、跨民族、跨文化和跨学科这四个跨越，也是西方比较诗学的生命之源。

---

① Unde ergo sapientia venit et quis est locus intellegentiae? —Iob 28, 20 (*Vulgata*, 1994).

② Tunc vidit illam et enarravit et praeparavit et investigavit. —Iob, 28, 27 (*Vulgata*, 1994).

七、西方比较诗学的基本特征

西方比较诗学在其自身的历史发展中体现出以下基本特征。

(一)跨语言的特征

在西方比较诗学的发展史上,跨语言乃是一直存在着的突出的特征。在一些欧洲国家里,同时并行几种官方语言。今日欧洲各国大学的外语系的学生,如果主攻西方语言,均须学习两门外语,而且均须达到四会水平。只有主修东方语言的学生,由于东方语言难度较大,因而对第二外语的要求可适当降低一些。二战以后,欧洲各国大学几乎都采用本国语言和英语授课,完全是名副其实的双语教学。西方诗学的跨语言特征是非常自然地形成的。即使在漫长的中世纪里,跨语言的特征也非常突出。这一点似有申说之必要。欧洲中世纪曾被称为黑暗的时代,那时拉丁语是各国的官方语言,因此有人便误以为中世纪的欧洲是拉丁文的一统天下,并不存在什么跨语言的诗学问题。事实恰好相反。晚近的研究表明,拉丁语对各民族国家文学的形成有功。英国古典学专家拉碧(F. J. E. Rabby)的研究表明,甚至连韵脚和节奏等作诗技法也是从拉丁语诗歌进入欧洲各国文学的。在中世纪,在拉丁语范式的推动下欧洲各民族语言在文学中悄悄地发展,并且发展成为比较典范的文学语言,而且其成果也是颇为丰硕的。拉碧在为《中世纪拉丁文诗歌牛津读本》所作的序言中还指出:"英国诗歌之父乔叟、同时代的英国诗人高文,对他们的英文诗歌与拉丁文诗歌同样自豪。其他欧洲各国诗人都从拉丁文诗歌中吸取了大量营养。"①

---

① F. J. E. Rabby, ed. *The Oxford Book of Medieval Latin Verses* (Oxford: At Claredon Press, 1959) p. xii.

(二)跨民族的特征

在世界七大洲中,欧洲的面积倒数第二,仅大于大洋洲,但是欧洲人口密度大,民族种类繁多,而且不少民族之间还具有亲缘关系。同时,由于基督宗教(含天主教、基督教新教、东正教)是大多数欧洲国家的国教,欧洲各国在历史上相互交往非常密切。由于政治经济上的种种利益,国家之间通过王室联姻而分分合合的事例时有发生。在欧洲各国之间,旅行十分便利。欧洲不同民族之间,通婚的现象也较为普遍。因此,西方比较诗学的跨民族的特征也是自然地形成的。

(三)跨文化的特征

西方文化在地中海沿岸发源,从它形成的时候起,欧洲文化就与非洲文化关系紧密。在希腊化时期,希腊人在小亚细亚建立了不少城市国家。从此欧洲文化便蕴含着亚洲文化的因子了。随着基督教的兴起,西方文化本身也迈出了单一文化的格局,进入了称为二希文化的复合型文化的范畴,从而具有更多的东方因素。随亚历山大东征的队伍到达过今天印度的旁遮普一带,欧洲文化由此与亚洲最古老的文明之一印度文明有了联系。根据史料记载,亚历山大的远征军还从居住在与大夏(巴克特里亚)交界处的中国人那里学会了种植棉花,于是一些中国文化的因子很早就进入了欧洲。[①]由此看来,西方文化从来就不是孤立的,而是在二希文化、印度文化、阿拉伯-伊斯兰文化和中国文化交互作用中成长起来的。因此,自古以来西方比较诗学就与世界四大文化体系有着割不断的联系。

[①] Charles Henry Beeson, *A Primer of Medieval Latin, An Anthology of Prose and Poetry* (Chicago: Foresman and Company, 1925) 30.

（四）跨学科的特征

圣经学是西方古老而发达的学术，20世纪流行的解释学就发源于圣经学。在古代有不少教父思想家，在中世纪有不少大学者，他们都在教会立供职。比如，以圣·奥古斯丁和托马斯·阿奎那为代表的西方学者，往往也是著名的比较诗学家。他们精通希腊文、拉丁文，有的还精通希伯来文、阿拉伯文、叙利亚文等东方语文。在古代和中世纪，西方学者的诗学研究大都与圣经研究联系在一起，因此西方诗学自古以来就是一种跨涉宗教学的跨学科研究。到了文艺复兴时期，出现了一大批像达·芬奇一样的全面发展的人物，他们的突出特征是具有跨越多种学科的知识结构。正如恩格斯在《自然辩证法·导言》中所说："这是一次人类历史从来没有经历过的最伟大的、进步的变革，是一个需要巨人而且产生了巨人——在思维能力、热情和性格方面，在多才多艺和学识渊博方面的巨人的时代。"[①]西方各国进入近代以来，尽管科学与学术走上了分科发展的道路，但是要求科学主义与人文主义交融的呼声从来也没有停止过，这就为西方比较诗学的跨学科发展提供了认识论上的基础。

可以预料，进入21世纪之后，西方比较诗学还会以蓬勃的势头朝前迈进。新的学说还会提出，新的流派还会产生，但是万变不离其宗，四个跨越，即跨语言、跨民族、跨文化和跨学科，将作为西方比较诗学的基本特征而长期存在。人们对这些基本特征的认识会不断深化，不断细化，不断科学化，但是绝对不会将它们丢掉。这是因为，四个跨越乃是西方比较诗学成立的基础，也是它永不枯竭的源泉。

[①] 中共中央马克思恩格斯列宁斯大林著作编译局编：《马克思恩格斯选集》（第三卷），北京：人民出版社，1972年，第445页。

济慈诗学三议[①]

——济慈诗学的东方可比性因素

济慈(1795—1821)是深受中国人民喜爱的诗人。中国写新诗的人物,不少都接受过济慈的影响。徐志摩、闻一多、鲁迅等人还在他们的文章中论及或提到过济慈。翻译家朱湘、查良铮、朱维基、屠岸等人在翻译和介绍济慈诗歌方面做过很好的工作。济慈又是一位对英国浪漫主义诗歌运动做出过重要贡献的伟大诗人。济慈的生命历程只有短短的 26 年。据其现存诗作看,济慈的创作时期只有六年(1814—1820)。然而,济慈似乎在和时间赛跑,他不仅留下了大量不朽的诗篇,还给人类贡献了较为丰富的诗学思想。徐志摩在《济慈的夜莺歌》一文中满怀深情地说:"《夜莺歌》依旧抱有他无比的价值:万万里外的星亘古的亮着,树林里的夜莺到时候就来唱着,济慈的夜莺歌永远在人类的记忆力存着。"[②]众所周知,《夜莺歌》是济慈的一首名诗,而"夜莺歌"不妨象征性地用来称谓那包括济慈的全部诗歌创作和理论篇什在内的济慈的文本存在。我们有必要发掘那些隐含在济慈的诗学思想中的可以与东方的相关思想进行比较的诸多因素,庶几全面认识济慈的诗学思想。这项工作就是在精神的层面上去发现二者的关联,并且尽可能给予合理的解释。

[①] 本文原载《外国文学评论》2005 年第 2 期。
[②] 徐志摩著,来凤仪选编:《徐志摩散文》,杭州:浙江文艺出版社,2000 年,第 106 页。

这是一项激动人心的工作,相信它能够二维互动。一方面,在一定的程度上帮助我们更好地认识包括中国诗学思想在内的东方思想,在本体的张力场内促进中国文学批评的话语建设。另一方面,由于旁观者清的缘故,中国学者的研究或许也有利于加深对英国文学本身的理解。研究所依据的文本主要为两种。关于济慈的诗歌,采用屠岸译《济慈诗选》(北京:人民文学出版社,1997)。关于济慈的理论文章,采用周珏良生前亲自编定的《周珏良文集》(北京:外语教学与研究出版社,1994)。某些译文的其他出处,则随文说明。

一、"不闻之乐"与"大音希声"

在《希腊古瓮颂》中,济慈写道:

> 听见的乐曲是悦耳,听不见的旋律/更甜美;风笛呵,你该继续吹奏;/不是对耳朵,而是对心灵奏出/无声的乐曲,送上更多的温柔:/树下的美少年,你永远不停止歌唱,/那些树木也永远不可能凋枯;/大胆的情郎,你永远得不到一吻,/虽然接近了目标——你可别悲伤,/她永远不衰老,尽管摘不到幸福,/你永远在爱着,他永远美丽动人!(屠岸译文)[①]

这是《希腊古瓮颂》的第二节。《希腊古瓮颂》一共五节,各节的押韵方式略有变化,每一节十行,每一行均采用五步抑扬格写成。《希腊古瓮颂》写诗人面对一只古代希腊流传下来的瓦罐,从瓦罐上的彩绘画面出发,所作的种种思考和联想。瓦罐上有这样一幅

---

① *The Norton Anthology of English Literature*, fifth edition, volume 2, with M. H. Abrams as the general editor (New York: Norton & Company, 1986) 822.

画面：一群人，其中还有神，混杂在一起，在乐舞声声中，他们如醉如狂，追逐一些少女。追到后怎么样？当然少不了触摸奶子、捏掐腰身、疯打疯闹、嘻哈打跳。就人们日常生活的美学常识来看，也有所谓"你要知道爱情是什么，就是话不要太多！"一类的说法。不过，济慈在此提出的却是一个严肃的诗学命题："听见了的旋律是甜美的，那些听不见的旋律却更甜美。"这个命题在原诗中跨行，整理为通行的句子，是这样的：Heard melodies are sweet, but those unheard are sweeter. 笔者根据古代汉语的文法习惯将之概括为"不闻之乐"。人们对这句话的理解，当然可以从审美的感受出发。这时候，人们自然容易联想到白居易《琵琶行》中的诗句："别有忧愁暗恨生，此时无声胜有声。"不过，这仅仅是从人的主观感受而考虑声音所产生的效果罢了，并没有揭示出声、音、乐、理之间的辩证关系。在我看来，济慈"不闻之乐"的诗学思想，与老子"大音希声"的理论是颇为契合的。《老子·四十一章》说："大音希声。"按照字面这句话可以直译为现代汉语："宏大之音是很少或不能听到其声的。"要真正理解这个命题的含义，需要把"音"、"声"和"希"的含义搞清楚。据顾易生、蒋凡著《先秦两汉文学批评史》的一条注释，当代日本学者斋藤响对"音"和"声"有一个绝妙的解释。他说："大音"指宏大的音乐演奏（不论是器乐、声乐，还是二者兼有），而"声"则是构成这宏大音乐的单个的管弦乐器声和人声。当它们十分和谐地融成一片的时候，其单个的声便隐没了，只是依稀可闻。①老子本人对"希"有一个绝妙的解释，《老子·二十三章》："希言自然。故飘风不终朝，骤雨不终日。孰为此者？天地。天地尚不能久，而况人乎？故从事于道者，道者同于道，德者

---

① 顾易生、蒋凡著：《先秦两汉文学批评史》，上海：上海古籍出版社，1990年，第183页。

同于德，失者同于失。同于道者，道亦乐得之。同于德者，德亦乐得之。同于失者，失亦乐得之。信不足，焉有不信焉。"老子认为，语文言辞也必须合乎自然规律，正像自然界的风雨有作有息，语言文词的发表当然也有其需要，但是不能过量。人们常说，言多必失。老子也是反对多言的。但是，老子从来不否定语言，而恰恰是十分珍重语言。珍重语言的首要标志就是保持其真实性。歌德作自传，题为《诗与真》（Aus meinem Leben：Dichtung und Wahrheit，直译：来自我的生活：诗歌与真实）。济慈写道：

啊，雅典的形式！美的仪态！／身上雕满了大理石少女和男人，／树林伸枝柯，脚下倒伏着草莱；／你啊，缄口的形体！你冷嘲如"永恒"／叫我们超脱思虑。冷色的牧歌！／等老年摧毁了我们这一代，那时，／你将仍然是人类的朋友，并且／会遇到另一些哀愁，你会对人说：／"美即是真，真即是美"——这就是／你们在世上所知道、该知道的一切。（屠岸译文）①

这是《希腊古瓮颂》的最后一节。最后两个诗行成为人们传诵的格言："'美即是真，真即是美'——这就是／你们在世上所知道、该知道的一切。"（"Beauty is truth, truth is beauty,"—that is all／Ye know on earth, and all ye need to know.）"美即是真，真即是美。"这就是著名的关于真与美的"济慈公式"。在这里，济慈简直像一位哲学家，进行了严肃的辩证的思考，他把真与美等同看待，思路极其清晰。在 19 世纪英国诗学中，浪漫主义诗学是最先崛起的一个流派。浪漫主义诗学的崛起与浪漫主义文学的繁荣有着密不可

---

① The Norton Anthology of English Literature, fifth edition, volume 2, with M. H. Abrams as the general editor (New York：Norton & Company, 1986) 823.

分的联系。济慈采用诗歌创作的形式来表达他的理论见解，乃是很自然的事情。这种情形，就像在古典主义时期亚历山大·蒲伯(Alexander Pope，1866—1744)用诗歌的形式进行理论的探索一样。蒲伯的《论人》、《论批评》、《论道德》等理论著作都是用英雄偶句体写成的长篇论著。在法国，布瓦洛(Nicolas Boileau-Despreaux，1636—1711)著《诗的艺术》，使用的也是诗歌体裁。有趣的是，印度诗人泰戈尔(Rabindranath Tagore，1861—1941)显然认真研究过济慈的这一诗学理论。他在《美感》一文中称济慈为"现代诗人"，他结合印度的文学传统写道："现代诗人说：'Truth is beauty, beauty is truth'（真实就是美，美就是真实）。我们的文艺女神就是'Truth'（真实）和'Beauty'（美）的化身。奥义书也说：'所表达的东西本身就具有真实的快乐本质，或真实的永恒本质。'从我们脚底尘埃到太空的星星都是 Truth（真实）的，都是 Beauty（美）的，因而一切都具有'快乐本质'和'永恒本质'。"①请注意，泰戈尔的这篇文章系用孟加拉文写成，其中夹杂的英文是本来就有的，显然是济慈的原话。引文中的第二个系词是为了单独引用的方便而添加的。在印度古代的思想中，有不少说法重视语言的创造作用。印度人甚至认为，人们开口闭口随便发出的"唵"（读如 aum）的一声就已经包括了一切创造活动。《"唵"声奥义书》第一章："唵！此声，此宇宙万有也。其说如次：凡过去者、现在者、未来者，此一切皆唯是唵声。其余凡超此三时者，此亦皆为是唵声。盖此一切皆是大梵。此自我即是大梵。"②在印度有许许多多的《奥义书》，其中关于语言的创造作用的论述极其丰富，不过大同小异的不少。接着，泰戈尔进一步阐释了他由济慈诗学出发所作的思考，他说："表现这种所见的真

---

① [印度]泰戈尔著，刘湛秋主编：《泰戈尔文集》，第四卷，合肥：安徽文艺出版社，1996年，第230页。

② 徐梵澄译：《五十奥义书》，北京：中国社会科学出版社，1995年，第731页。

实的快乐本质和真实的永恒本质，乃是诗歌和文学的目标。当我们仅仅通过肉眼看到真实和通过智慧接受真实的时候，那时我们尚不能在文学里把它表现出来。但是一旦我们通过心灵接受真实的时候，我们就能在文学里表现它。那么，难道文学不是艺术技巧的创造吗？它难道仅仅是心灵的发掘吗？不错，文学技巧中也有一些创造。心灵通过自己美的力量用语言、声音或色彩记录下所发现的惊喜和快乐。就在这里，有着创作技巧的运用。而这就是文学，这就是音乐，这就是绘画。"①由此可知，济慈说"美即是真，真即是美"的时候，并不是不讲究文学技巧，也不是不用心从语言文字的运用上去琢磨。我们看到济慈的许多诗文稿都有反复修改的痕迹，有的诗篇再次发表的时候还有大段的删改。其实，济慈也是一个"语不惊人死不休"的诗家，难怪曾有人把济慈看作是唯美主义的诗人。

此外，济慈还在书信《一八一八年二月三日致雷诺兹》中表达了类似的思想，他写道：

> 我们讨厌那种看得出来是有意要影响我们的诗——你要不同意，它就好像要把两手往裤子口袋里一插，做出鄙夷不屑的样子来，诗应当是伟大而又不突出自己，应能深入人的灵魂，以它的内容而不是外表来打动或激动人。甘于寂寞的花多么动人！如果它们挤到道上，高声喊道："羡慕我吧，我是紫罗兰！爱我吧，我是报春花！"那还会有什么美呢？（周珏良译文）②

---

① ［印度］泰戈尔著，刘湛秋主编：《泰戈尔文集》，第四卷，合肥：安徽文艺出版社，1996年，第230页。

② *The Norton Anthology of English Literature*, fifth edition, volume 2, with M. H. Abrams as the general editor (New York: Norton & Company, 1986) 864.

你看,"甘于寂寞的花多么动人!"(How beautiful are the retired flowers!)在中国诗人看来,有闹春逗秋的花,有争奇斗艳的花,有含情脉脉的花,也有会说话的花,据《苏轼诗集合注》卷九,苏轼(1037—1101)《吉祥寺花将落而述古不至》诗:"今岁东风巧剪裁,含情只待使君来。对花无信花应恨,只恐明年便不开。"据同卷,苏轼《述古闻之明日即至坐上复用前韵同赋》诗:"仙衣不用剪刀裁,国色初酣卯酒来。太守问花花有语,为君零落为君开。"①也有解语的花,据《唐诗纪事》卷六九,罗隐(833—910)《牡丹花》诗:"似供东风别有因,绛罗高卷不胜春。若教解语应倾国,任是无情亦动人。芍药与君为近侍,芙蓉何处避芳尘?可怜韩令功成后,辜负秾华过此身。"②当然也有甘于寂寞的花,据《苏轼诗集合注》卷三二,苏轼《题杨次公春兰》诗:"春兰如美人,不采羞自献。时闻风露香,蓬艾深不见。丹青写真色,欲补《离骚传》。对之如灵均,冠佩不敢燕。"③花不能言,其意可知。中英诗人对花的观察同样细腻,中英诗人因花而产生的联想基本相同,中英诗人对甘于寂寞之花的心态十分契合。不过在济慈这里,虽然他说的话很富于形象性,但是这句话仍然不失命题的力量。值得注意的是,济慈是在考察了诗歌发展史的情况下发表这一见解的。众所周知,浪漫主义并不是一个统一的文学运动。在欧洲各国,浪漫主义发展也不平衡。就在英国,浪漫主义也有种种区别,一般分为积极浪漫主义和消极浪漫主义两派。由于浪漫主义重视作家的想象,强调个人主观的感受,有些浪漫主义诗人也有变态的或病态的表现。比如,有情绪低

---

① [宋]苏轼著,[清]冯应榴辑注:《苏轼诗集合注》,黄任轲、朱怀春校点,上海:上海古籍出版社,2001年,第420页。
② [宋]计有功:《唐诗纪事》,上海:上海古籍出版社,1987年,第1034页。
③ [宋]苏轼著,[清]冯应榴辑注:《苏轼诗集合注》,黄任轲、朱怀春校点,上海:上海古籍出版社,2001年,第1610页。

沉愤世嫉俗的,有忧郁愁闷失望而作无病呻吟的,有不满于现实依赖梦境追求怪诞的,有逃避现实而美化中世纪宗法社会的。这些情形都背离了生活的真实,表现这一类情绪的作品很难说具有真美大美。正如泰戈尔在《美感》一文中所指出:"同样,真正成熟的美感不能与心灵纵欲和心不在焉同时并存,两者是格格不入的。"[1]济慈有感而作,他借花为喻,发表了对浪漫主义文学运动中的某些不良倾向的看法。那么,我们不禁要问:为什么甘于寂寞的花那么动人呢?原来,这是自然界中事物的本性使然,《庄子·天道》:"夫虚静、恬淡、寂漠(寞)、无为者,万物之本也。……朴素而天下莫能与之争美。"寂寞的花,如同其他寂寞的事物一样,比较容易显出其本真的状态。《庄子·渔父》:"真者,精诚之至也。不精不诚,不能动人。故强哭者虽悲不哀;强怒者虽严不威;强亲者虽孝不和。真悲无声而哀,真怒未发而威,真亲未笑而和。真在内者,神动于外,是所以贵真也。"这也是用说理的方法表达的诗学见解,从文艺心理学的角度阐明了真的重要性。济慈说:"甘于寂寞的花多么动人!"庄子说:"天地有大美而不言,四时有明法而不议,万物有成理而不说。"(《庄子·知北游》)庄子认为,天地自身由道所派生出来的美不依靠语言而能表现,四季变化的规律不依靠议论而自然显现,万事万物的道理也不依靠人们的说明而成立。庄子的不少言论,其意思与济慈乃是相近的。这些都有助于我们领会济慈的诗学思想。

二、"两个房间"与"三种境界"

在书信《一八一八年五月三日致约翰·雷诺兹》中,济慈提出

---

[1] [印度]泰戈尔著,刘湛秋主编:《泰戈尔文集》,第四卷,合肥:安徽文艺出版社,1996年,第220页。

了一个著名的观点,即"两个房间"说。他写道:

> 我把人生比做一幢有许多间屋子的宅邸,有两间屋子我可以描述一下,其余的门还锁着,我进不去。我们说先迈步进去的那间房子叫做"幼年之室"或者"无思之室",只要我们不会思维,我们就在那里待下去。——我们会在那里待很久,纵然第二间屋子的门是敞开的,显示出一片光亮,我们可不急于进去。但我们不知不觉地受到我们内在的思维能力的觉醒所驱使而前进。——我们一走进我将叫做"初觉之室"的第二间屋子就将为那里光线和空气所陶醉,到处都是使人愉快的新奇事情,颇有乐而忘返终老于斯的想法。但是呼吸了这种空气的后果之一就是使人对人类的心灵和本性敏感起来,使我们觉得世界上充满了悲惨、伤心、痛苦、疾病和压迫。这一来"初觉之室"的光明就逐渐消失,同时他周围许多门敞开了——都是黑阒阒的,都导向黑暗的过道。——我们看不到善恶的平衡。我们在迷雾里。——这就是你我当前的处境。我们感觉到"人生之谜的负担"。以我看来渥兹渥斯在写《丁登寺》的时期就处于这种境界里。我认为他的天才当时正在这些黑暗的过道里探索。如果我们活下去并继续思维着,我们也要去探索这些过道。(周珏良译文)[①]

这是存在于济慈的诗学思想中的一个重要观点,值得加以充分探讨。

第一、固然,济慈的"两个房间"说接近中国诗学家王国维

[①] The Norton Anthology of English Literature, fifth edition, volume 2, with M. H. Abrams as the general editor (New York: Norton & Company, 1986) 867.

(1877—1927)的"三种境界"说,然而,总的说来,它还没有到达中国诗学的境界说的理论高度。在关键词的运用上,"房间"是一种间接的比喻,还不是直接的指谓。在理论的阐述上,"两个房间"说只是朦胧的猜测,还不是完整清晰的论述。译文中出现的"境界"一词,原文作 state,含义为状态,此义固然接近于"境界"一词,而且周珏良先生的翻译也的确是传神之笔,但是这个单词济慈仅偶一用之,济慈大量使用的还是"房间"一语。所谓"房间",英语原文用的是 apartment 一词。该词来源于意大利语的动词 appartamento,意思是 to separate,即分开。在英语中,apartment 的原本的含义为"相隔"、"间隔"、"区分",后来才转指"一座房子里的单独的一个房间"即单间,或"一座楼里的单独的一套房间"即"公寓房"。从济慈的原话看,这个词的含义主要是"阶段"而不是"领域"。众所周知,文学家的一生往往会经历不同的阶段,他们在不同阶段的创作可能属于不同的流派。拿中国作家来说,白居易就是一个明显的例子。在贬江州之前,其诗歌创作多感时伤怀的政治讽喻诗。诗人自贬江州之后,一变积极进取的人生态度,讽喻诗不见了。从那时候起,他知足保和,吟咏所及,不出个人生活境况及情绪,与朋友交流感情的酬唱,以及山川胜迹的观游。拿外国作家来说,德国诗人海涅(Heinrich Heine,1797—1856)的创作早先属于浪漫主义,后来倾向于革命民主主义,成为德国无产阶级第一个和最重要的诗人。拿国家的情形来说,在法国浪漫主义与现实主义长期共存。在世界文学史上,像济慈这样的生命和创作时间都很短暂因而只属于一个文学流派的诗人虽然不是个别例子,却也并不是很多。值得注意的是,人生的阶段按照历时顺序发展,人生的境界既可以按照历时顺序发展也可以按照共时方式呈现。而且,一位诗人在不同的作品中同时臻于几种境界也是有可能的。再有,虽然作品的境界与人生的境界密切相关,但是它们并非简单地相同。

第二、即使从济慈的论述本身而论，也是如此。济慈说："我把人生比做一幢有许多间屋子的宅邸。"也就是说，在济慈看来，在人生的意义的层面上，一个人所拥有的并不止两个房间，因而一个人可能达到的也就不止两种境界了。同样，即使从文学的意义上看，也不止两个房间，因而也就不止两种境界。这是因为"同时他周围许多门敞开了。"既然有许多的门，也就通向许多的房间。如果以房间比喻境界，也就应该有许多的境界。只不过，济慈受到自身生命历程、创作经历等因素的局限，只认识两个房间罢了，而他本来是羡慕着有一天能够认识更多的房间的。也就是说，济慈渴望自己的创作再丰富一些，能够多领略几种境界乃至多创造出几种境界来。"幼年之室"（Infant Chamber）或者"无思之室"（Thoughtless Chamber）指作家早期创作的境界。至于济慈叫做"初觉之室"（Chamber of Maiden-Thought）的第二间屋子，指的是作家在稍微成熟一些时候所达到的境界。济慈之所以觉得到处都是黑阗阗的，都是一些导向黑暗的过道，乃是因为他尚处于摸索之中。可惜的是，还没有摸索到第三种境界，他就英年早逝了。

济慈羡慕的诗人是比他创作成就更为丰富、理论建树也更多的浪漫主义诗人渥兹渥斯（华兹华斯，William Wordsworth，1770—1850）。华兹华斯所作的《丁登寺》（Lines Composed a Few Miles above Titern Abbey, on Revising the Banks of the Wye during a Tour, July 13, 1798），直译应是《诗行，旅游途中重游瓦伊河两岸，作于丁登寺上游几英里之处，时在一七九八年七月十三日》。华兹华斯这种兼叙述做诗的本事以及时间地点的长标题法，与中国古代诗人制诗题的方式是一致的。华兹华斯于1793年游览过丁登寺，五年后又与妹妹多萝西一起故地重游。诗人兴会空前，于是赋下此诗。华兹华斯说："没有一首诗比这首诗的创作情景更使我愉快的了。我离开丁登寺的时候就开始构思。我同妹妹一起度过瓦伊河谷，漫游了四五天之后，于一天傍晚来到了布里斯托尔城，至此终于构思完毕。此诗一行也没有被改动过，直到我到达布里斯托尔城之前我没有动笔写下过此诗的任何部分。"①此诗在我国又译作《廷腾寺》、《丁登寺杂咏》、《丁登寺旁》、《丁登斯赋》。顺便指出，《丁登寺杂咏》，此译法有悖原诗主旨，不可取。《丁登寺旁》，译法可取。《丁登斯赋》，译法更佳。所以译作《丁登寺赋》，因为这首一百五十九行的长诗，乃诗人在一气贯注的精神状态中一气呵成。《丁登寺赋》大气磅礴，比喻丰富，意象密集，有较多的铺叙的成分，类似于中国的赋体。赋者，富也。明·徐师曾《文体明辨序说》："诗有六义，其二曰赋。所谓赋者，敷陈其事而直言之也。"

那么，济慈为什么羡慕华兹华斯写作《丁登寺赋》的时候所达到的境界呢？这是因为华兹华斯创作《丁登寺赋》的时候，在诗人的成长过程中对于大自然的反应的变化已经历了三个阶段：少男阶段、青春阶段、当前阶段。在诗篇第66—101行中，华兹华斯隐隐约约地描述了他成长的三个阶段，它们均与诗篇中关于自然的情景有关联。一是少男阶段。这时主宰华兹华斯的是纯粹的身体反应。请看第73—75行："童年的粗野乐趣，蠢动戏耍，／都成了往事，未有自然，主宰着／我全部的身心。"（杨德豫译文，下同）二是青春阶段。这时充满华兹华斯心中的是各种模糊的隐约的激情——这是一种有点可怕的爱情，也是他第一次游览时的心态。请看第67—72行："我已不同于当年的旧我——当年，／我初来这一片山野，像一头小鹿／奔跃于峰岭之间，或深溪之旁，／或荒溪之侧，听凭自然来引导；／那情景，既像是出于爱慕而追寻，／更像是出于畏惧而奔逸。"又，第75—85行："——那时的我啊，委实是难以描摹。轰鸣

---

① *The Norton Anthology of English Literature*, fifth edition, volume 2, with M. H. Abrams as the general editor (New York: Norton & Company, 1986) 150.

的瀑布／似汹涌激情，将我纠缠不舍；／高山，巨石，幽深昏暗的丛林，／它们的形态和色彩，都成了我的／强烈的嗜欲；那种爱，那种感情，本身已令人魇足，无需由思想／给它添几分韵味，也无需另加／不是由目睹得来的佳趣。——然而／那样的时光消逝了，痛切的欢乐，／眩目销魂的狂喜，都一去无踪。"三是当前阶段。这时除了感觉之外，华兹华斯还增加了一些思想。他关于人类苦难的所有知识是在过去的五年中如此痛苦地获得的，以至于净化了他的心灵，又使得眼前的景色变得丰富，像音乐的琴弦一样凄婉动人。诗人还获得了对固有的"现在"的体验，仿佛是上帝的感召将他与外部世界联系了起来。请看第85—101行："对此，我并不沮丧或怨尤；随后／我别有所或；而这些损失，我想，／会得到充足的补偿。因为，对自然，／我已学会了如何观察，不再像／粗心的少年那样；我也听惯了／这低沉而又悲伤的人生乐曲，／不粗粝，也不刺耳，却浑厚深沉，／能净化、驯化我们的心性。我感到／仿佛有灵物，以崇高肃穆的欢欣／把我惊动；我还庄严地感到／仿佛有某种流贯深远的素质，／寓于落日的光辉，浑圆的碧海，／蓝天，大气，也寓于人类的心灵，／仿佛是一种动力，一种精神，／在宇宙万物中运行不息，推动着／一切思维的主体、思维的对象／和谐地运转。因此，我仍如往日，／喜爱草原、森林和崇山峻岭，／喜爱这绿色世界的百态千姿，／喜爱我耳目所及的森罗万象——／其中，有仅凭耳目觉察的，也有／经过加工再造的。我深为欣慰，／能从自然中，也从感官的语言中，／找到我纯真信念的牢固依托，／认出我心灵的乳母、导师、家长，／我全部精神生活的灵魂。"（杨德豫译文）①从《丁登寺赋》所描摹出的自然世界和所联系到的精神世界来看，颇类似于中国词学

---

① ［英］华兹华斯、柯勒律治著：《华兹华斯、柯勒律治诗选》，杨德豫译，北京：人民文学出版社，2001年，第127—133页。

中"穆"之一境,这是济慈的诗歌创中所不具备的,当然令他羡慕不已!

第三、中国诗学的独特理论境界说,其形成经历了一个漫长的历史过程,其中也吸收了外来文化的营养。

首先,境界是一个来自印度文化的概念。在印度文化中,关于境界的含义是这样的。有三个梵文单词均和"境界"有关,它们是 vishaya(感觉作用的区域,working, field of action), artha(对象,object, thing, matter, affair, business, work, aim, purpose, cause, meaning), gocara(心的活动范围,cow-pasture, sphere of action, province, dwelling, reach, range, horizon)。这里所列出的相应的英文单词,出自麦克唐奈尔《实用梵文辞典》,①相信有助于比较研究的深入。在将佛殿翻译为汉语的时候,这三个单词都译作"境界",有时也以做"尘"。在佛教看来,引起眼、耳、鼻、舌、身、意六根的感觉思维作用的对象,即色、声、香、味、触、法,因为它们能够污染人心的缘故,好像尘埃落在镜子上一样,所以叫做尘。这也从一个侧面告诉我们,由于诗歌是要用形象思维的,所以深受佛教影响的中国诗家最终会认识到这样的"尘"或曰"境界"的重要性并逐步建立起一套完整的理论。

其次,尽管如此,印度文化的因子对于中国诗学仅仅起着触媒的作用,中国诗学的建立毕竟还得依靠自身的文化基因。境界,其最基本的含义是疆界,汉朝时人们就使用"境界"来表达这个观念了。《诗·大雅·江汉》第三章:"江汉之浒,王命召虎:'式辟四方,彻我疆土。匪疚匪棘,王国来极。于疆于理,至于南海。'"从那江汗水旁,周王命令召虎:你去开辟四方,整理我国疆土。不要

---

① Arthur Anthony Macdonell, *A Practical Sanskrit Dictionary*, (New Delhi: Munshiram Manoharlal Publishers Pvt. Ltd., 1996).

烦扰人民,必受王家感化。整理田地划疆土,一直到达南海上。汉·郑玄笺:"于,往也。于,於也。召公于有叛戾之国,则王正其境界,修其分理,周行四方,至于南海,而功大成事终也。"①境况,后来指境况和情景。虽然这种用法的文献记载较晚,还是可以从《宋诗钞·剑南集》所载陆游(1125—1210)《怀昔》诗中见到:"偶住人间日月长,细思方觉少年狂。众中论事归多悔,醉后题诗醒已忘。鼂作鲸吞吁莫测,谷堙山堑浩难量。老来境界全非昨,卧看紫帘一缕香。"②如果从发生学的角度用长时段的眼光看问题,那么这种时代的交错对于观念的逻辑进程并无影响。在内外诸因素的作用下,"境界"一词逐渐具有诗学批评术语的力量了,即事物所达到的程度或表现的情况,尤其指诗文绘画的意境。隋·吉藏(549—623)译《无量寿经》卷上:"比丘白佛,斯义弘深,非我境界。惟愿世尊,广为敷衍,诸佛如来净土之行。我闻此已,当如说修行,成满所愿。"③在我看来,"境界"一词的这种含义是交错发生的,而文献的记载则有先有后。况且,在吉藏译经之前的大量汉译佛教文献中已经有了关于各种"境"的记载,虽然是单独使用一个"境",在许多场合其含义与"境界"乃是一样的。

复次,具体地在诗学理论中论及境界的是活跃于中唐时期的诗僧皎然。皎然著《诗式》,在诗歌的原则上,他首先确定了诗歌的崇高地位。然后,他提出了"取境"说。所谓取境,就是意境的创造。他认为,取境决定诗歌格调的高下。皎然说:"取境之时,须至

---

① [汉]毛亨传,[汉]郑玄笺,[唐]孔颖达疏,李学勤主编《毛诗正义》下册,北京:北京大学出版社,1999年,第1243页。
② [清]吴之振、吕留良、吴自牧选辑《宋诗钞·宋诗钞补》,上海:三联书店影印,1988年,第351页。
③ [隋]吉藏撰《无量寿经》、[隋]慧远撰《观无量寿经》、[隋]智顗撰《阿弥陀经》合印本,上海:上海古籍出版社,1990年,第54页。

难至险,始见奇句。成篇之后,观其气貌,有似等闲,不思而得,此高手也。"①境,意境,境界。意境的创造要经过艰苦奇险的过程,才能产生雄奇峻伟的诗句。而在诗成之后,其气貌平易自然,好像全不费力,不思自得,这才是做诗的高手。皎然又说:"诗人之思初发,取境偏高,则一首举体便高;取景偏逸,则一首举体便逸。"②高与逸是作者崇尚的两种风格,这要由取境来决定,并通过所做诗的意境体现出来。《全唐诗》卷八一五皎然《秋日遥和卢使君游何山寺宿敫上人房论涅槃经义》诗:"江郡当秋境,期将道者同。积高怜竹寺,夜静赏莲宫。古磬清霜下,寒山晓月中。诗情缘境发,法性寄筌空。翻译推南本,何人继谢公。"③在这里,皎然提出了一个诗学命题"诗情缘境发。"他把诗歌的基本要素"情"和"境"有机地统一起来。

复次,虽然皎然提出了学说,他却没有进行深入的论述。经过历代诗学家的努力,至近代王国维提出境界说,才集其大成,形成一套完整的理论。王国维《人间词话》,其核心理论是境界说,大要如下。第一、什么是境界?《人间词话》六:"能写真景物、真感情者,谓之有境界。"④第二、造境与写境。《人间词话》二:"有造境,有写境,此理想与写实二派之所由分。然二者颇难分别。因大诗人所造之境,必合乎自然,所写之境,亦必临于理想故也。"⑤第三、有我之境与无我之境。《人间词话》三:"有我之境,以我观物,故物皆著我之色彩。无我之境,以物观物,故不知何者为我,

---

① [清]何文焕辑《历代诗话》上册,北京:中华书局,1981年,第31页。
② [清]何文焕辑《历代诗话》上册,北京:中华书局,1981年,第35页。
③ 康熙年间编扬州诗局本《全唐诗》下卷,上海:上海古籍出版社,1986年,第1996页下。
④ 《蕙风词话·人间词话》合订本,北京:人民文学出版社,1982年,第193页。
⑤ 《蕙风词话·人间词话》合订本,北京:人民文学出版社,1982年,第191页。

何者为物。古人为词，写有我之境者为多，然未始不能写无我之境，此在豪杰之士能自树立耳。"①第四、内与外的关系。《人间词话》六零："诗人对于宇宙人生，须入乎其内，又须出乎其外。入乎其内，故能写之。出乎其外，故能观之。入乎其内，故有生气。出乎其外，故有高致。"②第五、三种境界。《人间词话》二六："古今之成大事业、大学问者，必经过三种植境界：'昨夜西风凋碧树，独上高楼，望尽天涯路。'此第一境也。'衣带渐宽终不悔，为伊消得人憔悴。'此第二境也。'众里寻他千百度，回头蓦见，那人正在，灯火阑珊处。'此第三境也。此等语皆非大词人不能道。然遽以此意解释诸词，恐晏、欧诸公所不许也。"③由此可知，由王国维集大成的境解说，内容极为丰富，仅其中的"三种境界"部分才涉及人生的阶段，因而略与济慈"两个房间"说相接近。

三、"天然能力"与"消极修辞"

在济慈的诗学理论中，"天然能力"一说在我国影响较大，论者亦多。近几年来，这方面的论文也发表了一些，不过似乎有越说越玄乎的倾向，委实令人失望。这既不利于中国文论话语的建设工作，又不利于世界各国文学本体的研究。所以如此，除了术语方面的原因之外，主要还是由于与中国相关理论以及文学创作的情形之比较过于缺乏。有鉴于此，兹再作较为深入的比较研究。"天然能力"语出济慈书信《一八一七年约十二月二十一日及二十七日致乔治和汤姆·济慈》：

---

① 《蕙风词话·人间词话》合订本，北京：人民文学出版社，1982年，第191页。
② 《蕙风词话·人间词话》合订本，北京：人民文学出版社，1982年，第220页。
③ 《蕙风词话·人间词话》合订本，北京：人民文学出版社，1982年，第203页。

我和戴尔克讨论了一些问题，没有争辨；在思想上我弄清楚了一些问题，使我忽然感到是什么品质能使人，特别是在文学上，有所成就，而莎士比亚又怎样高度具有这种品质。我指的是"天然接受力"，也就是说有能力禁得起不安、迷惘，怀疑而不是烦躁地去弄清事实，找出道理。举个例说，柯尔立治[柯勒律治]因为不能满足于半知半解，就会放过从神秘的殿堂中得到美妙孤立的近似真理。而尽管从大量书籍中找来找去也不会使我们比下面这个道理懂得更多一点，那也就是对一个大诗人来说美感超过其他一切考虑，或者不如说消灭了其他一切考虑。（周珏良译文）①

第一、我们不得不就译名作一番辨析。原文中的 negative capability，翻译成中文的时候，有许多说法，主要有：客体感受力、反面感受力、天然接受力、消极能力、消极才能、消极接受力、消极感受力、否定能力、消解力、自我否定的才能等，这些译名都有不少人使用，并且都有人各从某一侧面进行过发挥。这些术语基本上由两方构成。一方为限定语"客体的"、"反面的"、"天然的"、"消极的"、"消解的"、"否定的"或"自我否定的"。一方为中心词"感受力"、"接受力"、"能力"、"才能"或"力"。实际上，通过自由组合，还可以产生许多其他的名目。至于两卷本的高等学校文科教材《西方文论选》下册第 61 页注释中提到的 negative capacity 一语，显然是一个排印错误。②为研究方便，本文使用"天然能力"。这样做的理由在下边将会逐渐显现出来。

---

① *The Norton Anthology of English Literature*, fifth edition, volume 2, with M. H. Abrams as the general editor (New York: Norton & Company, 1986) 863.

② 伍蠡甫、蒋孔阳、秘燕生：《西方文论选》下册，上海：上海译文出版社，1979 年，第 61 页。

第二、再看天然能力与消极修辞的关系。笔者认为，从济慈喜欢"甘于寂寞的花"这一基本思路出发，可以断言，济慈崇尚朴实的诗风。不可否认，济慈在其诗歌创作的初期，的确刻意修辞过。由于济慈曾经受到斯宾塞(Herbert Spencer, 1820—1903)和密尔顿(John Milton, 1608—1674)的影响，他在创作的早期意欲追求华丽。这种情形，颇类似于中国的宋代初年诗坛，一时之间。模仿的人不少，所谓"诗家总觉西昆好，独恨无人做郑笺。"（元好问《论诗三十首》之十二）由于李商隐做诗喜欢用僻事，下奇字，晚唐及宋初人多效之，号西昆体。这样的诗歌，不加以笺注，是很难读懂的。济慈早期的诗歌，也与此情形相仿佛。比如，在济慈创作长诗《徐佩里昂》(*Hyperion*)的时候，他曾刻意模仿密尔顿《失乐园》(*Paradise Lost*)的风格，喜欢拉丁化的复杂的句子结构，喜欢大词(big words)，喜欢雄伟豪迈的风格。但是，济慈很快就认识到了，尽管密尔顿伟大，对于自己的创作却是一种不良的影响。济慈在书信《一八一九年九月二十一日致乔治和乔治安娜·济慈》中说："《失乐园》虽好，但是损害了我们的语言，……我最近才对密尔顿有所警惕。他之生即是我之死。密尔顿的是要雕琢才能写出来，而我则宁愿追求另一种风格。"①于是他的诗风很快就有了改变。当他于1819年9月写作长诗《许配里昂之死》(*The Fall of Hyperion*)的时候，他的创作态度已经完全改变了。

那么，英国文学的本土传统是什么呢？那就是史诗《贝奥伍甫》以来的传统，即北方传统。济慈在前揭书信中又说："我们的语言——它应当被保存下来，因为它是一个独特的现象，一桩新鲜事儿，一件美丽而伟大的新鲜事儿。它是世界上一个最特别的产品，

---

① 周珏良自编：《周珏良文集》，北京：外语教学与研究出版社，1994年，第561页。

由一个北方的语言将就了希腊文和拉丁文的倒装句和特有的声律写成的。我认为最纯洁的,或者应当是最纯洁的英语是恰特顿的。我们的语言古老得没有被乔叟的法语所损害,原来的词语仍在使用着。恰特顿的语言纯粹是北方的。我喜好恰特顿诗中的本土音乐胜过密尔顿。"(周珏良译文)①所谓北方传统,就是英国本土传统。这是因为从地理位置上看,希腊和罗马都位于南欧,而英国位于欧洲的北部。英语这种语言,虽然在发展的过程中吸取了希腊文和拉丁文的某些特点,却没有丧失自身的本质特征。英国人日常使用的口语,其自身的节奏与在英国广泛使用的素诗(blank verse)或曰无韵五步抑扬格(unrhymed iambic pentameter)乃是十分接近的。②乔叟(Geoffrey Chaucer, 1340—1400)曾随英王爱德华三世远征法国,后来又去意大利经商,回国后创作诗歌体的《坎特伯雷故事集》,深受意大利文学影响,并吸收了大量法语词汇。恰特顿(Thomas Chatterton, 1752—1770),英国天才诗人,所作"罗利诗篇"(Rowley poems)享有盛名,18岁就在穷愁潦倒中自杀而死,于是成为青年诗才遭受忽视的最初的象征。华兹华斯《坚毅与自立》(*Resolution and Independence*)一诗第七节写道:"我想到奇才异禀的少年,恰特顿,/他心老神瘁,盛年便匆匆凋谢;/还想到那位躬耕陇亩的诗人,/他在山坡下犁地,豪迈而欢悦;/我们的心志便超越于凡界;/我们诗人,年少时心欢意畅;/到头来衰颓老大,只剩下沮丧癫狂。"(杨德豫译文)③是的,地道的英国文学喜欢用小词(small words)和克制性

---

① 周珏良自编:《周珏良文集》,北京:外语教学与研究出版社,1994年,第561页。

② Cf. blank verse-John Anthony Cuddon, A Dictionary of Literary Terms (London: Andre Deutsch Limited, 1979) 84.

③ *The Norton Anthology of English Literature*, fifth edition, volume 2, with M. H. Abrams as the general editor (New York: Norton & Company, 1986) 45–46.

陈述(understatement)。英国文学作品和英国人民一样,是从朴素中见出真美和大美的。英国英语的韵味儿,需要较长时期在英国本土生活方能体会到。英国人民朴素的真美大美,也需要较长时间在英国本土生活才能体会到。在英国,你能见到的漂亮男女,大都是外国人。我曾经和英国朋友开玩笑说,你们英国人不漂亮!他们自己也承认说:是的。但是,英国的事物,也有一个突出的特点:Not beautiful, but very good. 即"不漂亮,但很好。"本土英语的这种特点,有助于英国诗歌在世界上独树一帜。而且,英国诗学的相关理论,是比较多地切合英国的本土预言。无怪乎英国的诗学传统总的说来与中国自老子以来的诗统之主流乃是接近的。"美言不信",天下之至理也。

　　让我们再看济慈的诗风与消极修辞的关系。济慈的诗风,可以说类似于"清水出芙蓉,天然去雕饰。"(李白《经乱离后天恩流夜郎忆旧游书怀赠江下韦太守良宰》)如果说在济慈的诗歌中也有一些优美的风格的话,那基本上是得于其本真性格的真美和大美,而并非刻意修辞的结果。正如泰戈尔在《美感》一文中所说:"美最终把人引向克制,美赐予人以甘露。人喝了甘露,逐渐控制了历来就有的饥饿。有些人本不想把毫无节制看作不幸而弃之,而现在把它看作不美而弃之。"①纵观世界各国文学的发展历程,大凡历史悠久的某一国的文学,总会有一些文学宗师站出来倡导节制,并通过该国众多文学家的创作实践而学会了消极修辞。积极修辞,使用各种辞格。消极修辞,不使用任何辞格而从语言本身体现出来。从本质上看,消极修辞具有更大的力量。《论语·卫灵公》:"子曰:辞达而已矣。"孔子认为,文辞只要能够达意就够了,不要过求文采。对

---

① [印度]泰戈尔著,刘湛秋主编:《泰戈尔文集》,第四卷,合肥:安徽文艺出版社,1996年,第217页。

此，苏轼作了重大的发展。《苏轼文集》卷四九《与谢师民推官书》："所示书教及诗赋杂文观之熟矣，大略如行云流水，初无定质，但常行于所当行，常止于所不可不止，文理自然，姿态横生。孔子曰：'言之不文，行之不远。'又曰：'辞达而已矣。'夫言至于达意，疑若不文，是大不然。求物之妙，如系风捕影，能使是物了然于心者，盖千万人而不一遇也，而况能使人了然与口与手乎？不是之谓辞达。辞至于能达，则文不可胜用矣。"[1]苏轼对孔子的话做了新的解释。辞达，这要求是很高的。它要求作品使用普通的言辞来充分表达作者的思想和客观事物的特征，把丰富多彩的客观事物和细腻微妙主观感受准确生动地描绘出来。辞达，这是消极修辞的最简捷之表述。任何稍微有些写作经验的人都知道，这比采用积极修辞手段来写作华丽的辞章来真是困难多了。

第三、我们还得再研究那存在于济慈的"天然能力"之后的东西，即灵性思维。这里，我们不妨仍然采用比较的方式来进行研究。先看苏轼的情形。苏轼好佛，诗歌中富有灵意的作品不少。苏轼更崇尚自然，道家对他的影响是深刻而广远的。我曾经作过统计，在东坡诗歌中受道家影响的作品之数量比受佛教影响的还要多，其理论文章更是如此。这是因为，苏轼接受佛教的影响要早一些，这发生在他的少年时代。苏轼《众妙堂记》："眉山道士张易简教小学，常百人，予幼时亦与焉。居天庆观北极院，予盖从之三年。谪居海南，一日梦至其处，见张道士如平昔，汎治庭宇，若有所待者，曰：'老先生且至。'其徒有诵《老子》者曰：'玄之又玄，众妙之门。'"[2]苏轼八岁入小学，以眉山道士张易简为师。及壮，

---

[1] ［宋］苏轼著，傅成、穆俦标点《苏轼全集》下，上海：上海古籍出版社，2000年，第1652页。

[2] ［宋］苏轼著，傅成、穆俦标点《苏轼全集》中，上海：上海古籍出版社，2000年，第882页。

亦常与道士交游。除自号"东坡居士"之外，曾自称"铁观道人"。因此在我看来，在苏轼的文学理论中实际上存在着灵性思维的成分。那么我们不禁要问：济慈是否具有灵性思维呢？

　　回答是肯定的，理由如次。首先，济慈在书信《一八二零年八月十六日致波西·比希·雪莱》说："我的思想犹如一座寺院，而我则是寺院中的修道士；你必须自己解释我的玄学观点。"① 其次，济慈在书信《一八一七年十一月二十二日致本杰明·贝莱》中说："啊，我多么希望我能肯定的，你的一切烦恼都将终结，就像我能肯定你对想象力的可靠性的暂时吃惊会终结一样。别的我没有把握，可我深知心灵中真情的神圣性和想象力的真实性——由想象力捕捉到的美的必定是真，不管以前有过没有——因为我对人们所有的激情和爱情都是这个看法，当它们处在其崇高状态之中时，都能够创造出本质上的美来。"（拙译）② 根据《基督教文学文集》编者的看法，这一段话的意思无非是说：无限就是蕴于现在的有限，而且可以通过感情和想象而得到了解（I am certain of nothing except the holiness of the heart's affections, and the truth of the imagination.）③ 众所周知，有限与无限的关系是一个重要的基督教神学课题，济慈的诗篇之所以优美，恰恰在于他恰当地处理了有限与无限的关系。那么，他是如何处理的呢？他的处理方式为典型的基督教方式，即在诗篇中不时用具有灵性的事物来点缀一下。在济慈的著名诗篇中，要么直接出现圣经中常见的意象，要么通过古希腊或古罗马的文化而间

---

① *The Norton Anthology of English Literature*, fifth edition, volume 2, with M. H. Abrams as the general editor (New York: Norton & Company, 1986) 876.

② *The Norton Anthology of English Literature*, fifth edition, volume 2, with M. H. Abrams as the general editor (New York: Norton & Company, 1986) 860.

③ Alister E. McGrath, ed. *Christian Literature: An anthology*, (Oxford: Blackwell Publishers Ltd., 2001)486.

接地出现与基督教有关的意象。希腊原本就是一个快地区的社会，古希腊的宗教与许多东方宗教有联系，古希腊的文化和埃及乃至整个亚洲的文化也有联系。古希腊的事物出现在诗篇中，总是让人感受到一种宗教情怀的萦绕以及东方神秘主义思想的灵光。至于古罗马，与基督教的联系就更紧密了。济慈将古希腊古罗马的事物熔铸在自己的诗作中，这法子煞是简单，可谓灵丹一粒，点铁成金，吉光片羽，也生灵性。正如泰戈尔在《文学的意义》一文中所说："玫瑰花是不同寻常的，它以自己的美向我们显示特殊性，它自然是属于我们心灵的。但是有些事物是平凡的，不美的，我们的心却能用想象的'一'的目光，使它特殊化而显示出，并能把它从外部请到人心内部的闺房来款待它。"①毫无疑问，这个"一"就是宇宙的最高主宰大梵（Brahma）和人心的最高主宰阿特曼（Atman），而大梵和阿特漫又是同一个存在即神（God）。复次，在英国的浪漫主义诗人中，华兹华斯和柯勒律治（Samuel Taylor Coleridge，1772—1834）在诗歌创作中的宗教因素均比较明显，他们分别有诗作《丁登寺赋》和《宗教冥想》（Religious Musings）等。这样的诗作属于基督教文学的典型文献。相比之下，济慈诗歌创作的宗教性在英国的浪漫主义诗人中最不明显。不过，虽然济慈没有留下属于基督教文学的典型作品，但是他在书信《一八一七年约十二月二十一日及二十七日致乔治和汤姆·济慈》中曾明确地谈到"神秘的殿堂"（penetralium，圣殿中最隐秘深奥的部分，内殿）。这就告诉我们：济慈的诗歌具有基督宗教的性质。

第四、那么，我们不得不继续追问：是什么东西触发了济慈的灵性思维？原来是一只小小的麻雀。在书信《一八一七年十一月二

---

① ［印度］泰戈尔著，刘湛秋主编：《泰戈尔文集》，第四卷，合肥：安徽文艺出版社，1996年，第321页。

十二日致本杰明·贝莱》中济慈写道:"我也没有机会像你那么苦恼。也许你曾认为在某些特定的时间内可以得到一种叫做人间乐事的东西。有你那种禀性是会这么想的,我可几乎记不得曾指望过有快乐的时候。如果当前没有快乐,我也不到哪里去寻找。除了此时此刻没有别的可以打动我。落日总使我舒畅。一只麻雀落在我的窗前,我也分享它的生活,和它一起啄食。"①原来济慈的奇妙诗思竟然是一只小小的麻雀触发的!麻雀怎么能够触发诗人的深思呢?这是因为麻雀具有灵性。首先让我们看一看古罗马诗歌中描写的麻雀。卡图卢斯(Gaius Valerius Catullus, ca. 84—54 BC)诗篇第三首《麻雀》写道:"悲悼吧,爱神维纳斯与丘比特!/人群中有几个比死者更加迷人?/我那俏佳人的麻雀死去了,/麻雀,就是我那俏佳人的麻雀呀。/她曾爱它,胜过自己的眼睛。它曾经甜美,又曾经善解/自己的女主人,像女儿了解母亲。/它不曾离开主人的膝头,/跳跃着,一会儿这边走,一会儿那边行。/它唧啾着,直到太阳西沉。/现在它踏上去黄泉的路程。/到了那边,谁还能回来?大家都否认。/可是你们看,情况多糟糕,多黑暗。/在冥府,一切的好处,都只好独自吞。/你们把好麻雀,从我这里带走了。/哎,可怜的麻雀,糟糕的事情!/谢谢你,我的俏佳人,看你那一双/正在流泪的红肿的眼睛。"②当卡图卢斯的情人莱斯比娅那一只心爱的麻雀死后,他写下了这首诗以志哀悼。这是拉丁文学史上公认的卡图卢斯最精巧的诗作之一。在这首诗中,轻柔柔的优雅与半微笑的同情相结合,从而产生出艺术魅力来。看来,麻雀的确通人性。那么,原因何在呢?正如圣经所说,天上的鸟,和地上的百合花一样,都

---

① *The Norton Anthology of English Literature*, fifth edition, volume 2, with M. H. Abrams as the general editor (New York: Norton & Company, 1986) 862.

② Elmer Truesdell Merrill, ed. *Catullus*, (Cambridge: Harvard University Press, 1893) 6-8.

是自由的象征,它们从来不畏生命忧虑,不愁吃和穿。(马太福音6:25—31)在《诗篇》中,可拉后裔咏叹道:"万军之耶和华,我的王、我的神啊,/在你祭坛那里,麻雀为自己找着房屋,/燕子为自己找着菢雏之窝。"①毫无疑问,神的麻雀也在济慈的诗歌创作中找到了归宿。

第五、通过比较中英两国自古以来的思想,也可以从一个细节中看出济慈所受中国道家思想的影响。济慈发表长诗《徐佩里昂》之后,雪莱(Percy Bysshe Shelley,1792—1822)为该诗的美和展示的前景深深地打动,他慷慨地邀请济慈前来比萨和他一起住,可是济慈拒绝了,因为他并不同情雪莱那种对社会的反叛。不过,这邀请倒产生了一个效果,结果济慈产生了自己前往意大利的想法。他去那里是为了挽救日渐恶化的健康。1821年,济慈赴意大利。济慈和艺术家朋友塞文(Joseph Severn,1793—1879)在罗马住下来了。可是没有多久,由于诊病不治,济慈于当年2月23日逝世于罗马。他的坟墓就在罗马英国新教徒公墓里(Protestant Cemetery),至今还是成千上万旅游者前往凭吊的所在。济慈的墓志铭是最耐人寻味的:"这里躺着一个人,他的名字用水写成。"(Here lies One whose name was writ in Water.)②这不就是中国道家所说的"上善若水"吗?③或许有人认为,济慈的墓志铭与中国的道家思想无关,而是受古希腊哲学影响的产物,因为米利都学派(Milesian school)认为"万物的本原是水"。可是,这样的推论是不能成立的。虽然米利都学派认为万物的本原是水,可是古希腊哲学没有哪一个流派将水与名联系起来思考过。在世界思想体系中,将水与名联系起来思考的只有中国的道

---

① 《诗篇》84:3。

② Annette T. Rubinstein, *The Great Tradition in English Literature from Shakespeare to Shaw* (Beijing: Foreign language Teaching and research Press) 578.

③ 《老子·八章》。

家。老子就是这样讲的，在《老子》一书中，有大量的篇幅论述水与名的关系，其中，第32章、34章、66章和78章讲得比较集中。因此，我们有理有认为，济慈的墓志铭是受中国道家思想的产物。就世界范围内考察，德国和法国的浪漫主义作家直接通过阅读中国书籍而受中国影响的人比较多。英国浪漫主义作家受中国影响的直接证据至今还不多见。不过，由这个墓志铭可知，济慈至少间接地接受过中国的思想。

布莱克诗歌创作中的东方因素[①]

一、诗歌创作的东方特征

威廉·布莱克(William Blake,1757—1827)的诗歌创作,其突出特点是大部分诗篇中都弥漫着浓郁的东方神秘主义,而且他使用的象征也极富于东方色彩。布莱克本人承认他属于神秘主义的人格类型。正是这一点使得许多人感到迷惑。据记载,早在孩提时代,布莱克便十分耽于幻想。据他自述,年仅四岁的时候他便看见过上帝,有一天上帝来到他家并从窗户看着他。当他长大一些以后,他又看见过一棵奇异的大树,上面悬挂的不是累累果实,而是一个个攀援在那里的天使。天使们那明亮的翅膀灿烂发光,好似一颗颗星星点缀栽树枝上。别人都不相信有这等奇观,布莱克却硬说他看见了,于是他的父亲给了他一顿好打。长大成人之后,布莱克认为他接受过许多早已去世的大人物之灵魂的探访,比如摩西、维吉尔、荷马、但丁、密尔顿等。他还说,他们的身影是巨大的、灰色的,但是发出光芒。似乎他从来没有问过自己:这些影像究竟是纯粹的幻影,还是真实的人影?他一味相信这些都是真实的明白的。在布莱克看来,整个大自然就是一个巨大的精神的象征。在这个庞大的

[①] 本文原载《天津外国语学院学报》2005 年第 1 期。

象征中他看见了精灵、仙女、魔鬼和天使,而这些精神性的个体也在看着他。他们有时候十分友善,他们有时候怀着敌意,如一朵朵花儿睁大了眼睛,如一颗颗星儿眨巴着眼睛。

布莱克的诗歌创作留下了关于他的神秘主义思想的纪录。布莱克在诗歌《天真的预言术》(Auguries of Innocence)第一节里写道:

> 在一粒沙中见一个世界,/在一朵花中见一片天空,/在你的掌心里把握无限,/在一个钟点里把握无穷。(张炽恒译文)①

这是一些英文选本未选录而又非常重要的几行诗(To see a world in a grain of sand /And a heaven in a wild flower, / Hold infinity in the palm of your hand /And eternity in an hour.)。它们形象地表达了布莱克以整个大自然为精神象征的观点。神秘主义与象征主义有不解之缘,而这一切又和东方的思想息息相关。由于思想之间的契合性,布莱克的诗歌容易使我们联想到佛教的"一尘法界"之喻。虽然微尘是极小的,但是智慧的眼睛却能够在其中观照出整个法界亦即整个宇宙。佛教认为,一粒尘埃之内包含大千经卷。不仅微尘如此,宇宙中的任何事物,都是究极真理的显现。通过任何一个事物,哪怕是极其微小的事物,而见出究极真理,这也就等于见出其他事物,以至于整个宇宙。布莱克的诗歌还使我们联想到法国象征派诗人的鼻祖波德莱尔(Charles Beaudelaire,1821—1867),他将世界比喻为一座象征的森林。波德莱尔《感应》诗写道:"自然是一座神殿,那里有活的柱子,/不时发出一些含糊不清的语音;/行人经过该处,穿过象征的森林,/森林露出亲切的眼光对人注视。/仿佛远远传来一

---

① [英]威廉·布莱克著:《布莱克诗集》,张炽恒译,上海:上海三联书店,1999年,第89页。

些悠扬的回音,/互相汇成优美而深邃的统一体,像黑夜又像光明一样茫无边际,/芳香、色彩、音响全在互相感应。/有些芳香新鲜得像儿童肌肤一样,/柔和得像双簧管,绿油油像牧场,/——另外一些腐朽、丰富、得意洋洋。/具有一种无限物的扩展力量,/仿佛琥珀、麝香、安息香和乳香,/在歌唱着精神和感官的热狂。"①感应,这是波德莱尔重要的美学观念,它构成了象征主义诗派的重要理论基础。在波德莱尔看来,感应就是打开宇宙神秘之门的钥匙。布莱克还使我们联想到具有某些象征主义特征的美国诗人爱德加·爱伦·坡《艾耳拉弗》(*Al Aaraafa*)诗中的两行:"整个大自然在说话,甚至理想的事物/也通过幻影般的翅膀拍打出朦胧的声音。"②从一方面看,艾耳拉弗是由丹麦天文学家第谷·布拉赫(Tycho Brache,1546—1601)发现的一颗星的名称,它突然出现在天际,光亮超过木星,不过几天之后,却猝然消失了。从另一方面看,在伊斯兰教的神秘主义体系中,艾耳拉弗,意译"高处"(high place),即天园(比较:天堂、天国)与火狱(比较:炼狱)之间的一处不固定的空间隔障。正是在这个意义上,诗人才把它想象为"美的观念"诞生的地方。

　　神秘主义的故乡在东方。从历史发展上看,虽然世界各国都出现过神秘主义,但东方是神秘主义的渊薮。首先,世界三大宗教都出现在东方。基督教诞生在巴勒斯坦。佛教诞生在印度。伊斯兰教诞生在阿拉伯半岛。在发展的过程中,这些宗教都逐渐走上了教义学理化的道路。尤其是随着科学的发展,这些宗教的教义都对自然科学的原理逐渐加以吸收,以求跟上时代。因此,就这些宗教的现

---

① [法]波德莱尔著:《恶之花·巴黎的忧郁》,钱春绮译,北京:人民文学出版社,1998年,第20页。

② All nature speaks, and e'en ideal things /Flap shadowy sounds from visionary wings. —Edgar Allan Poe, "Al Aaraaf."

代情形而论，其教义中的神秘主义呈现出一种逐渐减少的趋势。尽管如此，各宗教的发展是不平衡的。基督宗教在吸收科学思想方面做得好一些。梵二会议以后，罗马教廷还建立了科学院。它以优厚的条件聘请一批科学家潜心从事科学研究，并且明确告诉他们：只需埋头科学研究，别的可以不管，即使研究得出的结果与现行教义相冲突也没有关系。至于佛教和伊斯兰教，它们所保存的神秘主义至今依然比较多。佛教有密宗，神秘主义浓郁。伊斯兰教有苏菲派，神秘主义更加浓郁。至于世界上的其他宗教，比如印度教、犹太教、锡克教、巴哈伊教、耆那教、琐罗亚斯德教、萨满教等，神秘主义的成分就更多了。即使是基督宗教，其东正教教派也保留了较多的带神秘意味的仪式。至于分布在东方国家的属于基督宗教的某些较小的派别，它们自然免不了与当地的民族传统相融合，带有一定的神秘主义就更不足怪了。从根本上说，神秘主义来源于东方人的思维方式。神秘主义主张人和神之间的直接交往，并从这种交往关系中领悟到宇宙的秘密。而在人类的早期时代，神与唯自然界之间往往是不分的。就中国来说，天人合一，人与自然融合的思维方式是很普遍的。这个高高在上的天，在古代人们的心目中往往也就是上帝，也就是神。到了汉代，董仲舒（前197—前104）著《春秋繁露》，倡导"天人感应"说。他认为"天为万物之祖"、"百神之君"。天按照自己的形象创造了人类，人的形神和道德品质等只不过是天的副本罢了，而天则通过阴阳五行的变化来体现其主宰作用。董仲舒《春秋繁露·人副天数》："莫富于地，莫神于天。天地之精所以生物者，莫贵于人。人受命乎天也，故超然有以倚。物疢疾莫能为仁义，唯人独能为仁义；物疢疾莫能偶天地，唯人独能偶天地。人有三百六十节，偶天之数也；形体骨肉，偶地之厚也。上有耳目聪明，日月之象也。体有空窍理脉，川谷之象也；心有喜怒哀乐，神气之类也。观人之体一，何高物之甚，而类于天也。物旁折取天之阴阳以生活耳,而人乃烂然有其文理。"①就在西汉末和东汉初,谶纬流行。从流传至今的各种纬书来看,所谓谶纬,就是富于汉代特色的神秘主义。中国古代的文人学士,尤其是入世思想浓厚的文人,一般都不会公然信奉神秘主义。但是,由于神秘主义乃是东方思维方式的产物,东方的一些知识分子,其中包括高级知识分子,往往在潜意识中迷恋神秘主义。这几乎是中国古代文人的共同特征,例外是比较少的。比如,白居易就是一个很典型的例子。请看《白氏长庆集》卷五九《三教论衡》:"问。《维摩经不可思议品》中云:'芥子纳须弥。'须弥至大至高,芥子至微至小;岂可芥子之内,入得须弥山乎?假如入得,云何得见?假如却出,云何得知?其义难明,请言要旨。难。法师所云:'芥子纳须弥,'是诸佛菩萨解脱神通之力所致也。敢问诸佛菩萨以何因缘,证此解脱?修何智力,得此神通?必有所因,愿闻其说。"②所谓神通力,指凡情、凡人不可测度的不可思议的无碍自在的能力,也就是超自然的力量。一切神秘主义者所追求的正是这种力量。白居易是著名的现实主义诗人,官至二品之高,寿至75岁。白居易是个非常讲究实际的人。他尚且如此,其他士大夫如何执迷于神秘主义,就可想而知了。现代社会,尽管科学非常发达,但是人的基本属性并没有改变多少,人们希望过一种有深度的生活这一基本愿望依然存在。人既然是多层次现实的交汇点,其思维便绝不不可能是单维的,因而神秘主义依然有其存在的基础。由于神秘主义已经演变为一种研究隐秘生活的科学,融修行术与秘传知识为一体。可以说,近代以来,神秘主义已经上升到一种最高水平的个人宗教了。于是我们看到,在现代社会里信奉神秘主义的人依然不少,他们通过涤欲、洁志、

---

① 苏兴撰,钟哲点校:《春秋繁露义证》,北京:中华书局,1992年,第354页。
② [唐]白居易著:《白居易集》,喻岳衡点校,长沙:岳麓书社,1992年,第937页。

彻悟和神人交融，以求与神合而为一。在布莱克生活的时代以及当时的英国社会，现实的苦难都不少，因此他崇奉神秘主义是必然的，否则他的心灵便得不到慰藉。众所周知，布莱克的心，是那么清澈晶莹，而又富于感动力。关于这一点，看看布莱克的诗作就知道了。

典型的神秘主义意象之一：羔羊。布莱克在《羔羊》(The Lamb)一诗中写道：

小羊羔儿，谁造了你？/你可知道是谁造了你？/给了你生命，吩咐你吃草，/在流水旁边，遍青青草地；/给了你人间人爱的衣裳，/茸茸的衣裳，鲜艳又柔软；/给了你那么柔和的声音，/让所有的溪谷听了都喜欢？/小羊羔儿，谁造了你？/你可知道是谁造了你？　　小羊羔儿，我来告诉你，小羊羔儿，我来告诉你：/他的名字和你的一样，/因为他叫自己羊羔羔儿；/他又柔顺，他又温和，/他变成了一个小小孩儿：/我是小孩儿，你是羊羔儿，/我们全都叫他的名儿。/小羊羔儿，上帝保佑你。/小羊羔儿，上帝保佑你。（张炽恒译文）①

羊的种类较多，羊也是世界上分布最为广泛的动物之一。虽然不列颠岛上很早就有羊栖息，而且从很古老的时代起不少英国人就以养羊为生，但是布莱克在这首诗里所描写的羔羊，不是一般意义上的羔羊，而是指神的儿子耶稣基督。在《圣经》的故乡约旦旷野、巴勒斯坦南部、摩押高原以及附近的美索不达米亚地区，到处可见肥美的牧场。青青的牧场上，点缀着百合花，十分圣洁。在那里，有

---

① M. H. Abrams and others, eds., *The Norton Anthology of English Literature*, fifth edition, volume 2 (New York: W. W. Norton & Company, 1986) 33.

一位新郎在呼唤："我的佳偶，我的美人，起来，与我同去！"（歌2∶10）去做什么呢？去牧羊。于是，他的新娘歌唱道："良人属我，我也属他；他在百合花中牧放群羊。"（歌2∶16）根据《创世记》4∶2的记载，希伯来民族自古擅长牧羊，亚伯就是牧羊的。在希伯来民族看来，羊属于洁净的兽类，肉可佐餐，被视为美味；乳为饮料，营养丰富；皮可制衣，轻便保暖；羊毛为重要的纺织原料。《新约》称耶稣为上帝的羔羊，认为他为担负世人的罪孽而献身受死。《新约》将基督与教会的关系比做夫妇间的婚姻关系，基督是上帝的羔羊，教会是基督的新娘。按照基督教的传统，羔羊也用来比喻民众，而上帝则是牧羊人。由于耶稣与天父原本为一，所以耶稣说："我是好牧人，我认识我的羊，我的羊也认识我。正如父认识我，我也认识父一样，并且我为羊舍命。"（约10∶14—15）羔羊的品格是什么呢？就是柔顺温和。这也就是孔子的品格，即温良恭俭让。《论语·学而篇第一》："子禽问于子贡曰：'夫子至于是邦也，必闻其政，求之与？抑与之与？'子贡曰：'夫子温、良、恭、俭、让以得之。夫子之求也，其诸异乎人之求之与？'"①请注意，在布莱克的笔下，羔羊还与老虎形成对偶。

典型的神秘主义意象之二：老虎。布莱克在《老虎》（The Tyger）一诗中写道：

老虎！老虎！黑夜的森林中／燃烧着的煌煌的火光，／是怎样的神手或天眼／造出了你这样的威武堂堂？　你炯炯的两眼中的火／燃烧在多远的天空或深渊？／他乘着怎样的翅膀搏击？／用怎样的手夺来火焰？　又是怎样的臂力，怎样的技

---

① 杨伯峻译注：《论语译注》，北京：中华书局，1980年，第6页。

巧，/把你心脏的筋肉捏成？/当你的心脏开始搏动时，/是用怎样猛的手腕和脚胫？　是怎样的槌？怎样的链子？/在怎样的熔炉中炼成你的脑筋？/是怎样的铁砧？怎样的铁臂/敢于捉着这可怖的凶神？　群星投下了它们的投枪，/用它们的眼泪润湿了穹苍，/他是否微笑着欣赏他的作品？他创造了你，也创造了羔羊？　老虎！老虎！黑夜的森林中/燃烧着的煌煌的火光，/是怎样的神手或天眼/造出了你这样的威武堂堂？（郭沫若译文）①

布莱克有意识地将老虎与羔羊形成对偶，是为了凸显老虎英勇的品质，让人们看得更分明。老虎的分布地区比各种羊的分布地区狭小得多。老虎只分布在亚洲，北至西伯利亚，南至印度尼西亚和印度一带，才有老虎。《圣经》中不见对老虎的记载。西方作家中较早提到老虎的是古罗马诗人维吉尔（Virgil，70—19 BC）。维吉尔《牧歌》之五第29—31行写道："达夫尼教导，给亚美尼亚的虎套辕，让它们拉战车，/达夫尼还教导，为酒神巴库斯起舞，/把柔软的香草，扎在长矛的上边。"②维吉尔生活的年代，大致与中国西汉的辞赋家扬雄（前53—公元18）相当。扬雄《羽猎赋》中有一段，描写天子亲猎，神威所至，妄发期中，所获如山，即使轻疾凶猛的禽兽亦无所逃避，其中也有对老虎的描写。虎进入英国作家的视野比较晚。虎大致是随着英国在世界各地的殖民拓展才出现在英国作家笔下的。因此，虎一旦出现在诗歌中，便容易惹人注目。虎一旦用于

---

① M. H. Abrams and others, eds., *The Norton Anthology of English Literature*, fifth edition, volume 2 (New York: W. W. Norton & Company, 1986) 41.

② Daphnis et Armenias curru subiungere tigris /institut, Daphnis thiasos inducere Bacchi / et foliis lentas intexere moliibus hastas. — Virgil, *Eclogues, Georgics, Aeneid*, volume 1 (Cambridge: Harvard University Press, 1999) 56.

象征，则象征性极强。这里的老虎，不是一般意义上的老虎，而是指上帝的威武堂堂的造物。有人认为，"总起来说，这首诗是一个身处风声鹤唳的伦敦的手工匠人对于英吉利海峡对岸的法国革命者所拥有的革命暴力的颂歌。"①这只是猜测罢了，缺少事实根据。布莱克对法国革命的态度，可以从他的另外一首诗《法国革命》得到说明，而无须扯上这一首诗《老虎》。在这里，虎是力量的象征。如果从深层次看，虎象征上帝。何以见得？布莱克将老虎与羔羊对举。根据三位一体的思维理路，羔羊是耶稣，也就是象征上帝。原来在《圣经》中，上帝有两种基本的形象。一种为严父般的上帝，一种为慈父般的上帝。以羔羊象征慈父般的上帝是《圣经》本身的传统。以老虎象征上帝则是布莱克这位翱翔于神秘主义太空的博学深思的英国诗人对《圣经》文学的发展。在中国的元典中，《诗经》的风、雅、颂三个部分对老虎均有较多的描写。布莱克描写的老虎，大致与《大雅·常武》中的老虎之意象相当。《常武》第四章："王奋厥武，如震如怒。进厥虎臣，阚如虓虎。铺敦淮濆，仍执丑虏。截彼淮浦，王师之所。"

那么，这样的象征是否能够被人们所理解呢？有不少人认为，布莱克的诗歌晦涩难懂。但是，布莱克本人却不那么看。他骄傲地自称："我，威廉·布莱克，一介精神王子！"（I, William Blake, a Mental Prince.）。他说，他别无选择，要么自己创造出一个体系来，要么为别人的体系所奴役。当然布莱克是绝不甘心为别人的体系所奴役的。于是他便孜孜不倦地经营他的神秘主义诗歌王国。他曾在致《通向富贵与高位之途径》一书的作者、牧师特拉斯勒博士的一封信中说："你说，需要由别人来帮助阐明我的观点。但是，要知道，对于低能的人来说，一切宏伟的东西都必然是晦涩难懂的。而

---

① 王佐良：《英国文学史》，北京：商务印书馆，1996年，第164页。

对白痴都能交代得一清二楚的东西,又何必劳我去操心呢?"①这是多么自豪的回答!

二、诗画互补的认识方法

布莱克一生的艺术实践活动始终在诗歌与绘画中周旋。他一生的轨迹,仿佛是他用自己的思的两个支点,即现实与理想,立足在两个焦点之上而画出的一个美丽的椭圆。布莱克是伦敦一个贩卖针织品的小商人的儿子。他的父母都是斯维登堡教会成员,对孩子的教育持积极的态度。斯维登堡教会是基督新教的一个派别,信奉瑞典人斯维登堡(Emmanuel Swedenborg,1688—1772)的神学主张。斯维登堡起先是一位自然科学家,后来由科学转向神学,著有《天国的奥秘》、《新耶路撒冷》等。他声称在清醒的时候能够见到幻象。他提倡内心虔修的生活方式。他确信人能够通灵并且看清灵界内的各种现象。斯维登堡的通灵幻象学说和对《圣经》的神秘解释构成了该教派的思想基础。因为家境贫寒,布莱克没有受过正规的学校教育。10岁时,布莱克上了附近的帕尔斯绘画学校。在那里他表现出绘画天才。四年之后,父亲让他给一位著名画家当学徒。从21岁起,布莱克便作为制作铜版雕刻画的工人而受雇于书商约翰逊。后来,他遇到了新古典主义雕刻家弗拉克斯曼(John Flaxman,1755—1826)。弗拉克斯曼也是斯维登堡新教的信徒,他的神秘主义思想深刻地影响了布莱克。布莱克手艺好,工作勤奋。他的画常常独出心裁,别具一格。27岁时,父亲去世,布莱克和弟弟合开了一家印刷厂。后来印刷厂倒闭,他还是靠制作铜版雕刻画为生,业余时则写

---

① Maynard Mack and others, eds., *The Norton Anthology of World Masterpieces*, fourth edition, volume 2 (New York: W. W. Norton & Company, 1979) 315.

诗。布莱克为托马斯·格雷(Thomas Gray, 1716—1771)的诗集、密尔顿的《失乐园》(*Paradise Lost*)和《复乐园》(*Paradise Regained*)、乔叟的《坎特伯雷故事集》(*The Canterbury Tales*)、约翰·班扬(John Bunyan, 1628—1688)的《天路历程》(*The Pilgrim's Progress*)、华兹华斯的诗集、爱德华·扬格(Edward Young, 1683—1765)的长诗《哀怨,或关于生命、死亡和永生的夜思》(*The Complaint, or Night Thoughts on Life, Death and Immortality*)、但丁的《神曲》(*Divine Comedy*)、罗伯特·布莱尔(Robert Blair, 1699—1746)的《坟墓》(*The Grave*)、《圣经旧约》中的《约伯记》(*Book of Job*)以及他自己的不少诗集,均作过极富创意的插图。在西方文化史上,除了极少数的例外,很少有像布莱克这样的诗歌与绘画兼善的艺术家。那么,原因在哪里呢?这关系到西方关于诗画关系的传统认识。

西方关于诗画关系的传统认识,体现为"诗画同质"与"诗画异质"两种学说。

首先,让我们考察"诗画同质"说。在西方,诗歌和绘画同质的观点源远流长。诗画同质,最早见于希腊诗人西摩尼底斯(556—496 BC)的著作片断之中,他说:"画是无声诗,诗为有声画。"(Mutum est pictura poema, poema loquens pictura est.)后来,古罗马诗人贺拉斯(65—8 BC)在《诗艺》(*Ars Poetica*)一书中重申此说。他提出了一个完整的命题,即"诗如此,画亦然。"或者"诗如画。"其实这两种表述意思相同,差别产生于中文的翻译。拉丁文的原文是:Ut pictura poesis.[①]原文省略了判断词,如果直译,即:如画[者],诗[也]。这句话出处如下:"诗歌就像图画:有的要近看才看出它的

[①] Charlton T. Lewis, *An Elementary Latin Dictionary*, Oxford University Press, 1966, p.614.

美,有的要远看;有的放在暗处看最好,有的要放在明处看,不怕鉴赏家敏锐的挑剔;有的只能看一遍,有的百看不厌。"①长期以来,"诗画同质"说在西方占据诗画关系学说的主导地位。贺拉斯的观点,更被17世纪的古典主义者们奉为金科玉律。比如,在模仿古代的牧歌体和田园体诗歌的时候,古典主义者往往强调风景的描绘,称为"诗中有画"。在雕塑和绘画等造型艺术中,古典主义者要求从表现古代英雄的史诗中选取人物作为绘画的题材,称为"画中有诗"。这种情形与中国的诗画关系理论是很类似的。不过,后来却有了变化。在17世纪的时候,"诗画同质"说得到过分的张扬,竟然造成了对诗歌创作的危害。因此,莱辛(Gotthold Ephraim Lessing,1729—1781)在《拉奥孔》(Laokoon)一书中讽刺说:"希腊的伏尔泰有一句很漂亮的对比语,说画是一种无声的诗,而诗是一种有声的画。这句话并不见于那一本教科书里。它是一种突如其来的奇想,像西摩尼德斯所说过的许多话那样,其中所含的真实的道理是那样明显,以至容易使人忽视其中所含的不明确的和错误的东西。"②

其次,让我们考察"诗画异质"说。在西方,"诗画异质"说的出现比"诗画同质"说晚得多。"诗画异质"说是近代的产物,1776年才由莱辛在《拉奥孔》一书中予以系统的申说。莱辛的初衷是批判当时在德国批评界占据主导地位的古典主义倾向。古典主义发展到后期,作家们一味缅怀过去。他们在崇尚高尚质朴和宁静庄严的

---

① The original Horace is in verse as follows. /Ut pictura poesis: erit quae, si propius stes, /Te capiat magis, et quaedam, si longius abstes. /Haec amat obscurum, volet haec sub luce videri, /Iudicis argutum quae non formidat acumen: /Haec placuit semel, haec deciens repetita placebit. — De Arte Poetica, 361—365, Q. Horati Flacci Opera, Macmillan and Co. Ltd. St. Martin's Street, London, 1933, p. 193.

② [德]莱辛著:《拉奥孔》,朱光潜译,北京:人民文学出版社,1979年,第2页。

旗号下，反对即将到来的激情奔涌的狂飙突进运动。由于莱辛接受了亚里士多德关于一切艺术都是模仿的主张，因此他特别留意诗歌与绘画的差别。莱辛的"诗画异质"说主要包含以下四点。第一、从题材看，诗歌和绘画不同。绘画描绘空间中并列的物体，而诗歌则叙述时间上先后承续的动作。绘画的题材局限于可以眼见的事物，而诗歌的题材则没有这种限制。绘画只宜于表现美的事物，而诗歌则可以表现种种事物包括丑的和可嫌厌的事物。绘画只宜于表现没有个性的、抽象的、一般的事物，而诗歌则可以做到典型和个性的结合。第二、从使用的符号看，诗歌和绘画也不相同。绘画使用的媒介是线条、颜色之类，属于自然的符号，诗歌使用的是语言，属于人为的符号。自然的符号受到空间的局限，只能表现并列的事物。人为的符号没有空间的局限，可以表现历史事件等前后相续的过程。第三、从接受美学的角度看，诗歌和绘画也不同。绘画通过线条、色彩和明暗对比等作用于人的视觉，因此一眼就能见出整体，借助于想象的程度较低。诗歌通过语言作用于人的听觉，需要想象的帮助才能形成整体感。由于语言是观念性的，因而诗歌完全借助于想象，精神活动的级别也就更高。第四、从艺术思维看，诗歌和绘画也不同。绘画的最高法则是美，再现的是事物的静态，因而不注重情感的表达。诗歌以动作情节的发展和冲突为对象，因而不以追求美为主要任务而注重情感的表达和个性的塑造。莱辛固然不是第一个将诗歌与绘画进行比较的人，但他的确是第一位进行诗画比较并因而获得重要创获的美学家。他在《拉奥孔》的开端自豪地写道："第一个对画和诗进行比较的人是一个具有精微感觉的人，他感觉到这两种艺术对他所发生的效果是相同的。他认识到这两种艺术都向我们把不在目前的东西表现为就像在目前的，把外形表现为现实；他们都产生逼真的幻觉，而这两种逼真的幻觉都是令人愉快的。"①

西方的诗画关系学说,无论是"诗画同质"说,抑或是"诗画异质"说,对艺术和创造艺术的主体即人的融合均关注不够。大多数西方理论家在讲诗画同质的时候,并没有考虑人如何融入诗画的关系之中,而仅仅把诗和画作为一种外在之物来观照。大多数西方理论家在讲诗画异质的时候,见出了诗歌与绘画之异。这固然是艺术认识史上的一大进步,但是也暴露出一种缺陷——在诗歌与绘画的关系中,作为艺术创造者和审美主体的人往后退缩了。总之,莱辛《拉奥孔》代表了西方"诗画同质"说传统的中断。这表明近代以来西方学艺的分途发展导致了人文关怀的衰减。

布莱克诗画互补的认识方法很有进行当代诠释的必要,大要有以下四点。

第一、布莱克关于诗画互补的认识方法有益于诗歌的创作。众所周知,中国的诗歌是讲究意境的。那么,我们不禁会问:西方诗歌有无意境?如果西方的诗歌可以有意境,或者说西方诗歌希望有意境,那么应该怎样去创造呢?为了回答这个问题,我们首先需要明白,什么是意境?意境,论说起来,似乎很玄妙。其实,意境也和人类的一切创造一样,是可以认识的。西方人在理解独具中国特色的意境理论的时候,最好遵循一个简化了的公式:意境＝画面＋感情。②说起来似乎玄之又玄的意境,实际上就是由画面和感情这两种基本要素组成的。好的中国绘画如此,好的中国诗歌也是如此。好的中国绘画,必然是画中有诗的,当然这首诗念不出来,它是画家感情的无声的流露。好的中国诗歌必然是诗中有画的,当然这画看不见,它是通过诗篇的音节之抑扬顿挫而营造出来的一个艺术的

---

① [德]莱辛著:《拉奥孔》,朱光潜译,北京:人民文学出版社,1979年,第1页。

② 张思齐:《中国接受美学导论》,成都:巴蜀书社,1989年,第178—187页。

世界。其实，布莱克的诗歌创作已经帮助我们回答了这个问题。不少文学史家将布莱克的诗歌称为抒情诗，其中包含感情自不待言。布莱克的诗歌是否包含着画面呢？布莱克本人为其诗作配制了大量的插图，显然他的诗歌是包含有画面的。随便举一首布莱克的诗歌，也可以看出其中的画面来。试看布莱克《病了的玫瑰》(The Sick Rose)诗：

> 啊，玫瑰，你病了！/那看不见的虫，/在晚上飞的，/跟着咆哮的风。
>
> 它发现了你的床，/一床猩红的喜悦，/于是用它暗中的邪爱/把你的生命毁灭。（王佐良译文）①

这首诗不长，宛如一首七律。不过，如何分析这首诗，很可以见出读者的理解水平。因此，这首诗经常出现在英美等国文学系为授予奖学金而出的考题之中。②读着这首诗的时候，我们感觉到，这朵病恹恹的玫瑰，仿佛就在我们的眼前。虽然诗人说"那看不见的虫子"，但是我们仿佛看见有一条虫子在玫瑰花上爬。有人联想到痴心汉爱恋病美人，并不足怪，本来就是嘛！至于那条憨憨的虫子把玫瑰花当作床，这更引发我们的奇思异想，于是一幅幅图画出现在我们的脑海里。这首诗感情真实，画面生动，显然是有意境的。

第二、布莱克关于诗画互补的认识方法有益于绘画的创作。因为布莱克为自己的诗集作了许多插图，所以我们容易找到他的绘画。比如，《天真之歌》的封面是这么画的。画面的上方布满了飘扬

---

① M. H. Abrams and others, eds., *The Norton Anthology of English Literature*, fifth edition, volume 2 (New York: W. W. Norton & Company, 1986) 40.

② James W. Morrison, *Advanced Placement and College Level Examinations in English-Analysis and Interpretation of literature* (New York: Arco Publishing Company, Inc. 1978) 55.

的云彩和气流,《天真之歌》的英文标题 Song of Innocence 也好像是云彩在飘扬。在翻卷的云团中有四个小小的人儿,一个在指挥音乐,一个在阅读书籍,一个在欣然起舞,一个在吹奏笛子。云彩之间还有三只鸟在飞翔。画面的右下方是一株大树。树干粗壮,上边缠绕着藤萝。你看那棵树,枝条婀娜,柔软的树枝也在飘扬。树枝上缀着几颗圆圆的果实,不用说那一定就是无花果啦!英国人是喜欢吃无花果的。节日到来,送人一小盒无花果蜜饯,可以传达多少情意呀!画面的左下方坐着一位淑女。她是母亲,她的膝上摊着一本书。母亲的旁边,俯伏着一双儿女。他们在读那一本在母亲的膝上摊开来的书。这一幅画是饶有诗情的,可谓意境深远,风格恬淡。它不禁使我们油然想到布莱克为《天真之歌》所作的《序诗》(Introduction):

吹着笛儿,我走下野谷,/我欢乐的笛声随风轻飘。/我看见云彩上有个小孩,/孩子他笑着,向我说道:"吹个歌唱小羊羔的歌!"/我兴高采烈地吹了一曲。/"再吹,再吹一次那歌儿!"/我又吹时他淌下了泪滴。   "放下笛儿,那快乐的笛儿,/唱吧,唱唱那快乐的小曲。"/于是我就唱,唱那首歌,/他听着,淌下了喜悦的泪滴。   "吹笛的人,坐下来写吧,/写成一本书,大家都能看。"他刚说完,便隐去了形象,/我折下一根空心的芦管。   用它作一支土造水笔。/在笔中注满清清河水,/我用它写下快乐的歌谣,/孩子们都能高兴地听到。(张炽恒译文)①

---

① M. H. Abrams and others, eds., *The Norton Anthology of English Literature*, fifth edition, volume 2 (New York: W. W. Norton & Company, 1986)30.

果然，画面的底边是一行英文：The Author & Printer W. Blake（作者和印刷者威廉·布莱克）。树干的右边是字样：1789。显然这就是诗集《天真之歌》出版的年份。

第三、布莱克关于诗画互补的认识方法，有益于西方文化恢复诗画同质的传统，并进而在新的历史条件下增进人文关怀，促进社会协调发展。通过以上的研究，我们看到，在近代以前本来西方的传统也与东方一样都是主张诗画同质的。西方的"诗画异质"说，虽然也于产生的当时起到过在文学创作上纠偏的作用，但是如果我们从大的时代背景考察，就会发现"诗画异质"说毕竟是工业革命以来西方学艺分途发展的产物。工业革命固然也带来了物质财富的增长，却也引发了越来越多的弊端。在这些弊端之中，危害最大的就是把人变成了机器的附属物。这是对人的本质的异化。人们的财富多了，物质生活条件改善了，但是人文关怀却减少了，人与人之间日渐冷漠。即使是那些生活在社会上层的人，他们所拥有的充其量是优越感，而未必有多好幸福感。我们还看到，在西方国家像文艺复兴时期那样的全面发展的人越来越少了。在中国像苏轼（1037—1101）那样全面发展艺术家也很难再涌现出来。本来在中国这样的东方国家，诗画同质的传统依然存在着，但是由于受到西方学艺分途发展的影响，也出现了一些弊端。比如，有不少画家，画儿倒是画得不错，却无法在自己的绘画作品上题一首好诗，写几行好字。这样的绘画作品，画得再好也是要掉价的。恢复诗画同质的传统，从直接效果看，有益于艺术的繁荣。从根本上说，有益于增进人文关怀，有益于人的全面发展，进而有益于促进社会的协调发展。

第四，布莱克关于诗画互补的认识方法有益于东西文化交流，建设多元共存的世界文化。尽管近代以来，东方各国因为受西方国家的影响自身传统遭到了削弱，但是东方文化源远流长，遗产丰富。经过抢救整理还是可以获得许多文化瑰宝的。比如，"诗画同质"说,近代以来在西方主要就是布莱克一家在提倡,而且他也还是仅仅实践过这一认识方法而已,很少文字论述。东方国家则不然,这方面的论述极其丰富。拿中国来说,历代都有关于诗画同质的理论产生。而且,似乎有这么一个规律:中西交流约频繁的时候,诗画同质的理论学说也就产生得越多,质量也就越高,视野也就越开阔。比如,汉和帝永元九年(公元97),班超遣甘英使大秦(罗马帝国)、条支(两河流域古国名),虽然仅至安息(伊朗高原古国名)西界而还,但是功夫没有白费。到了汉桓帝延熹九年(公元166),大秦王安敦(Marcus Aurelius Antoninus,188—217 AD)遣使来中国。汉代思想家董仲舒(前179—前104)提出"类之相应"的观点:"美事召美类,恶事召恶类,类之相应而起也。"(《春秋繁露·同类相动》)如果从发生学的角度用长时段的眼光看问题,那么这个观点不仅是其个人心得,而且也是中外交流的结果。在唐代中国国力强盛,人民心态十分开放,君主制定的国策亦十分开放。王维诗画俱佳,理论亦佳。宋代版图虽小,但科技发达,中国呈现出东方的文艺复兴这一大好局面,苏轼的诗画同质理论大放异彩。拿印度来说,大诗人泰戈尔(Rabindranath Tagore,1861—1941)不仅留下了1500多幅绘画作品,还留下了大量的理论著述。他将中国的老子、屈原、白居易、苏轼的思想熔铸到印度的思想之中,又吸收西方各国主要是英国的文化而加以综合,为东西文化交流和建设多元共存的世界文化做出了重大贡献。从根本上说,诗画互补的认识方法也还只是一个引子,我们最需要的还是东西方文化双向交流的互补与互动,庶几促进中华文化的伟大复兴。

三、缺类角度的重新定位

运用文类学(genelogy)的知识,可以对布莱克的诗歌创作重新定位。这样做是必要的。比较文学的兴起为我们重新认识布莱克的诗歌创作开辟了新的途径。在比较文学的理论中有一种叫文类学,它强调各国文学之间的相互依赖、相互影响和相互观照,从而在跨民族、跨语言、跨文化、跨学科的视域中认识各种文类的特征。当代批评家韦勒克和沃伦认为:"文学类型的理论是一个关于秩序的原则,它把文学和文学史加以分类时,不是以时间或地域(如时代或民族语言等)为标准,而是以特定的文学史上的组织或结构类型为标准。任何批判性的和评价性的研究(区别于历史性的研究)都在某种形式上包含着对文学作品的这种要求,既要求文学具有这样的结构。"[1]拿这个观点来审视布莱克的诗歌创作,我们可以发现疑点,也可以解决问题。

布莱克在世的时候并未受到批评界的足够重视。批评界对布莱克诗歌创作的认识经历了一个比较长的时期。19世纪末,爱尔兰诗人叶芝(William Butler Yeats,1856—1939)等人编定布莱克的诗集,他才开始受到重视。叶芝将布莱克定位为"《地狱篇》和《炼狱篇》的一个完美合适的阐释者"。[2]叶芝这样做,不仅将布莱克与世界大诗人但丁(Alighieri Dante,1265—1321)并列,而且以积极的态度肯定了布莱克诗歌创作中的神秘主义倾向。到了20世纪后半叶,人们对布莱克的认识日渐充分。《牛津英国文学选集》的编者将他与乔叟(Geoffrey Chaucer,1340—1400)、斯宾塞(Edmund Spenser,1552—1599)、莎士比亚(William Shakespeare,1564—1616)、密尔顿(john Milton,1608—1674)和华兹华斯(William Wordsworth,1770—1850)并列。从此,布莱克成为英国文学史上最伟大的六位诗

---

[1] Rene Wellek & Austin Waren, *Theory of Literature*, third edition (New York: HBJ Book, 1977) 226.

[2] Vincent B. Leitch ed., *The Norton Anthology of Theory and Criticism* (New York: W. W. Norton & Company, 2001) 1258.

人之一。1957年布莱克诞生两百周年时，弗莱（Northrop Frye，1912—1991）发表了《两百年后回顾布莱克》一文，他说："在英国文化传统中，虽还可能有其他诗人与布莱克一样的伟大，可是并无多少人能像他那样焕发逼人的光芒；当世人处于惶恐不安的境地时，布莱克的身影却更加鲜明夺目地浮现在他们的面前，并充分地解答了人们还不知所措的一系列问题。"①根据一些表面的现象，有的研究者认为，威廉·布莱克是英国浪漫主义诗歌的前驱者之一。那么，这样做的学者所根据的究竟是什么呢？实际上他们所根据的既不是什么学理上的依据，也不是布莱克诗歌的特征，而仅仅根据布莱克生活的年代接近浪漫主义诸诗人罢了。由于其独特的诗风和深邃的思想，在浪漫主义诗人群体中，布莱克实在显得有些另类。

那么，布莱克的诗歌创作究竟属于浪漫主义还是象征主义呢？这就牵涉到英国文学史上象征主义的缺类问题。如果说像中国这样的东方国家缺乏象征主义的诗歌运动，那倒还勉强说得过去。尽管如此，我们却不能够说中国历史上没有产生过以象征为主要特征的诗歌。我们说，象征是中国诗歌的重要表现手法，因为这是事实。我们说，在中国诗学中存在着相当于象征主义主张的某些学说主张，因为这也还是事实。可是英国文学的情形就不同了。尽管英国文学个性鲜明，但是它毕竟是整个欧洲文学的重要组成部分之一。根据艾略特（T. S. Eliot，1888—1965）的欧洲文学总体论，英国文学的基本特征应当与主要的欧洲国家一致。然而，我们却发现了惊人的不一致。据笔者对中外学者所编的英国文学史教科书和有代表性的文选的统计，情况如下：英国文学史上前期象征主义竟然阙如。众所周知，象征主义诗歌运动分前后两期，分别发生于19世纪和20

---

① 吴持哲编：《诺思洛普·弗莱文论选集》，北京：中国社会科学出版社，1997年，第372页。

世纪。从世界文学的范围考察，前期象征主义的诗歌运动以法国成就最大。毫无疑问，象征主义也波及英国的诗坛。虽然在英国前期象征主义的总体成就不及法国，也不及比利时和俄国，但是据此便认为英国在象征主义文学运动的前期缺乏作家和创作，既在学理上面讲不通，也不符合客观事实。让我们看一看具体的情形吧。较有影响的《诺敦英国文学选集》没有列象征主义的栏目，而把布莱克归入浪漫主义。在中国影响很大的、前苏联学者阿尼克斯特著《英国文学史纲》（戴镏龄等译，人民文学出版社，1959初版，1980再版）认为布莱克为前期浪漫主义诗人。在中国影响较大的 A.T. 鲁宾斯坦著英文版《英国文学的伟大传统》（Annette T. Rubinstein，*The Great Tradition in English Literature*）、威廉·J·朗著英文版《英国文学史》（Willian J. Long，*English Literature, It History and Its Significance for the Life of the English-Speaking World*）把布莱克归入浪漫主义。中国学者编著的各种世界文学史、外国文学史、欧美文学史、英国文学史、英国诗歌史、各种文学选本等，几乎均把布莱克列入浪漫主义之中。不过，似乎也有人感觉到这样做不妥，于是采用了别的办法。比如，艾沃尔·伊万斯著《英国文学简史》（Ivor Ivans，*A Short History of English Literature*）第三章为"从密尔顿到威廉·布莱克的英国诗歌"，第四章为"浪漫主义诸诗人"。显然，伊万斯认为布莱克与浪漫主义诗人是不同的。在中国影响极大的卡东著《文学词汇辞典》（J. A. Cuddon，*A Dictionary of Literary Terms*）在其长长的条目"浪漫主义"中也没有提及布莱克。

看来，对布莱克诗歌创作的重新定位是必要的。目的就是：还历史的本来面目。在19世纪的前期象征主义诗歌运动中，英国也出现过一位值得骄傲的诗人威廉·布莱克，其诗歌创作为人类留下了一笔宝贵的精神财富。研究布莱克诗歌创作中的东方因素，可以帮助我们全面地认识他的诗歌创作和思想体系。否认布莱克的诗歌创作的基本特征即象征主义乃是不符合实际的。如果将布莱克从前期象征主义中排除出去,那么在后期象征主义中活跃于英国诗坛的两位大诗人艾略特和叶芝(William Butler Yeats,1865—1939)之出现,便难于解释。他们毕竟不是从天上突然之间掉下来的,而是从英国文学的丰厚土壤里逻辑地产生出来的。前者的主要诗歌均创作于他于1914年定居英国之后。后者的诗歌创作用英语进行,而且被公认为是一位属于英格兰—爱尔兰系的诗人(a poet of Anglo-Irish class)。这两位诗人,无论从生活经历看,还是从诗歌的内在质地看,都是受到英国文学的丰厚土壤滋养的伟大作家。这样的认识,不仅有助于英国文学本身的研究,也能够为中国文学的研究提供参考。

《雅歌春天狂想诗》中的意象主义考察①

《雅歌》中"春天狂想诗"是《圣经·旧约》中的一节,即雅2:8—170。②它主要通过不同类型的意象,描写古代希伯来的一对对情侣,在春暖花开的时节,于巴勒斯坦城郊踏青的情形。本文以之为嚆矢,作比较探源,并结合中国古典文论,详细考察西方现代主义文学中的意象派,力求从内部机制上揭示意象主义的本质,及中西学说的交流互动的根据。

一、意象与圣经诗歌的总体关系

诗歌是要用形象思维的。离开了形象思维便写不出好诗来。拿中国古代诗歌史作参证,《诗经》和唐诗,富于形象,于是多名篇。玄言诗和一部分宋诗,缺少形象,过多地说理,于是味同嚼蜡。中国古代也有宗教诗歌,如佛教文献和道教文献中的偈赞道情,其中少数篇章写得好而可以称做诗,多数篇章写得不好而根本算不上诗。翻检一下相关文献就可以明白,好的中国宗教诗篇必富于形象,差的中国宗教诗篇必缺少形象从而便堕为演绎佛理和道意的韵语了。在圣经中诗歌所占比例相当大。在《旧约》中,《诗篇》、

---

① 本文原载《外国文学研究》1999 年第 3 期。
② *Song of Solomon*, 2:8 – 17. Springtime Rhapsody is a conventional subtitle to this section.

《耶利米哀歌》、《雅歌》、《箴言》、《约伯记》和《传道书》这六卷经书，习惯上合称"诗歌书"，用诗体写成（少量散文用于交代有关事项），占《旧约》篇幅的五分之一。诗文相间的文体则是"先知书"的基本文体特征，即诗体与散文体穿插糅合，叙事和描写一般用散文，抒情时用诗歌，类似中国古典文学中的变文。据学者考证，印度的《五卷书》晚于《旧约》的先知书，很可能曾受到其启发。因此先知书的诗文相间文体又是中国变文之远祖。由于抒情成分在各先知书中占很大的比例，因而诗体段落比比可见。有几卷先知书如《约珥书》、《俄巴底亚书》和《那鸿书》则全用诗体写成。统合诗歌书、先知书和散见于旧约其他经卷中的诗歌而计，则诗歌总量超过《旧约》篇幅的四分之一，中文译本总字数逾三十万言。至于《新约》部分，也含有诗歌。《新约》中的诗歌有两个来源。一是《新约》大量引录《旧约》，这是因为诗歌比较凝练集中因而方便引用。这情形与古代中国士人喜引《诗经》相似，《论语·季氏》："鲤趋而过庭。曰：学诗乎？对曰：未也。曰：不学诗，无以言。鲤退而学诗。"①二是《新约》的作者自己做诗。因为《新约》与《旧约》不同。《旧约》铺叙人类历史，让人于潜移默化之中隐约体会其中大意（天意、宇宙法则、自然、社会、人类思维的规律），其功也缓慢而久深。《新约》概括地传述基本要道，其功也速疾而强烈。诗歌语言精练，宜于总括。比较中国人喜用口诀，其理自明。统合《旧约》和《新约》而计之，诗歌约占圣经总篇幅的三分之一。那么，意象与圣经诗歌的总体关系是什么呢？答曰：是生命线的关系。理由如下。第一，无意象则诗歌不活。第二，诗歌是整个圣经的核心部分。第三，无意象则圣经的核心必亡。

---

① 杨伯峻译著：《论语译注》，北京：中华书局，1980年，第178页。

二、意象的本义和起源

既然意象如此重要,我们便有必要探索意象的本义和起源。为了正本清源,这里先考察象。象是否有意,留在后边论证。在拉丁文中,象(imago)本义指摹拟(making of likeness)。通常指绘画、塑像、面具、幻影等。后来特指祖先的蜡像,放置在罗马人家中的前厅里供家人纪念用,每逢葬礼又把它们抬出来游行。至于此语用来指意象,即人、事物、事件在脑海中的画面(a mental picture),则完全是后来的用法。至于人们把意象作为一种修辞手段来增强作品的表现力,则是更为后起的用法。至于把意象作为文艺学上的一种观念、一种理论,严格说来仅是20世纪才有的用法。简言之,同一个英文词image从表达无生命的像到灵气充溢的活生生的意象之间,经历了一个漫长的历史过程。没有灵气的像,实际上是一堆死物,只不过是具备了一定形状的质料而已。圣经曾指出无生命之像的不足贵:"其余未曾被这些灾所杀的人仍旧不悔改自己手所做的,还是去拜鬼魔和那些不能看、不能听、不能走,金、银、铜、木、石的偶像,又不悔改他们那些凶杀、邪术、奸淫、偷窃的事。"(启9:20—21)中国绘画史或许可以印证形象与精神的关系,这就是传神说的产生。《世说新语·巧艺》:"顾长康画人,或数年不点目睛,人问其故。顾曰:'四体妍蚩,本无关于妙处,传神写照,正在阿堵中。'"顾长康是晋代著名画家顾恺之的字。阿堵,民间习语,这个,此处,这里指眼睛。西谚有云:眼睛是心灵的窗户,最能传神。顾恺之说:"其于诸像,则像各异迹,皆令新迹弥旧本,若长短、刚软、深浅、广狭,与点睛之节,上下、大小、浓薄,有一小毫失,则神气与之俱变矣。……凡生人亡有手揖眼视而前无所对者,以形写神而空其实对,荃生之用乖,传之趋失矣。空其实对则大失,对而不正则小失,不可不察也。一像之明珠昧不若晤对之通神也。"①顾恺之自己也是在长期的绘画实践中均体会到传神的重要性的。据说他为了画得传神,先用一个颊上加三毛的办法,后来才知道眼睛比颊上的三根毫毛更能传神(《晋书·顾恺之传》)。无论用什么手法来传神,首先须有神可传。《淮南子·原道训》说:"夫形者,神之舍也。气者,神之充也。神者,生之制也。一失位则三者伤矣。"②即是说,形是神的住宅,神是生命的制驭者。其实,何止绘画如此,一切艺术门类均需要有神的制驭。没有神的制驭,艺术的生命就消失了。没有神的制驭,诗歌的生命就消失了。没有神的制驭,是只有像,而没有意象。

三、中国和日本的物象诗

意象是西方意象派的重要观念。他们声称,这一派的诗歌是直接地向中国诗歌和日本诗歌学习的结果。由于中、日均属于汉字文化圈内的国家,都用汉文做诗,两国诗歌确有许多共同性。在许多共同性之中,意象密集是显而易见的。用西方文字为诗,可以采用几乎中国诗艺的一切技法,但有一条例外:除单部句之外,就绝大多数情形而言,西文的诗句必须是完整句。以英文诗歌为例,无论是几行为一句,那一句是必须完整的,主、谓、宾、定、状语成分总得有,至少必有主、谓语。中文的情形则不然,由于汉字具有丰富的联想性,句子不必完整亦可达意。这一点当代汉语如此,从古代汉语则更为明显。我们试取《二十四史》中任意一篇文章来点一下,就会发现,有时一连用了一二十个逗号还无法下一个句号。这

---

① 沈子丞编:《历代论画名著汇编》,北京:文物出版社,1982年,第7—8页,录顾恺之《魏晋胜流画赞》。这一段议论,有的书称作《论画》。

② 汤一介主编:《道学精华》上册,北京:北京出版社,1995年,第446页。

是由于标点者脑子中先有了西方语文的文法之缘故。因此，现在通行的中华书局标点本《二十四史》的标点是并不理想的，它句号用得太少，给读者和引用者带来不便。其实中文（尤其古文）的断句应当与西方不同，只要一层意思说清楚了，便可大胆地用上一个句号。标点古文乃至自己写文章时，句号用得太疏，乃是思路不清的表现。综上所述，中西（中英）诗歌的最大区别在于：中文诗歌大量用省略句，西文诗歌几乎全用完整句。这是笔者细读《古今圣诗集》的重大创获。①

这一部《古今圣诗集》共收圣诗779首，备有多种附录，是学习英文诗歌最好的范本。

当初庞德等人学习中国诗和日本诗的时候大致也有类似的感受，但门径不同。须知，庞德等人学习中国诗，是以一个外国人的身份在学习。他天然地置身于一个比较文学时坐标系之中，中国人熟视无睹的地方，他一眼就能发现。而且他之所学，往往自名人作品中比较简单的篇目入手。因此，中国诗中的"物象诗"最能引起他的注意。比如，马致远《天净沙·秋思》："枯藤老树昏鸦。小桥流水人家。古道西风瘦马。夕阳西下，断肠人在天涯。"②同理，日本俳句也容易引起他的注意。对于西方人来说，这些作品有多么清远高旷，那是不必管的，他们抓住了几个名词（实体词，substance）确能将它们看懂。因为这些词最本质地传达了诗歌的基本内容，并且在他们的头脑中具象化，而他们原有的认识能力可以将一组组形象联系起来，于是形象得神，安宅于其中，于是整个作品鲜活起来了。李白的《长干行》诗，屈原的《国殇》诗，庞德大体上都是这

---

① *HYMNS ANCIENT AND MODERN—FOR USE N THE SERVICES OF THE CHURCH WITH ACCOMPANYING TUNES* (London: William Clowes and Sons Ltd. 1924).

② 王起主编，洪柏昭、谢伯阳副主编：《元明清散曲选》，北京：人民文学出版社，1988年，第42页。

样读的。此事亦可反证,庞德等意象派诗人所读的基本上属于比较质实的意象密紧的中国诗,他们对玄言诗、山水诗、禅诗,道情等尚虚的诗不感兴趣。因为这些尚虚的诗另有一种神理存在于其间,与他们原有认知系统中的神理相去较远,不可能在短期内读懂。

四、所谓意象派

现在考察意象诗派。意象派主要是一个由英美诗人组成的流派。此派在第一次世界大战快爆发时即崭露头角。代表人物有埃兹拉·庞德(Ezra Pound)、艾米·劳威尔(Amy Lowell)、T. E. 胡尔默(T. E. Hulme)、理查德·奥尔丁顿(Richard Aldington)、和 H. D. (Hilda Doolittle, 希尔达·杜里特尔)。这一派诗人认为,干净利落清新明白的意象是诗歌的根本要素。他们还认为,诗歌应当用日常语言并且题材应当完全自由。庞德发表的第一部文集就叫《意象派》(法文:*Des Imagistes*, 1914)。1915年艾米·劳威尔又发表了一些意象派诗人的作品,并提出了意象派的主张即意象主义(imagism)。至于他们的代表性观点,有如下的一些。

> 一个意象是表现某一瞬间的心智与感情的复合体。(庞德)
> 使用日常的语言……总是用准确的词语……创造新的节奏……表现一个意象……诗歌应当准确地表现细节而不是按模糊的概括来处理……去生产干净清楚的诗吧……集中才是诗歌的真正本质。(理查德·奥尔丁顿)[①]

---

① A. C. Ward, ed. Maurice Hussey, rev. *Longman Companion to Twentieth Century Literature*, third edition (London: Longman Group Ltd, 1981) p.274.

意象派的代表作,最为脍炙人口的是埃兹拉·庞德的小诗《在地铁车站》(In a Station of the Metro)。此诗可谓学习日本俳句而用英文写出的登峰造极之作,表现了庞德刻意学习东方文字的锐志和巨大天才。按照朗诵英诗之规律,定冠词可不算音节而一掠而过,那么此诗便只有17个音节,恰恰吻合俳句"五七五"的音节数要求。

The apparition of these faces in the crowd;
Petals on a wet, black bough.
面宠千万张,
人头攒动如花瓣,
湿黑树枝颤。(拙译)

另一首意象派诗歌的代表作是 T. E. 胡尔默的《在码头上》(Above the Dock)。此诗虽然被不少批评家认为是佳作,在中国读者看来,却似乎有些调侃意味。它缺少中日诗歌那种空寂幽远的境界,也就是说缺少中日诗歌的神理。

Above the quiet dock in midnight,
Tangled in the tall mast's corded height,
Hangs the moon. What seemed so far away
Is buy a child's balloon, forgotten after play.
夜半码头静悄悄,
缆缠高桅桅愈高。
挂月亮,甚似遥,
却是总角气球,玩之后、忘收了。(拙译)

反复揣摸体会，度其音步，思其意境，寻其理趣，信三十余年英文未白念，望四字口诀"信、达、顺、诚"尚可自守，也只能译作小令。蛤喇风味大约有，诗的意蕴恐怕无。作为一个文学批评专业工作者，我已多次对学生讲过意象、意象派、意象主义了。本人亦颇多翻译实践，还是感觉困惑。意象到底是什么呢？

五、意象派的内部机制

坦率地说，意象派诸君并没有正面回答意象到底是什么的问题，笔者在从前译诗过程中也没有认真地思考过意象到底是什么的问题。看来，如欲深入地认识意象，中国和西方的学者均须跳出原来的思维模式，寻找一座沟通的桥梁，客观全面地审视意象的本质。

其实问题集中在两个方面，且此两个方面相互联系紧密。第一，意象有何不同于像？这是从理论作考察。第二，"春天狂想诗"能够提供什么借鉴？这是求实证。第一个问题成立的基础是承认意象与像有区别。这一点我们已经从中外诗歌史、作诗和译诗的实践上看到了。第二个问题成立的基础是承认"春天狂想诗"是人类诗歌宝库中的优秀作品，这一点我想不会有任何人持异议的。

意象和像的基本区别在于意。"意"不是指意思（任何所指，anything refer to），而是人的生命的活动。人的生命活动是圣经中最根本的论题之一。圣经的神学部分，未必能够得到各国文艺理论界的认同，这不仅由于各国文艺理论界受到不同的意识形态的制约，还由于各国文艺理论本身有不同的渊源所致。我们已经看到，圣经中有大量的诗歌存在。那么，如果能够找寻出圣经本身关于诗歌本质的认识来，我们就有可能理解圣经对诗歌中的意象的理解。对于这种理解，我们先不急于作价值判断，暂且将之置于一边。然后，我们再从中国诗学中找寻出关于意象本质的认识来。如果其中有某些相契合之处，那么这些契合处就是作为西方文化的代表性人物即意象派吸收中国诗学成就的内部机制了。

下面是圣经中关于诗歌的论述，笔者共寻检得十一条。

1. 他们唱了诗，就出来往橄榄山去。（大26：30）
2. 他们唱了诗，就出来，往橄榄山去。（可14：26）
3. 诗篇上大卫自己说：主对我说：你坐在我的右边。（路20：42）
4. 耶稣对他们说："这就是我从前与你们同在之时所告诉你们的话说：摩西的律法、先知的书，和诗篇上所记的，凡指着我的话都必须应验。"（路24：44）
5. 因为诗篇上写着，说：愿他的住处变为荒场，无人在内居住；又说：愿别人得他的职分。（徒1：20）。
6. 上帝已经向我们这做儿女的应验，叫耶稣复活了。正如诗篇第二篇上记着说：你是我的儿子，我今日生你。（徒13：33）
7. 约在半夜，保罗和西拉祷告，唱诗赞美上帝，众囚犯也侧耳而听。（徒16：25）
8. 我们生活、动作、存留、都存乎他。就如你们作诗的，有人说："我们也是他所生的。"（徒17：28）
9. 兄弟们，这却怎么样呢？你们聚会的时候，各人或有诗歌，或有教训，或有启示，或有方言，或有翻出来的话，凡是都当造就人。（林前14：26）
10 当用诗章、颂词、灵歌彼此对说，口唱心和地赞美主。（弗5：19）
11 当用各样的智慧，把基督的道理丰丰富富地存在心里，

用诗章、颂词、灵歌,彼此教导,互相劝诫,心被恩感,歌颂上帝。(西3:16)

以上十一条材料反映了圣经对诗歌的基本认识。对此,分析如下。

第一,圣经反映了西方文化极其重视诗歌的传统。圣经里的诗,都是用来唱的,与后来的诗歌用于目视不同。口唱是较诸目视更为积极的活动,它将诗中所写,与唱诗人心中所思,密切地联系在一起。

第二,圣经的诗学观极端重视《诗篇》,把它置于高于其他诗歌体作品的地位。《诗篇》一百五十首,七十三首归于大卫所作,十二首归于歌人亚萨,十一首归于歌人世家可拉的儿子们,两首归于所罗门,希幔、以探、摩西各一首。至于这些作者是否一一属实,圣经学界尚有不同看法。但应当相信,《诗篇》的作者都是禀赋极高的属灵的人。尤其是大卫,被称作以色列甜美的歌人,他的作品也最多。属灵的人相对于属地者和属肉体者,虽然都是人,因修养不同而层次不一样。属肉体者因人的本性未受圣灵感化,故易趋邪恶,易陷罪中。属地者范围比属肉体者广大,指地球上的一切事物。在基督教看来,属肉体者与属地者均可有像,但它们的像无灵气贯注,只不过是一些死像,一堆质料,充其量是一堆肉而已。属灵的人则不然,他们悟性高一些,能够见像思其意,立意寄于像,总之能建立像与意之间的联系,使像变得鲜活生气勃勃起来。所谓"以致丰丰足足在悟性中有充足的信心"(西2:2),"属灵的人能看透万事"(林前2:15),也包含理解诗中的像与意之间的关系。

第三,由上列材料中最后五条可以看出,圣经诗学十分重视诗歌的社会功能,颇类孔夫子所说:"小子何莫学夫诗?诗可以兴,可以观,可以群,可以怨。迩之事父,远之事君,多识于鸟兽草木之名。"(《论语·阳货》)①即是说,圣经诗学非常强调诗歌的政教作用。我们看到,圣经中的许多诗歌,尤其是《诗篇》,与中国《诗经》的雅、颂部分较为接近,而与国风的距离稍远。颂,郊庙乐章,本质是宗教性的。当然,中国社会沿着它自己的道路发展,始终不具备全民的居统治地位的宗教,所谓儒教也并非真正的宗教。但是,春秋时代有宗教意识,唐代三教勃兴并且基督教进入华夏,这些都是中西方诗歌能够契合的内在机制之一。实际上,圣经诗学也可以说是把孔子的诗教说强调到极致的产物,我们有理由相信人类思维的一致性。

第四,圣经诗学以宗教性为指归,培养了西方人由像见意的思维习惯。在西方多数国家,基督教是全民的宗教。孩子出身不久就受洗,三岁左右就或爬或坐在圣坛旁听道。教牧人员也很有些办法开展对儿童的教导,或讲故事,或演戏,或唱歌,或背诵浅显的然而最为核心的经文。随着年龄的增长,基督教在人们心中扎根。西方诗人学习诗歌,实际上这时候已经开始了。教义强调到极致,便成为万事万物都由上帝主宰。儿童幼小的心灵必然会发问:真是这样的吗?这样就养成了西方人由像见意的思维习惯。这就是意象派诗人能够接受中、日物象诗并把它发展为意象派诗歌的内部机制。

六、意象的启迪

由以上研究,我们看到:由像到意象,西方人的观念在发展变化。西方人并没有创造出新的"意象"这个词来,而是在同一个词"image"中不断注入新的内容来发展他们的思维和观念,并最终蔚为大观,形成了风靡全球的意象诗派。这给我们什么启迪呢?意象

---

① 杨伯峻译著:《论语译注》,北京:中华书局,1980年,第185页。

的启迪是中华古老文明的强大生命力和丰富内涵。我们的先人热爱生活，有所创获，我们就应当把这些文学遗产发掘出来。在中国文学批评的范畴中有统一"意"和"象"的"意象"。它将二者统一后则具有了自己的含义，以全新的面貌循着自身的轨迹作逻辑发展并在文学创作中寻求表达。与此同时，"意"和"象"两个范畴的发展仍并未停止，仍在文学创作中进行它们各自的运动。因此我们看到，"意"、"象"、"意象"这三个范畴有时相互补充，某些时候"言"的范畴也参与进来。

王充《论衡·乱龙篇》首次提出意象：

> 既效验有十五，又亦有义四焉。立春东耕，为土象人，男女各二人，秉耒把锄，或立土牛，未必能耕也。顺气应时，示率下也。今设土龙，虽知不能致雨，亦当夏时，以类应变，与立土人土牛，同一义也。礼，宗庙之主，以木为之，长尺二寸，以象先祖。孝子入庙，主心事之，虽知木主非亲，亦当尽敬有所主事。土龙与木主同，虽知非真，示当感动，立意于象，涂车刍灵，圣人知其无用，示象生存，不敢无也。夫设土龙，知其不能动雨也，示若涂车刍灵而有致，三也。天子射熊，诸侯射麋，卿大夫射虎豹，士射鹿豕，示猛服也。涂名布为侯，示射无道诸侯也。夫画布为熊麋之象，名布为侯，礼贵意象，示义取名也。土龙亦夫熊麋布侯之类，四也。①

王充指出了意象的四个方面。对此，分析如下。

第一，并非任何事物都宜于取来作意象。世间事物无数，但它

---

① [东汉]王充原著：《白话论衡》，陈建初、蒋冀骋、张晓莺今译，长沙：岳麓书社，1997年，第591页。

们可以按照某种标准划分为类。人类认识事物之初,就是这样做的,比如亚里士多德,将事物分为十个大类(他称为范畴)。只有在每一类中具有代表性的事物才能取来作为意象。至于划多少类,按什么标准来划类,是根据实际需要来进行的,这叫"以类应变"。变,是变动着的人类需要。由于运动没有止息,人类的需要也没有终结,因此类的划分无尽,意象的创造无穷。

第二,从每一个类中取出来的象,还需要贯注人的意图,才能成为意象。王充所举的例子是祭祀宗庙时用的祖先的木制牌位,上面写着祖先的名字。祭祀时孝子对着祖先的牌位,应该当作祖先就在面前,诚心纪念才有意义。王充所举之例与圣经上谈金、银、铜、木、石偶像的情形类似。王充的独特贡献在于提出"立意于象"的命题。我们知道,《周易·系辞上传》已经讨论过言、意、象的关系:"子曰:'书不尽言,言不尽意。'然则圣人之意其不可见乎?子曰:'圣人立象以尽意,设卦以尽情伪,系辞焉以尽其言,变而通之以尽利,鼓之舞之以尽神。'乾坤,其《易》之缊邪?乾坤成列,而《易》立乎其中矣;乾坤毁,则无以见《易》;《易》不可见,则乾坤或几乎息矣。"[①]相比之下,我们看见美学思想在几百年间的飞跃。在孔子时代,象还不是意象,而只是圣人从周围事物中取来说明某一道理的例子。也就是说,在孔子的时代,象在意先,象与意之间尚未建立密切的联系,人们的认识还呈比较原初的状态。王充主张"立意于象",说明东汉时的文学比较以前自觉了,观念孕育在作家胸中,再选取适合表现该观念的象,艺术家的创作能动性增强了。

第三,"示象生存"观的确立。宇宙在运动,自然界在变化,社会在发展,人在行动。对人类来说,还有什么比生命运动更重要的

[①] 黄寿祺、张善文撰:《周易译注》,上海:上海古籍出版社,1989年,第536页。

呢？作家创造意象可以是多种多样的，但好的意象应当在客观现实中存在，凭空虚构的意象不易生动。这大概就是 T. S. 艾略特所言"客观对应物"（objective correlative）在中国东汉时的表现形态吧。意象有客观存在为基础，固然重要，但还不够，它的存在最好是生命的存在，有生命的意象才是上乘的意象。这或许可以解释为什么意象派作家在一切意象之中看重视觉、嗅觉、听觉、味觉、触觉和动觉意象的原因，因为这些意象都要么是对象的要么是作家自身的生命活动。

第四，"礼贵意象，示义取名。"从这句话可以看出，王充实际上已悟及了意象的社会性问题。一个意象创造之后，无论创造它的作家多么孤芳自赏，倘若得不到公众的欣赏，只能算作一个失败的意象。从世界各国文学史中我们可以看到一个共同的现象，伟大的作家都是雅俗共赏的。古老典雅的《诗经》，当初泰半是民歌。李白、杜甫、白居易、郭沫若都拥有广大的读者群。艰深的拉丁文圣经的语言当初却是俗语（Vulgata，vulgar）。乔叟讲的是故事。莎士比亚得意于"勾栏瓦子"。写出艰深磅礴的《荒原》的艾略特本人，却说他自己是：文学上的古典派，政治上的保皇党，宗教上的英国国教派。我国批评界过去对这句话作了过分深刻的理解，其实艾略特不外乎想说他是一个普普通通的英国人，因为英国人多数都是那样的。"礼贵意象，示义取名"还有另一层含义，即礼对意象的升华作用。这礼，在西方集中地表现为宗教。西方文学作品如果毫无宗教色彩，只能是肤浅之作。这礼，在中国集中地表现为民族精神。中国文学作品如果不表现中华民族的民族精神，只能是一时热闹之作，永远也无从获得诺贝尔文学奖的可能性。只有中华民族的民族精神才能够使中国文学作品获得厚重感，从而让全世界的读者心悦诚服地佩服其伟大。

由吴入晋的陆机对意象学说作了重大发展，他撰写的《文赋》

是中国文学批评史上第一篇完整而系统的文学理论作品。梁·萧统编《文选》卷十七录陆机《文赋》：

> 余每观才士之所作，窃有以得其用心。夫其放言遣词，良多变矣。妍蚩好恶，可得而言。每自属文，尤见其情。恒患意不称物，文不逮意。盖非知之难，能之难也。故作《文赋》以述先士之盛藻，因论作文之利害所由，他日殆可谓曲尽其妙。至于操斧伐柯，虽取则不远，若夫随手之变，良难以辞逮。盖所能言者，具于此云尔。①

这是陆机为《文赋》所作的序。序中说他本人有丰富的写作经验，也留心别人写作中的得失，觉得写文章最难之处在于"意不称物，文不逮意"。文不逮意，指言和意的关系。意不称物，指意与象的关系。也就是说，陆机认为，创作过程中如何实现意与象相统一的意象，是文章是否能传达作家诊意图的关键。《文赋》的正文就是针对这一关键问题而作的讨论。因此，《文赋》也可以称为"统一意象赋"。赋，文体名。由于赋的特色是铺陈排比，可以用来充分地议论问题，我们不难想见，陆机试图畅论统一意象原理时那得意之情形。

物、意、文，这是陆机对文学创作过程的理论概括。《六臣注文选》卷十七李周翰注："体属于物，患意不似物；文出于意，患词不及意也。"②按照意象构造的过程来说，这里的"物"，就是象。物，本来指客观世界中的事物，当它被置于作品中时就是象了。意，本来指作家主观的思想认识和构思，当它被置于作品中时，人们依然

---

① ［梁］萧统编：《文选》，上海：上海古籍出版社，1988年，第224页。
② 《六臣注文选》卷十七，文渊阁四库全书本。

习惯地称作意。本来指语言形式,当它被置于某一具体的作品中时,就成了诗歌、散文、小说、戏剧等等了。一般说来,诗歌对意象的统一性要求较高,散文次之。至于小说和戏剧,由于需要多方面地展示人物的性格和社会生活的场景,人们习惯上称为形象,而不用意象这个名称。从这种意义上说,人物形象是意象,但又不是诗文中的意象,而是复杂化了的、动态化了的、包罗了多个层次的意象的组合。

梁·刘勰《文心雕龙》是中国第一部系统阐述文学理论的专著,体大而虑周,其中《神思篇》谈到意象。他说:

> 故思理为妙,神与物游。神居胸臆,而志气统其关键。物沿耳目,而辞令管其枢机。枢机方通,则物无隐貌。关键将塞,则神有遁心。是以陶钧文思,贵在虚静,疏瀹五藏,澡雪精神,积学以储宝,酌理以富才,研阅以穷照,驯致以绎辞,然后使玄解之宰,寻声律而定墨;独照之匠,窥意象而运斤。此盖驭文之首术,谋篇之大端。①

《文心雕龙》五十篇,分上下两编。上编为文体论。下编为创作论;《神思》篇列创作论之首,具有总纲性质。创作论的核心为艺术想象问题。陆机《文赋》已论述到艺术想象,刘勰则在陆机的基础上作了发展。刘勰认为,艺术想象是不受自身局限的思维活动。刘勰的这一看法,实际上是允许虚构的存在。"思理为妙,神与物游。"这是刘勰艺术想象论的重要纲领。一方面,这说明想象活动必须以现实为依据。这是刘勰继承中国古代朴素唯物主义思想的一面。另一方面,刘勰将神与物联系在一起。这说明他对朴素唯物主

---

① 赵仲邑译注:《文心雕龙译注》,南宁:漓江出版社,1982年,第248页。

义思想传统已经有了突破。如就意象而论,则"神与物游"指神与像游,意与像游。那么我们看到,在刘勰的艺术想象论中,神即意,意即神;物即象,象即物。"独照之匠,窥意象而运斤",意思是有独到见解的人可以窥得意象的奥秘而大刀阔斧地创作。我们知道,刘勰是具有浓厚宗教意识的理论家,他最终出家当了和尚,法名慧地。据笔者浅见,宗教意识对刘勰文艺思想的确立是起了作用的。那是一种什么作用呢?答曰:积极作用,系统化作用,以及升华作用。整个《文心雕龙》一书,有许多地方都表明了他的宗教意识。他宣称宗圣人孔子为主,实际上是以孔学为纲,以佛学为体系,以道家思想为参证的。如果把刘勰比为一只大鸟,则这鸟的脊椎骨是孔学,身躯是佛学,翅膀是老庄道学,双足是创作与批评的双重实践。《文心雕龙·序志》写道:

予生七龄,乃梦彩云若佛,则攀而采之。齿在逾立,则尝夜梦,执丹漆之礼器,随仲尼而南行;旦而寤,乃怡然而喜。大哉,圣人之难见也!乃小子之垂梦欤!自生人以来,未有如夫子者也。①

这段话实际上是刘勰回忆自己如何在宗教意念作用下,精神高度兴奋,逐渐形成一个思想体系而编出来的故事。我们常说"宗教狂热",往往含有贬义,指超乎常人的精力、努力和由之而来的种种奋斗。实际上,宗教意识确曾帮助许多人成就了伟大的事业。余在剑桥大学圣约翰学院进修,见该院图书馆藏托马斯·阿奎那之《神学大全》拉丁文版,大32开,精装61册!每册三五百页不等。拉丁文行文简省,若译成其他语言乃至古代汉语,其篇幅还会增多。

---

① 赵仲邑译注:《文心雕龙译注》,南宁:漓江出版社,1982年,第410页。

没有宗教意识之驱动，成如此巨功，是不可思议的。马相伯，国之瑰宝，创办母校复旦大学，奔走抗日，著述宏富，享年百余岁，没有宗教意识之支持，是不可想象的！刘勰之做梦，与保罗之遇光，竟极其相似。请看圣经《新约·使徒行传》9：3—8：

> 扫罗行路，将到大马士革，忽然从天上发光，四面照着他；他就扑倒在地丂听见有声音对他说："扫罗！扫罗！你为什么逼迫我？"他说："主啊！你是谁？"主说："我就是你所逼迫的耶稣。起来，进城去，你所当做的事，必有人告诉你。"同行的人站在那里，说不出话来，听见声音，却看不见人。扫罗从地上起来，睁开眼睛，竟不能看见什么。有人拉他的手，领他进了大马士革。①

对比了刘勰和保罗（扫罗）的宗教意识之后，我们势必无法回避这样一个问题：在刘勰"神与物游"中的神，究竟是什么意思？到底是否具备神学之神的意味呢？正统的解释是这样的："神，指作者的想象物，指事物的形象；游，一起活动。'神'与'物'联系在一起，用语本于《易·说卦》：'神也者，妙万物而为言者也。'本是古代哲学用语。这里指艺术构思的妙用在于想象活动与事物的形象紧密结合。"由此看来，刘勰所说的"神"就是"言"了，与神学上所说人们所敬奉的神是无涉的。②

其实不然，因为"言"本身就与神学意义上的"神"相通。圣经《新约·约翰福音》1：1—5 云："太初有道（the word，Ver-

---

① 《圣经——中英文对照》（和合本·新标准修订版），北京：中国基督教两会，2000 年，第 223 页。

② 郭绍虞主编、王文生副主编：《中国历代文论选》第一册，上海：上海古籍出版社，1979 年，第 235 页。

burn），道与上帝同在，道就是上帝。这道太初与上帝同在。万物是藉着他造一的；凡被造的，没有一样不是藉着他造的。生命在他里头，这生命就是人的光。光照在黑暗里，黑暗却不接受光。"①显然，进行比较是有益处的。通过以上比较，我们明白地看到，刘勰所说的"神"与神祇之神确有联系。比较应当是开放的，笔者仅做了一部分，有兴趣者不妨继续深入探索，沿波探源，化幽为显。同时，我们还发现一个更加有趣的现象，由王充《论衡》到陆机《文赋》再到刘勰《文心雕龙》，大凡文学理论上的命题与范畴，中西双方日益见出共通性。文学批评史越是发展，中西方之间的契合点也就越多，中西文论的可比性也越强。自唐代起，这个现象愈发突出。道可道，非常道，正是这样的。中西双方均同时存在接受对方思想的内部机制，这就是我们研究《雅歌》中"春天狂想诗"的意象之后，得到的基本结论。

---

① 《圣经——中英文对照》（和合本·新标准修订版），北京：中国基督教两会，2000年，第161页。

在比较中看日本诗歌的六个特征①

一、文献根据：纪贯之《新撰和歌集序》

诗歌是日本文学早期阶段的主要样式。就书写形式而言最早的日本诗歌有两种形式，一是用汉语写作的日本诗歌，一是日语写作的日本诗歌。无论使用哪一种语言来书写，其本质都是日本诗歌，因为这些诗歌具有日本民族文学的灵魂。毫无疑问，那些由日本文人用假名写成的诗歌是日本文学的俊采部分，因为这样的诗歌毕竟能够更好地体现日本民族那特殊的审美心理。《万叶集》(*Manyo-shyu*)就是日本最早的诗歌总集，也是最有名的日本典籍之一。所谓万叶，有多种解释。比较通俗的意思是指一万个世代。日本人相信，这个集子里的诗歌，肯定能够流传一万代。万叶还有另外一个意思，那就是一万张抄录有诗歌的纸页（葉），一首诗歌超在一页纸上，一万页就有一万首诗了。古代日本人认为他们的诗歌是无限多的，标举一万，言其数量众多罢了。《万叶集》由两位学者编撰，分为二十卷，一共收录四万五千首诗，这些诗篇是在长达四百余年的时间内陆续创作的。《万叶集》特别留意到两位诗人。一位是柿本人麻吕(Kakinomodono Hitomaro)，另一位是山部赤人(Yamabeno Akahi-

---

① 本文原载《东方丛刊》2008 年第 2 辑。

to)。他们都是奈良时期主人的诗人,而奈良时期大致相当于中国的唐朝,那是中国诗歌鼎盛的伟大时代。日本人笃信佛教,因而他们的葬礼大都为火葬。当山部赤人的爱妻去世的时候,其尸体当然也是要焚烧的。眼看着火葬的烟冉冉升到山顶,山部赤人编写了一首诗来纪念她:"啊,那岂非爱妻?/徘徊于寂静的山丘上,/依恋着,像一朵云彩。"①此即《万叶集》第3514首诗。不过,也有人认为此诗是民谣,系某一位姑娘思念情人的歌。

醍醐天皇(Teno Daigo,885—930)也是一位诗歌的爱好者。他对保存日本古代诗歌倾注了极大的热情。当时的几位著名文人以醍醐天皇的名义于公元905年编成一部诗歌总集《古今和歌集》(*Kokin-wakashyu*)二十卷,收录诗歌1111首。作为第一部敕撰集,《古今和歌集》的卷首和卷尾各配有序文一篇,即《真名序》和《假名序》,分别由纪淑望(Kino Yoshimochi,?—919)和纪贯之(Kino Tsurayuki,约870—945)执笔。假名,就是日文的字母。真名,相对假名而言,也就是汉字。由于日本文字产生较晚,所谓真名和假名,显示出日本民族对当时一度领先的中国文化的崇敬心理和对发展中的日本自身文化的谦卑心态。显然,日本人用假名来进行写作,更有利于他们表达自己的心灵之所感,头脑之所思。正如马丁·路德(Martin Luther,1483—1546)《论翻译的信》中所说:"人们必须问家里的母亲,小巷里的儿童,市场上的普通人,看这些人的嘴是怎样说话,按照这些来翻译;这样他们就会了解并且感到,人们在和他们说德语。"②在当时的德国,民族语文尚在建设之中,连人们常用的《圣经》,也不是德文本的,而是拉丁文本的。本

---

① 杨烈译:《万叶集》,长沙:湖南人民出版社,1984年,第618页。杨烈译文作:"云倚高峰上,犹如我倚君。高峰思不息,但愿我如云。"

② 孙坤荣编注:《德语文学选读》第一册,北京:北京大学出版社,1989年,第100页。

来,借用外来的文字是很难惟妙惟肖地表现民族文学的特征的。翻译如此,创作亦然。由此可见纪贯之《假名序》之重要。纪贯之是醍醐天皇的一位能干的助手。纪淑望是纪贯之的养子。这两篇序,其主要的论点非常有助于我们认识日本诗歌乃至整个日本文学的特征。不过,这两篇序的地位是很不一样的,一般认为《真名序》是在《假名序》的基础上完成的。无论在在日本诗学史上还是在日本诗歌史上,《假名序》都是开山之作。纪贯之于公元930—935年期间出任土佐(今高知县)守。在土佐任上,纪贯之在《古今和歌集》的基础之上,精选一部分作品,编成《新撰和歌》四卷,收录诗歌三百六十首。《新撰和歌》因为诗歌集,因此又称为《新撰和歌集》。公元935年,纪贯之回到京城。这一年他六十五岁,用汉文撰写了《新撰和歌集序》,更为全面地阐述了他的诗歌理念。

  昔延喜御宇,属世之无为,因人之有庆,令撰《万叶集》外,古今和歌一千篇,更降敕命,抽其胜矣。传敕者执金吾藤纳言,奉诏者草莽臣纪贯之。贯之未及抽撰,分忧赴任,政务余景,渐已撰定。抑夫上代之篇,义渐幽而文犹质。下流之作,文偏巧而义渐疏。故抽始自弘仁,至于延长,词人之作,花实相兼而已。今之所撰,玄之又玄也。非唯春霞秋月,润艳流于言泉。花色鸟声,鲜浮藻于词露。皆是以动天地,感神祇,厚人伦,成孝敬,上以风化下,下以风刺上。虽诚假文于绮靡之下,然复取义于教诫之中者也。爰以春篇配秋篇,以夏什敌冬什,各相斗文,两两双书焉。庆贺哀伤,离别羁旅,恋歌杂歌之流,各又对偶。总三百六十首,分为四轴,盖取三百六十日关于四时耳。贯之秩罢归日,将上献之。桥山晚松,愁云之影已结。湘滨秋竹,悲风之声急幽。传敕纳言亦已薨逝,空贮妙辞于箱中,独屑落泪于襟上。若贯之逝去,歌亦散逸,恨使绝艳之草,复混鄙野之篇,故聊记本源,以传末代云尔。①

笔者对于研究日本古代诗歌与诗学有五点基本的想法。第一,根据纪淑望《真名序》与纪贯之《假名序》之间的关系,我们有理由以纪贯之《假名序》为本体,以纪淑望《真名序》为参照,结合日本诗歌创作的实际情况,来认识日本诗歌的基本特征。第二,又由于纪贯之《新撰和歌集序》写作年代较其《假名序》晚一些,思想上也更为成熟一些,我们有理由以《新撰和歌集序》为重点考察对象,而以纪淑望《真名序》为补充材料来研究日本的诗歌的理论。第三,由于我们生长在中国的大环境中,对中国诗歌与诗学较为熟悉,因此倘若我们以中国诗歌与诗学为参照系来观照日本的诗歌与诗学,我们就容易看得真切一些。第四,日本文化、日本文学和日本诗学自古以来就与中国文化、中国文学和中国诗学有着血肉般的联系,因此,以中国的相关理论与文学事实为参照系,是有益于日本诗歌的研究的。只是我们在这样做的时候,不能喧宾夺主,应当始终坚持以日本诗歌为研究的主体。第五,欧洲文学是一个整体,世界文学也是一个整体。就人类的精神现象而言,毕竟还是共性大于个性的。诗歌作为人类的精神现象,必然具有与世界各国诗歌之间具有相一致的地方,因此,我们在研究日本诗歌的时候,也应该努力参照西方诗学的积极成果。循着以上的思路,笔者尝试论证日本诗歌的基本特征如下。

二、在对偶范畴中看日本诗歌的基本特征

我们不妨在中日诗歌对比的框架中来把握日本诗歌的基本特

---

① 曹顺庆主编:《东方文论选》,成都:四川人民出版社,1996年,第679页。

征。据笔者在教学中反复尝试和钻研的结果，发现了存在于中日诗歌理论层面的六组对偶范畴，它们分别构成六组对应关系，即言志传统与写景专好、言志性抒情与审美性抒情、壮志豪情与物哀幽情、庄重严肃与凄婉俳谐、人的题材与物的题材、写实主义与印象主义。理论层面的这六组对偶范畴，不难从丰富的中日诗歌创作中找到作品支撑，亦不难在世界史学的坐标系中寻得理论上的进一步推论与说明。兹分别论述如下。

第一，言志传统与写景专好。中国诗歌的言志传统起源于孔子。《左传·襄公二十五年》："冬，十月，子展相郑伯如晋，拜陈之功。子西复伐陈，陈及郑平。仲尼曰：《志》有之：'言以足志，文以足言。'"不言，谁知其志？言之无文，行而不远。晋为伯，郑如陈，非文辞不为功，慎辞也！'"①郑国大夫子产，对陈国采取军事行动后，受到当时霸主晋国国君的质问时，其答词婉转从容，理直气壮。这段答词情文并茂，受到孔子的赞美。孔子的这段话，本来系对《志》的论点的演绎。虽然隐含着可以推广的意味，但毕竟系针对具体的史实而发。但是到了汉代，《毛诗序》对此作了进一步的发挥，从而，诗歌的功能，也就是言志这一条，便作为中国诗学的基本原则而固定了下来。《诗大序》："诗者，志之所之也，在心为志，发言为诗。情动于中而形于言，言之不足故嗟叹之，嗟叹之不足故永歌之，永歌之不足，不知手之舞之，足之蹈之也。"②在这里，虽然也谈到了志和情这两个方面，然而志和情乃是二而一的东西，情只是附带而言及罢了。诚如孔颖达在《左传》昭公二十五年《正义》中所说："此六志，《礼记》谓之六情。在己为情，情动为

---

① ［清］洪亮吉撰、李解民点校：《春秋左传诂》，北京：中华书局，1987 年，第 578 页。

② 《十三经注疏》整理委员会整理，李学勤主编《毛诗正义》上册，北京：北京大学出版社，1999 年，第 6 页。

志，情、志一也，所从言之异耳。"①而且，从中国诗学的历史发展看，言志之说一脉相承的情况极为明显。从表面上看，似乎纪贯之也秉承了中国诗学言志的传统，因为他在《新撰和歌集序》中写道："皆是以动天地，感神祇，厚人伦，成孝敬，上以风化下，下以风刺上。"这些话与《诗大序》十分相似。《毛诗序》讲了言志之后，又讲诗之六义，就是这么说的。而且，纪贯之在《假名序》中也讲到了歌体论中的六义，其中有不少话也直接取自《诗大序》。不过，六义之说并不符合日本诗歌的实际情况。那么，纪贯之为什么要这样写呢？笔者认为，这实际上是文学批评的话语问题。早期日本诗学家面对的是强大的中国文论话语的俨然存在，而日本自身的批评话语尚在草创之中。这种情形，与我们中国文论界今日面对西方文论话语的强劲攻势时，每每患有失语症的情形是很类似的。在不得已而为之的情况下，日本诗学家借用一些中国文论话语的现成说法，也就是可以理解的了。日本诗歌的创作实际说明，写景之作众多，言志之作寡少。在日本诗歌中根本就没有什么言志的传统。纪贯之本人的诗歌创作就是写景为主的。比如："樱花飘零随风舞，空中无水亦扬波。"②又如："山中掬溪水，溅溅湿衣袖。今日东风起，冰消化清流。"③这些都是在写景中运用诗思的佳作。再如："故里人心可依旧，但见梅花香如故。"④此诗的确有"情"的描述，但是并没有往"志"的高处一味硬拔，因而自然而不做作。日本诗歌是有写景的专好的。

第二，言志性抒情与审美性抒情。伴随着中日诗歌在言志传统

---

① 《十三经注疏》整理委员会整理，李学勤主编《春秋左传正义》下册，北京：北京大学出版社，1999年，第1455页。
② ［日］《古今集》89。
③ ［日］《古今集》2。
④ ［日］《古今集》42。

与写景专好方面的二元对立,自然而然就演变出了中日诗歌在审美维度上的不同。中国诗歌固然也是讲究抒情的,但是中国诗歌的抒情,主要是在广义的政治的圈子里抒情,因此壮志豪情多,而扑扑欣喜、隐隐哀愁的个人性情并不是很多的。《新唐书》卷二零一《杜甫传》:"至甫,浑涵汪茫,千汇万状,兼古今而有之,它人不足,甫乃厌余,残膏剩馥,沾丐后人多矣。故元稹谓:'诗人以来,未有如子美者。'甫又善陈时事,律切精深,至千言不少衰,世号'诗史'。"①这是指诗中的言志性抒情。[清]陈廷焯《白雨斋词话》卷一:"作词之法,首贵沉郁,沉在不浮,郁则不薄。故沉郁未易强求,不根柢于风骚,乌能沉郁?十三国变风,二十五篇《楚辞》,忠厚之至,亦沉郁之至,词之源也。不究心于此,率尔操觚,乌有是处?"②这是指词中的言志性抒情。从人们概括唐代大诗人杜甫(712—770)诗歌创作成就的诗史说到清代陈廷焯(1853—1892)提出的词学审美标准沉郁说,其审美倾向显然是言志性地抒情的。词本来是软美的文体,婉约派被认为是诗词的正宗,可是到了后来,豪放派得到了越来越多的赞同。况周颐(1859—1926)主张作词应以意为主,提倡在比兴寄托之外,在审美上也必须以重、拙、大为取舍标准。《广蕙风词话》卷一:"古今词学名辈,非必皆聪明绝顶也。其大要曰雅,曰厚,曰重、拙、大。"③在这里,雅,指《诗经》中的《小雅》和《大雅》,显然又回到了诗歌言志性抒情的原点。日本诗歌则将日本民族的美意识贯穿在审美性的抒情之中。在日本诗歌中,我们看不到明显的对政治的在意,即使是君臣关系,就日本

---

① 中华书局编辑部编,"二十四史"简体字本第三十七册《新唐书》五,北京:中华书局:2000年,第4395页。
② 唐圭璋编:《词话丛编》第四册,北京:中华书局,1986年,第3776页。
③ [清]况周颐原著,孙克强辑考《蕙风词话·广蕙风词话》,郑州:中州古籍出版社,2003年,第151页。

诗歌的文本来说，也很少直接的提及。纪贯之说："抑夫上代之篇，义渐幽而文犹质。下流之作，文偏巧而义渐疏。故抽始自弘仁，至于延长，词人之作，花实相兼而已。"换言之，上代亦即早期的日本诗歌，走的是一条逐渐向唯美主义偏移的道路，即使其中有政治的所指，它也"义渐幽"了，尽管其中不乏实质性的涉及政治的内容，但是政治的传声筒毕竟不为日本人所欣赏。弘仁（810—823）和延长（923—930）是年号。编者将公元810年至公元930年这一时段内的优秀诗篇抽取出来另外编成的一部诗集就是《新撰和歌集》。诗集中的作品，颇有些中国词集《花间集》的味道，这是不难设想的。下流亦即民众的作品，其实是非常重视语文技巧的，他们的作品距离政治越来越远。一般说来，随着社会的发展，识文断字的人必然越来越多，文学的大众化是不可避免的。日本在发明了假名之后，文字的普及远较中国为易，对歌连歌的情形不难设想。纪贯之看中的是那些"花实相兼"的诗作。"实"，虽然有实质性内容的一面，于政治社会生活有所涉及，然而"花"亦即艺术技巧一面，却被放在"实"的前头，这是饶有趣味的。纪贯之所提倡的审美风格是"花实相兼"而不是"实花相兼"，也就是说，是形式（form）对内容提出范畴性的要求，而不是内容决定形式。顺便说，中国现代文论讲究内容决定形式，并非仅仅为接受马克思主义文艺理论影响之结果，中国现代文论之所以与马克思主义文艺理论那么合拍，主要是因为诗骚传统尤其是孔子所倡导的诗教传统本身俨然存在所致。也就是说，形式是日本诗歌的理念（idea），是日本诗歌的灵魂。在这一点上，日本诗学与西方自柏拉图（Plato, c. 429—c. 347 BC）和亚里士多德（Aristotle, 384—322 BC）以来的诗学发展道路是一致的。"花实相兼"这一提法，奠定了日本诗学今后的发展方向。日本诗歌走的是审美性抒情的道路。

第三，壮志豪情与物哀幽情。中日诗歌之间的这样一种二元对立，可以由上面一条推知。在中国，由于存在强大的诗教传统，诗人所抒发的感情，自然以壮志豪情为主。不可否认，《诗经》所开辟的这种传统在一定的程度上得到了调剂，那就是《楚辞》的传统。以《离骚》为代表的《楚辞》传统汇入中国诗学的源头，从而形成了内涵更为丰富的诗骚传统。《楚辞》在审美上以浪漫主义为基本特征，抒情的成分自然多一些，句式富于变化一些，描写也比《诗经》更为细致深入。比如，我们看到，《楚辞》对自然界的事物描摹较多，对植物的描摹尤其多。但是，细致考察起来，《楚辞》与《诗经》的地位是不一样的，《诗经》被尊为经，系十三经之一。《楚辞》中仅有《离骚》被称为经，《楚辞》中其他各篇并无经的称呼。那么，《离骚》为什么被称为经呢？其根本的原因在于《离骚》是一部长篇的政治抒情诗。《离骚》373句，近2500字，前半篇主要叙写现实，后半篇主要驰骋想象。换句话说，《楚辞》二十五篇，《离骚》写得较为实在，而其他各篇则写得相对空灵一些。《离骚》之所以被称为经，是因为它与《诗经》的契合程度较高。因此，在中国诗学中有"诗骚传统"一语，却没有"诗楚传统"这样的说法。《楚辞》中有大量的篇幅写香草美人，乍一看这与日本诗歌的抒情方式颇为接近，但究其实质，却并非如此。王逸《离骚经序》："《离骚》之文，依《诗》取兴，引类譬喻，故善鸟香草，以配忠贞；恶禽臭物，以比谗佞；灵修美人，以媲于君；宓妃佚女，以譬贤臣；虬龙鸾凤，以讬君子；飘风云霓，以为小人。"[1]由于有了这样的自然物与人物类型之间一一对应的模式，在诗骚传统之下壮志豪情易于得到抒发，却很难有以自然物为主体的情愫。日本诗歌与此不同，其感情是以物哀幽情为主导的。物哀幽情，虽然说到底还是人

---

[1] [宋]洪兴祖撰：《楚辞补注》，白化文等点校，北京：中华书局，1983年，第2页。

的情感,但是它是以自然物为主体的。在日本诗歌中,自然物与人物类型之间并没有一一对应的关系。在日本诗歌中,人已经将自己完全融入自然之中了,人与自然物打成一片了。在日本诗歌之中,抒情的主体是物而不是人,因而日本诗歌实现了以自然物为本位的抒情,它并不是西方文论中所说的那种移情(empathy)。因此,诚如纪贯之所说:"今之所撰,玄之又玄也。非唯春霞秋月,润艳流于言泉。花色鸟声,鲜浮藻于词露。"玄之又玄,这是什么意思呢?在已有的研究成果中,对此众说纷纭。笔者以为,这意味着极其微妙。日本诗歌的上乘之作,的确是极其微妙的。要真正理解日本诗歌这种玄之又玄的境界,需要读者作换位思考,因为唯有站在物的立场上才能理解物本身。这种情形,诚如纪淑望《真名序》所说:"若夫春莺之啭花中,秋蝉之吟树上,虽无曲折,各发歌谣。物皆有之,自然之理也。"①物哀,这是纪贯之首创的日本文学批评术语,《土佐日记》十二月二十七日条:"船夫也不解物哀,光想着自己已经喝完了酒,就催促道:'涨潮了,马上就要起风的。'让他这么一嚷,大家只得准备登船离岸了。"这里说的是纪贯之等一行人离任之后即将上路回京,送行人依依不舍,作歌话别时的情形。船夫文化修养浅,不懂物哀。唯有风雅之士,才能理解物哀。纪贯之十分欣赏那些具有物哀幽情的诗篇,因此他特别强调这样的作品:"桥山晚松,愁云之影已结。湘滨秋竹,悲风之声急幽。"晚间的松和秋天的竹,在风的吹动中,极其容易催发诗人的愁思和幽情。一般说来,物哀这样的情愫,其表达方式不是轰轰烈烈,而是隐而幽的,故笔者姑且称之为物哀幽情。物哀幽情,是蕴涵在日本诗歌中的主导性的情绪。

第四,庄重严肃与凄婉俳谐。诚然,中国古代是有俳谐这样的

---

① 曹顺庆主编:《东方文论选》,成都:四川人民出版社,1996年,第676页。

文体的，比如在汉代宫廷文学中，就有俳谐之作。以后历代亦有俳谐，比如杜甫有《戏作俳谐体解闷诗》二首，载《杜工部集》卷十六。其一："异俗可吁怪，斯人难并居。家家养乌龟，顿顿食黄鱼。旧识难为态，新知已暗疏。治生且耕凿，只有不关渠。"其二："西离青羌坂，南留白帝城。於菟侵客恨，粔妆作人情。瓦卜传神语，畬田费火耕。是非何处定，高枕笑浮生。"自注："倾岁，自秦涉陇从同谷县出游蜀，留滞于巫山也。"①尽管如此，俳谐在中国终究没有作为一种独立的文类而发展起来，因为在中国的社会环境中俳谐仅仅被当作一种戏谑取笑的言辞，仅有少数作家偶一为之。而且，中国的俳谐，既有诗歌体的，也有文章体的，文体不统一，这就造成了俳谐在中国不能发达的致命伤。《隋书·经籍志》四总集著录南朝宋袁淑《俳谐文》十卷，《新唐书·艺文志》作十五卷；又，小说家著录唐刘讷言《俳谐集》十五卷。尽管如此，这些作品都没有流传下来。现代也还偶尔有人仿作俳谐，称为汉俳，即用汉文创作的俳谐，以区别于用和文创作的在日本文学中大量存在的俳谐。俳谐是日本和歌的一个类型，不仅数量多，而且佳作也多。俳谐与典雅庄重的正统和歌相反，其言语鄙俗滑稽，没有整然的表达方式和正调，是一种破格的和歌。所谓破格，就是没有规范。日本人民的生活，也是复杂多彩的，人们自然也有牢骚、谤议、嗤笑、戏谑、讽刺、暴露的时候。这样的感情自然也应该得到表达，因为它是对以物哀情趣为主的日本诗歌的一种必然的补充。比如，池田朝臣嘲笑大神朝臣奥首而作的和歌就是一首俳谐："寺中女饿鬼，所求别无他。赐得大神男饿鬼，生出一群饿鬼娃。"②纪贯之说："若贯之逝

---

① [唐]李白、杜甫著，张式铭标点《李太白集·杜工部集》，长沙：岳麓书社，1989年，第284页。

② 杨烈译：《万叶集》，长沙：湖南人民出版社，1984年，第618页。杨烈译文作："寺中女饿鬼，枯瘦已如柴。大神男饿鬼，配之生小孩。"

去,歌亦散逸,恨使绝艳之草,复混鄙野之篇,故聊记本源,以传末代云尔。"他担心那些雅正的诗歌混入"复混鄙野之篇"。此话有两层意思,一是就诗歌发生学而言,各种和歌与俳谐本来就是混生在一起的。二是从侧面说明,俳谐的存在的空间依然很大,因此他才有这样的担心。纪淑望《真名序》写道:"文琳巧咏物,然其体尽俗也,如贾人之著鲜衣。……大友黑主之歌,古猿凡大夫之次也,颇有逸兴,而体甚鄙,如田夫之息花前也。"[①]从他举的例子看,正好说明了俳谐在日本大有存在的基础。事实上,俳谐在日本诗歌中蔚为大观,《万叶集》第十六卷,就是俳谐。此外,在《古事记》、《后叶集》、《千载集》、《续千载集》、《新千载集》、《新拾遗集》、《后拾遗集》和《新续古今集》等集子中都设有俳谐这一部类。俳谐有轻妙洒脱、机智讽刺、奇异风趣的一面,也有卑俗猥杂、暴露诽谤、滑稽谐谑的一面。俳谐可以展现现实生活的丰富性,表现日本民族"食人间烟火"的一面。经过芭蕉的改造,俳谐在滑稽戏谑的形态上注入了清闲精神,后来发展成为日本诗歌的一个重要部类。经过改造的俳谐,俗而非俗,高俗而归俗,用俗而离俗。在俳谐中,拟人手法得到了极好的运用,优秀的俳谐能够将人以外的东西像人一样运动起来,非常类似于西方诗歌中的滑稽模仿体(parody)。笔者认为,这实际上也是物哀情绪的一种积极的运用。因而,俳谐为日本人民所喜闻乐见。

第五,人的题材与物的题材。中国诗歌发展的历史进程说明,中国诗歌的侧重点在人上而不是在物上。这是因为,尽管中国有咏物诗、山水诗,但是大多数的中国诗歌还是写人的。刘勰《文心雕龙·原道》认为,人"为五行之秀,实天地之心。心生而言立,言

[①] 曹顺庆主编:《东方文论选》,成都:四川人民出版社,1996年,第677页。

立而文明，自然之道也。"①他从文学发生论立论，认为文学就是写人的。在肯定人在宇宙间的地位方面，刘勰之说颇有些莎士比亚肯定人的意味。《哈姆雷特》第二幕第二场："人是何等巧妙的一件天工！理性何等的高贵！智能何等的广大！仪容举止是何等的匀称可爱！行动是多么像天使！无形是多么像神明！真是世界之美，万物之灵！"②在主张文学以人为对象方面，刘勰之说亦颇有些高尔基所谓"文学是人学"（Literature is a subject of man.）的味道。沈约《宋书·谢灵运传论》："歌咏所兴，宜自《生民》始也。"龚自珍《书汤海秋诗集后》："人以诗名，诗尤以人名。唐大家如李、杜、韩及昌谷、玉溪；及宋、元，眉山、涪陵、遗山，当代吴娄东，皆诗与人为一，人外无诗，诗外无人，其面目也完，"③关于日本的国土和人民，古人已有很恰当的描述："山丽水秀，人物清华。"④然而，日本诗歌始终以物为描写的主要题材。只要我们翻阅一下各种日本诗歌总集，就可以明了这一点。究其理论根据，纪贯之《假名序》有云："以人心为种子，万事皆可歌。人生世上，诸事百端，和歌乃将心之所思、及目之所见、耳之所闻咏出者也。莺啼蛙鸣，一切生物，皆可入咏。"⑤我们不仅要追问，为什么日本诗歌那么看重物呢？原来，在日本人的宇宙观中，物乃是高于人的，本居宣长（1731—1801）《玉茅百首》："鸟亦有神，兽亦有神。""雷、树、灵狐、

---

① [梁]刘勰著，陆侃如、牟世金译注《文心雕龙》，济南：齐鲁书社，1995年，第96页。

② [英]莎士比亚著，梁实秋译《莎士比亚全集》下卷，呼和浩特：内蒙古文化出版社，1995年，第552页。

③ [清]龚自珍撰，王佩诤校《龚自珍全集》，上海：上海古籍出版社，1975年，第241页。

④ [清]黄遵宪著，吴振清、徐勇、王家祥点校整理《日本国志》，天津：天津人民出版社，2005年，第138页。

⑤ 曹顺庆主编：《东方文论选》，成都：四川人民出版社，1996年，第678页。

虎、龙之类皆神之一端。"他是以《古事记》的记载为依据而建构起宇宙观的。① 作为日本著名的哲学家，本居宣长的看法，代表了大多数日本人的认识。我们还要追问：人与物比较，孰高孰低呢？本居宣长《玉茅百首》作了回答："释迦、孔子亦神，其道为广义神道之末梢的枝道。"显然，在本居宣长看来，物高于人。这或许可以解释为什么日本诗歌的主要描写对象是物而不是人。黄遵宪对此作过较为精密的观察，所著《日本国志》卷十《地理志一》写道："余闻欧西有瑞士，山水清华，士女明媚，以介居住大间，各谋保护，不相侵扰，世人比之桃源。而东方之日本，乃以远隔强国而自成乐土，天殆故设此二国使之东西并峙欤。"② 黄遵宪没有直接谈论日本诗歌，但是他道出了日本诗歌注重写物的根本原因，其看法具有朴素的唯物主义倾向，十分可贵。笔者不禁想到，就小说而论，东方国家的小说，有些具有诗意，比如说沈从文的《边城》，泰戈尔的《戈拉》等。西方各国的小说，具有诗意的则较为罕见，因为亚里士多德《诗学》高扬情节论，被西方各国作家奉为圭臬，所以在西方各国文学中突破亚里士多德之规定性者绝少。然而，德国小说家施托姆的《茵梦湖》（Theodor Storm，1817—1888；Immensee，1850）、英国小说家高尔斯华绥德《苹果树》（John Galsworthy，1867—1933；The Apple Tree，1916）却是富于诗意的，显然，其小说诗意的来源之一就是他们生活的环境，而他们身活的环境与日本颇为仿佛。当然，在这一层面上，中国诗歌与日本诗歌之间乃是同一性大于差异性的，我们说中国诗歌侧重于人的题材。日本诗歌侧重于物的题材，仅仅是相对而言就其大概罢了。

第六，写实主义与印象主义。这一组对偶范畴可以从前几组中

---

① 朱谦之《日本哲学史》，北京：人民出版社，2002年，第101—108页。
② [清]黄遵宪著，吴振清、徐勇、王家祥点校整理《日本国志》，天津：天津人民出版社，2005年，第200页。

间接推求出来。由于印象主义是一个后起的文学批评术语,因而难于从中国和日本的古代文论中寻找现成的材料,但是含有类似的意思的材料还是有的。写实主义是中国诗歌的基本创作手法。写实主义是现实主义的旧译名。然而,这个旧译名有时候还被使用,这时它主要指具体的创作手法而言。在中国诗学中,由于存在着强大的诗教传统、诗史传统等,使人们偏爱写实主义的创作手法是很自然的。白居易《与元九书》:"自登朝以来,年齿渐长,阅事渐多,每与人言,多询时务,每读书史,多求道理,始知文章合为时而著,诗歌合为事而作。"①白居易从文学与现实的关系出发,论证了中国诗歌不仅要反映现实生活,还应和当前的政治斗争相联系,积极地干预现实生活。他还强调诗歌应当为君、为臣、为事而作。这样的写实主义手法一直有人在大力提倡,一直延续到中国古典文学的后期即清朝。于是在学术研究中,还出现了以诗证史的特殊研究方法。这一研究方法对于中国文史的研究是特别有用的。陈寅恪是运用这一方法的高手,他著有《元白诗笺证考》等高水准的著作。纪贯之《新传和歌序》没有明确地提倡印象主义的话语,但是从他所欣赏的高水准的诗作来看,他实际上在倡导一种印象主义的诗风。他说,好诗应该是"玄之又玄"的。玄,既有美妙的含义,也含有印象主义的意味,因为既然很玄,便难于坐实。纪淑望《真名序》:"优为陛下御宇,于今九载,仁流邱津洲之外,惠茂筑波山之阴,渊变为濑之声,寂寂闭口;沙长为岩之颂,洋洋满耳。"②这几句话可以看成"玄之又玄"的注脚。其中,"寂寂闭口"尤其值得注意。好诗究竟怎么个好法,乃是说不出来的,只能凭借读者的心灵去感知,这也就是凭借印象了。既要凭借印象,就要有造成印象的

---

① [唐]白居易著,喻岳衡点校《白居易集》,长沙:岳麓书社,1992年,第425页。

② 曹顺庆主编:《东方文论选》,成都:四川人民出版社,1996年,第677页。

诸多因素。而造成印象的诸多因素，不是别的，正是印象主义的创作手法之具体作为。日本诗歌，除了讲究"物哀"之外，另一个讲究的重点就是"幽玄"（yoken）了。所谓幽玄，从做诗法看，指优美而哀婉地吟咏，从审美心态看，指能够见出诗篇优美而哀婉地予以表现的那些地方。换句话说，也就是读者须以曲径通幽的方式来欣赏诗作，也就是努力培养印象主义的审美方式。而且，当"幽玄"这一审美理念建立起来之后，人们加以推广，逐渐成为一种基础的和歌体式，即幽玄体（yokentai），或曰幽玄样。笔者以为，幽玄这一理念，其直接的源头就是纪贯之《新撰和歌序》中所说的"玄之又玄"。

三、风土与文类：中日诗歌差异比较探源

纪贯之谈到了日本诗歌中反复出现的题材。它们是情绪和风景、荣枯和兴衰、因火山爆发显得美丽的岛国民族的人格魅力以及因充沛的降雨而带来的绿草如茵。从比较文学史的角度看，虽然中国诗人和日本诗人都喜欢描写风景，然而他们的表现方式却是不同的，这主要基于他们体认大自然的角度不同。一般说来，日本诗人的笔触更为细腻平缓。日本诗人的心甚为柔嫩和敏感，日本诗人的眼光也甚为敏锐，能够捕捉做到更为细小之处。至于中国诗人，虽然其中也有一些人能够像日本诗人那样描摹景致，但是其大多数都以一种庄重的态度来写诗。虽然在中国诗歌中也有山水诗这一亚类，但是这些作品中的大多数都是写景以抒情的，也就是说，在多数中国诗人看来，描写风景不过是手段罢了，抒发感情、抒写抱负才是目的。既然写景仅仅是手段，那么它就不是十分重要的了，诗人也就不值得耗费毕生的精力去写景了。因此，我们中国诗人永远也不可能像松尾芭蕉那样捕捉到一只青蛙跳入水中的那一瞬间。书

写重大的题材一直是中国诗歌的主流。

其间的根本原因可以从两个角度来加以解释。

第一个角度是所谓的风土文化。广漠而笼统的风景是中国中原文化的基本特征，黄河和长江就是那么莽莽苍苍，一泻东流。本来长江流域的文化也有诸多的南方文化因素，应当有其秀丽的一面，但是，受到保存较好因而对中国后世文化影响也较为明显的中原文化的影响，长江及其支流，出现在诗人的笔下，依然是莽莽苍苍的感觉和意象，有诗句写道："茫茫九派流中国，沉沉一线穿南北。烟雨莽苍苍，龟蛇锁大江。"（毛泽东《菩萨蛮·黄鹤楼》上阕）。联系到历史上中国对西北的开拓和经营，黄河的景观更与瀚海流沙、戈壁荒原联系在一起，有诗句描写道："大漠孤烟直，长河落日圆。"（王维《使至塞上》颔联）与此相对，日本是一个岛国，日本的风土文化更多地受到季风和太平洋暖流的影响。日本的风景委实是秀丽的，而广义上的风景就是人的生存环境。从唯物主义的角度看，人的生存环境必然影响到人的情感表达乃至思维方式，因此，日本这样一个国度，其风土与人文的基本特征，可谓："风景秀丽，人物清华。"此乃一种必然。日本的风土基本上以秀美（graceful）为主导。笔者以为，中国国土辽阔，其风土固然不乏秀美的一面，然而就其风土的文学艺术表现而言，究竟还是以壮美（sublime）为主导形态的。此外，日本国土虽小，但是却并不妨碍日本诗人以极大的细节描绘（in great detail）为手法来淋漓尽致地表现它。

第二个角度就是文类（literary genres）。在中国诗歌中，秀美的题材按理说也需要一个特殊的领域来栖居。这样一个特殊的领域，中国诗歌并不缺少，那就是词。词是一种软体的文类，借用一句中国诗学的行话来说，有所谓"诗庄词媚"的命题。回过头来看日本诗歌，日本诗人特别喜欢野原、森林、海湾、洋面等特殊的风景，以及跳跃的溪水、入池的青蛙、平静的海滩、浓雾笼罩的山峦、雨珠拍打的草地等等。在日本诗人那里，所有这些都会变成绝妙的宝贵的素材。日本诗人似乎在用感悟（satori）和哀愁（aware）在拥抱世界。在日本诗人看来，生命是短暂的，爱情是美好的但亦是转瞬即逝的。武士道（bushido）在这个国度受到崇尚，但是爱国主义、战争杀伐、民众运动却从来没有演变为日本诗歌的题材。那么，这一题材跑到哪里去了呢？这些题材进入"物语"（monogatari），日本文学家仿佛在说：让物事本身来述说它们自身吧。而与此同时，作为生活主体的人，却仿佛在那里冷眼旁观：且让物事演义（to narrate in a historical-novel way）其自身吧。大写的人静观默察，看着大千世界中的芥末般的物事细声细气小说自己的话儿（storia → novella → novel），这样做也能给作为生活主体的人带来一种新奇（novelty）。如果我们给日本诗歌定位，那么，笔者认为，它是接近于中国的词，而不是诗的。日本诗歌体制短小，尤其接近于中国词中的小令。如果硬要以诗对诗讲求平等的话，那么在中国的诗中仅有部分绝句勉强可与日本诗歌相仿佛。日本诗歌重在写物而不在写人。而且，物在日本诗歌中被表现为一种悲哀的存在，借用日本诗学的术语来说，那就是物凄（monosugoi）。简言之，虽然日本民族在体质人类学上像中国人，他们事实上是世界上一个独立的特殊的民族。他们的文学、文化和诗歌都是完全日本风格的（Nipponized）。日本人生命和信仰的根子与我们中国人是完全不相同的。这可以从经由中国而传到日本的佛教以及中国的主流意识形态如朱子学等到了日本之后被日本人做了迥然有异于在中国的取舍等等之中可以看出来。空海和尚（Kukai Washo），日本假名的发明者，曾经将四十七个假名巧妙地连缀为《伊吕波歌》（iroha-uta）。陈涛将《伊吕波歌》翻译为如下汉文："花开飘香，谢去匆忙，人世本无常。烦恼重山今已过，夫复何伤？莫不是幻梦一场，醉也何妨？"①此译文惟妙惟肖地表现了日本人的心态和审美趣味，译笔绝佳。《伊吕波歌》本来是佛教涅槃经十三圣品的一首偈："诸行无常，是生灭法。生灭灭已，寂灭为乐。"经过空海和尚的日本式改造之后，它就成为一首七五调的歌了。这首偈经过改造之后，活脱脱地表现出日本人的本性，表现出日本民族的人生观，尽管这种改造在字面上并不怎么看得出来。在佛教的发祥地印度，广大民众后来都信奉印度教了。印度教讲求性力论，教导人们极尽一切手段尽情享受现实人生的种种欢乐。日本民族，虽然也注重生活质量，但是他们毕竟是一个淡泊、坚韧、像齐开齐落的樱花一般团结、能够在频繁的地震和火山运动中屡仆屡起的伟大民族。在日本人看来，个人的价值并不那么重要，集体的价值才是真正的价值所在，国家、社会与民族永远是高高矗立的伟大存在。他们并不想成为一条条巨龙，他们只想成为一株株山樱，一齐灿烂地绽放，一齐悄然地陨落。日本人把他们自己与大自然那样紧密地联系在一起，而日本诗歌就是这种联系的纽带。

---

① 陈涛主编：《新版日汉词典》，北京：机械工业出版社，1995年，第137页。

泰戈尔与西方泛神论思想之间的类同与歧义[①]

一、将泛神论定位为泰戈尔思想的主导思想倾向符合实际

印度传统文化结构和民族的核心内容是"梵"。梵是理解泰戈尔思想的关键。印度古代文献吠陀,尤其是《奥义书》认为,梵是宇宙的最高主宰和最高实在。请看《广林奥义书》:"最初,此处唯有梵。他仅这样理解自己:'我是梵'。因此,他成为一切。哪个神领悟了这,就成为他,仙人亦如此,人亦如此。……谁认识到了'我是梵',就成为这一切。"[②]也就是说,梵不仅是精神的本体,而且是现实的本体。作为宇宙主宰的梵与作为个体灵魂的"我"在本质上是有可能统一起来的。万有同源,皆出于梵。万有一如,皆归于梵。当梵通过一种幻的作用显现为世界和各种各样事物的时候,梵也就和幻相通。当个我即个体灵魂摆脱了无明,在解脱中证悟了梵的时候,我也就具有了梵的属性,从而与梵合而为一,这就是"梵我一如"。因此,在印度文献中,很多时候,梵(Brahman)和我(Atman)这两个语词是互换使用的。

关于泰戈尔(1861—1941)思想的基本倾向,多少年来中国的世

[①] 本文原载《东方丛刊》2004年第4期。
[②] 姚为群编著:《印度哲学》,北京:北京大学出版社,1992年,第224页。

界文学教学界一直定位为"泛神论"。不少外国文学工作者在学生时代是这样学习的,广大外国文学教师是这样讲的。许多有关泰戈尔的著作也是这样论述的,不过许多著作表述不够明晰。郁龙余、孟昭毅主编《东方文学史》对泰戈尔的思想倾向作了明确的表述:"泰戈尔吸收了这一基本思想观念追求人与神的和谐融合,形成了'泛神论'的宗教哲学观。"[①]那么,泰戈尔的基本思想倾向是不是泛神论呢?多数研究者认为,答案是肯定的。笔者认为,郁龙余、孟昭毅主编《东方文学史》对泰戈尔的思想倾向的表述是准确的,这对中国的外国文学史教材建设是一个贡献。不过,近年来也有一些研究者认为,泰戈尔的基本思想倾向不是泛神论思想,而是印度教信仰。笔者认为,从印度宗教上去把握印度作家的思想倾向,无疑是一种重要的研究路径。在印度的各种宗教中,印度教无疑是信仰人数最多影响最大的一种宗教。但是,以印度教来定位泰戈尔思想的基本倾向却是错误的,因为这种看法不符合泰戈尔的思想实际。泰戈尔是印度人,生活在浓郁的印度教氛围之中,他的思想当然打上了印度教的深深的烙印。但是,泰戈尔思想中的印度教,仅仅起着传统文化基础的作用。换句话说,印度教仅仅是泰戈尔形成其独具特色的思想的一种历史语境。正如我们不能够一看见西方人就将其思想简单地归结为基督教,一见日本人就将其思想归结为神道教一样。仅用"印度教"一语来概括泰戈尔的思想,必然会模糊其思想的个性特征,也必然淡化其思想的时代特征,而且也经受不起泰戈尔的作品在世界文学传播领域的实际的检验。在泰戈尔生活的那些年代里,中国人民经受着与印度人民类似的遭遇,印度人民深受帝国主义和封建主义的双重压迫。中国人民深受帝国主义、封建主义和官僚资本主义三座大山的压迫。当时,中国人民既需要马

---

① 郁龙余、孟昭毅《东方文学史》,北京:北京大学出版社,2001年,第377页。

克思列宁主义的理论武器,也需要泰戈尔的文学创作。因为前者可以指明方向,而后者可以给苦难深重的人们带来精神慰藉。尤其是泰戈尔的作品中洋溢着的泛爱的精神,既可以抚平战士的伤口,又可以给百姓化解忧愁,似乎给人们带来了终极关怀。泰戈尔的文学作品一经翻译和介绍到中国来,便受到了极大的欢迎。印度文学在中国传播的实践证明,泰戈尔的泛神论和泛爱论,均属于进步的思想,有其自身的价值。

概括言之,在泰戈尔的泛神论思想中存在着可以与西方经典泛神论思想家们进行比较的契合点。因而,我们不妨进行对照审查,见其类同与歧义。

由刘安武、倪培耕和白开元主编的《泰戈尔全集》(河北教育出版社,2000),共计二十四卷,基本上全面收录了泰戈尔的现存文字。其中,散文部分一共六卷,占泰戈尔全部现存文字的四分之一。泰戈尔的散文固然内容繁多,其中有随笔、文学评论、杂文、演讲等等,但是纯文学的美文,即所谓 belles lettres,却是并不多的。这是因为与此相当的那一部分内容,泰戈尔用散文诗的形式表达了。这六卷散文的性质,我们不妨用"思想录"来加以总括。泰戈尔的思想,较为集中地表达于这些散文之中。它们也是研究泰戈尔泛神论思想的最为基本材料。泰戈尔具有典型的泛神论言论。这些言论较为集中地表现在三部阐释其宗教观的著作中,即《人的宗教》、《诗人的宗教》和《宗教》。除了这三部书之外,在其他的单篇文章和诗歌中,也不乏泛神论的篇什。泰戈尔是好发议论的,其诗歌、小说和剧本中的大段议论,也是说明泰戈尔泛神论思想的材料。为了推进研究的深入,以下尽量避开泰戈尔泛神论思想相对集中的三部阐释其宗教观的专书,而分别从其诗歌、小说和戏剧创作中寻找材料,说明其泛神论的思想倾向。在此之前,我们还有必要比较一下存在于泰戈尔与泛神论的创始人托兰德之间的极为类似的思想历程。在此之后,为了准确地把握泰戈尔的思想,我们还有必要概略地比较一下泰戈尔思想中的泛神论与自然神论之间的关系。

二、泰戈尔经历了类似与托兰德极为类似的思想历程

首先,我们得弄清:泛神论究竟是什么含义?泛神论是这样一种理论:神与宇宙同一,即与存在的一切之总和同一,而不是在宇宙之上和之侧的超自然力量。由于神是当作整体的宇宙,因而无须任何神圣的创造性为。宇宙中的每一事物都是神的样式或者成分。简言之,一切是神,神是一切。①

从泛神论产生的历史渊源上说,泛神论是爱尔兰哲学家约翰·托兰德(John Toland,1670—1722)在其《泛神论》(Pantheisticon,1720)一书中首先使用的一个术语。托兰德是在天主教的氛围中长大的,他回忆自己的成长经历时说:"还在摇篮中就受到了浓郁的迷信的教育。"(Educated from the cradle in the grossest superstition. —Apology, 1697)因此,托兰德年仅十五岁就脱离了罗马天主教。他后来在苏格兰和荷兰上大学。此后,他定居牛津,写了《基督教并不神秘》(Christianity not Mysterious,1696)一书。因为此书具有无神论倾向,他遭到了批判和围攻,被弄得"臭名昭著",1702年他到柏林旅行,在那里他与普鲁士王后讨论神学。后来他将致王后的信件收集起来,出了一本书,名叫《致塞林娜的信》(Letters to Serena,1704)。此书显示出唯物主义的泛神论(materialistic pantheism)倾向。1705年,他使用了"泛神论者"(pantheist)这个词。他认为宗教的

---

① [英]尼古拉斯·布宁、[中]余纪元编著《西方哲学英汉对照辞典》(Dictionary of Western Philosophy, English-Chinese),北京:人民出版社,2001年,第723页。

本质是人类的健全理性，因而宣扬一种以真理、自由、理性为崇拜对象的新宗教。托兰德热情洋溢地宣扬他的泛神论。同时，托兰德还是一位重要的英语散文作家。他长于论辩性的说理文。英国大诗人亚历山大·蒲伯（Alexander Pope，1688—1744）、著名小说家乔纳丹·斯威夫特（Jonathan Swift，1667—1745）均与他有过密切的交往。泛神论后来在欧洲影响巨大。在启蒙运动时期，可以说泛神论是一种具有革命性的思想体系。斯宾诺莎（Baruch Spinoza，1623—1677）集其达成。法国的启蒙思想家受其影响。甚至黑格尔（Georg Wilhelm Friedrich Hegel，1770—1831）也可以划入泛神论的大范畴之内。因为在他的一生之中，他频频对泛神论思想做出积极的回应。

　　对比泛神论的创始者托兰德的思想经历，有助于我们更好地把握泰戈尔的思想倾向。这个倾向是：他们两人思想的形成过程都经历了对自身赖以生存于其中的传统文化进行了反叛。由于经历了思想的反叛，他们能够对自己的传统文化进行冷静清晰的再认识。在反叛的基础上，他们才结合时代前进的总趋势提出了自己的见解。泰戈尔实际上是在印度教的大环境中走了一条先是背弃然后是改革印度教的道路。一般说来，泛神论具有两种类型。一种是具有自然主义倾向的泛神论，它把神融于自然之中。另一种是具有宗教神秘主义倾向的泛神论，它把自然消解于神之中。泰戈尔的情形是两者皆有之。从思想的总体结构上说，泰戈尔属于泛神论前一种类型。这可以从他的"梵我一如"上得到证明。从文学艺术创作上说，泰戈尔属于泛神论的后一种类型。这可以从他的大量作品尤其是诗歌、小说和戏剧的创作上得到印证。

三、泰戈尔诗歌创作中的泛神论倾向：与斯宾诺莎比较

　　泰戈尔是享有世界声誉的伟大诗人。他8岁时开始练习写诗，

14 岁时发表爱国诗篇《献给印度教徒庙会》，15 岁时发表长诗《野花》。逝世前一周口授天鹅之歌《你创作的道路》。泰戈尔的诗歌创作生涯长达 72 年之久。诗歌创作是泰戈尔全部创作的大宗，也是其文学成就的最高表现。泰戈尔在印度文学史上的地位和在世界文坛上的影响，主要是通过诗歌而奠定的。《泰戈尔全集》中，首八卷既是诗歌，占其著作总量的三分之一。1912 年，泰戈尔的著名长诗《吉檀迦利》在英国出版。次年，他荣获诺贝尔文学奖，主要依据就是《吉檀迦利》。得奖评语这样写道：由于他那至为敏锐，清新与优美的诗，这诗出之以高超的技巧，并由他自己用英文表达出来，使他那充满诗意的思想业已成为西方文学的一部分。印度独立后，泰戈尔的诗篇《印度的主宰》被定为印度国歌。孟加拉国独立后，泰戈尔的诗篇《金色的孟加拉》被定为孟加拉国国歌。前者庄严、肃穆、深沉，后者绚丽、欢乐、明快。这两首诗歌将千秋万代传唱下去。古今中外的诗人，有谁拥有这样的殊荣呢？

在诗歌《吉檀迦利》中，泰戈尔深情地向神献歌，表达了他欲与神结合的渴求。在第 13 首中，他说："我生活在和他相会的希望中，但这相会的日子还没有到来。"（冰心译）[1]人神合一的愿望何等强烈而真挚！但是诗人笔下的神，活动于一切自然中，无所不在，无所不包。在第 34 首中，他写道："只要我一息尚存，我就称你为我的一切。／只要我一诚不灭，我就感觉到你在我的四围。任何事情我都来请教你，任何时候都把我的爱献上给你。／只要我一息尚存，我就永不把你藏匿起来。／只要把我和你的意志锁在一起的脚镣还留着一小段，你的意志就在我的生命中实现——这脚镣就是你的爱。"[2]

---

[1] 冰心译《泰戈尔抒情诗选》，长沙：湖南文艺出版社，1996 年，第 15 页。
[2] 冰心译《泰戈尔抒情诗选》，长沙：湖南文艺出版社，1996 年，第 35 页。

试比较斯宾诺莎的经典命题"一切都在神之内"。在《伦理学》第一部分（First Part Of The Ethics）命题15中，他说："一切存在的东西，都存在于神之内，没有神就不能有任何东西存在，也不能有任何东西被认识。"（P 15：Whatever is, is in God, and nothing can be or be conceived without God.）①通过对比可以知道，泰戈尔所说的神显然就是泛神论所说的神了。《吉檀迦利》全诗一共103章，其中第8至第36章，甚至可以称为"泛神颂"。此外，在《献歌集》第101首中，泰戈尔写道："我的神啊，把我的身心当作玉杯，／你欲斟饮哪一种琼浆？／你的诗人在我的眼眶／看惯了你的宇宙万象，／在我沉醉的听觉里／你想静听你沉醉的歌唱，／我的神啊，把我的身心当作玉杯，／你欲斟饮哪一种琼浆？　　我的主，你的创造在我心里／创造无比奇妙的信息。／其中混合着你的仁慈，／唤醒我风格迥异的歌曲——／你把你融入我的形体，／在我身上欣赏你甜美的华姿。／我的神啊，把我的身心当作玉杯，／你欲斟饮哪一种琼浆？"②在这里，诗人以优美的诗歌语言，表达了他对神人关系的理解：神在外部，又在内心；神融于我，我融于神。神人合一，梵我合一，天人合一，达到了极致。在两个诗节的末尾，回响着叠句："我的神啊，把我的身心当作玉杯，／你欲斟饮哪一种琼浆？"这说明，这就是全诗的中心思想。人的身心，成了神的玉杯。这体现了神的造化工程。对于神的造化工程，由人在发问："你欲斟饮哪一种琼浆？"这一问，犹如《楚辞》中屈原的《天问》，体现了人的主观能动性。当然泰戈尔的这一问，并不是说他怀疑"主"的造化工程，那是欧洲学者式的对神存在之质疑；更不是"人定胜天"式的主观作用于客

---

① [USA] Walter Kaufmann and Forrest E. Baird, ed., *Philosophic Classics：From Plato to Nietzsche*, (Englewood Cliffs, New Jersey：Prentice-Hall, Inc. 1994) 486.

② 白开元、黄志坤译《线歌集》，刘安武、倪培耕、白开元主编《泰戈尔全集》（第四卷），石家庄：河北教育出版社，2001年，第99页。

观,那时中国诸子式的对天命观的批判。泰戈尔对神的认识依然是地地道道的印度方式。泰戈尔对神的认识,与泛神论思想家们对神的认识,是大体一致的,其间具有明显的类同性。正如黑格尔所指出:"斯宾诺莎的体系是提高到思想中的绝对泛神论和一神论。斯宾诺莎的绝对实体根本不是有限的东西,不是自然界。"① 不过,泰戈尔在强调泛神的同时,亦即承认神普遍存在的同时,还强调泛爱,强调人对大自然以及对人间事物的普遍关爱。泰戈尔对不合理的社会制度,对黑暗势力,固然进行过坚决的斗争,但是他的斗争是以坚韧不拔见长而不是以激进著称的,他没有西方经典泛神论思想家们那样猛烈的愤世嫉俗的倾向。纵观其一生,泰戈尔能够与自然、社会和人们和谐共处,他并没有遭受过社会的严厉谴责和重大迫害。因此,泰戈尔和西方泛神论思想家们之间,也存在着思想倾向上的歧义的一面。

四、泰戈尔小说创作中的泛神论倾向:与爱留根纳相比较

泰戈尔的小说创作,虽然不及其诗歌创作那么辉煌,但是成就也是极其可观的。短篇小说的创作几乎贯穿了泰戈尔的一生。《泰戈尔全集》将其短篇小说编为两卷共84篇(第9卷收入51篇,第10卷收入33篇)。泰戈尔的短篇小说广泛地反映了19世纪和20世纪之交印度的社会现实,中心主题是描写印度人民反对殖民主义和封建主义的斗争。由于中国人民与相同时期的印度人民的命运相近,中国读者阅读泰戈尔的短篇小说的时候,往往倍感亲切。泰戈尔有中长篇小说十三部,《泰戈尔全集》将其中短篇小说编为五卷(第11

---

① [德]黑格尔《哲学史讲演录》(第四卷),贺麟、王太庆译,北京:商务印书馆,1997年,第101页。

卷至第14卷收入长篇小说,一共八部;第11卷收入中篇小说,一共五部)。其中《戈拉》和《沉船》两部长篇小说属于世界名著之列。《戈拉》(有唐仁虎、刘寿康两种中译本,前者据孟加拉文译出,后者据英译本转译)以议论见长,大体类似与欧洲的哲理小说,其中有托尔斯泰式的议论,但没有托尔斯泰那样的冗长。《沉船》可读性较强,比较符合中国读者的胃口。泰戈尔的小说具有优美的情景描绘,富于诗意,与中国作家沈从文的小说相仿佛。

小说《戈拉》以19世纪七八十年代孟加拉的社会生活为背景,通过对印度教青年戈拉、比诺业和梵教姑娘苏查丽妲、洛丽妲的爱情纠葛的描写,批判了宗教偏见,歌颂了爱国者的民族意识和他们对祖国必然获得自由和解放的信心。该小说的主题思想在于探索印度解放的道路,其中自然有许多哲理思考和论辩。全书79章,情节发展部分占了32章,其余42章都是对政治和宗教问题的论辩。这些论辩间接地也反映出泰戈尔的泛神论思想,具有时代精神的传声筒的意义。在第60章里,戈拉说:"我是一个印度教徒!印度教徒不属于任何教派。印度教徒是一个民族,而且是这样一个庞大的民族,他们的民族性不能用任何定义来概括。就像海洋和鲜花有所不同,印度教徒和教派成员也有所不同。"[1]以上为刘寿康所作的中译文本,系根据英文本译出,而英文本自身是一个翻译本。试对比唐仁虎根据孟加拉问做出的中译文本:"'我是印度教徒,'戈拉说,'印度教不属于任何一个教派,印度教徒是一个民族,而且是一个很大的民族。他的民族性是不能用任何专用术语来解释的。正如他不像海洋有波浪一样,正统印度教徒也没有教派。'"[2]对比两个译

---

[1] [印度]泰戈尔《戈拉》,刘寿康译,北京:人民文学出版社,1984年,第378页。

[2] 唐仁虎译《戈拉》,刘安武、倪培耕、白开元主编《泰戈尔全集》(第13卷),石家庄:河北教育出版社,2001年,第356页。

本，有两点可以看得很清楚。第一、印度历来以民族矛盾既多且烈而著称，所谓"印度教徒是一个民族"，指的是包括在印度国土上生活着的所有的民族在内的民族共同体，即印度民族（The Indian Nation），而不是其中某一个或某一些人种集团（ethnic groups）。第二、印度历来以宗教冲突频频发生而著称，所谓"正统印度教徒也没有教派"，指的是泰戈尔理想中的宗教和谐状态。这是印度境内各种宗教，同一宗教内的各个教派相互兼容的状态。建设大一统的、各民族和平相处、各宗教兼容共存的社会，正是印度先进知识分子的理想。泰戈尔属于印度先进知识分子中的先知先觉者。因此，这一段话可以视为泰戈尔对印度教的独特理解。泰戈尔已经彻底地把印度教泛神化了。正如《戈拉》第60章中主人公戈拉的另一段议论说："印度教不仅尊敬聪明人，也尊敬愚笨的人；不但尊重某一种学识，而且尊重各种各样的学识。基督教徒不承认事物的多样性。他们说，一方面是基督教，另一方面是永久的毁灭，在他们之间没有多样性。我们已经接受了这样的基督教徒的教育，所以我们已经对正统印度教的多样性感到羞耻了。我们看不到正统印度教正是通过这样的多样性去实现统一性的。如果我们不能冲破这种基督教学说的罗网，我们就不能了解真正的正统印度教。"①戈拉受到时代的局限，对基督教的理解自然有不尽准确的地方。姑且不论戈拉对基督教的理解是否准确，有一点是可以肯定的，这就是他对其理想中的印度教即"真正的正统印度教"的多样性的反复强调。所谓"真正的正统印度教"，显然就是指印度宗教（The Indian Religion）了。相对于"真正的正统印度教"而言，现实社会生活中的印度教仅仅是其基础。而且这个基础，按照戈拉看来，是必须加以革命的改造的。

---

① 唐仁虎译《戈拉》，刘安武、倪培耕、白开元主编《泰戈尔全集》（第13卷），石家庄：河北教育出版社，2001年，第359页。

我们知道，既然要强调多样性，就必须对原来的事物加以彻底的普泛化。原来，泰戈尔的泛神论是有着深刻的时代内涵的。

我们不妨比较爱尔兰哲学家爱留根纳（John Scotus Eriugena，800—877）在《论自然的区分》中提出的泛神论命题："上帝就是包罗万象的存在。"他说："人的本性就是这方面的显著而突出的例证。上帝按照自己的样子创造人，正是他所创造的那第一个并且独一无二的人之中，他已经同时安置了众多的人，不过他不是一下子把它们都带进这个可见的世界，而是由那最初的、被创造的自然在一定的时间和地点，根据一个只有上帝才知道的秩序，使他们获得可以看见的存在。"[Clear examples of this mode are provided over a wide range (of experience), and especially in human nature. Thus, since God in that first and one man whom He made in His image established all men at the same time, yet did not bring them all at the same time into this visible world, but brings the nature which He considers all at one time into visible essence at certain times and places according to a certain sequence which He Himself knows.]①

通过比较二者的言论，我们不得不承认：两种言论几乎同出一辙！这当然是泰戈尔与西方泛神论思想家们在思想倾向上类同的一面。但是，西方泛神论思想家们在讲泛神的时候，还有一个总的纲领，这就是上帝。虽然他们也承认普泛化的神，但是他们并没有彻底地抛开上帝。因此，泛神论思想在西方往往被看成是基督教的异端。在泰戈尔讲泛神的时候，也有一个总的纲领，这就是"大梵"。大梵固然有不少可以与上帝相通之处，但毕竟是具有根本的区别的两个观念。这是泰戈尔和西方泛神论思想家们在思想倾向上

---

① [USA] Walter Kaufmann and Forrest E. Baird, ed., *Philosophic Classics: From Plato to Nietzsche*, (Englewood Cliffs, New Jersey: Prentice-Hall, Inc. 1994) 317–318.

歧义的一面。

五、泰戈尔戏剧创作中的泛神论倾向：与库萨的尼古拉比较

泰戈尔的戏剧创作成就不及诗歌和小说大，但是数量不少，《泰戈尔全集》将其编为三卷（第16卷、第17卷和第18卷）。在泰戈尔一生所创作的60个剧本中，也有着许多泛神论的言论。

在《大自然的报复》中，修道士说："这周围是什么？啊，是朝霞！/这个世界很真实，看来并非虚假，/虚假只出现我们的视觉中。/无限著于有限之形。/一切皆渺小，一切都无限！沙石的微粒数不尽也无穷，/他们中间横亘着无限苍穹。/有谁，有谁能把它握在手中？/没有大小之别，一切皆为恢弘。/我闭上眼睛走出这个世界，/来到某出去寻找这种无限！/哪里都没有边界，边界实为迷蒙。"①

我们不妨将这一段话与库萨的尼古拉（Nicholas Cusanas，1401—1464）的泛神论言论进行比较。他在《有学问的无知》（*On Learned Ignorance*）第二章中说过："所以，绝对的极大既是一，又是一切；一切事物都在他里面，因为他是极大。而且，极小也同时与它相吻合，由于这个道理，它也在一切事物之中，因为没有任何东西能够与它相对立。因为它是绝对的，它是现实中的一切可能的'有'，限制着一切事物，而不受任何方面的限制。"[Thus, the Maximum is the Absolute One which is all things. And all things are in the Maximum (for it is the maximum); and since nothing is opposed to it, the Minimum likewise coincides with it, and hence the Maximum is also in all thins.

---

① 董友忱译《大自然的报复》，刘安武、倪培耕、白开元主编《泰戈尔全集》（第16卷），石家庄：河北教育出版社，2001年，第58—59页。

And because it is absolute, it is, actually, every possible being; it contracts nothing from things, all of which (derive) from it.]①对比泰戈尔和库萨的尼古拉关于有限与无限关系的言论,可见二者十分合拍。

中国思想家中也有不少人论述过有限与无限的关系,但是在理论的抽象上,似不及库萨的尼古拉也不及泰戈尔说得那么直截了当。从哲理上说,有限与无限,大约相当于中国哲学中的"有对"。在《老子》和《十翼》中蕴含由"有对"的思想因素,但是没有作为专门的范畴而提出来加以论述。在宋代道学家们的著作中,"有对"关系才得到了比较充分的论述。比如张载(1020—1077)在《正蒙·太和》中指出:"有象斯有对,对必反其为;有反斯有仇,仇必和而解"②虽然其中也包含了对于有限与无限的关系的认识,但是,毕竟没有使用有限与无限这样明确地标举的范畴,而且主要讲的还是对立双方的相互渗透以及互为作用。中国人对于有限与无限的关系的认识,许多见解是包含在诗歌中的,比如邵雍(1011—1077)的为数众多的以"观物"为主题的诗歌,大都含有这样的意思。《大自然的报复》又名《修道士》,其主体思想就是有限与无限的关系。在泰戈尔的散文集《生活的回忆》中,有一篇文章就叫做《大自然的报复》,内容是对剧本反思。他说:"正如年轻时,我进入自己内心的无方位的黑暗幽洞里,丧失了获取外界的简朴自然的权力,最终有一日,外界的一个迷人的亮光,射入了我的心坎,使我与自然浑然一体,现在,《大自然的报复》以另一种方式表达着那样的历史进程。它可以看作我后来全部文学创作的一个序曲,或者更确切地说,它就是我诗歌创作的唯一主题——即在有限

---

① [USA] Walter Kaufmann and Forrest E. Baird, ed., *Philosophic Classics: From Plato to Nietzsche*, (Englewood Cliffs, New Jersey: Prentice-Hall, Inc. 1994) 389.
② [宋]张载撰,[清]王夫之注:《张子正蒙》,上海:上海古籍出版社,2000年,第97页。

之中达到与无限结合的欢娱。"①泰戈尔关于泛神论的言论比比皆是。既然泰戈尔本人将其戏剧创作与诗歌创作联系起来,我们不妨对照泰戈尔用诗歌体裁对"有限于无限关系"所作的更为形象化的表述。在《献歌集》第120首中,他写道:"有限中的无限,/你演奏独特的乐曲。/你在我的中间/显得那么甜美。收容这么多的色彩、香馨,/收容这么多的歌曲、诗韵,/无形,你在我心宫苏醒,/以有形的多姿。/你在我的中间/显得那么甜美。　一切披露无遗,/你我一旦交融——/宇宙之海上,/嬉戏的波涛汹涌。/你的光华没有阴影,/形体在我体内凝成,/那是我眼泪里的/美丽的忧郁。/你在我中间的倩姿/是那样甜美。"②有限的我的人生,于无限的大梵的永生,完美地和谐地交织在一起。这样一来,即使是死亡,也没有什么可怕的。人们依然在人生的大海上弄潮、嬉戏。这是因为,在大梵的光华里,原本没有一丝一毫的阴影。大梵在人的心中,原来是那样的美丽:"你在我中间的倩姿/是那样甜美。"庄子也曾有过"天籁"之比喻,庄子也曾讲过"物我齐一"。但是,庄子在论述有限与无限的关系时,有的是嬉笑怒骂皆成文章那样的中国式的乐观和幽默。庄子在论述有限于无限的关系的时候,却也很凄怆和悲凉。其得中华民族、中国文化、华夏文明的存在与繁荣。这与中国文化的主要发祥地黄河流域的并不十分丰盈自然环境是密不可分的。中国人在认识有限与无限的关系的时候,只能那样按照中国的方式来认识。泰戈尔的情形却不是那样,它是按照地地道道的印度方式来认识有限与无限的关系的。在泰戈尔那里,有限的"我",其心态是比较欢娱的,不必用嬉笑怒骂来对待生存过程中的

---

① 倪培耕译《生活的回忆》,刘安武、倪培耕、白开元主编《泰戈尔全集》(第19卷),石家庄:河北教育出版社,2001年,第241页。

② 白开元、黄志坤译《献歌集》,刘安武、倪培耕、白开元主编《泰戈尔全集》(第4卷),石家庄:河北教育出版社,2001年,第121页。

无可奈何的种种事件,也不必有什么悲凉和凄怆来对付人生中的种种不幸。

总之,在泰戈尔那里,没有几千年的历史负重感。当下的我,只不过是小小的我。但是亿万斯年之后,小小的我,毫无疑问,可以变成最大的我,变成阿特曼,亦即变成大梵。这是因为,小小的当下的我,本来就是来自亿万斯年以前早就业已存在的大我,亦即阿特曼,也就是大梵。这与印度斯坦平原和孟加拉水网地带的自然资源相对丰饶,人们谋生相对容易这一风土文化的背景是密不可分的。至于库萨的尼古拉,他从对立面的统一来达到对无限的认识。他认为极大与极小,无限与有限,单一与一切,都是统一的。在这一点上,泰戈尔与这位西方泛神论的思想家并没有什么不同,这是其间的类同之处。但是,他们在达成同样认识的过程中,经历了"殊途同归"的思维路径。他们的出发点明显不同,库萨的尼古拉以"有学识的无知"为其认识的逻辑起点,体现了西方思想家"为真理而真理"的思想特色。至于泰戈尔,他则不是这样。在泰戈尔那里,一切都宛然可在,自然界的事物如此,人世间的事物也是这样。由于知识(学识)也是客观存在的事物,泰戈尔从来没有鄙薄知识的言论。即使像孟子那样的以为某些书本知识乃"糟粕"的言论,泰戈尔也是没有的。

那么,泰戈尔的泛神论的逻辑起点是什么呢?笔者认为,这不是别的,而恰恰就是吠陀。吠陀是印度多数思想家们认识的逻辑起点,也是泰戈尔泛神论思想的逻辑起点。吠陀,其本义就是知识。从吠陀出发,即从人们已有的知识出发来认识世界,尊师(guru,古鲁)重教,这是大多数东方民族的道德准则,这也是东方人立身处世的依据。正如《大林间奥义书》所说:"大梵是智识,/亦是阿难陀,/乃为布施人,/最后之归极,/亦属安立者,而能知彼者。"

(Ⅲ，9，28)①虽然以吠陀为认识的逻辑起点不可避免地具有相对主义的某些缺陷,但是这样的思维路径能够帮助人们较好地与自然、社会和他人和谐相处。事实上,古老的东方社会不仅依然存在,进入现代以后还逐步焕发出了青春的活力,这是客观事实。泰戈尔与西方思想家们都在讲泛神论,可是他们的逻辑起点不同。这是泰戈尔与西方泛神论思想家们的歧义之处,这是他们之间最根本的差别。赖有这种根本的差别,于是我们看到了,泰戈尔的泛神论思想,不仅在整个世界泛神论思想体系中占有一席之地,而且这一席之地是不可取消亦不可取代的。

六、泰戈尔的泛神论与自然神论之间的关系

一般说来,具有世界声誉的文学家,往往也是重要的思想家。印度大文豪泰戈尔的情形也是这样。对于世界文学大师泰戈尔的研究,我们不妨从多个角度进行。研究泰戈尔的思想有助于从根本上认识其文学创作倾向,而研究泰戈尔的文学创作也有助于较为细致地理解其思想。在漫长的八十年的生涯中,泰戈尔不仅有大量的连绵不断的文学创作实践活动,还有许多对社会、人生、生命、世界和宇宙的体悟。不过,这里不对泰戈尔的思想作全面展开,仅就泰戈尔思想中的泛神论与自然神论之间的关系作一个概略的说明。

泛神论在创始之初就和自然神论结下了不解之缘。自然神论,又称为自然宗教,它是这样一种学说:它认为上帝创造了合理世界这么一架"机器",规定了它的规律和运动的世界理性,此后就不再

---

① [印度]《五十奥义书》,徐梵澄译,北京:中国社会科学出版社,1995年,第593页。

干预自然界的自我运动；除了理性外，别无认识上帝的途径。①这就是人们对自然神论的一般的理解。根据这种理解，人们在对托兰德的思想倾向进行定位的时候，就遇到了一个矛盾。这就是：把托兰德的思想倾向定位为自然神论也是合适的。事实上不少哲学史著作的确把托兰德的思想倾向定位为自然神论。但是，托兰德著有《泛神论》一书，他还第一次使用"泛神论者"这个术语。这些都是不争的事实。托兰德本人，以及他后来的追随者们，都在基本上主张泛神论的基础上具有某些自然神论的因素。原因在哪里呢？这是因为，两者都对占据正统地位的基督教意识形态作了解构乃至颠覆。泛神论者是从指责基督教意识形态的某些缺陷出发的，自然神论者是从抽象地肯定基督教意识形态出发的。两种学说都对当时的基督教意识形态不满意，都欲对之进行变革。这一点上，二者是相同的。但是，泛神论是对基督教的直接解构，它所面对的是强大的基督教。因此一开始它便境遇不佳，被指责为异端。因而在历史的进程中，泛神论对基督教的改革作用不及自然神论来得大。自然神论对基督教作间接解构，强大的基督教对其打击并不大，它因此而得到了比较好的发展。因而在历史的进程中，自然神论对基督教的改革作用远比泛神论来得大。自然神论后来和唯物主义结合，在启蒙主义时期的欧洲产生了巨大的影响。从某种意义上说，自然神论是具有革命性的学说。比如，伏尔泰（Voltaire，1694—1778）的情形就是这样。他的思想倾向是以自然神论为主而兼具某些泛神论的思想的。他说："我们确信我们是物质，我们有感觉、有思想；我们深信有一个神存在，我们是他的作品，根据的是我们的心灵所不能抗拒的那些理由。我们已经证明了这个神创造了存在的东西。"②伏尔泰

---

① 冯契、徐孝通主编《外国哲学大辞典》，上海：上海辞书出版社，2000年，第308页。

② ［法］伏尔泰：《形而上学论》V，北京大学哲学系外国哲学教研室编译《西方哲学原著选读》下册，北京：商务印书馆，1982年，第61页。

的这个观点，在相信神这一点上与泰戈尔是差不多的。伏尔泰甚至说："即使没有神，我也要发明一个出来。"(Si Dieu n'existait pas, il faudrait l'inventer.)①但是，比较之后就不难发现，在伏尔泰关于神的观念中，有更多的唯物主义内涵。这使得他敢于大胆地按照他的理想拼命去硬造一个神出来。伏尔泰的观点，革命性很浓郁，甚至有些激烈乃至偏激。伏尔泰所谓的神，其实与宗教并不相干。他之所以造神，只是为了摆脱宗教。恩格斯在《路德维希·费尔巴哈和德国古典哲学的终结》中有这样一段话："认为人类（至少在现时）总的说来是沿着进步的方向运动的这种信念，是同唯物主义和唯心主义的对立绝对不相干的。法国唯物主义者同自然神论者伏尔泰和卢梭一样，几乎狂热地抱有这种信念，并且往往为它付出最大的个人牺牲。"②我们过去读这一段话，往往把它理解为恩格斯对伏尔泰等人的肯定和赞扬。如果我们仔细地再读这一段话，就可以发现，恩格斯对伏尔泰等人也有所批评。在多数情况下，狂热地蛮干硬干，不仅不能够有效地推进社会的变革，反而会激起更大的社矛盾，乃至断送社会变革的伟大事业。泰戈尔生活的时代，印度仍然处于帝国主义和封建主义的深重压迫之中，印度的情形又那么复杂，传统的意识形态根深蒂固。伏尔泰的思想，以自然神论为主而具有某些泛神论的因素，它对法国是合适的。与伏尔泰不同的是，泰戈尔的思想以泛神论为主而具有少量自然神论的因素，它对印度是合适的。从表面上看，泰戈尔似乎没有伏尔泰那么激进和革命。泰戈尔的思想，总的说来比较开明和温柔。从实质上看，恰恰是泰戈尔那开明和温柔的思想，成了印度人民反帝反封建革命斗争的精神食粮，起到了精神原动力的作用。

---

① Voltaire, Epîtres, *A l'auteur du livre des Trois Impostures*.
② 《马克思恩格斯选集》（第4卷），北京：人民出版社，1972年，第228页。

从中西诗学比较看宋诗的理趣[①]

一、重理趣是宋诗的基本特征

宋诗的基本特征是讲究理趣,这是宋人对诗歌本质认识上的重大突破。正确认识这一宝贵的文化遗产,不仅有利于中国诗学与世界诗学的接轨,而且有益于当前的新诗创作和诗词创作。

理趣的本质究竟是什么呢?欲回答这个问题,首先须认识"理性",因为理性是理趣的根本。西方人用"理性"一语,指理智性思维,抽象性很强,一般说来不包括性情和情趣。中国宋代所讲的理性,包括"性"与"理"。这两个概念并不完全相同,但也存在部分的叠加。宋人用各种散文文体、语录体等讲道理的时候,运用的是理智性的思维,这时候与西方的理性的概念相同。宋人在诗歌中讲道理的时候,由于中国诗歌长期形成的传统是抒情言志,个性的、情绪的、及于具体物事的成分较多,诗人既运用理智性的思维,又带着个人的感情,力求凸现诗人的个性,这时候与西方的理性这一概念只是相通,并不完全相同。不过,既然相通,也就存在着进行比较的可能性。尤其是通过平行的比较研究,可以较深入地认识理趣。比较研究必须寻求一个契合点,通过它将被比较的双方

[①] 本文原载《文学遗产》2002年第1期。

置于同一个坐标系之中，才有可能将各自的特征见得分明。中国的宋金元时期相当于欧洲的中世纪后期，由于欧洲各国当时尚未确立自己的民族语言，自然无法在共时的条件下比较双方的诗学。在文艺复兴时期，欧洲各国的社会形态仍然是封建社会，又渐向资本主义社会发展。将这一阶段的欧洲各国诗学与宋金元时期的中国诗学进行比较是合乎情理的。这是因为，双方的社会发展程度大体相近，此其一。双方又都具有发达的用民族语文创作的诗歌，此其二。文艺复兴时期欧洲各国思想界趋于活跃，双方都拿得出东西来进行比较，此其三。文艺复兴时期古希腊罗马的文艺思想再度复活，它们在新的形势下得到发展而又不失其经典的品格。该时期的欧洲诗学具备了与具有经典品格的中国诗学进行比较的资格，此其四。欧洲各国进入资本主义社会以后，发展迅速，近几百年来领导着世界文明的潮流。但是资本主义的发展也暴露出西方文化的某些弊端。真正体现出西方文化的生命力的依然是继承着文艺复兴思想路线的人文精神。因此，资本主义时期的欧洲各国的诗学也可以与宋金元时期的中国诗学进行比较。总之，宋金元时期的中国诗学，由于其发展程度超越了当时的世界各国诗学。这是本论文采用历时考察(diachronic study)的视角对中国诗学与西方诗学进行平行的比较研究的根据。

宋代诗学的总体风貌取决于宋代诗歌的总体风貌。对此，历来有多种表述，而以宋末诗学家严羽《沧浪诗话·诗评》的讲法较为集中。严羽是运用了历时的比较研究法来认识宋诗的，因此他见出了宋诗的总体风貌即崇尚理趣。魏晋时代的玄言诗也是崇尚义理的，但玄言诗仅以表现虚无，辨析名理为宗旨，把对老庄思想的诠释阐发硬套入诗的模式之中，这样的作品有理而无趣。与此前重感情的诗经、楚辞、乐府诗、三曹和建安七子诗、陶渊明诗等相比较，实际上是退步了。宋诗的情况则不是这样，它经过了唐诗的洗礼，其中不仅有理，而且有情，情理交融，配合意象，因而成趣，让人读来饶有兴致。这就是人们常说的理趣。固然宋诗中也有以诗歌为讲义语录之押韵者的情况出现，但不少作品文采情致都不错，不少优秀诗篇也成为千古绝唱。较之此前繁荣的唐诗来说，宋诗仅是风格的不同。如果以宋代为本位来观察诗歌的流变，则宋诗不是倒退而是进步。倘若我们以世界诗歌的总体情形为考察问题的基本坐标系，还会发现宋诗对于中国诗歌在今日之进一步发展具有不可替代的参考价值。

二、理论层面的比较考察

宋人关于诗歌与理的关系的论述可从邵雍、苏轼和朱熹三人的见解而得到总体的认识。邵雍和朱熹是此论题的总纲。苏轼则是此论题的关键。先看邵雍的论述吧。邵雍说："夫所以谓之观物者，非以目观之也，非观之以目而观之以心也，非观之以心而观之以理也。天下之物莫不有理焉，莫不有性焉，莫不有命焉。所以谓之理者，穷之而后可知也；所以谓之性者，尽之而后可知也；所以谓之命者，至之而后可知也。此三知者，天下之真知也，虽圣人无以过之也，而过之者非所以谓之圣人也。"①邵雍层层推理，导致结论：观物者非观之以目而观之以理。此说无非是强调理的巨大作用。这是邵雍认识宇宙间万事万物的基本出发点。在此基础上，邵雍又提出了做诗与观物必然相互联系的观点。他说："予自壮岁业于儒术，谓人世之乐何尝有万之一二，而谓名教之乐固有万万焉。况观物之

---

① ［宋］邵雍《皇极经世全书解·观物内篇十二》。

乐,复有万万者焉。虽死生荣辱转战于前,曾未入于胸中,则何异四时风花雪月一过乎眼也。诚为能以物观物,而两不相伤者焉,盖其间情累都忘去尔,所未忘者,独有诗在焉。然而虽曰未忘,其实亦若忘之矣。何者?谓其所作异乎人之所作也。所作不限声律,不沿爱恶,不立固必,不希名誉,如鉴之应形,如钟之应声。其或经道之余,因闲观时,因静观物,因时起志,因物寓言,因志发咏,因言成诗,因咏成声,因诗成音。是故哀而未尝伤,乐而未尝淫,虽曰吟咏情性,曾何累于性情哉!"①虽然做诗与观物是两种不同的精神活动,但是在诗人看来,它们并不矛盾,而是相互依存、相互联系的,即"两不相伤"。联系此二者的桥梁,不是别的,就是诗人的情感,即"独有诗在"。值得注意的是,邵雍所谓"盖其间情累都忘去"不是对情感的否定,而是指情感的转化。情感到哪里去了呢?转化为诗歌了。故而邵雍得出的结论是"观物成诗"。由此可知,宋人论诗并非只言义理,他们往往是情理合论的,因而有理有趣。邵雍的以物观物,其实质是以我观物。这与德国思想家叔本华在《自然界中的意志》(*Arthur Schopenhauer*:*Der Wille in der Natur*,1836)一书中表达的思想是一致的。叔本华强调意志是世界上一切事物和现象的根源和内在本质。一切事物和现象都是意志的显现和客体化。磁石吸铁、重物下沉、地球绕日运行、人体各种器官的功能、人的行为等也都是意志的表现。②叔本华所谓意志,归根结底是"我的意志"。借用宋人的话来说,叔本华是在"以我观物"。如果将叔本华的见解贯彻于诗歌创作,也就是"观物成诗"。追溯根源,叔本华乃爱智之人,他广泛地吸取了柏拉图、贝克莱、康德的思想。寻求踪迹,叔本华的学说为不少西方诗人所认同。这是西方

---

① [宋]邵雍《伊川击壤集序》。
② 参看叔本华《自然界中的意志》,任力、刘林译,商务印书馆,1997年。

诗歌重视理的成分的根本原因。

宋人在讨论诗学的时候，情理合论、主情主理的论述是很多的。情理合论，最易见出宋代诗歌的本质。苏东坡说过："寄妙理于豪放之外。"（《书吴道子画后》）妙理，说来说去还是理；豪放，归根结底还是情。情与理的巧妙结合就构成了理趣。苏东坡的主张与英国大诗人和批评家蒲伯（Alexander Pope，1699—1744）的机智说是接近的。机智，又译巧智，原文是 wit。"机智"是蒲伯批评理念中的核心问题。在蒲伯之前英国人就已初步具有机智的理念了。霍布士（Thomas Hobbes，1588—1679）对机智下了一个定义："天赋的机智，主要包含想象的敏捷，即一个思想接一个思想，和方向的坚定。"① 另外，培根（Francis Bacon，1561—1626）、洛克（John Locke，1632—1704）等人也都谈到过机智。稍早于蒲伯之前，英国文学家艾迪生也谈到过机智，他说："写出了观念之间的任何类似，还不能成为机智，除非给予读者以愉快，并引起他的惊异。……一位诗人告诉我们，他夫人的胸部白如雪，这样的类似还够不上机智。但是当他叹口气补上了一句：她冷如雪。这时候类似便发展为机智了。"② 艾迪生虽然谈到了机智，也谈到了自然，但他是分开来讲的。蒲伯则将二者联系起来，直接把自然看成是机智的基础。蒲伯写道："因为机智和判断常常闹冲突，／虽然说要互助像妻子和丈夫。／缪斯的骏马须引导不要催促，／限制它的烈性胜于要求速度。／赛马生翅膀和天池龙驹相当，／细察踪迹才知它到底怎么样。／古老的法则是发现不是创立，／自然必须条理自然方可据依。／自然好比

---

① Thomas Hobbes, *Liviathan* (1651), chapter 8.
② Joseph Addison, [Wit: True, False, Mixed], The Spectator, No. 62, The Norton Anthology of English Literature, ed. M. H. Abrams, fifth edition, London: W. W. Norton & Company, 1986. Vol. 1, p.2198.

自由也有法则限制,/同样的法则当初她亲自创立。"①在西方各国的文学批评中,英国的文学批评比较接近中国的文学批评。英国文学批评一向讲究品鉴(to taste)作品的艺术品位。品鉴,或曰鉴赏力、欣赏力、审美力,它包含着诸如兴趣、情趣、爱好、偏向乃至审美者个人的癖好等因素。由此而观之,宋代诗学中的理趣与英国诗学中的机智说接近,均讲究情与理的巧妙结合即理趣。

北宋的邵雍,南宋的朱熹,这两位理学大家言理到了极致。邵雍是情理合论,苏轼也是情理合论,朱熹又如何呢?朱熹有一段话,说到文学的根本作用,即达意得理。他说:"文字之设,要以达物之意而已。政使极其高妙而于理无得眼,则亦何所益于吾身,而何所用于斯世?乡来前辈,盖其天资超异,偶自能之,未必专以是为务也。故公家舍人谓王荆公曰:文字不必造语及摹拟前人。孟、韩文虽高,不必似之也。"②那么应当似谁呢?朱熹主张学习三代圣贤文章,因为他们的文章皆从此心写出。也就是说,在朱熹看来,为文为诗,应当似自己!朱熹说:"道者文之根本,文者道之枝叶,惟其根本乎道,所以发之于文皆道也。三代圣贤文章,皆从此心写出,文便是道。今东坡之言曰:'吾所谓文,必与道俱。'则文自文而道自道,待作文时,旋去讨个道来入放里面,此是它大病处。"③朱熹不满意东坡,原因在于朱熹认为东坡尚未将道理于文学充分地结合。晃眼一看,仿佛朱熹是专注于道理而寡言情致的,实际上朱熹将情与理合论的地方也颇为不少。比如朱熹说:"窃尝论之:原之为人,其志行虽或过于中庸,而不可以为法,然皆出于忠君爱国之诚心;原之为书,其辞旨虽或流于跌宕怪神怨怼激发,而不可以为

---

① Alexander Pope, *Essay on Criticism*, lines 82-91.
② [宋]朱熹《晦庵先生朱文公文集》卷六十一《答曾景建》。
③ [宋]朱熹《朱子语类》卷一三九。

训,然皆生于缱绻恻怛,不能自已之至意。"①这是朱熹对屈原诗歌创作之定位。由于朱熹极其重视屈原和楚辞并且撰有专门的研究著作,因此我们有理由认为,为文应生于缱绻恻怛,这就是朱熹的文章观观。由于朱熹常常统言诗文,其文学观多系诗文合论,因此我们有理由认为,为诗应生于缱绻恻怛,这就是朱熹的诗歌创作观。综上所论,因此从宋诗到唐诗,既是一种巨大的超越,又是一种合乎逻辑的自然的发展。朱熹情理合论的思想与黑格尔(Georg Wilhelm Friedrich Hegel,1770—1831)的见解是接近一致的。黑格尔认为宇宙中一切事物都是绝对理念自我发展的体现,首先是逻辑发展,以后外化为自然,最后通过人类精神返回到自身。黑格尔的人类精神也包含文学和诗歌。对于诗歌的辩证运动,其巨著《美学》作了精辟的论述。黑格尔的思想体系,主要的是德国文化传统的产物,但他也和所有的德国人一样,十分注意向世界各国包括向中国学习。德国思想家的辩证法与中国理学一脉相通。

三、创作层面的比较考察

宋代诗人富于理趣的诗篇很多。邵雍的诗,有的难免道学气,有的写得大方而无酸味。邵雍诗中的名篇,也略有理趣色彩,比如《天津感事二十六首》之十一:"烟树尽归秋色里,人家常在水声中。数行旅雁斜飞去,一簇楼台巧倚空。"②此诗淡而有味,情景交融,首联富于理趣,人家的存在,不在地上,不在水里,而是在水的声音之中,或是有人浣衣洗菜,或是有人取水戏水。诗篇的人情味儿通过某种不可思议的思想运作而表现出来,达成了此诗的理

---

① [宋]朱熹《晦庵先生朱文公文集》卷六七《楚辞集注序》。
② 《全宋诗》卷三四六邵雍四,北京大学出版社,1992年,第8册,四四八七页。

趣。邵雍《善赏花吟》诗："人不善赏花，只爱花之貌。人或善赏花，只爱花之妙。花貌在颜色，颜色人可笑。花妙在精神，精神人莫造。"①这首诗全是议论，道出了他达成诗歌理趣的途径：感情（爱意）和意象（花）统合于道理（赏花之道），这三者又巧妙地统摄于诗人的精神之中。理之所以成趣，全在于诗人的创作个性。这一点是别人难以模仿替代的。

江西诗派的诗人大多创作有以理趣取胜的诗篇。表现理取的一种最为普遍的手法就是讲道理、发议论。由于中国传统诗歌体制短小，要想讲好道理，一条便捷的途径就是运用典故，有读者的思维将典故串联起来，连点成线，由线及面，犹如蒙太奇在脑海里一幕幕展开。黄庭坚《郭明甫作西斋于颖尾，请予赋诗二首》之二，共八句，前四句句句用典，接连举出了五个姓郭的历史人物故事（东汉郭丹、郭伋、唐代郭子仪、西汉郭杰、东汉郭太），以才学为诗，逞腹笥之富，比较透彻地讲了他希望友人出来从政、为国出力的大道理，反映了诗人前期爱惜人才、积极进取的人生观。陈与义上祖杜甫，下宗苏、黄，为江西诗派三宗之一。然陈与义诗出于江西诗派而自成一家。《观雨》诗，颔联"海压竹枝低复举，风吹山角晦还明。"出句写近处竹海的景观，大雨中竹林偃仰，真切如画。对句写远处山影之状，风吹云聚，晦明数变，独于山脚见出，的确是精于物理之诗笔。

南宋大诗人陆游，以理趣取胜的诗作甚多。陆游作有被人们习惯上称为"论诗诗"的作品多篇。这些作品，或批判试探的弊端，或总结自己做事的经验，或讲述诗歌创作的道理。除此之外，陆游《游山西村》诗，颈联"山重水复疑无路，柳暗花明又一村"，反映了诗人对

---

① 《全宋诗》卷三四六邵雍一一，北京大学出版社，1992年，第8册，四五九页。

前途充满希望,也道出了事件事物消长变化的哲理。人生的境遇,与此联所写,往往有着惊人的相似之处。人们在的探讨学问、研究问题、从事科学实验的过程中,有时候似乎觉得路都走绝了,再也人打熬不住了,眼前一片茫然。在这种情况下,如果锲而不舍地继续努力,便会出现光明,豁然开朗,最终取得成功。这不仅是为人们广为传诵的千古名句,也是只有在宋诗中才特有的理趣。

范成大和杨万里的诗,以描写农村生活的农事诗见长。他们的许多作品,乍一看,似乎是纯粹的写景诗。然而就是在这样的写景诗之中也有富于理趣的作品。范成大《春日田园杂兴十二绝》之二:"土膏欲动雨欲催,万草千花一饷来。舍后芳畦犹绿秀,邻家鞭笋过墙来。"全诗写春天的景象。尤其值得注意的是后两句诗,生动地表现了新生事物的勃勃生机,并且表达了诗人盎然勃发的热爱生活的美好情趣。杨万里《夏夜追凉》诗:"夜热依然午热同,开门小立月明中。竹深树密虫鸣处,时有微凉不是风。"人们常说,心静自然凉。此诗以生动凝练的意象,用浅显明白的语言,揭示了静中生凉之理。从范成大和杨万里以及许多别的宋代诗人的创作实践看,不能说理趣诗取代了写景抒情,但可以认为,重视挖掘哲理,创造有理趣的诗篇,是诗人进行创新的途径。

大诗人苏轼富于理趣的诗篇较多。《法惠寺横翠阁》诗:"朝见吴山横,暮见吴山纵。吴山故多态,转折为君容。……百年兴废更堪哀,悬知草莽化池台。游人寻我旧游处,但见吴山横处来。"在诗中,苏轼不仅抒写了游春时的种种景观,还触发了百年兴废之感慨,寄寓了人生哲理,传神写意,饶有奇趣。《题西林壁》诗:"横看成岭侧成峰,远近高低各不同。不识庐山真面目,只缘身在此山中。"此诗前两句写景,后两句议论,写景与议论相结合,以议论胜,使读者能够充分地领略庐山峰回路转之状。千百年来描写庐山的诗篇太多,如果只注意描写景象,是难以写出新意来的。东坡巧妙地以议论取胜,统象于理,而诗人热爱庐山的深挚的感情也就包含在其中了。此诗寓意深远,含有几分禅理的意味,但是没有使用一个佛家的语词。陈衍《宋诗精华录》卷二:"此诗有新思想,似未经人道过。"王文诰《苏文忠公诗编注集成》卷二三:"凡此种诗,皆一时性灵所发,若必胸有释典而后炉锤出之,则意味索然矣。"诗人感兴之间,哲理即在其中。认识某一事物必须熟悉亲近这一事物,这是人们认识事物的一般情形。可有时候,身处其中,由于缺乏参照系,反而难以认识事物的真相。东坡的这首诗将认识之一般与特殊之处作了惟妙惟肖的表达。东坡做诗,是讲究"随物赋形"的。有趣的是德国诗人歌德(Johann Wolfgang von Goethe, 1749—1832)亦如此。爱克曼辑录《歌德谈话录》中记载有1827年1月31日歌德的一段重要谈话。歌德说:"中国人在思想、行为和情感方面几乎和我们一样,使我们很快就感到他们是我们的同类人,只是在他们那里一切都比我们这里更明朗,更纯洁,也更合乎道德。在他们那里,一切都是可以理解的,平易近人的,没有强烈的情欲和飞腾动荡的诗性,因此和我写的《赫尔曼与窦绿台》以及英国查理生写的小说有很多类似的地方。他们还有一个特点,人和大自然是生活在一起的。你经常听到金鱼在池子里跳跃,鸟儿在枝头歌唱不停,白天总是阳光灿烂,夜晚也总是月白风清。月亮是经常谈到的,只是月亮不改变自然风景,它和太阳一样明亮。房屋内部和中国画一样整洁雅致。……还有许多典故都涉及道德和礼仪。正是这种在一切方面保持严格的节制,使得中国维持到几千年之久,而且还会长存下去。"[①]在这一段谈话里,歌德强调中国事物的"明

[①] [德]爱克曼辑录《歌德谈话录》,朱光潜译,人民文学出版社,1978年,第112页。

亮"、"纯洁"、"道德"、"自然"。他尤其欣赏中国人的两条生活理念。一条是"人和大自然生活在一起"。另一条是"在一切方面保持严格的节制"。西方人所谓理性，有多种理解，歌德所谓理性属于18世纪的流行观念。在18世纪，法国唯物主义者和空想社会主义者以合乎自然和合乎人性的为理性，并把这种理性作为衡量一切现存事物的唯一标准，其目的是要建立理性和永恒正义的王国。通过比较，由此我们不难看出，歌德之所以喜欢中国的事物的就是因为它们合乎理性。1827年，歌德创作了组诗《中德四季晨混杂咏》十四首。其中第八首《暮色徐徐下沉》公认是最著名的晚景诗之一。歌德晚年的诗作正如夕照清明，一方面是纯净的抒情，一方面是明澈的智慧，具有中国诗的"满目青山夕照明"的意境。尤其值得我们注意的是歌德还是一位以理性思维著称的哲学家。他从1788年起摆脱宫廷事务，从事科学研究，这不就是宋儒所说的"格物穷理"吗？歌德的世界观受到卢梭、斯宾诺莎、赫尔德等人的影响，倾向于唯物主义，并且有泛神论思想。在歌德看来，世界是一个永恒的运动、发展、变化的过程。他反对18世纪法国的机械唯物主义，认为辩证法的基本原则是对立和上升。这不就是宋儒所提倡的"观物通变"吗？这是歌德热爱中国事物的根本原因。与宋代的大诗人一样，歌德具有以理观物，处处生发出诗思的天才本领。歌德指出："不要说现实生活没有诗意。诗人的本领，正在于他有足够的智慧，能从惯见的平凡事物中见出引人入胜的一个侧面。必须由现实生活提供做诗的动机，这就是要表现的要点，也就是诗的真正核心；但是据此来熔铸成一个优美的生气灌注的整体，这却是诗人的事了。"[1]这正是要求诗人努力实践"随物赋形"的创作原则。

---

[1] [德]爱克曼辑录《歌德谈话录》，朱光潜译，人民文学出版社，1978年，第6页。

朱熹的诗中有不少以理趣著称的名篇。比如《赋水仙花》诗，以明理言志为务，前半描绘水仙花的形态，后半讲论佳冶不足慕、人生须注重刚贞、保持高尚情操的重要性。又如《观书有感二首》讲读书要循序渐进的道理。在渐进中穷理，待积累宏富，自然水到渠成，如顺水行舟。这也就是西方人所谓从必然王国可以飞跃到自由王国的道理。陈衍《宋诗精华录》卷三："晦翁登山临水，处处有诗，盖道学中之最活泼者。然诗语终平平无奇，不如选其寓物说理而不腐之作。"又如《水口行舟二首》也都是以理趣见长之作。如果说《观书有感二首》诗明显的一望即可知的说理诗篇，《春日》诗则不同，它的形象更加鲜明，情景更加生动，描写也更加自然。读此诗恍然觉得春光满眼，如游百花园中，竟然不知道诗人是在说理：生意最可观，触处皆有春，万紫千红，合力成春。情理交融，构成了朱熹此诗以及宋诗理趣的基础。

西方人做诗，素有讲求哲理的传统。比如古罗马诗人马尔提阿利斯（Marcus Valerius Martialis, c.40—c.104）是善写哲理诗的高手。他就是英语世界家喻户晓的马肖尔（Martial），青少年大都读过他的一些拉丁诗名篇。马肖尔的诗歌机智敏锐，简短生动，于恬静平淡之中见出讽喻，尤其以"巧智的惊人结句"（witty surprise-ending）著名。在西方诗歌史上尚有专以理胜的所谓玄学诗派（The Metaphisical Schoool），代表人物是英国诗人约翰·堂恩（Johan Donne, 1572—1631）。批评家德莱顿曾说，堂恩喜欢摆弄玄学，不仅在其讽刺诗中如此，在其爱情诗中也如此。爱情诗本来应该言情，他却用哲学的微妙思辨，把女性的头脑弄糊涂了。堂恩的代表性诗作《赠别：莫伤悲》想象突兀，意象奇特，但口吻克制，情调平和，态度超脱，如宋代学者所作的诗篇一样，思致比较深，味道比较淡。堂恩不排斥肉体的交欢，但他更重视精神的爱恋（Platonic love）。他觉得自己的爱情境界高人一等，因此说凡夫俗子不能够理解他的爱情。当然，精神境界再高的人毕竟也是生活在具体的家庭中的，也会有出门远行与配偶分别的时候。堂恩的高明之处在于他那奇特的圆规的比喻，圆规历来是坚贞的象征，11世纪的波斯诗人莪默·伽亚谟在《鲁拜集》中用过此比喻，堂恩则把它发展到了巅峰，写出了千古绝唱，不愧为人类思想之花。堂恩使用圆规之喻，咏器物而如此巧妙，显然是以理趣取胜。近代英国文学家托马斯·哈代（Thomas Hardy，1840—1928），不仅是伟大的小说家，也是著名的诗人。哈代《遮住那月光》诗充满了的机智的议论，从事文物考古等工作的人不妨引为座右铭。诗人对文物古迹古书的热爱远远胜过了对良辰美景的眷恋，他那一颗痴迷的心曾经三番几次令偶尔也想偷闲歇一歇的笔者汗颜！西方诗歌注重说理的传统甚至也表现在那些本来以感情澎湃为特征的浪漫主义诗人的创作之中，比如济慈有说理的诗篇，拜伦、雪莱的长诗中都有说理的段子。拜伦《唐璜》中有这样一段就是说理的："她死了却并不孤零，因她环抱着第二个生命。美好无罪的孽子已经萌生，未见到光明就结束了生命！孩子尚未出生妈妈走进了坟茔，那里头花朵和花枝一齐凋零。苍天将甘露白白地降下，降到流血的花和受摧折的爱情果上。"①这里使用了矛盾修辞法（oxymoron），使诗中的理趣得到突出的表现，具有震撼人心的力量。在叙事的过程中插入大段的议论，这是拜伦常用的手法。他喜欢离题旁涉，有的时候，议论似乎太多，叙事反而成了借以引申发挥其思想的由头。假如拿世界级大诗人拜伦于诗中的大发议论手法来对照欧阳修、苏东坡等宋代诗人的作品，我们就会"容忍"、"原

---

① George Gordon Byron, *Don Juan*, canton 4, stanza 70, The Norton Anthology of English Literature, ed. M. H. Abrams, fifth edition, London: W. W. Norton & Company, 1986, volume 2, p.659.

谅"乃至倍加欣赏宋代诗人的好说理和好议论了。

四、几点基本的认识

（一）总的说来，唐诗有意象，感情充沛，气势较为宏大，综合起来就构成了唐诗的基本特征兴象。宋诗也有意象，感情深挚，而且意象与感情皆统合于道理，同时这道理的表达巧妙而且别致，综合起来就构成了宋诗的基本特征即理趣。正如缪钺《诗词散论·论宋诗》所说："唐诗以韵胜，故浑雅，而贵蕴藉空灵；宋诗以意胜，故精能，而贵深哲透辟。唐诗之美在情辞，故丰腴；宋诗之美在气骨，故瘦劲。"从唐诗到宋诗，中国诗歌的发展，其间经历了从主情到主理的超越。笔者认为，诗歌至唐时并没有做完，她在峰回路转之际朝另一个方向发展了，这就是中国诗歌向理趣化方向的迈进。拿唐和唐以前诗歌的标准来看宋诗，似乎宋诗格格不入。我们不妨换一个参照系。拿西方诗歌的标准来看宋诗，就会觉得她不仅入格，还宛然可爱。由于宋诗对道理的张扬，即使将宋诗置于世界诗歌宏大坐标系之中，也是光辉灿烂的。这说明中国人具有伟大的认识能力。这一点连西方人也承认。

（二）中国人的伟大认识能力来源于理性。说到"理性"，人们往往以为这是从外国舶来的观念。其实不然。《后汉书》里已经有了"理性"一语："夫刻意则行不肆，牵物则其志流，是以圣人导人理性，裁抑宕佚，慎其所欲，节其所偏。"[1]在这里，"理性"指修养品性，与该词的现代用法尚有一定的距离。在宋代，"理性"一语获得了新的内涵。程颐说："性即是理，理则自尧舜至于途人，一也。"[2]

---

[1] 《后汉书》卷六七《党锢传序》。
[2] [宋]程颐《遗书》卷十八。

朱熹进一步发挥说:"道是在物之理,性是在己之理。然物之理,都在我此理之中。"①陆九渊《与李宰书》:"人皆有是心,心皆具是理,心即理也。"②在这里,"理性"既指事物运动的法则和规律,又指伦理道德。显然,在宋代由于理性思维的极大发展,作为观念的语言表述方式的"理性"一语,受到观念本身的制约和规范,其用法基本上与现代一致了。言理的大师在西方以黑格尔为最。由于时代的局限,黑格尔对中国文化的看法有的接近真实,有的显出明显的认识不足,有的地方则有偏见,不过他也承认,从遥远的古代起中国人就具有理性思维的能力。他说:"不过中国人也有一种哲学,它的初步的原理渊源极古,因为《易经》——那部'命书'——讲到'生'和'灭'。在这本书里,可以看到纯粹抽象的一元和二元的观念;所以中国哲学似乎和毕达哥拉斯派一样,从相同的基本观念出发。中国人承认的基本原则是理性——叫做'道';道为天地之本,万物之源。中国人把认识道的各种形式看成最高的学术。"③已经有许多研究表明,至迟在元代,中国的理学已经传播到了欧洲。后来欧洲人在思辨哲学方面取得了长足的进步,欧洲人的思辨哲学是吸收了中国学说才有的产物。

(三)钱锺书先生是比较文学大师,他的治学路径,可以概括为以中国为本位的比较研究。通过灵活地交叉运用大量中西方的文献资料,钱先生深入地探讨了中国文史哲和艺术学的诸多问题,推进了人类对于这些问题的认识。在钱锺书先生那里,研究的对象是中国学,运用的材料是西学。他的研究,反过来也推进了人类对西方

---

① [宋]朱熹《朱子语类》卷一百。
② [宋]陆九渊《陆九渊集》卷十一。
③ [德]黑格尔著、王造时译《历史哲学》,上海书店出版社,1999年,第141页。

学艺的认识。这一切都做得那么自然,似乎信手拈来,毫无斧凿之痕。钱锺书先生对宋代学术和艺术做过深入的研究,成就斐然。《管锥编》虽然没有专论宋代,但是作者使用了大量的宋代文学资料来说明他所论述的问题。《七缀集》收文七篇,前六篇运用了大量的宋诗为资料。钱先生研究宋诗的直接成果是《宋诗选》,其长序是一篇绝佳的比较文学论文,所选诗篇和注释则体现了他以世界文学为参照系的宏伟视野。宋诗虽然爱讲道理好发议论,容易导致诗意和诗趣的丧失,但是钱先生所选的各篇则大都可讽可诵,读来兴致盎然。一方面,这说明了钱锺书先生选宋诗坚持了重理趣的标准。另一方面也说明了重理趣可以写出优秀的诗篇来。钱锺书先生论宋诗,突出地强调了重理趣是宋诗的根本特征。《宋诗选·序》:"宋诗还有个缺陷,爱讲道理,发议论;道理往往粗浅,议论往往陈旧,也煞废笔墨去发挥申说。"①这篇序作于 1957 年,表述上用了"缺陷"一语,明显地带有当时的时代特征。1978 年重印时,钱先生虽然看过这篇序,并有几处文字上的小修改,但是他未作大的改动,从而保存了自己思想轨迹的历史风貌。同时,这也符合事物的本来面目。谙熟西方掌故的钱先生,当然知道英文中有成语"随优点来的缺陷",以及"人人皆有随优点来的缺陷"这一名言。②人如此,事亦然。显然,在钱锺书先生看来,"爱讲道理、发议论",也是宋诗的突出优点。

(四)"理趣"早就存在于宋代以前的优秀诗篇之中。理趣,义

---

① 钱锺书《宋诗选》,人民文学出版社,1958 年,第 9 页。

② 1887, Symons *Introduction to Browning* 19, Mr. Browning has the defects of his qualities. 1911, *Times Weekly*, 6 October, 804, But Lord Curzon, like every other mortal, cannot escape from the defects of his qualities. From such an idea gradually forms an English proverb: Every man has defects of his qualities.

理情趣。从话语哲学的高度看,理趣是一切有效话语的基本要素。因为人是这样一种存在,每个人都在生活中思想,也在思想中生活。没有思想的生活是不可思议的。在思辨风气浓郁的时代,人们的话语行为必然表现出强烈的追求理趣的倾向。我国魏晋南北朝是思辨风气很盛的时代。《晋书》卷九六《烈女传》:"刘聪妻刘氏,名娥,字丽华,……昼营女工,夜诵书籍,傅母恒止之,娥敦习弥厉,每与诸兄论经义,理趣超远,诸兄深以叹服。"可见,我们的古人,在很早的时候就明白了,做学术讨论尤其要讲究理趣超远。在文明昌盛的古代中国,就在普通的谈话中,受过教育的人们也是有一定的理趣追求的。比如,《西游记》第一百回:"主公文辞高古,理趣渊微。"可见,在人们平时发为言辞的时候,也讲究理趣渊微。在话语活动中讲究理趣,更符合人类的精神指向。诗歌是最高级别的话语活动,讲究理趣是诗歌这一文学样式自身逻辑发展的必然要求。我国近代批评家王闿运(1833—1916),以经学、文章享誉海内,且有诗才。王闿运《湘绮楼论唐诗》:"右丞诸做,吐属高华,实宜台阁。唯《哭殷瑶诗》为特沉痛。《黄花川》、《石门》等作,亦能得山水理趣。"由此可见,唐诗也并非仅以兴象取胜,有一些优秀的唐诗也是讲究理趣的。只不过,就唐代诗歌而论,理趣还不是一种占主导地位的审美倾向,就唐代诗人来说,理趣还没有成为一种自觉的审美追求罢了。宋人则将理趣作为主要的诗歌理念而进行自觉的追求,宋诗则将理趣表现得淋漓尽致,终于成就为一代诗歌的主导性艺术特征。

(五)不过,宋以后中国诗歌常苦于理趣不足。有鉴于此,饶宗颐先生提出了的形上词的主张。形上词是形上诗的一类。他说:"西洋形上诗(Meta physical),代表形而上。这是与形而下相对立的。Meta physical 在上面,带有物以上的意思。这是看不见的。对此,中国人谓之为道,而形而下,则谓之为器。我所做形上词(Meta physical Tzü),就是从这里来的。重视道,重视讲道理,这是形上诗的特征,也是形上词的特征。如果为形上词立定义,是否可以说,所谓形上词就是用词体原型以再现形而上旨意的新词体。"①饶宗颐先生的主张是对的,他对新词境的开拓,对新词体的创立,功不可没。饶宗颐先生认为,西方诗歌之所以善于说理,主要是因为基督宗教的巍然存在。不过,细读之余,经过反思,笔者也有一些想法。基督宗教固然是西方诗歌说理传统的一大来源,但是并非唯一的源头。基督宗教,从文化的本质层面上说,可以视为希伯来文化的延伸。西方诗歌,与西方文学的其他样式(genre)一样,实际上由两个源头。另一个源头就是希腊文化的爱智传统。希伯来文化(Hebrew culture)与希腊文化(Hellenic culture),合称为"二希文化"(double H culture)。一般说来,中国人宗教观念较为淡薄。尽管古代不少帝王好佛好道,尽管历代宗教政策总的说来较西方为宽容,但是并非人人皆教徒。在宋代道教虽然是国教,其国家控制的程度依然不及西方那么严格、彻底和全面。在中国历史上似乎还从来没有过全民信教的朝代。时至今日,尽管宗教政策相当地宽松,信仰宗教的人依然较少。尽管基督宗教传入中国甚早,信仰基督宗教的人依然较少。就中国诗歌创作界的现实情形而论,目前主要有两途。一是新诗创作。自五四运动以来,写新诗之风大起,可惜迄今无多大成功。中国新诗欲达到西方优秀诗歌的水平,还得努力,其方向应当是在形上方面痛下工夫。一是旧体诗词(也包含曲、赋等体裁)的创作。为了区别于古代诗词,人们称之为"中华诗词"。中华诗词不仅存在,而且有越来越壮大之发展趋势。这体现了中国传统诗歌的

---

① 施议对《为二十一世纪开拓新词境,创造新词体——饶宗颐形上词访谈录》,原载《文学遗产》1999年第5期。

强大生命力,令人欣喜!不过,中华诗词欲达到西方优秀诗歌的水平,则必须按照饶宗颐先生所指引的形上之路前进,方有盼头。因此笔者认为,中华诗词欲在 21 世纪跻身世界诗歌的大舞台,主要在于发扬颂宋诗尚理趣的优秀传统。由于迄今为止,宋诗和宋代诗学远未得到西方学术界的充分认识,研究宋诗重理趣的基本特征,以及宋诗之理趣与西方诗歌之理趣之异同,还必将有助有提高世界诗歌的总体品格。

下编　诗学与宗教关系论

托马斯·阿奎那文艺思想比较研究[①]

本文主要结合中国文学批评史的实际，研究托马斯·阿奎那的文艺思想。这是两个不同文化体系之间的比较研究，称为外部比较。在必要时，也结合欧洲其他各国的文学批评的实际加以比较。这是同一文化体系内部的比较研究，称为内部比较。具体落实到某一问题的时候，由于历史发展的不平衡性，有时候外部比较的材料丰富一些，有时候内部比较材料丰富一些。我们常说有比较才有鉴别。比较本身是手段是方法而不是目的，目的只有一个，即更好地认识事物的本质。相信这样的研究，对中西方文学都是有益的。

一、托马斯·阿奎那文艺思想层面

(一) 论美的本质

托马斯·阿奎那说："善和美在本质上是同样的东西，因为二者都建立在同一个真实的形式上面；但它们的意义却不相同，因为善与欲望相对应，其作用恰如最后因，而美则与知识相对应，其作用有如形式因。各种事物能使人一见而生快感即称为美。"[②]（译文据伍

[①] 本文原载《西南民族学院学报》2000 年第 8 期。
[②] Saint Thomas Aquinas, *Philosophical Texts* (*STP*), section 220, edited by Thomas Gilby, Oxford, 1956.

蠡甫、蒋孔阳《西方文论选》，上海译文出版社，1979年出版，个别字句有改动）这是托马斯·阿奎那论美的本质的最根本的论述。

这个论述呈现出二元论的倾向。一方面，出于宣扬基督教的目的，他把美与善紧紧地联系在一起。另一方面，他又洞见了美与善相分离的特征。这实际上是预见了美的非功利性。从后来美学发展的趋势来看，后者是特别可贵的。从托马斯·阿奎那认识到美具有与善相分离的独立的价值之后大约500年，德国美学家康德才进一步对此问题有所推动和深化，明确提出美的非功利性。康德在《判断力批判》第二节中指出："那规定鉴赏判断的快感是没有任何利害的关系的。"[1]在同一节中他又说："一个关于美的判断，只要夹着极少的厉害感在里面，就会有偏爱而不是纯粹的欣赏判断了。"[2]康德终于从本质上明确地表述了美的特点是无利害感。这是人类美学史上的一大飞跃，而这个飞跃只能是继承并发展托马斯·阿奎那的学说的结果。

在中国古代典籍之中，也有类似的论述可资比较。《孟子·告子章句上》："惟目亦然。至于子都，天下莫不知其姣也。不知子都之姣者，无目者也。故曰，口之于味也，有同耆焉；耳之于声也，有同听焉；目之于色也，有同美焉。至于心，独无所同然乎？心之所同然者何也？谓理也，义也。圣人先得我心之所同然也。故理义之悦我心，犹刍豢之悦我口。"[3]这就是孟子著名的"目之于色有同美"论。在进行具体的论述时，孟子也把人对美的观照与人的种种欲望联系在一起。不过，孟子还是看到了美同样作用于任何人的特

---

[1] 康德：《判断力批判》上卷，宗白华、韦卓民译，商务印书馆，1964年，第39页。

[2] 康德：《判断力批判》上卷，宗白华、韦卓民译，商务印书馆，1964年，第39页。

[3] 杨伯峻译注：《孟子译注》，北京：中华书局，1960年，第261页。

征,美毕竟不同于种种有利害关系的欲望。孟子之说接近于托马斯·阿奎那的观点。孟子解释了其中的道理,这是孟子的真知灼见。然而,孟子毕竟是早于托马斯·阿奎那大约1500年的古人,他也与托马斯·阿奎那相仿,把无功利的"美"和有功利的"义"混在一起了。较之后来的康德,他的认识还不够干净利落。我们不禁要问,为什么托马斯·阿奎那关于美的本质的论述与孟子接近呢?他们两人均感觉到了美的无功利性,这说明了他们都有非凡的认识能力。那么,为什么在此之后,他们又都把无功利性的美,与有功利性的"善"或"义",混同在一起呢?毫无疑问,托马斯·阿奎那具有强烈的宣扬基督教的目的。可是,迄今为止尚无证据认为孟子具有宗教目的。可见托马斯·阿奎那与孟子之间,还有更为根本的类似性。那是什么呢?笔者以为,那就是二人对于心性的高度执著的追求。心性的基本特征就是在善与不善、义与不义之间反复进行道德选择。只有到了康德时代,人们的认识能力才在新的历史条件下产生了飞跃。康德把善与不善、义与不义这样的判断划入实践理性的判断之中,而把美与丑等判断划入判断力判断之中,这样才得到明晰的区别。因此康德意味深长地说:"有两物贯注我心,恒常新鲜,益增敬畏,我常常反思它们,越反思越严肃:在我上者灿烂星空,道德律令在我心中。"[1]

(二)美的构成要素

关于美的构成要素或曰基本因素,托马斯·阿奎那发表了许多看法。他说:"美的条件有三:第一,完整性或全备性,因为破碎残缺的东西就是丑的;第二,适当的匀称与调和;第三,光辉和色

---

[1] Immanuel Kant, *Critique of Practical Reason*, conclusion.

彩。"①这三点认识直到今天看来,仍然具有相当的合理性。他还说,鲜明和比例组成美的或好看的事物。为了说明他的观点,他还以人体作为例子。比如,他认为肉体的美在于四肢匀称,五官端正,再加鲜明的色泽。托马斯·阿奎那说:"纯洁和均衡可以构成美或优美的东西。狄俄尼索斯说,上帝是美的,因为他就是一切事物均衡和纯洁的原因。肉体的美就在于肢体匀称、仪容清俊;精神的美恰与令人肃然起敬的善相同,即在于处事对人合理而公正。"②托马斯·阿奎那把上帝作为美的最高本源和本体来建立他的理论。如果我们把托马斯·阿奎那的学说适当做一些调整,把精神的层次看作心灵美的话,可以说,他的见解便与我们今天的审美标准相当接近了。这里,"仪容的清俊"也就是上面所说的"光辉和色彩",按照托马斯·阿奎那的理解,这些东西只能够来自人的内心,即对真理的体认。没有对真理的体认,四肢长得再好,五官长得再端正,顶多与塑造的模特儿一样,仅仅是个摆设,那是没有灵气的,没有生命感的。

英国学者培根也有类似的认识。他说:"论起美来,状貌之美胜于颜色之美,而适宜并优雅的动作之美又胜于状貌之美。美中之最上者就是图画所不能表现,初睹所不能见及者。没有一种至上之美是在比例中没有奇异之处的。"③培根是主张人要有宗教信仰的。不过在论述美的内外诸因素时,他并没有从宗教的角度立论。培根在基本肯定美的外在因素的同时,强调了内在品质的重要性。这样一来,培根之说就比较具有普遍性了。

有趣的是,中国美学关于比例和色彩方面的论述出现得较晚,

---

① *STP* 222.

② *STP* 223.

③ Francis Bacon, *Essays* (Ware, Hertfordshire, UK: Wordsworth Editions Limited, 1997)119.

而关于完整性和全备性的论述则既多又比较深入。这就是古人关于美与大的关系的看法。孔子在《论语》中多次论述了美与大的关系，比如，在《论语·泰伯》中他说："大哉！尧之为君也。巍巍乎！惟天为大，惟尧则之。荡荡乎！民无能名焉。巍巍乎！其有成功也。焕乎！其有文章。"①庄子也多次谈到美与大的关系，比如，在《庄子·秋水》中他说："秋水时至，百川灌河，泾流之大，两涘诸崖之间，不辨牛马。于是焉河伯欣然自喜，以天下之美为尽在己。顺流而东行，至于北海，东面而观，不见水端。于是焉河伯始旋其面目，望洋向若而叹……北海海若曰：ّ井蛙不可以语于海者，拘于虚也；夏虫不可以语于冰者，笃于时也；曲士不可以语于道者，束于教也。今尔出于崖涘，乃知尔丑。尔将可以语于大理矣。"②请注意，庄子在这里隐约地谈到了宗教的作用——可以扩展人们的视野。以上这些理论对于中国古代绘画艺术发生了重大的影响。中国古代绘画是不大讲究比例的，国画注重的是"写意"。写意，或曰大写意，注重的是宏观体现，总体把握。直到六朝时期，宗炳《山水画序》才提出远小近大的原理，也就是说才从理论上要求画家们注重比例了。各种具体的外在的绘画法则的系统论述，在宋代始逐渐完善。比如，宋代出现了郭熙的《林泉高致》，讲究画格和画诀；邓椿的《论界画法度绳尺》，讲究比例。在雕塑上，情况也大体相同。六朝时期，东晋至刘宋之间，戴逵之子戴颙（公元378—414）在塑造佛像时才发现了调整比例的原理。③我们知道，六朝时期，中外文化交流通过海上丝绸之路仍然在进行。唐代中外文化交流规模空前。元代本身是大帝国，中外文化交流更加频繁。

① 杨伯峻译注《论语译注》，北京：中华书局，1980年，第83页。
② ［魏］王弼注，［晋］郭象注，［唐］陆德明音义，章行标校《老子/庄子》，杭州：浙江古籍出版社，1995年，第181页。
③ 参见《宋书·隐逸传》以及［唐］张彦远《历代名画记》。

由此而观之，可以明白，中国古代美学中缺少比例等美的外在因素的论述，是因为古人强调内在精神。中国后来渐渐增多的有关美的具体构成要素的论述，得益于中外文化的交流。可以相信，托马斯·阿奎那的相关论述，也间接地通过中外文化交流的渠道，而进入了我们的理论之中。

（三）美和美感

美和美感是相互联系但又有分别的范畴。美是美感的来源。具有美感的人是进行审美的活动的主体。审美对象是审美活动的客体。从根本上说，美感是审美活动中审美主体对审美对象的特点进行的认识。对此，托马斯·阿奎那亦有精彩的论述。他指出，人是审美活动的主体。他说："只有人才能从可以感知的事物中欣赏美的本身；人们的脸面是向上的，而不是向下的。"[①]托马斯·阿奎那对审美活动中人的主体作用有进一步的说明："人被赋予感觉，不仅如其动物可借以获取生活所需，而且也可以有助于知识本身。其他动物对于感觉对象，除了有关食物或性欲之外，便无所谓爱好，唯有人能够欣赏事物本身所具的美。"[②]这种高扬人在审美活动中的主体意识的见解，就是在今天看来，也是正确的，因而是难能可贵的。

在托马斯·阿奎那之后，西方许多文学艺术家都极力肯定和歌颂人的主体作用，比如，文艺复兴时期的艺术家们是这样，启蒙运动时期的艺术家们也是这样。英国诗人蒲伯说得好："了解你自己吧／切莫追究神，／对人的研究本身还落实到人。"[③]在中国古代文艺理论中，先秦时期的思想家们，比较注重人在艺术活动中的主体作用。比如，在《荀子·乐论》中荀子指出："夫乐者，乐也，人情之所必

---

① *STP* 757.

② *STP* 628.

③ Alexander Pope (1688—1744), *An Essay on Man*, *Epistle II*, lines 1 – 2.

不免也。故人不能无乐，乐则必发于声音，形于动静；而人之道，声音动静，性术之变尽是矣。"①又如，《易经·系辞上传》强调："是故天生神物，圣人则之。天地变化，圣人效之。天垂象，见吉凶，圣人象之。河出图，洛出书，圣人则之。"②可是，由于我国几千年来漫长的封建社会的制约，在后来的若干朝代里人的主体意识遭到了扼杀和泯灭。直到"五四"运动以后，这种情况才起了根本的变化。

肯定和歌颂人在一切生活中的主体作用。这是基督教文化的精华，这是西方文化的精华，这是西方文明史中最值得全人类继承和发扬的一笔宝贵的精神财富，值得我们好好研究。

(四) 美与多样性

托马斯·阿奎那也论述了美与多样性的关系。他说："多样性为美所必具，正如圣徒保罗所说，'在大户人家，不但有金器银器，也有木器瓦器。'"③所引圣徒保罗的话，出自《新约全书·提摩太后书》2：20—21："在大户人家，不但有金器银器，也有木器瓦器；有作为贵重的，有作为卑贱的。人若自洁，脱离卑贱的事，就必作贵重的器皿，成为圣洁，合乎主用，预备行各样的善事。"④他还进一步解释说："众多与差别并非出于偶然，而是神的理智所决定和制定，期于使神的至善可以在多种不同的程度上反映出来，而为万物所分享。美即存在于万物的多样性中。"⑤在西方文艺理论家中，许

---

① 梁启雄著《荀子简释》，北京：中华书局，1983年，第277页。
② 黄寿祺、张善文撰《周易译注》，上海：上海古籍出版社，1989年，第556页。
③ STP 228.
④ 《圣经——中英文对照》（和合本·新标准修订版），北京：中国基督教两会，2000年，第373页。
⑤ STP 437.

多人都论述到美与多样性的关系。那么，托马斯·阿奎那的理论在西方文论中，究竟占据一个什么位置呢？有什么特征呢？回答这两个问题需要略作美学史的回顾。古代希腊人曾经悟到过美的奥秘，这就是"杂多中的整一"的原则。柏拉图在《巴曼尼德斯篇》中则提出了"有机统一"的原则：一切个别事物都组成一个包括首端、中间和末端的独立存在的实际世界，是一个具有部分的、完备的整个，部分是整个的部分。他还说："对于正义和不义、善和恶，以及其他理念来说，情形也是一样。也同样可以说，就其本身来说，每一个是一。但是，由于它们和各种行动、各种物体相结合，又彼此互相结合，他们就出现在各处，所以每一个又表现为多。"① 到了17、18世纪，理性主义者们则认为美是形式的各部分的多样性统一、和谐、有序性和完整，它体现上帝预先安排的最终的目的。比如，德国哲学家莱布尼茨认为美是天赋的，最高的美是丰富杂多为一的和谐美，上帝则是一切美的安排者。由此可以看出，托马斯·阿奎那对美与多样性的认识，起着从柏拉图到莱布尼茨的中介的作用。托马斯·阿奎那直接论述了美与多样性的关系，比柏拉图来得直接和高明。莱布尼茨对美与多样性的认识基本上与托马斯·阿奎那一样，并未出其右。

相比之下，中国古典美学中关于美与多样性的论述极其丰富，其中亦不乏精彩的见解。比如《国语·郑语》记载史伯的一段话，其中谈到了："声一无听，物一无文，味一无果，物一不讲"。② 又如，在《孟子·尽心》中孟子曾提出命题："充实之谓美。"③ 再如，

---

① 北京大学哲学系外国哲学史教研室编译《西方哲学原著选读》上册，北京：商务印书馆，1984年，第83页。

② [战国]左丘明著：《白话国语》，李维琦注译，长沙：岳麓书社，1994年，第348页。

③ 杨伯峻译注：《孟子译注》，北京：中华书局，1960年，第334页。

《周易》讲太极生两仪，两仪生四象，四象生八卦，以至天下万物，也包含了古人对美与多样性的关系的认识。最精彩的大概是庄子对自己文辞风格的归纳了在《庄子·天下》中他说："独与天地精神往来而不敖倪于万物，不谴是非，以与世俗处。其书虽瑰玮而连犿无伤也。其辞虽参差而諔诡可观。彼其充实不可以已，上与造物者游，而下与外死生无终始者为友。其于本也，弘大而辟，深闳而肆。其于宗也，可谓稠适而上遂矣。虽然，其应于化而解于物也，其理不竭，其来不蜕，芒乎昧乎，未之尽者。"①这些例子都说明了，中国古典美学中的确存在着以多样性为美的主张。中国的文章、建筑、服饰、食谱、山河风景、季节变换、婚嫁礼俗、年节庆典、方言俚语乃至民族组成等自然和人文景观，无不昭示着人们以多样性为美的审美心理习惯。西方人常常说，中国文化之丰富性相当于整个欧洲，良有以也。

（五）艺术与神学

托马斯·阿奎那说："我们可以观察到，有一个双重的过程在进行着，它一方面是按照万物之出现于始基，一方面是按照万物之被导向于一个目标。倾向关系着前一方面，因为万物所以被认为具有倾向，乃是由于上帝安排万物，将它们列入不同的等级。此所以一个艺术家变化多端地安排其作品的种种部分，因而组合就成为艺术的一个部分。至于神意则关系着万物的趋向，而与神的艺术以及布置又有区别。神的艺术是运用于万物的创造的，倾向是被运用于万物的秩序的，而神意则是被运用于万物对一目标的趋向的。"②这段言论可以看作托马斯·阿奎那论艺术学和神学的关系的总纲。毫无

---

① ［魏］王弼注，［晋］郭象注，［唐］陆德明音义，章行标校《老子/庄子》，杭州：浙江古籍出版社，1995年，第359页。

② STP 339.

疑问，托马斯·阿奎那有着明显的重视神学而轻视艺术的倾向。不过，在这里他事实上已经把艺术学和神学划分为两个不同的学科门类了。托马斯·阿奎那还以诗歌为例子指出了艺术与神学的根本区别。他认为艺术和神学旨趣不同，它们是人类所拥有的两个不同的知识门类。艺术仅仅涉及理智所能掌握但缺乏终极真理的领域。而且，艺术的特征之一就是以外表和形象等"形式因"掩盖真理这一"目的因"。不过，艺术和神学也有共同之处，这就是两者都运用象征。神学通过事物本身而进行象征。艺术借助于文字而进行象征。

由于在托马斯·阿奎那的时代，艺术的门类远不如20世纪发达，因此他的本来概托性极强的论述就为后来的象征主义留下了巨大的发展空间。这是因为艺术包括以文字为媒介的文学，但不仅文学一种。19世纪末法国象征主义诗人波德莱尔写道："世界是一座神殿，那里有活着的大柱，／有时声音发出，话语含混模糊；／行人经过该处，穿过象征的森林，／亲切的眼光露出，是森林将人关注。"①象征主义者据此提出了一个典型的命题——世界是一座象征的森林。由于这个命题，我们看到，大量的神学的内容被泛化而进入诗歌和其他文学体裁之中。如果承认这是现代文学的一种进步，我们也就得承认，托马斯·阿奎那对此可谓功莫大焉。

在中国虽然"象征"一语的现代用法出现比较晚，但是由于汉字的构造方法之一就是象形，我们的文艺主张中关于象征的论述还是极其丰富的。在中国古代文艺理论中，集中地论述象征的著作是《周易》。《周易》一书的主要内容就是解释各种卦象的，而各种卦象本质上就是象征。《周易·系辞上传》："子曰：书不尽言，言不尽意。然则，圣人之意。其不可见乎？子曰：圣人立象以尽意，变

---

① Charles Pierre Baudelaire (1821—1867), *Les Fleurs du Mal*, Correspondences.

而通之以尽利，鼓之舞之以尽神。……是故形而上者谓之道，形而下者谓之器，推而行之谓之通，举而错之天下之民谓之事业。"①这里不仅论述了象征的基本特征，而且从言、象、意三者的关系出发，初步谈到了文艺创作中形象思维的基本原则，为我国魏晋六朝以后形象思维的发达打下了基础。正像托马斯·阿奎那的学说至今仍然影响着西方的文学艺术一样，《周易》中提出来的许多原则至今仍然对我国的文学艺术发生着巨大的影响。

我们不禁要问，托马斯·阿奎那的文艺思想有什么总的特征呢？

二、托马斯·阿奎那文艺思想特征

（一）意识形态维度的特征

从意识形态走向的维度看，托马斯·阿奎那的最大特点就是他的上帝信仰。他一生写过六十余部著作，涉及的领域极其广泛，几乎涵盖了中世纪的一切知识部门，然而这些东西都是围绕着一个主轴组织起来的。这就是托马斯·阿奎那的以上帝信仰为中心的神学体系。当他从正面立论的时候，他写下了皇皇巨著《神学大全》。当它从反面立论的时候，他写下了又一部皇皇巨著《反异教大全》。而他的整个神学体系又可以归结在"五项论证"里。五项论证，拉丁文作 Quinque Viae，意即五种方式：英文作 Five Ways，五种方式：又作 Five Proofs，五种证明。概言之，即用五种方式来论证上帝的存在。一，从事物的运动和变化论证。宇宙任何事物都处于运动之中，必有一个最初的不被推动者，这个不被推动者就是上

---

① 黄寿祺、张善文撰：《周易译注》，上海：上海古籍出版社，1989年，第563页。

帝。二，从动力因的性质论证。一切事物都处于因果关系之中，必有一个无原因的第一原因，这个第一原因就是上帝。三，从可能和必然性论证。任何事物都不能靠自身来说明自己存在的必然性，必有一个不依靠其他根据而自身必然存在者，这个必然存在者就是上帝。四，从真实性的等级论证。宇宙中万物有真、善、美，必有更真、更善、更美者，这不是别的，而是一个最完备者，这个最完备者就是上帝。五，从世界的秩序或目的因论证。任何事物都为一定的目的而存在和活动，必有一个目的创造者和设计者，这个创造者和设计者就是上帝。托马斯·阿奎那有句名言："存在、善良以及其他完美的事物必有其原因，我们把这个原因叫做上帝，……上帝心中的计划就是管辖宇宙一切运动的永恒的规律。"[①]由于托马斯·阿奎那具有一个明确的意识形态维度，我们看到了他的著作的一系列基本特征。

首先，他的文艺思想有一个突出的特征。这就是主题极其鲜明，表达十分明确，没有含糊其辞的表述，没有躲躲闪闪的立场。他坚定地弘扬着他那个时代的主旋律。托马斯·阿奎那的信仰赋予他的作品一种美的品质，那就是他的著作中闪耀着一种"灵智美"。

第二，由于托马斯·阿奎那具有坚定的上帝信仰，似乎智慧之光在他心中闪烁着。他的文艺思想体现出一种"高远美"。这主要来源于作者高远的目光和崇高的精神境界，既有着彼岸的追求，又不乏对现实人生的美好事物的热爱。这样的目光和境界能够对当时

---

① Thomas Aquinas: "There must be something which is the cause of the Being, Goodness, and other perfections of things, and this we call God. ... The eternal law is the plan in God's mind in accordance with every emotion of universe is governed." —from Manuel Velasquez, *Philosophy, A Text with Readings*, fourth edition (Belmont, California, USA: Wadsworth Publishing Company, 1980) 173.

和后来的读者产生启迪。

第三，由于托马斯·阿奎那的思想自身构成一个完整的知识体系，体大思精，他的文艺思想具有完整的结构，因而也就具有一种"完整美"。这种完整美在他的圣诗作品中表现显得尤其突出，即使按照中国文章学的审美标准来看，在起承转合、前后呼应以及各股文脉的相互关系等等方面，也显得文笔老练，无可挑剔。也就是说，托马斯·阿奎那的作品具有能够为整个人类所接受的美质。

第四，由于托马斯·阿奎那的立足点较高，是他那个时代的顶峰，因而在他的作品中，不仅有高屋建瓴的气势，而且由于他写的文章材料特别丰富，用词准确，论证严密，由于基督教的巨大联系作用，南欧人的热情明朗，西欧人的深沉阴郁，以及东方人的智慧灵活等都在他身上得到了统一，他的作品宛如宁静的大西洋深邃湛蓝，具有一种"澄明美"。

第五，如果我们依照托马斯·阿奎那关于上帝的定义，把上帝看成存在的原因，那么，从某种意义上说，托马斯·阿奎那的作品体现出一种"对话关系"。此对话关系包含三个层次。一是他本人与上帝的对话关系。二是他作为上帝的代言人与读者的对话关系。三是他置身于读者群之中与上帝共同交谈的平等对话关系。庄子在《齐物论》中赞扬天籁，肯定人籁，天人之际的对话也体现着美，中外皆然。因此我们可以说，托马斯·阿奎那的作品具有一种"对话美"。从意识形态走向的维度看，我们还发现，尽管他有时也说过一些过头的话，但是总的说来，托马斯·阿奎那并非一个以意识形态来代替一切的理论家，他对于艺术这一人类精神活动的特殊门类也进行了本体论的研究。下面是托马斯·阿奎那的艺术本体论的集中表达："亚里士多德教导我们，艺术所以模仿自然，其根据在万物的起源都是互相关联的，从而他们的活动和结果也是如此的。但是艺术品起源于人的心灵，后者尤为上帝的形象和创造物，而上帝的心灵则是万物的源泉。因此艺术的过程必须模仿自然的过程。艺术的产品必须仿照自然的产品。学生进行学习,必须细心观察老师怎样做成某种事物,自己才能以同样的技巧来工作。与此相同,人的心灵着手创造某种东西之前,也许受到神的心灵的启发,也须学习自然的过程,以求与之相一致。所以亚里士多德说,如果艺术能够造成自然事物,它就一定要像自然那样来活动,反过来讲,如果自然能够造成艺术的东西,他就必像艺术那样来活动。"[①]托马斯·阿奎那的这段话形成一个回环结构,两头都是亚里士多德的话,中间则是他自己的见解,经院哲学的论证方式在他那里发挥到了极致——借助旧体系,建构新学说。乍一看来,是亚里士多德囊括了托马斯·阿奎那,好像是托马斯·何奎那被亚里士多德做成的那只茧缚着。实际上,是托马斯·阿奎那改造了亚里士多德的知识体系,托马斯·阿奎那,像一只美丽的大蝴蝶,早已在那只茧的上空翱翔,采集百卉千花,吸吮千百种蜜,与中世纪其他思想家一道,哺育着整个时代。这一段论述集中讲模仿说,而模仿说是古代文艺理论的核心。在柏拉图那里,艺术与真理隔着三层。比如床,第一种床是在自然界本有的,是神制造的,因为没有谁能制造它,即理念中的床。第二种是木匠制造的床。第三种才是画家制造(画)的床。显然,在柏拉图那里,艺术遭到贬抑。亚里士多德比柏拉图前进了一大步。亚里士多德肯定模仿。他认为,艺术就是要模仿,模仿就是创造。那么,艺术模仿什么呢?亚里士多德认为,艺术模仿自然。这样亚里士多德就从柏拉图的理念说中走了出来,扩大了模仿的范围,从而给艺术提供了一个广阔得多的空间。在亚里士多德的生活的时代,基督教尚未建立。为了论述的方便,不妨称之为前基督教时代(Pre-Christian Era)。托马斯·阿奎那生活的时代,基督

---

① *STP* 1078.

教已经建立了1200多年，处于其鼎盛时期。为了论述的方便，不妨称之为基督教时代（Christian Era）。然而，时代给托马斯·阿奎那出了一道大难题：艺术究竟模仿什么？他毕竟受制于时代。在他生活的时代，一切都是围绕着上帝论而存在的而展开的。托马斯·阿奎那的学说要建立起来，只可能回答说：艺术模仿上帝。这样一来，托马斯·阿奎那势必得退回到柏拉图的老路上去，因为上帝存在于人的心灵中，实际上也是一个理念。于是我们看到，托马斯·阿奎那采取了类似于中国道家的逻辑思维方法。道家讲"人法道，道法天，天法自然。"道，不就是理念吗？天，不就是上帝吗？自然，不就是涵盖社会人生为其一部分的大自然吗？托马斯·阿奎那的学说也极其类似于老庄。他明确地说："因此，艺术的过程必须模仿自然的过程，艺术的产品必须仿造自然的产品。"这两个"必须"说明了托马斯·阿奎那认识的坚定性。而且，托马斯·阿奎那把模仿当成一个"过程"来看待，而不是一种一次性的一劳永逸的活动。这就不仅为20世纪的过程神学（process theology）留下了发展的余地，而且强调了艺术实践的本质特征，模仿的对象极其广阔，实践的过程没有穷尽。从这里我们可以看到，托马斯·阿奎那的思想与中国传统文化的根即道家文化之间，存在着某种程度的契合。因此我们有理由认为，托马斯·阿奎那的艺术论，对我们今天建设具有中国特色的社会主义仍然具有参考价值。

总之，从意识形态的维度看，托马斯·阿奎那在他那个时代具有一定的进步性。

（二）经济思想维度的特征

经济思想是托马斯·阿奎那学说的组成部分，既是他本人从事研究的基础，也是我们今天研究他的重要方面。初步的研究表明，托马斯·阿奎那的经济思想有如下四个特征。

首先，托马斯·阿奎那把经济问题看成是社会生活的有机组成部分，他从来不抽象地谈论经济问题，而是将它们与伦理学、政治学等重大的社会问题联系起来思考，而且最后归结到神学问题上，用上帝的尺度将它们做一揽子的总解决。他论述经济问题的方式分成以下四个步骤。一，列出问题。托马斯·阿奎那总是首先列出要解决的具体问题。二，进行分析。托马斯·阿奎那的分析特别有趣味，材料十分丰富，列成许多小点，每一点中大量引证神学名著，如古代希伯来人的律法书、罗马法、圣经或教父著作。由于这是他的拿手好戏，是他的"本专业"，于是他可以把任何问题纳入神学的范围，加以游刃有余的解决。三，进行说明。托马斯·阿奎那的说明比较结合现实，材料极其丰富，往往用生活中的典型例子，并注意与神学著作的观点对应。他尤其注意设立反问，然后加以辩驳，似乎他把人生和人心都看得很透彻。因此有时他把说明称为"答辩"。四，推出结论。由于有了以上的步骤，托马斯·阿奎那做出的结论比较有说服力。从这里我们可以看出，托马斯·阿奎那不仅用具体而微的方式认识经济问题，他也用具体而微的方式来表述他的经济思想。

第二，托马斯·阿奎那肯定私有权，主张私有权的神圣性。他说："私有权并不违背自然法，它只是由人类的理性所提出的对于自然法的遗像补充。"①至于他主张私有权的理由，他认为这是全社会取得丰富的物质条件的必要前提。只有物质丰裕了，人们才有可能讲究道德。颇类似于中国古代朴素的民本主义经济思想，所谓衣食足、知礼仪也。不过托马斯·阿奎那并未止于"知礼仪"这一步。他之所以希望人民过上有道德的生活，乃是因为他认为，只有这样，人民才会去相信上帝。因此可以看出他的思路是这样的：既要

---

① 马槐清译《阿奎那政治著作选》，北京：商务印书馆，1998年，第142页。

发展社会生产，就要允许财产的私人占有，即私有权是上帝所批准的，因而私有权是神圣的。

第三，托马斯·阿奎那主张实行并且扩大贸易。《神学大全》阐述人类行为的性质和结果。第77题第四条为"在贸易中贱买贵卖是否合法"。关于这个问题托马斯·阿奎那说："作为贸易目的的获利，虽然按逻辑推进，它并非必然包含着任何光荣的和必要性的因素，但按此推力，也并不必然包含任何有罪行的或有悖于道德的因素。因此获利之事并没有理由不能被引导到某些必要的乃至光荣的目标上去。这样说来，贸易活动就成为合法的了。"① 既然是贸易，就要赚钱。赚钱是否道德，这个问题困扰着许多人。圣经和古代教父著作由于产生于经济活动相对不发达的古代，其中有不少条文是反对贱买贵卖的。亚里士多德的观点进步了一些，它把贸易分为两种。一种是为了满足生活需要的贸易，他认为是道德的，可以进行。一种是以赚钱为目的的贸易，他认为是不道德的，不可以进行。显然，亚里士多德的认识已经不适应13世纪欧洲的社会实际需要了。托马斯·阿奎那在经过仔细辩驳之后，公开主张进行并且扩大贸易，体现出跟随时代进步的趋向。这使我们想到中国战国时期的经济学家白圭的思想。《史记》卷一二九《货殖列传》："白圭，周人也。当魏文侯时，李克务尽地力，而白圭乐观时变，故人弃我取，人取我与。夫岁熟取谷，予之丝、漆，茧出取帛絮，与之食。"②这就是按照经济循环规律办事，其最大的长处则是"乐观时变"。

第四，在中世纪，高利贷是一个使人们更加困惑的问题。这是因为在圣经中有许多禁止高利贷的经文。在托马斯·阿奎那去世后

---

① 巫宝三主编：《欧洲中世纪经济思想资料选》，商务印书馆，1998年，第13页。
② 中华书局编辑部二十四史简体字本《史记》第三册，北京：中华书局，2000年，第2465页。

300多年,就在英国资产阶级革命之前不久,莎士比亚还在《威尼斯商人》一剧中辛辣地批判高利贷者、犹太商人夏洛克。由此可见人们对高利贷有多么憎恶。可贵的是,托马斯·阿奎那根据中世纪的实际情况,对在此之前一千多年产生的圣经条文作了合乎时代要求的解释。他仔细地区别了高利贷的种种情形之后,认为为了获取适当报酬以及为了多数人的利益,高利贷也是应当允许的。他说:"由于在某些并非完人的人的一些情况下,如果对一切罪行都严格禁止并且加以各种惩罚的话,他们就要被夺取很多利益。所以,人类的法律就放过了某些罪行不加惩处。因此,人类的法律允许高利贷存在;这并非认为它合乎公正原则,而是为了不至阻碍多数人的利益。"[①]这样的经济思想是应当得到肯定的。

总之,在经济思想的维度上,托马斯·阿奎那对于他那个时代来说是进步的。

由于托马斯·阿奎那在意识形态和经济思想这两个维度上具有时代的进步性,他甚至提出了震撼中世纪的政治主张。他说,虽然君主政体最好,但是暴虐的君主政府是最坏的政府。这样的政治主张在中世纪也是进步的。正由于托马斯·阿奎那在大是大非的重大问题上站在时代的前列,他才有可能在文艺思想方面也站在时代的顶峰之上,提出一整套继亚里士多德之后最精彩的理论。而这也正是托马斯·阿奎那在圣诗的创作方面高人一等的根本原因。我们今天的时代环境已经与托马斯·阿奎那大不相同了,但是我们也应当像他那样,坚定地站在时代的前列,弘扬时代的主旋律,为建设强大的现代化祖国而努力奋斗。

---

① 巫宝三主编:《欧洲中世纪经济思想资料选》,商务印书馆,1998年,第18页。

试论大卫的三种类型的形象[①]

——以《诗经》为参照系的希伯来文学比较研究

一、大卫的三种类型的形象

"只要我们心中,／还藏着犹太人的灵魂,／照着东方的眼睛,／还望着锡安山顶,／两千年的希望,／不会化为泡影,／我们将成为自由的人民,／立足在锡安和耶路撒冷。"[②]在人的一生之中,往往有那么几首诗,只需过目一遍,便会终生背得,没齿不忘。对于我来说,以上这首诗就是如此。它原本叫做《希望》,由纳夫塔里·赫尔兹·伊姆贝尔(1856—1909)创作,以色列立国后将它确定为以色列的国歌。[③]每当我默诵起这首歌,总是想起大卫来。我想,大凡对犹太民族不怀偏见的人,读这首诗的时候,都会涌起类似的感情。

大卫是希伯来的民族英雄。在以色列的国旗上,中间缀有一副简朴的图案,呈一颗六角星的形状。它由两个等边三角形交叉重叠组成,叫做大卫盾(Mogen David)。一个三角形代表上帝、世界和人民。另一个三角形代表创造、启示和救赎。在犹太教中,大卫盾还象征着上帝的护佑。由此可见,在希伯来人民的心中,大卫的形象

[①] 本文原载《基督教文化学刊》2005年第14辑。
[②] 徐新、凌继尧主编:《犹太百科全书》,上海:上海人民出版社,卷首彩色插页。
[③] 徐新、凌继尧主编:《犹太百科全书》,上海:上海人民出版社,第128页。

有多么美好和温馨,又有多么深刻和辽远。

大卫是圣经用浓墨重彩着意描绘的著名人物形象。大卫主要体现在三种类型的形象之中。一、大卫是真实存在过的历史人物,这是大卫的历史形象;二、大卫是文学作品中有血有肉的丰满的人物,这是大卫的文学形象;三、大卫是在圣经经卷中充满生命力的人物,这是大卫的属灵的形象。由于圣经的流布,大卫永远活在希伯来人民和一切信奉基督宗教的人们的心中。

作为历史人物的大卫,其主要记载见于古代犹太历史学家约瑟夫(公元37—公元100)所撰写的《犹太古史》。我们目前能够看到《约瑟夫著作精选》,它包含有《犹太古史》和《犹太战记》这两部著作的节本。在这个精选本的《犹太古史》部分之中,第八章《扫罗》和第九章《大卫》比较集中地记载了大卫的生平事迹。①

作为文学形象的大卫,主要记载于《圣经·旧约》的《撒母耳记》上下篇之中。《撒母耳记》固然属于历史经卷,但是它是用那富于诗意的语言来表述的。《撒母耳记》上下篇的记载与描述,毕竟与约瑟夫的《犹太古史》有所不同。在《撒母耳记》上下篇中,大卫的形象性更强,细节也更为丰满,可谓源于生活高于生活的文学艺术作品。《撒母耳记》上下篇虽然是使用散文写成的经卷,读起来依然诗意盎然,令人一唱三叹。

至于作为大卫的属灵的形象,它间接地存在于《撒母耳记》上下篇的散文部分中。由于散文主要采用逻辑思维,所以存在于散文中的大卫的属灵的形象,需要读者反复涵咏,方能见出个中真味。不过,即使在《撒母耳记》上下篇中,也有几段诗歌。在《撒姆耳

---

① [美]保罗·梅尔编著:《约瑟夫著作精选》,王志勇译,汪晓丹校,北京:北京大学出版社,2004年,第92—128页。

记》上篇，有"哈拿的祷告"（撒上2：1—10）10节共35行，以及第十五章末尾的两节共8行。在《撒母耳记》下篇，有"大卫为扫罗和约拿丹作哀歌"（撒上1：19—27）9节共27行，以及"大卫的凯歌"（撒下22：2—51）50节共110行。由于诗歌采用形象思维，所以在这些诗歌中大卫的属灵的形象表现得比较直接。当然，大卫的属灵的形象主要存在于《诗篇》的相关章节之中。即使在《诗篇》里，大卫的属灵的形象依然是隐约地潜藏着的，还是需要读者进行仔细的涵咏，才能见个中真味。这是因为，一般说来，大凡属灵的事物均需要用属灵的心志去把握。

本来，在圣经中已经有耶稣基督，这是一个属灵的趣味最为浓郁的形象。那么，大卫的形象还有什么意义呢？这需要从圣经自旧约时代走进新约时代的历史转变说起。《约翰福音》1：16写道："道成了肉身，住在我们中间，充充满满地有恩典有真理。"这句话说的是，上帝的儿子耶稣基督首先成为一个肉身会朽坏的人。不过，在新约时代耶稣基督的形象之意义，已经与旧约时代大不相同了。在旧约时代，上帝的儿子是一位住在会幕里和圣殿中的高高在上的隐藏的神，他与人们的距离相对遥远。在《约翰福音》产生的时代亦即新约时代，上帝的儿子耶稣基督是一位人们凭借肉眼就能看见的人，他完全地真实，看得见，摸得着，与普普通通的人们一道生活。他暂时要在人世间居住。他与普普通通的人们一样，具有真趣味，借用一句中国的老话来说，神的儿子是具有"真性情"的人。不过，这样一来，他那神性的一面反而不容易见出了。上帝的儿子耶稣基督今在人世间生活了36岁。对普普通通的人民大众来说，会意神性的存在毕竟是不容易的。于是在以色列人民的历史上出现了大卫这一人物。由于大卫既伟大而又具备许多的缺点乃至污点，似乎是一位"复色的"形象，所以他能够让人们更容易地感受到神意的存在。而且大卫的性格有一个成长变化的过程，从大卫的性格成长可以看出神恩的丰满性。

二、散文和韵文的两种传记交映生辉

大卫的性格有一个成长变化的过程，大卫的一生具有英雄传奇的色彩，其生平事迹中有不少是可歌可颂的。

（一）散文纪事的大卫传记

大卫的生平事迹，主要见于《圣经·旧约》的历史经卷中的《撒母耳记》。这是用散文纪事的大卫传记。我们不妨将它浓缩如下。

大卫出身于犹太支派，他的父亲耶西在伯利恒城里拥有大群牛羊。少年时代的大卫，雄姿英发，曾徒手打死衔走羊只的狮子和熊。先知撒母耳受上帝的委托，拣选大卫，为他涂抹香油，预许他继扫罗之后为以色列的国王。当时，非利士人大举进攻以色列。非利士人的勇士歌利亚口吐狂言，向以色列人骂阵讨战。在咄咄逼人的歌利亚面前，以色列将士一时无人敢于应战。少年大卫义愤填膺，自告奋勇迎战歌利亚。大卫凭借机智和勇敢，用甩石绝技击杀了歌利亚，从而使得侵略者非利士人仓皇逃窜。一时，大卫成了以色列的民族英雄，而且还是一位翩翩少年郎。大卫受到了普遍的赞扬和爱戴。王子约拿丹十分钦幕大卫的英勇，遂与之结为生死之交。不过，国王扫罗却把大卫看成是自己的威胁。扫罗先是笼络他，封他为千夫长，并以女儿米甲妻之。大卫屡建战功。随着时间的推移，大卫声誉日盛，人心归附。可是，扫罗却愈发嫉恨大卫，屡屡图谋杀之。在好友约拿丹和妻子米甲的帮助之下，大卫几度逢凶化吉，终于逃出了以色列。此后，大卫四处漂泊，在逃亡生活中磨炼着意志，在艰苦卓绝中培育着对神的信仰。此间，非利士人加强了对以色列的进攻。扫罗亲率三个儿子奔赴前线。无奈寡不敌众，兵败自杀。大卫闻讯后，悲痛异常，仰天长啸，谱写了《弓歌》一曲。在《弓歌》中，他寄托哀思，为失去的好友约拿丹叹息不已。在《弓歌》中，他思念祖国，为以色列的前途深深忧虑。他决心拯救以色列，于是他前往南国犹太境内，在希伯仑城受膏，作了犹太王。此时，在北国以色列，扫罗的儿子伊施波设，也已即位为王。但是，不久之后，伊施波设便遭到了杀害。于是以色列的长老们来到希伯仑，膏立大为作了以色列王。之后，大卫统一了以色列王国，建都耶路撒冷。随后，大为率领以色列人东征西讨，战胜了非利士人、亚兰人和摩押人。这样一来，以色列的综合国力日渐强盛，蔚为大国。于是，大卫把上帝的约柜迎进了京城。以色列人开始筹备建立圣殿，以侍奉日日夜夜指引他们正确的前进方向的耶和华。

（二）韵语纪事的大卫传记

接下来，让我们看一看采用韵语纪事的大卫传记，它存在于《诗篇》之中。《诗篇》是以色列民族自古以来最喜欢的圣经书卷之一。在《诗篇》中一共有 150 首诗，或曰《诗篇》150 章。历代以来，无数的人们，朗诵《诗篇》不断。信奉基督宗教的人是带着虔敬的心情来朗诵《诗篇》的，因此中国天主教又将《诗篇》称为《圣咏集》。《诗篇》可以在宗教仪式中集体诵读，也可以在各人家中自己吟咏。根据专家们的研究，《诗篇》中有 73 章为大卫所作，几乎占了全部诗章的一半。大卫的生平事迹，当然也隐含在《诗篇》之中。将这些诗章缀合起来，就可以得到用韵语记事的大卫传记。虽然用韵语记事的大卫传记含义比较隐约，但是经过一番寻觅之后，我们还是可以得到较为清晰的叙事线索。不过，用韵语纪事的时候，作者对于事件的曲折过程只能略微提及，或者在诗篇的序言中作一个简单的交代,否则过多的叙事可能会破坏诗的氛围。不过,略微提及或简单的交代,也能够留下一个个点子,读者可以将这些点子串联起来,形成叙事的线条。这与中国唐宋词中联章体的叙事模式是相近的。这是因为诗歌主要用形象来把握世界。诗歌的长处不在于述说道理,也不在于描写情节,诗歌的长处主要在于抒发强烈的感情。除此之外,圣经中的诗歌还有一个特殊的功能,那就是刻画心路历程。

由于每一诗篇都有相当的篇幅,所以我们不可能将原文全部过录下来以形成大卫的诗传。以下是笔者根据《诗篇》中的相关章节的内容而作的归纳。为了保持诗歌的韵味,笔者每一诗行中大致在安排了五个音步。

虽然大卫作了扫罗王的驸马,
却常为国王所派遣的人追杀。(诗59)
大卫在迦特城作第一次逗留,
再回去时有六百人尾随其后。(诗56)
大卫在迦特的国王面前装疯,
因信奉耶和华他才如此从容。(诗34)
大卫待在山洞里面做诗训诲,
苦难的人儿祈求神有所作为。(诗142)
以东的叛徒引起大卫的义怒,
灭亡在等待大有权力的恶徒。(诗52)
恶人来压迫后密友又来欺骗,
死亡要使他们活活下入阴间。(诗54)
大卫为逃避扫罗躲藏在洞里,
他自己要及早苏醒喊醒晨曦。(诗57)
愿恶人的恶在其灾难中显露,

公义的神查验人的心肠肺腑。（诗7）
　　生命的原动力是耶和华我神，
　　耶和华赐给大卫极大的救恩。（诗18）
　　欲以沉默掩罪于是冲动先行，
　　却有入骨的痛苦不断地唉哼。（诗32）
　　大卫与拔示巴同房愧对先知，
　　他求神在心里放上灵的正直。（诗51）
　　为逃避逆子押沙龙大卫做诗，
　　是神敲碎了一切恶人的牙齿。（诗3）
　　他来到犹大旷野作了这首诗，
　　我要奉你的名把手双高举起！（诗63）

（三）对认识路径的追寻

　　让我们总结一下以上的认识路径，我们是从散文体的大卫传记进展到韵文体的大卫传记或曰诗传。由于韵文体的大卫传记由13诗章组成，为了节省篇幅，每一诗章的本事均由笔者归纳为两个诗行。散文与诗歌之间存在着功能差别。大体说来，散文体的大卫传记，其美质在于对情节事实的记述；而韵文体的大卫传记，其美质在于对心路历程的刻画。

　　那么，我们不禁要问：这些诗章是否反映了大为的心路历程呢？已有的大量的研究表明，以上13诗章的确可以看作大卫的心路历程的纪录。原因在于，大卫所创作的这些诗章与他的个人经历是基本吻合的，它们分别与《撒母耳记》的某些章节相对应。下面，让我们改换一个思维路径，即从散文体的大卫传记的主要关节点出发，回溯到《诗篇》的各个诗章中去。这样做的时候，势必会产生一个飞跃，那就是由生活的事实出发，径直通向灵魂的灵性。至于这灵性究竟是什么，这灵性究竟如何美妙，依然需要阅读《诗篇》的文本本身才能有所体悟。或许中国学者研究《诗经》的方法能够给予我们一些帮助。在《诗经》的研究中，很早就出现了解释《诗经》的《毛诗序》。在首篇《关雎》的题解之后，有一大段文字概论全部《诗经》，称为《诗大序》。在《毛诗》中，有一段列于各诗之前解释各篇主题的文字，称为《诗小序》。《诗小序》具有题解的功用。不过，圣经的《诗篇》没有《诗大序》一类的文字。但是，在《诗篇》不少诗章开头的地方，往往有一些说明性的文字，其作用却是与《诗小序》相同的。为着研究的方便，我们也不妨称之为圣经各诗章的《诗小序》。

（四）散文与诗章的对应关系

下面是《撒姆耳记》上下篇中的叙事关节点与诗章的对应关系。

"扫罗打发人到大卫的房屋那里窥探他，要等到天亮杀他。大卫的妻米甲对他说：'你今夜若不逃命，明日你要被杀。'"这是《撒姆耳记上》19：11，对应于《诗篇·第59篇》。该诗章的主题是：求上帝救援脱离敌害。《诗小序》曰："扫罗打发人窥探大卫的房屋，要杀他。那时，大卫作这金诗，叫与伶长。调用休要杀他。"把《圣经诗篇》的诗称为"金诗"，乃是肯定其崇高的属灵的价值，认为它胜过精金美玉。伶长，乐队指挥兼歌咏队队长。"休要杀他"为曲调名称。在诗章的开头标明曲调名称，犹如在中国唐宋词中标明词牌一样。在下面的《诗小序》中，往往也有这样的说明。

"那日大卫起来，躲避扫罗，逃到迦特王亚吉那里。"这是《撒姆耳记上》21：10，对应于《诗篇·第56篇》。该诗章的主题是：信靠上帝不怕欺压。《诗小序》："非利士人在迦特拿住大卫。那时，他作这金诗，交与伶长。调用远方无声鸽。"

"就在众人面前改变了寻常的举动，在他们手下假装疯癫，在城门的门扇上胡写乱画,使唾沫流在胡子上。"这是《撒姆耳记上》21∶13,对应于《诗篇·第34篇》。该诗章的主题是:颂赞上帝的救恩。《诗小序》曰:"大卫在亚比米勒面前装疯,被他赶出去,就作这诗。"

"大卫就离开那里,逃到亚杜兰洞。他的弟兄和他父亲的全家听见了,就都下到那里。"这是《撒姆耳记上》22∶1,对应于《诗篇·第142篇》。该诗章的主题是:求上帝救援脱离逼迫。《诗小序》曰:"大卫在洞里作的训悔诗,乃是祷告。"

"那时以东人多益站在扫罗的臣仆中,对他说:'我曾看见耶西的儿子到了挪伯,亚西突的儿子亚西米勒那里。'"这是《撒姆耳记上》22∶9,对应于《诗篇·第52篇》。该诗章的主题是:惩罚诡诈。《诗小序》曰:"以东人多益来告诉扫罗说:'大卫到了亚西米勒家。'那时,大卫作这训悔诗,交与伶长。"

"西弗人上到基比亚见扫罗,说:'大卫不是在我们那里的树林里山寨中、旷野南边的哈基拉山藏着吗?'"这是《撒姆耳记上》23∶19,对应于《诗篇·第54篇》。该诗章的主题是:祈求上帝申冤。《诗小序》曰:"西弗人来对扫罗说:'大卫岂不是在我们那里藏身吗?'那时,大卫作这训悔诗,交与伶长,用丝弦的乐器。"

"扫罗追赶非利士人回来,有人告诉他说:'大卫在隐·基底的旷野。'"这是《撒姆耳记上》24∶1,对应于《诗篇·第57篇》。该诗章的主题是:在困苦中求上帝施恩。《诗小序》曰:"大卫逃避扫罗,藏在洞里。那时,他作这金诗,交与伶长。调用休要毁坏。"

"我父啊,看看你外袍的衣襟在我手中。我割下你的衣襟,没有杀你;你由此可以知道我没有恶意叛逆你。你虽然猎取我的命,我却没有得罪你。愿耶和华在你我中间判断是非,在你身上为我申冤,我却不亲手加害于你。"这是《撒姆耳记上》24∶11—12,对应于《诗篇·第7篇》。该诗章的主题是:求你救我脱离追赶我的人。《诗小序》曰:"大卫指着便雅悯人古实的话,向耶和华唱的流离歌。"

"王住在自己宫中,耶和华使他安靖,不被四围的仇敌扰乱。"这是《撒姆耳记下》7:1,它与《撒姆耳记下》第 22 章一起,对应于《诗篇·第 18 篇》。《撒姆耳记下》第 22 章是插入散文记叙之中的少量诗歌之一。除了个别字词有差别之外,《撒姆耳记下》第 22 章与《诗篇·第 18 篇》的内容是完全相同的。该诗章的主题是:歌颂上帝的救恩。《诗小序》曰:"耶和华的仆人大卫的诗,交与伶长。当耶和华救他脱离一切仇敌和扫罗之手的日子,他向耶和华念这诗的话。"

"大卫对拿丹说:'我得罪耶和华了!'拿丹说:'耶和华已经除掉你的罪,你必不至于死。'只是你行这事,叫耶和华的仇敌大得亵渎的机会,故此,你所得的孩子必定要死。"这是《撒姆耳记下》12:13—14,对应于《诗篇·第 32 篇》。该诗章的主题是:蒙赦的喜乐。《诗小序》曰:"大卫的训悔诗。"

"大卫对拿丹说:'我得罪耶和华了!'拿丹说:'耶和华已经除掉你的罪,你必不至于死。'只是你行这事,叫耶和华的仇敌大得亵渎的机会,故此,你所得的孩子必定要死。"这还是《撒姆耳记下》12:13—14,不过它对应于《诗篇·第 51 篇》。这是因为,在《诗篇》中有七篇"悔罪诗"(第 6 篇、第 32 篇、第 38 篇、第 51 篇、第 102 篇、第 130 篇、第 143 篇)。这说明,希伯来人早就已经认识到,必须反复祷告反复悔罪,必须在祷告和悔罪之中皈依上帝。这说明他们认识到了宗教祷告和悔罪活动的极端重要性。《诗篇·第 51 篇》的主题是:祈求洁净和赦免。《诗小序》曰:"大卫与拔示把同室以后,先知拿丹来见他;他作这诗,交与伶长。"

"于是王带着全家的人出去了,但留下十个妃嫔看守宫殿。"这是《撒姆耳记下》15:16,对应于《诗篇·第 3 篇》。该诗章的主题是：困境中仍要信靠上帝。《诗小序》曰："大卫逃避他的儿子押沙龙的时候作的诗。"

"王问洗巴说：'你带这些来是什么意思呢？'洗巴说：'驴是给王的家眷骑的；麦饼和夏天的果饼是给少年人吃的；就是给在旷野疲乏人喝的。'"这是《撒姆耳记下》16；2，对应于《诗篇·第63篇》。该诗章的主题是：上帝同在的安慰和保障。《诗小序》曰："大卫在犹大旷野的时候，作了这诗。"

以上的认识路径是从韵文体的大卫传记指向散文体的大卫传记。韵文体的大卫传记篇幅均较长，但是其要点即各诗章的"本事"可以从各诗章的《诗小序》中看出来。由于诗歌与散文的功能差别，韵文体的大卫传记，其美质在于对心路历程的刻画；而散文体的大卫传记，其美质在于对情节事实的记述。由于圣经诗篇的独特价值在于其属灵的意义，因此我们有理由认为，虽然圣经诗篇未能详细地记录下大卫的具体活动，但是它对大卫精神层面的刻画却远远地超越了散文的记述。

三、从《圣经》与《诗经》的比较看传记的价值

我们探讨了大卫的两种类型的传记，即散文体传记和韵文体传记。那么，我们不禁要问，传记的价值究竟在哪里呢？

为了回答这个问题，我们不妨对比一下中国文化中的情形。刘勰《文心雕龙·史传篇》："自平王微弱，政不及《雅》，宪章散紊，彝伦攸斁。昔者夫子闵王道之缺，伤斯文之坠，居静以叹凤，临衢而泣麟。于是就太师以正《雅》《颂》，因鲁史以修《春秋》，举得失以表黜陟，征存亡以标劝诫。褒见一字，贵逾轩冕；贬在片言，诛深斧钺。然睿旨存亡幽隐，经文婉约，丘明同时，实得微言，乃原始要终，创为传体。传者，转也。转受经旨，以授予

后,实圣文之羽翮,记籍之冠冕也。"①这一段话真是极好的进行比较研究的材料。它与记载大卫生平的散文传记和韵文传记均呈现出历史的平行性。因为它们反映了这样一个事实:在几乎差不多相同的时期,中外历史上均发生过一些划时代的重大事件,而且这些事件的性质也是相同或者类似的。

在中国,周朝的情形是这样的。自从周平王时代开始衰弱以后,政治同《诗经》中《雅》所歌唱的就不相干了,礼法规章零乱,人与人之间的正常关系破坏了。孔子担心王道的丧失,忧伤这种文化的没落,于是当他静静地坐着的时候,他就因为凤凰没有出现而哀叹;面对着大路,他就因为鲁国人猎获了麒麟而抽泣。于是他到鲁国的太师那里去把《雅》《颂》的乐章整理好,又根据鲁国的历史来撰写了历史经卷《春秋》。他通过列举政治的得失来表明对人的斥责和赞美,审查国家的存亡来表明道德的劝勉和警戒。只字便显出了褒扬,她超过了高官显宦的尊荣。片言便存在着贬斥,它更胜于刀斧刑戮的耻辱。然而圣人用意深刻,经书文字简略,左丘明与孔子同时,确实懂得《春秋》中微妙的词语,这才从头到尾,对里面的事迹加以考察,创建成为传体。传是转的意思,即转过来接纳经书中的用意,以传授给后世,实在是圣人著作中的羽翼、史籍中的冠冕。在这里,刘勰道出了传记文学最根本的功能:"传者,转也。转受经旨。"它是我们衡量一篇传记文学是否成功的标尺。

周平王在位51年,即公元前770年至公元前720年。大卫王在位的年代大约为公元前1000年至公元前950年。当我们对古代相距遥远而且文化差异甚大的两个国家进行比较的时候,年代的界限一般可以从宽而论。因此笔者认为,周平王的时代与大卫王的时代是

---

① [梁]刘勰《文心雕龙·史传》。

相近的。有趣的是，在这个时期里，在巴勒斯坦和中国所发生的历史事件及其采用历史典籍来进行记载的情况也是类似的。

约于此时，在大卫的领导下，希伯来人彻底统一了他们的国家。大卫领导犹太人击溃了非利士人，将他们赶走，定都于耶路撒冷，犹太王国遂以形成。在中国，周朝的国运的衰颓和政治的零乱要求人们重视历史书籍的编纂工作，并取得了成就，出现了历史经典《春秋》。请注意，《春秋》经是用散文体裁写成的，它在文体上与《撒姆耳记》上下篇是相同的。在巴勒斯坦，希伯来人的国家出现了分裂，北国的沦亡和律法的零乱要求人们以史为鉴，出现了一位堪称"史圣"的既是先知又兼祭司与士师的民族巨人撒母耳。依据犹太的传统看法，撒母耳编纂了历史经卷《撒母耳记》。请注意，《撒母耳记》是用散文体裁写成的，它在文体上与《春秋》是相同的，《春秋》的作者孔子的身份，难道不具备先知、祭司和士师的特征吗？所谓先知，就是站在时代前列的爱国知识分子，他们具有敏锐的历史眼光能够预见未来。所谓祭司，就是主持宗教仪式的人。注意，孔子后来被追认为儒教的祖师爷。所谓士师，在平时为民政官员，在战时为军事领袖。住注意，孔子当过鲁国的司寇。

更为有趣的是，与希伯来人用《诗篇》写作大卫的传记相仿佛，在汉字文化圈的中国，人们也使用了韵文体裁采记述这一时期的历史，出现了《诗经》。《诗经》的各部分都对这一时期的中国历史进程有所反映，而以其中的《雅》《颂》部分较为集中。例如，在《国风》中，《召南·何彼秾矣》写道："何彼秾矣？唐棣之华。盍不肃雝，王姬之车。何彼秾矣？华如桃李。平王之孙，齐侯之子。其钓维何？维丝伊缗。齐侯之子，平王之孙。"这首诗所写的，就是"平王之孙（女）"出嫁给"齐侯之子"的情形。这首诗首先赞美王姬的容貌和品德，接着以桃李之花为喻赞美新娘新郎的容貌之美，最后以钓丝为喻赞美他们结为婚姻。《何彼秾矣》明言平王，清·惠周惕指出:"《春秋》书王姬归齐侯,一在庄(公)元年,为齐襄公;一在十一年,为齐桓公。……窃以'肃雝'之义求之,疑是归桓公者。《春秋》庄(公)十一年书王姬归于齐。《传》曰:'齐侯来逆共姬。''共姬'固美谥,又与'肃雝'之义合也。"①也就是说,"平王之孙"为周庄王之女,亦即平王的玄孙女。"齐侯之子"为齐桓公。(鲁)庄公十一年,当周庄王十四年,齐桓公三年,即公元前683年。再看《大雅》的情形。《大雅》的大部分诗篇作于西周前期,最晚的诗篇作于周幽王时期。在周幽王之后,就是周平王了。周平王名宜臼,一作宜咎,是周幽王的太子。公元前770年,幽王为犬戎所杀,平王即位,东迁洛邑,史称东周。东周前期又称春秋时期(前770—前476)。这是世界文化史上的轴心期,中国文化史上的黄金时代。至于《小雅》,各篇产生的时间较长,从西周到东周都有,而以厉、宣、幽三朝即西周末年之诗为多。最晚的诗篇如《节南山》提到"尹氏",《正月》提到"褒姒",约相当于周平王初年。《小雅·节南山》第三章首四句:"尹氏大师,维周之氐。秉国之均,四方是维。天子是毗,俾民不迷。"②意思是说:尹太师尹太师,你是国家的柱石,握有朝廷的大权,天下靠你来维持,国王以你为助手,百姓有你路不迷。关于这几行诗,《毛诗正义》孔疏曰:"见天灾及民,故归咎执政,责之云:尹氏如今为太师之官,维是周之根本之臣,秉持国之正平,居权衡之任,四方之任是汝之所维制,天子之身是汝之所崇厚。其尊重如此,施行教化当使下民无迷惑之忧,何为专行虚政,以胁下也?尹氏政既不善,诉之于天,言尹氏为政,实不善乎,昊天不宜使此人居位,以穷困我天下之众

---

① [清]惠周惕《诗说》。
② 《诗经·小雅·节南山》。

民。"①于省吾《诗义解结》:"尹谓尹氏,即金文中的作册或内史尹。系史官之长,犹近世所谓秘书长。"于省吾认为这个尹氏是史官之长。此说大体正确,但是不够全面。细味孔颖达的疏之后,笔者认为,尹氏的身份是十分类是于撒母耳的,即他兼有先知、祭司与士师的职能。在三《颂》之中,《周颂》中多数诗篇作于武王、成王、康王、昭王时代,共有大约一百多年的时间(前1100—前950)。这些诗篇具有更为浓厚的宗教气息,表达了敬神、畏神、信奉神的观念,因此它们与"大卫诗传"具有更多的精神联系。

"传者,转也。转受经旨,以授予后。"显然,转受经旨才是传记之第一要务。那么,什么是"经旨"呢? 经旨,就是经书的大义。就希伯来民族的情形来说,所谓经旨,就是他们的宗教的基本精神;转受经旨,也就是传神。这十二诗章妙见神理,确实做到了"传神写照,尽在阿堵中。"(《世说新语·文学》)因此我们有理由认为,刻画大卫心路历程的这十二诗章能够担当得起韵文传记的称谓。

通过以上的研究,我们得到下列结论。大卫的历史形象,乃是大卫的一切形象之基础。大卫的文学形象处于居间的地位,它既是大卫的历史形象的升华,又构成大卫的属灵形象的基础。大卫的属灵形象存在于三种资料中,它们是历史文献、散文体的经卷和诗歌体的经卷。虽然散文体的经卷和诗歌体的经卷均具有文学性,但是诗歌体的经卷来得更加集中,人们更能够从中体会出大卫形象的属灵意义。当人们这样看待问题的时候,其思维活动的路径是用心读书。但是,我们亦不妨把圣经当作一个有生命力的存在本身来看待,因为它事实上往往如此。这时候,人们的思维路径便是从书到

---

① [唐]孔颖达《毛诗正义》中卷,北京:北京大学出版社(李学勤主编十三经注疏标点本),1999年,第701页。

心的意识流动了。这时候，大卫的形象及其属灵的意义便通过圣经而被默示出来了。所谓默示，其实质也就是中国宋代思想家邵雍（1011—1077）所说的"以心观物"——上帝用其存在于圣经中的那颗心观照着他的造物人类。默示与以心观物的唯一的区别仅仅在于：默示发生的时候是上帝之心在观察他那最优秀的造物人类罢了。因为圣经乃是上帝的话语，所以大卫的三种类型的形象，其实只有一个指向：走向对神的信仰。往上追溯，大卫的祖先是亚当，而亚当是神的儿子。

论以斯帖形象的美学意义[①]

一、引言

古代犹太民族有一位女英雄以斯帖,其形象来源于历史文献圣经《旧约·以斯帖记》。该文献的记载是完整可靠的。此外,《次经·以斯帖补篇》对以斯帖形象的文学性层面,提供了若干补充。由于《以斯帖记》记述完整可靠,基督教界就以之为定本而加以信奉。天主教界还信奉《以斯帖补篇》,并将其中的文句插入《以斯帖记》中,称《艾斯德尔传》。东正教大多教会与天主教会相同,信奉《艾斯德尔传》。只有俄罗斯正教会不接受《次经》,其《圣经》卷数与基督教的相同,因而信奉《以斯帖记》。

本文以历史唯物主义和辩证唯物主义为指导思想,用比较研究的方法,主要从五个方面探讨以斯帖形象的美学意义:以斯帖形象与书珊地域色彩,皇家爱情与民间爱情,以斯帖形象的东方品格,以斯帖形象的喻体,属灵性格与历史厚重感。为研究的方便,先述录《以斯帖记》的事件脉络如下。

波斯王亚哈随鲁征战得胜,心花怒放,颇以王后瓦实提之美色而自鸣得意,并欲群臣一睹其芳容。不料瓦实提抗王命拒绝赴宴,

[①] 本文原载《东方丛刊》1999年第2期。

亚哈随鲁恼羞成怒将她废黜（斯1：10—19）。亚哈随鲁听从群臣建议，下诏在全国选秀女为后，犹太女子以斯帖当选入宫并被册立为后（斯2：2—2：7）。以斯帖的堂兄末底改在朝廷任微职，他鄙薄权臣哈曼的为人，拒不跪拜。哈曼怀恨在心，欲尽灭犹太人（斯3：2—13）。以斯帖在民族危亡的关头破例闯宫，揭露哈曼的阴谋。哈曼被吊死在自备以陷害他人的木架上（斯4：1—7：10）。哈曼的恶计破产，末底改擢升高位，犹太人杀仇敌，订立全民族的纪念节普珥节（斯8：1—9：32）。

整部经文是历史实录性的，成书在公元前2世纪马喀比时代。最初的撰录动机并不在显示神意对犹太民族的拯救，而是借弱女子之事迹，激励正与迫害犹太教的安条克四世作英勇斗争的马喀比起义者。类似的现象亦发生于法兰西民族，15岁的农家女贞德（Joan of Arc，1412—1431）在菜园里劳作，恍然似觉有人呼唤她去挽救自己的祖国。后来她领导法军，取得了百年战争的胜利。类似的记载亦见于中华民族，花木兰女扮男装，替父从军，抵挡侵略，胜利归来。三个民族的历史进程都通过女性的美丽形象得到了文学的表达。其中，以斯帖与花木兰的形象写得集中一些，而以斯帖与贞德的事迹更接近历史实录。相比之下，写贞德的作品较多，因而形象不够集中，而花木兰的事迹传奇成分较多，因而与实录相去较远。下面我们分别探讨以斯帖形象的美学意义的五个层面。

二、以斯帖形象的书珊地域色彩

书珊（Susa）城在巴比伦东三百公里，为以栏国的京城，是波斯王的冬宫，由古列王所建立。法国人杜拉福于19世纪进行考古发掘，已掘出以斯帖被选立为后的王城，并与历史记载一致，朝门、内院、外院、御院都为考古发掘所证实。这正如《以斯帖记》3：7

所说:"亚哈随鲁王十二年正月,就是尼散月,人在哈曼面前,按日日月月掣着普珥,就是掣签,要定何月何日为吉,择定了十二月,就是亚达月。"①当日掣签所用的骰子,也在考古发掘中被找到了。②

历史唯物主义强调社会环境对个人成长的影响,但也不忽视自然环境对个人性格的作用。自然环境对人的体质人类学特征具有决定性作用。早在20世纪60年代,就有代报刊曾就为什么彝族山区有那么多美丽少女的问题展开讨论,结论是风土使然也。昭君只能产生在香溪。平原上的人肥腿大肉,正如《周礼·地官司徒二·大司徒》所云:"五曰原隰,其动物宜裸物,其植物宜丛物,其民丰肉而庳。"③这些都表明自然环境对人的体质人类学特征的深刻影响。

既然以斯帖是历史上实存的人物,既然自然环境对人的体质性格影响甚巨,我们就有必要考察她的家乡书珊对她的影响,以便揭示其形象的地域文化色彩。书珊是以斯帖的第二故乡。当时是犹太人被掳往巴比伦的时期,此时期共70年,史称沉默时期,因为这一时期犹太人的活动很少见于史籍的记载。以斯帖是隐瞒了自己的籍贯宗族的,由此可知她属于居住异国他乡的下层人民中的一员。作为处女被选入宫,说明她是在书珊出生并长大的,即是在相当程度上书珊化了的犹太人。从体质上看,犹太人与征服者波斯人之间是略有差异的。波斯男子的大胡子和强烈的体臭未必是犹太女子所喜欢的。五代时的著名词人李询,其先为波斯人,虽已入居华夏数代,仍受其友人取笑。他的朋友尹鹗曾以诗嘲之。《鉴诫录》四《斥乱常》录尹鹗《嘲哩㖿》诗:"异域从来不乱常,李波斯强学文章。

---

① 《圣经——中英文对照》(和合本·新标准修订版),北京:中国基督教两会,2000年,第767页。

② The Chinese Study Bible, simplified script edition (Hong Kong: The Rock House Publishing, Ltd., 1982) p.768.

③ 陈戌国点校《周礼/仪礼/礼记》,长沙:岳麓书社,1989年,第27页。

假饶折得东堂桂，胡臭熏来也不香！"①这种对异族的反感，在贺拉斯《歌集》中也有记载："小伙子啊，我不喜欢波斯人的一切摆杂！不喜欢他们用树内皮汁粘缀花冠，别费神去搜寻夏日里最后一枝玫瑰依恋的光斑。"②一般说来，就异民族的体质差异而生反感，并不是应有的正常的态度。但在存在民族冲突的时候，这类问题的确可能成为反感的强烈理由并化为仇恨，而对异民族的文化时尚的反感就有成立的理由了。这是因为当一方为统治者而另一方为被统治者的时候，这实际上意味着孰存孰亡的问题。所谓民族精神往往存在于语言和文字、宗教和信仰、风俗和习惯以及时尚之中。以斯帖或许没有忘记自己的母语希伯来语，但她的波斯语已是基本生活用语了；她或许未忘自己的宗教，但必定是小心翼翼不露出蛛丝马迹来。她生长在书珊，从小耳闻目睹的是些什么呢？《以斯帖记》1：5—8写道：

> 这些日子，又为所有住书珊城的大小人民，在御园的院子里设摆筵席七日（原注：人民，无分贵贱，在王宫的御花园里）。有白色、绿色、蓝色的帐子，用细麻绳、紫色绳从银杯内系在白玉石柱上，有金银的床榻摆在红、白、黄、黑玉石铺的石地上（原注：园内有紫色与白色的垂幔）。用金器皿赐酒，器皿各有不同。御酒甚多，足显王的厚意。喝酒有例，不准勉强人，因王吩咐宫里的一切臣宰，让人各随己意。③

---

① 陈尚君辑校《全唐诗补编》，北京：中华书局，1992年，第493页。

② Thomas Ethelbert Page, ed., *Q. Horati Flacci Opera*, (London: Macmillan and Co., Limited, 1933) p.24, xxxviii, lines 1-4.

③ 《圣经——中英文对照》（和合本·新标准修订版），北京：中国基督教两会，2000年，第764页。

以斯帖在波斯冬宫书珊城里，自幼受到都市文化和宫廷礼仪的如此熏陶，使得她在美丽体型、美丽脸蛋之外，又习得了美的仪态乃至美的谈吐。她虽出身寒微，修养已不逊于大家闺秀，乃至比名公大臣的千金小姐还要出众。在统治阶层的男人看来，以斯帖毕竟是一个"外国少女"，处处都有些别致，映日山桃别样红，石榴露齿齿晶莹。此事亦可获得确证。以斯帖的希伯来名字叫哈大沙（Hadassah），意为番石榴（myrtle），不过在一般的中文版的文学书籍中，也译作桃金娘、番樱桃、爱神木、长春花等。要之，它是桃金娘科的常绿灌木，叶片发亮，花开溢香。希腊神话对之有美好的描绘，古代犹太人也信之有辨别恋人是否忠诚的力量。以斯帖（Esther）在波斯语中义为黑，看来波斯人也是喜欢皮肤微黑的美女的，犹如中国人之欣赏黑牡丹一样。换言之，在波斯男人眼中，以斯帖具有一种他们本族女子不具备的风采。当时的波斯人是统治阶级，因而波斯文化是占统治地位的文化。以犹太文化为根基而又习染了波斯文化的少女以斯帖，自然出类拔萃，以异样而引人注目，以同样而为人接受，这就是以斯帖形象的书珊地域色彩。王昭君入宫后，长期未为汉元帝接受，命运与以斯帖是大不一样的。从本质上说，王昭君缺乏的正是以斯帖所具备的二重文化色彩。

三、皇家爱情与民间爱情

平民女子只有与平民青年结合才有爱情的看法是站不住脚的。以斯帖是出身寒微的民间女子，她入选为后，与亚哈随鲁王是夫妻关系，这是毫无疑义的。尚须指出的是，以斯帖与亚哈随鲁之间是有爱情的。这一点似未见人论及，指陈如下。波斯是典型的东方专制主义国家，其后宫制度与中国古代类似。宫中有女院，请看《以斯帖记》2：2—4的记载："于是王的侍臣对王说：'不如为王寻找美貌的处女。王可以派官在国中的各省，招聚美貌的处女到书珊城的女院，交给掌管女子的太监希该，给她们当用的香品。王所喜爱的女子可以立为王后，代替瓦实提。'王以这事为美，就如此行。"①女院，英文作 harem，来源于阿拉伯语 harama，本义禁止，转义禁地。此犹故宫中有"储秀宫"，非皇帝及职掌太监不得至此。按修辞学中的借代用法，女院亦指住于兹的一大群女子，即专御于一个男人的众女子。其实"女院"一词的英文极易产生误解，误为闺房。居住在女院中的众女子还不是国王的妃嫔。19世纪考古学家在书珊城发掘到一处女院，位于王宫西北角。亚哈随鲁王物色美女充实后宫，进御之前尚须交由专人训练。女院实际上是预备妃嫔训练所。拉丁文武加大本译作 et tradant in donum feminarum sub manu Aegaei eunuchi[并交入太监亚该之手下（掌管的）女子之家中]，②含义便极明确。众秀女在女院中先须学习一年，主要修习卫生习惯和宫廷礼仪。这恐怕是最早的家政系了，只不过仅服务于一个皇家罢了。一年后自女院"毕业"，依次去见亚哈随鲁王，次日再回到女子第二院，除非王喜爱她，再提名召她，否则便只有永远幽居在那里，充当"上阳白发人"了。因此，女子第二院（secundas aedes）才是妃嫔居住的地方。女院的"院"与女子第二院的"院"，英文未作区别，拉丁文则用不同的词表示，前者用 domus，后者用 aedes。③具体说来，aedes 规模大些，富丽堂皇些，每位妃子在其中自住一套寓所，还可以举行宴会。以情理揆之，众秀女为国王御幸之后，在第二院

---

① 《圣经——中英文对照》（和合本·新标准修订版），北京：中国基督教两会，2000年，第765页。

② Biblia Sacta Iuxta Vulgata Versionam, Erste Aufgabe (Stuttgart: Deutsche Bibelgesellschaft, 1969) p.714.

③ Biblia Sacta Iuxta Vulgata Versionam, Erste Aufgabe (Stuttgart: Deutsche Bibelgesellschaft, 1969) p.715.

住一些时日,如不再蒙召幸,恐得迁居他处。以上是波斯王朝后宫制度的大要。

以斯帖是幸运的,历史选择了她,她将要改写犹太民族受迫害的命运史。这是由于以斯帖赢得了亚哈随鲁王的爱。《以斯帖记》2∶17写道:"王爱以斯帖过于爱众女,她在王眼前蒙宠爱比众女还更甚。王就把王后的冠冕戴在她头上,立她为王后,代替瓦实提。"①以斯帖作了王后,名义上是第一夫人了,但亚哈随鲁王仍别有宠妃。而且,又开始大规模地第二次招聚处女。这是因为,当时一班奸臣欲大王沉湎于女色之中以便杀君乱政。须知,以斯帖的堂兄末底改正是揭发暗杀阴谋才立功的。不过,随着进宫日久,亚哈随鲁王已日益爱上以斯帖了。

> 王对她说:"王后以斯帖啊,你要什么,你求什么?就是国的一半也必赐给你。"(斯5∶2)②

> 在酒席筵前,王又问以斯帖说:"你要什么?我必赐给你;你求什么,就是国的一半也必为你成就。"(斯5∶6)③

> 在这第二次酒席筵前,王又问以斯帖说:"王后以斯帖啊,你要什么?我必赐给你;你求什么?就是国的一半,也必为你成就。"(斯7∶2)④

---

① 《圣经——中英文对照》(和合本·新标准修订版),北京:中国基督教两会,2000年,第766页。
② 《圣经——中英文对照》(和合本·新标准修订版),北京:中国基督教两会,2000年,第769页。
③ 《圣经——中英文对照》(和合本·新标准修订版),北京:中国基督教两会,2000年,第769页。
④ 《圣经——中英文对照》(和合本·新标准修订版),北京:中国基督教两会,2000年,第771页。

历史实录性强的《以斯帖记》并非童话故事，国王三次许愿当系事实。这只能说明：以斯帖后来成了亚哈随鲁王的专宠了。较之唐玄宗与杨贵妃，君主专宠一人，必有共通的情感基础。唐玄宗与杨贵妃生死不渝的爱情，其基础是什么呢？是共同的艺术爱好。[①]以斯帖与亚哈随鲁王的感情基础是什么呢？是两人对政治时局的共同关注。亚哈随鲁虚荣心极大，喜怒无常、刚愎狂傲，然而毕竟是一代英主，建立了从印度直到古实统管127省的波斯帝国。他的兴奋点是帝国的存亡，亦即他本人的存亡。他感念以斯帖能在最大事上襄助他。人们不禁问，以斯帖爱亚哈随鲁大王吗？《以斯帖记》中并未言明这一点。不过从全记看，以斯帖是很爱亚哈随鲁的。只不过这种爱从属于君臣关系，在表现形态上有别于平民百姓中糟糠夫妻的骂骂咧咧与阿哥阿妹的卿卿我我罢了。

四、以斯帖形象的东方品格

以斯帖形象具有东方品格。这里所说的东方是一个广泛的概念。以斯帖出身于犹太民族，其文化根基是希伯来式的。若以世界文化的历史格局而论，希伯来文化乃是联系西方和东方的一座桥梁。我们说以斯帖具有东方品格还因为她习染了波斯文化。然而，波斯文化因较早与希腊文化相结合，在与中国、日本等国文化对比观照时，仍然是颇具西方和欧洲色彩的。在中国，严禁后宫干政。在亚哈随鲁宫中，正是以斯帖积极干政，为国王谋划，才赢得了国王的爱情，竟然使骄奢淫逸的亚哈随鲁变成了爱情专一的人。这是我们讨论以斯帖形象中的东方品格时须加以区别的。

---

① 参看许道勋、赵克尧著：《唐玄宗传》，北京：人民出版社，1993年，第17章，第404—419页。

以斯帖的东方品格主要指她的谦卑和静气。我们先看她的谦卑：

末底改叔叔亚比孩的女儿，就是末底改收为自己女儿的以斯帖，按次序当进去见王的时候，除了掌管女子的太监希该所派定给她的，她别无所求。凡看见以斯帖的都喜欢她。（斯2：15）。①

王见王后以斯帖站在院内，就施恩于她，向她伸出手中的金杖，以斯帖便上前摸杖头。（斯5：2）②

我若在王眼前蒙恩，王若愿意赐我所要的，准我所求的，就请王带着哈曼再赴我所要预备的筵席。明日我必照王所问的说明。（斯5：8）③

仅从以上三例即可看出以斯帖的谦卑。生活上她只求最低标准，此外别无所求。举止上她温文尔雅，带头维护王权（这一点正是以斯帖取代前王后瓦实提的关键）。行动上她知恩图报，把一切成就看作承蒙浩荡王恩的结果。谦卑是犹太人的传统美德。该民族在大国夹缝中生存，从而学会了谦卑的生活智慧。唯有谦卑才能反省自身的不足，唯有谦卑才能脚踏实地地奋斗，唯有谦卑才能避开强敌的锋芒从而赢得自身发展的机遇。诚如《马太福音》11：29 总结道："我心里柔和谦卑，你们当负我的轭，学我的样式；这样，你们

---

① 《圣经——中英文对照》（和合本·新标准修订版），北京：中国基督教两会，2000年，第766页。

② 《圣经——中英文对照》（和合本·新标准修订版），北京：中国基督教两会，2000年，第769页。

③ 《圣经——中英文对照》（和合本·新标准修订版），北京：中国基督教两会，2000年，第766页。

心里就必得享安息。"①我们的祖国中国是屹立亚洲的泱泱大国,我们的祖先也在与客观环境斗争的过程中养成了谦卑的美德,而且也把它载入自己的经典中。比如《尚书·大禹谟》曰:"惟德动天,无远弗届。满招损,谦受益,时乃天道。"②这是史的记载。又如《易经》第十五卦《谦卦》卦辞的《象传》说:"象曰:地中有山,谦,君子以裒多益寡,称物平施。"③这是经的记载。一个人要谦卑才能受益于他人。一个国家、一个民族要谦卑,才能立于世界民族之林。在这一点上,中华民族的思想与基督教的训诫是一致的。

再看以斯帖的静气,这是她个性中突出的特征。一般说来,谦卑较易做到,尤其是身处逆境的时候,也较多地存在于民族的各个成员之中。至于静气,则含有较多的个人修养的因素,往往体现在民族的优秀分子身上。

> 以斯帖说:"王若以为美,就请王带着哈曼今日赴我所准备的筵席。"(斯5:4)④
>
> 王后以斯帖回答说:"我若在眼前蒙恩,王若以为美,我所愿的,是愿王将我的性命赐给我;我所求的,是求王将我的本族赐给我。"(斯7:3)⑤
>
> 以斯帖说:"王若以为美,求你准书珊的犹太人,明日也照今日的旨意行,并将哈曼十个儿子的尸首挂在木架上。"(斯9:

---

① 《圣经——中英文对照》(和合本·新标准修订版),北京:中国基督教两会,2000年,第21页。
② [清]阮元校刻《十三经注疏》,北京:中华书局,1980年,第137页。
③ 黄寿祺、张善文撰《周易译注》,上海:上海古籍出版社,1989年,第138页。
④ 《圣经——中英文对照》(和合本·新标准修订版),北京:中国基督教两会,2000年,第769页。
⑤ 《圣经——中英文对照》(和合本·新标准修订版),北京:中国基督教两会,2000年,第771页。

13)①

上引三例以斯帖的原话中,均有"王若以为美"的字眼,英文均作"if it pleases the king"。拉丁文第一、三次作"si regi placet"(若它使王高兴),而"si tibi placet"用于第二次,略显以斯帖之娇嗔,"若其使侬快活"也,②考虑到这三次说话均关涉剪除民族敌人的重大行动,则知这似乎为女子口头禅的话语实在不简单,轻轻说出,却一字万钧。而效果竟是极其良好,大王竟是言听计从,一一照办。静气,表现在女子身上,多么可贵!这也是犹太民族性的历史积淀之一。圣经《新约·提摩太前书》2:11 写道:"女人要沉静学道,一味地顺服。"③《提摩太前书》中的这段名言,明确地指出性格上的沉静来源于精神生活中的长期修养(学道)。顺便指出,中国古代神话中常见"修道"、"学道",其实就是今日之"学习"。"女人要沉静学道,一味顺服。"英文作"Let a woman learn in silence with all submission",其中无"道"字。拉丁文作"mulier in silentio discat cum omni subiectione",④其中也无"道"字。"道"字是中文本的译者们根据汉语内在的思维习惯而补入的。中国传统文化亦十分强调静。《易经》第二卦《坤卦》的《文言》说:"坤至柔而坚也刚,至静而德方。"⑤坤通常指女性,则静为女性之大德。坤又指

---

① 《圣经——中英文对照》(和合本·新标准修订版),北京:中国基督教两会,2000 年,第 774 页。

② *Biblia Sacta Iuxta Vulgata Versionam*,Erste Aufgabe(Stuttgart:Deutsche Bibelgesellschaft,1969)p. 720.

③ 《圣经——中英文对照》(和合本·新标准修订版),北京:中国基督教两会,2000 年,第 365 页。

④ *Biblia Sacta Iuxta Vulgata Versionam*,Erste Aufgabe(Stuttgart:Deutsche Bibelgesellschaft,1969)p. 1832.

⑤ 黄寿祺、张善文撰《周易译注》,上海:上海古籍出版社,1989 年,第 33 页。

地,则静为基础性的宇宙特性和社会活动的根本规律。《全唐诗》卷三七二孟郊《静女吟》诗写道:

> 艳女皆妒色,静女独检踪。
> 任礼耻任妆,嫁德不嫁容。
> 君子易求聘,小人难自从。
> 此志谁与谅?琴弦幽韵重。①

此诗夸赞了有静气的中国妇女,亦可以用来移写犹太女性以斯帖的品格。老庄之道讲清静无为,并将静上升为社会生活中的领导艺术。已有时贤指出:"进行大量的工作而没有个人显著的事迹,取得巨大成就而不归功劳于自己,更不霸占成果为私有……能实行大道的圣王风范。那就是言行自居于民众的下面与后面,这样来领导民众,就处在上面而民众不感到是负担,站在前列而民众不蒙受损害,得广泛的推举与爱戴。"②借用这一段话来概括以斯帖在民族危亡关头所表现出来的静气是恰如其分的。当然她的静气是通过亚哈随鲁王这一中介而发挥社会作用的,这一点亦须注意。

五、以斯帖形象的喻体

对以斯帖这位犹太民族史上的女英雄、希伯来文学史中的典型形象,人类中的美的载体,人们历来有许多赞美和比喻。人们不禁要问,把以斯帖比喻为什么才恰当呢?下面分别予以评说。

---

① 上海古籍出版社编《全唐诗》,上海:上海古籍出版社,1986年,第926页。
② 顾易生《试论老子的文艺思想》,载上海社会科学院《学术季刊》1986年第1期,第177—189页。

(一)桃金娘说

以桃金娘为以斯帖的喻体,是因为她本名哈大沙。哈大沙是希伯来文词,意义就是桃金娘。在《圣经》中多次提到的番石榴,就是桃金娘。中文译欧洲文学作品时,多译为桃金娘,大概是由于汉字具有丰富的联想性的缘由。诗经《周南·桃夭》:"桃之夭夭,灼灼其华。之子于归,宜其室家。"① 夭桃成了年轻美丽少妇的代名词。而且,谢秋娘的乐府名篇《金缕曲》则倡导光阴是惜,及时度春宵。这些联想使中国人喜用"桃金娘"一语来译 myrtle(番石榴)。

不过,欧洲人对于桃金娘有着更为丰富的联想,使得他们乐以桃金娘为以斯帖的喻体。桃金娘的树叶,如果对着光线看,好像其中有无数透光的小孔。希腊神话说,忒修斯的妻子淮德拉爱上了忒修斯前妻的儿子希波利图斯。当希波利图斯去竞技场驯马时,淮德拉常去特洛伊村,倚在一棵桃金娘树上,等他回来。火烫的心倍觉时间漫长。为了消磨时间,她便用一枚发针刺树叶,于是桃金娘树叶从此便有了许多透光的小孔。到了 16 世纪,阿里奥斯托发表著名长诗《疯狂的奥兰托》。按诗中所写,女巫阿克丽西亚情急难耐,把情人阿斯托尔甫变成了桃金娘树。古代犹太人则相信,吃下桃金娘的叶子便具备识别女巫的能力。人们还迷信,取一枚桃金娘树叶放在双手中,如击掌时树叶噼啪爆响,则所爱之人仍然忠实于你。英国诗人拜伦在《佛罗伦萨至比萨路上作》一诗中写道:"哦,别对我谈故事中的伟大名字;我们年轻的日子便是我们光荣的日子;桃金娘和常春藤代表甜蜜的 22 岁,值得你所有的桂冠,哪怕有千千万

---

① 程俊英、蒋见元《诗经注析》,北京:中华书局,1991 年,第 16 页。

万。"①传说是美好的。文学名著是不朽的。由以上诸例可见以桃金娘为美丽女性或英俊男性之喻体是西方文学中的传统。然而,以桃金娘为犹太民族女英雄以斯帖的喻体又是有缺陷的,因为这种比喻只突出了儿女情长的一面。倘若只图情爱的欢悦,以斯帖本来应该选择民间婚姻。然而,以斯帖事实上选择了(准确地说,历史替她选择了)皇家婚姻。因此,桃金娘说不可取。

(二)星星说

星星说来源于以斯帖这个波斯名字。理由是 Esther 来源于波斯文 stara(星星)。该说认为以斯帖冒死拯救了犹太民族。因为按波斯王朝当时的宫廷制度,王后需蒙国王之召才能入宫见王。希腊史学家希罗多德证实,未经宣召或批准,任何人不得见王,否则治死罪,除非国王愿意赦免。哈曼定计灭绝犹太人时,以斯帖为后已5年。当时已经有30日未得见王,或许一时失宠也未可知,因此她自己也没有把握一定会见得了国王。此举如明星缀天穹一般显耀。加之以斯帖容貌端丽,遇事明辨,镇静自恃,被誉为古今女子之典范,喻其如众女子中的明星。诚然,在基督教会的艺术中,许多圣徒均被描绘为带星的使者。有的胸前佩一颗星,如圣布鲁诺;有的头上悬一颗星,如圣多明我;还有的额上缀一颗星;等等。值得注意的是,这些圣徒都是男性。以星喻女子,显然东方味更浓。不过,笔者认为以星为以斯帖的喻体主要突出了她的政治侧面,并未能全面地体现出她作为人的既平凡又伟大的内涵。基督教的基本信念之一是:人人平等,人人都普通平凡,借上帝的启示,人人都可以伟大崇高,人人都可以干出惊天地泣鬼神的宏伟事业来。所谓

---

① Fredrick Page, ed., John Jump rev., *BYRON POETICAL WORKS* (Oxford: Oxford University Press, 1970) p.111.

"Small potato, great potency"（小土豆，大潜能）。星星可以喻美女，但星星用于以斯帖似嫌未能凸现她的美质特征。

那么，究竟以什么为以斯帖的喻体才恰当呢？笔者认为，以斯帖的喻体是"沙仑的玫瑰"（语出圣经《雅歌》2：1）。沙仑，地名，是迦密山旁的滨海平原，肥田沃土，多产玫瑰，艳丽芬芳。在欧洲人看来，这一带是东方（中东）；在中国人看来，这一带是西方（西亚）。玫瑰甜美，又带密刺。沙仑的玫瑰，犹如英国的雏菊，平凡又伟大。从体质人类学说，中东和西方女子大都面部轮廓鲜明，且大都体毛丰富，以沙仑的玫瑰喻之，最为合适。因此，以斯帖的喻体是"沙仑的玫瑰"。

六、属灵性格与历史厚重感

把《以斯帖记》看作历史实录时，我们探讨的重点是事件和人物的真实性。这时事件和人物的属灵性格是应当排除在外的，否则，就违背了历史唯物主义而堕入了历史唯心主义的泥淖。把《以斯帖记》看作希伯来文学史上的优秀作品时，我们探讨的重点是事件和人物的合理性。而此时，事件和人物的属灵性格是应当予以考虑的，否则，就违背了艺术本身的规律而流于浮泛之论。这是因为，任何伟大的作品，尤其是史传类文学作品都需要厚重感。下面试就《以斯帖记》本身，探讨属灵性格与厚重感两个问题。

在《圣经》中，只有两卷书未言及上帝和神：一是《雅歌》，一是《以斯帖记》。《以斯帖记》共十章，从头至尾，未提神的名字，也无一字提到耶路撒冷、圣殿，《新约》中没有引用过本书的话，或提及本书。不过，许多圣经学者都认为，全书虽未提神的名字，但整个事件的过程却无处不见到神的全能的（omnipotent）手，并认为这是作者与写作手法出众之处。又认为，在大卫一脉行将断绝，先知所预言的弥赛亚基督耶稣的救赎无望时，神借一弱质女子以斯帖，奇迹般地挽救了犹太民族，生存繁衍，以迄神所定的时候，耶稣在伯利恒降生，世界历史遂随之而改观。又认为，恶棍哈曼死在他自己为末底改预备的木架上，是本书让读者看见神的刑罚。又认为，本书写成于波斯与希腊政治权力交替之际，犹太人备受迫害，灰心失望如处绝境。本书可以激励读者，知道民族的命运不操于敌人，而在神的手中；应相信这位公正的神即上帝，准备好了一系列的民族英雄，将一个民族从灭亡的边缘救回。总之，在无人能预料的时刻，历史的方向在神的干预下扭转了过来。①以上是对《以斯帖记》一书具有属灵的品格，并认为以斯帖其人具有属灵的性格的解释。这种解释，当然违背了历史唯物主义，仅属于对历史事件的一种唯心主义的猜测。不过，《以斯帖记》的成书年代与马克思主义的历史唯物主义的产生年代，相距两千多年。当年的作者没法接触历史唯物论，我们不能将今日之先进观点强加于古代作者身上。我们只能历史地对待问题。由于《以斯帖记》鼓励了马加比起义者为反对安条克四世的统治而进行的斗争，在历史上起了进步作用，因此《以斯帖记》是一部具有进步倾向的书。

  作为文学作品，《以斯帖记》不乏情节的曲折性和人物性格的丰富性。说它文学色彩浓郁、情节跌宕起伏、峰回路转，富于戏剧性，并非过誉之词。在《圣经》的数十卷（《拉丁通行本》共73卷，主要为天主教用；基督教新教各派用的标准本共66卷）经书中，《以斯帖记》是篇幅最小的数卷经书之一。就其篇幅而论，犹如中国古典文学中的一篇词作。倘作如是观，它又是"静而兼厚重大

---

① *The Chinese Study Bible*, simplified script edition (Hong Kong: The Rock House Publishing, Ltd., 1982) p. 755 – 756.

也，淡而穆不易，浓而穆更难。"①达到了穆之一境的优秀作品。中国读者阅读《以斯帖记》，往往能得到如此感受。然而，还是感觉有所不同。不同在哪里呢？《以斯帖记》毕竟是一部记事记人的作品，并非如小词只重抒写性情。从书题的另一名称《艾斯德尔传》看，这一点更为显明。因此，将《以斯帖记》比为中国文体的史传文学一类，大致是不会错的。刘勰《文心雕龙·史传》："然纪传为式，编年缀事，文非泛论，按实而书。"②以此标准而论，《以斯帖记》亦是高明之作。然而，又感觉到底有所不同。不同在哪里呢？此须从根本寻觅。高明的史传文学作品，必须做到"举得失以表黜陟，征存亡以标劝戒。褒见一字，贵逾轩冕。贬在片言，诛深斧钺。然睿旨存亡幽隐，经文婉约，丘明同时，实得微言，乃原始要终，创为传体。传者，转也。转受经旨，以授于后，实圣文之羽翮，记籍之冠冕也。"③刘勰结合中国史学史和文学史的实际，说明了优秀的史传作品也必须具备一个指导思想的道理。"传者，转也"，史传须隐约地转授经的主要内容。这经，在中国古代，就是孔孟之道儒家正统思想。说得通俗一些，优秀的传记作品必须贯穿一根红线。

那么，什么是贯穿在《以斯帖记》中的那根红线呢？显然还是属灵的思想。作品赖属灵的品格得到材料上的统一，人物赖属灵的性格获得形象上的丰满。诚如亚里士多德所指出的："有人认为只要主人公是一个，情节就有整一性，其实不然；因为许多事件——数不清的事件发生在一个人身上，其中一些是不能并成一桩事件的；

---

① 况周颐：《蕙风词话》卷二"词有穆之一境"条。唐圭璋编：《词话丛编》第5册，北京：中华书局，1986年，第4423页。
② 赵仲邑译注：《文心雕龙译注》，南宁：漓江出版社，1982年，第139页。
③ 赵仲邑译注：《文心雕龙译注》，南宁：漓江出版社，1982年，第137页。

同样，一个人有许多行动，这些行动是不能并成一个行动的。"①只有极高明的作家，如荷马，才知道用某一思想将材料予以整合。应当承认，不同的国家、民族、时代、社会，决定了各自的史传文学具有不同的指导思想。《以斯帖记》以属灵的品格为指导思想，这种状况本身即是历史的产物，《哥林多前书》2∶15 有句名言："属灵的人能看透万事。"②所谓属灵的，是个基督教神学术语，简言之，即具有指导思想。以斯帖以当时的较为进步的思想作为精神上的指引，因而能处深宫，察万事，于纷纭之中，于危难之际，挺身而出，拯救民族的命运，自己也因此成为民族英雄。这使得她的形象达成了最后的完美。

七、余论

以斯帖是圣经《旧约·以斯帖记》所塑造的女主人公，亦是历史上实有其人的犹太民族英雄。本文从五个方面揭示了以斯帖的形象何以丰满感人的原因。首先，以斯帖的形象具有浓郁的书珊城地域色彩。这种色彩作用于女主人公的犹太人文化底色之上，顿显光彩夺目。第二，在皇家爱情与民间爱情之间，历史帮助以斯帖选择了前者。在以个人幸福服从民族利益方面，以斯帖入宫与王昭君出塞，是一致的。但是以斯帖入宫含有较多的主动性，入宫后也积极发挥政治作用，在此方面以斯帖的形象高于王昭君，亦与西施、貂蝉主要靠美色施展才干不同，因此历史作用也远为巨大。第三，以斯帖的形象颇具东方品格，她谦卑有静气，善于把握时机从而体现

---

① 亚里士多德、贺拉斯：《诗学/诗艺》，罗念生、杨周翰译，北京：人民文学出版社，1962 年，第 27 页。

② 《圣经——中英文对照》（和合本·新标准修订版），北京：中国基督教两会，2000 年，第 291 页。

了东方人的睿智。第四，以斯帖的喻体有桃金娘说，此说偏重于本体的性爱方面；亦有星星说，此说偏重本体的政治方面。笔者提出，以斯帖的喻体为"沙仑的玫瑰"。此说兼顾了地域、人种、性爱、政治及中外各国的审美习惯。第五，《以斯帖记》作为史传文学作品，具有属灵的品格，以斯帖其人具有属灵的性格。过去中国大陆学术界尤其强调《以斯帖记》全书一字未提及上帝、神、耶城、圣殿这一点，似乎这样就可以排除该书的属灵品格；相比之下，较多地指斥《以斯帖补篇》的浓重的宗教倾向。其实，大可不必这样做。属灵的性格使以斯帖的形象蓦地鲜活起来。属灵的思想在当时是进步的思想，它曾经激励马加比起义者英勇地进行反对暴君的斗争。这样认识，才是马克思主义历史唯物主义的正确态度，也才有利于我们今天团结基督教界广大信众一道从事于建设伟大社会主义祖国的宏伟事业。

从《诗篇46》看教堂与明堂之契合及差异[①]

在圣经中有许多令人一唱三叹,回味悠长的诗章,他们散见于整部圣经的各处,集中汇聚于《诗篇》之中。古代希伯来诗人代主立言,创作了这些诗章。这些诗章不仅音韵优美,旋律婉转,意象独特,诗意浓郁,而且有着极为深刻的神学内涵。《诗篇》中的诗章判然有别于那些吟风弄月的诗作,决然独立于那些儿女情长的篇什,昂然挺立于诗歌的王国之中,与皎月比清永,与朝日争辉光,与宇宙天地而共久长。《诗篇》中的诗章,即使在今天的人们读来,依然沁人心脾,陶然使人留恋,奋然催人跃起,激励着信奉基督教的人们毅然决然地为主的事业而斗争,同时也有助于让其他宗教的信徒以及一般不信教的人们明了基督宗教的坚韧根基,从而有助于我国各族各界人民安然共处,在我们的祖国中华人民共和国这一片广袤的土地上共同缔造社会主义和谐社会。这是这些诗章在当今时代以及中国的具体国情中所产生的必然结果。《诗篇·第四十六篇》(以下简称《诗篇46》)是一篇重要的作品,通过研读这一诗篇,我们可以洞察基督宗教的早期教堂之情形,庶几加深我们对基督宗教的早期历史的体认。由于教堂是广大的信教民众进行宗教活动的最基本的场所,深入地研究《诗篇46》,既可以直接地推进基督宗教的物质文明建设,又可以间接地推进基督宗教的神学理论建设。从

[①] 本文原载《圣经文学研究》2007年第1辑。

宏观上说，这与我们祖国的长治久安自然攸然而相关，因此笔者慄然肃然，如临深渊，如履薄冰，写下了这篇论文。

沿着《诗篇46》所启示的历史轨迹，审视教堂发展的历史，有助于我们认识教堂的性质。在中国上古时期出现了某种类似教堂的建筑。在周代，这种建筑被称为明堂，并且产生了一套相关的制度。通过比较教堂与明堂之间的契合及差异之处，可以加深我们对于教堂的认识。以教堂为参照系，也可以加深我们对于中国古代礼乐制度的理解。

在圣经中没有经文直接讲到教堂。在英文本《新约》中有许多地方讲到 church。但是 church 这个词所指的是教会（the body of all Christians），而不是教堂（a building for public Christian worship）。[①]在《圣经·新约》中用来指称教会的希腊文单词是 ekklesia。该词指的是一群人，即"那些被召呼出来的人"，而不是一座建筑物。既然有人们被召呼出来，那么我们不禁要问：是谁在召呼呢？被召呼出来之后，人们要到哪里去呢？去那里，人们又是为了什么呢？《彼得前书》2：9 写道："惟有你们是被拣选的族类，是有君尊的祭司，是圣洁的国度，实属上帝的子民，要叫你们宣扬那召你们出黑暗、入奇妙光明者的美德。"显然，是上帝在召唤人们。人们受到上帝的召唤，要进入教堂。人们进入教堂是为了进行宗教崇拜。也就是说，既然有教会，就必然有教堂。笔者认为圣经中对教堂也有论述，而且对教堂的各种历史形态的论述还极为丰富。为着研究的方便，兹录《诗篇46》全文如下：

上帝是我们的避难所，是我们的力量，/是我们在患难中随

[①] Della Thomson, *The Concise Oxford Dictionary of Current English*, ninth edition (Oxford: Clarendon Press, 1995) 235.

时的帮助。／所以地虽改变，／山虽动摇到海心，／其中的水虽砰然翻腾，／山虽因海涨而战抖，／我们也不害怕。

有一道河，这河的分汊，使上帝的城欢喜。／这城就是至高者居住的圣所。／上帝在其中，城必不动摇；／到天一亮，上帝必帮助这城。／外邦喧嚷，列国动摇。／上帝发声，地便熔化。／万军之耶和华与我们同在；／雅各的上帝是我们的避难所。

你们来看耶和华的作为，／看他使地怎样荒凉。／他止息刀兵，直到地极；／他折弓、断抢，把战车焚烧在火中。／你们要休息，要知道我是上帝！／我必在外邦中被尊崇，在遍地上被尊崇。／万军之耶和华与我们同在；／雅各的上帝是我们的避难所。①

从《诗篇46》中几次提及"上帝是我们的避难所"以及"上帝的城"、"至高者居住的圣所"和"（上帝居于其中的）城"来看，这些意象有一个共同的特点，即其中心词，比如避难所(refuge)、城(city)、圣所(the holy habitation)，②都是表示处所的名词。圣经是一个整体，《旧约全书》和《新约全书》是构成圣经的有机的而且不可分割的两大组成部分。既然《新约》中屡屡提及并详尽地论述了教会，而在《旧约》中有不少指进行崇拜活动的处所名词，那么毫无疑问这些处所名词所指称的对象就是教堂了。在基督教建立起来之前，它们指教堂的雏形。在基督教建立之后，它们指早期的教堂。追溯教堂产生的历史，有助于人们直观地感受基督宗教的博大精深。反思教堂产生的历史，有助于人们更加真切地体认基督教的

---

① 《圣经——中英文对照（合和本·新修订标准版）》，中国基督教三自爱国运动委员会、中国基督教协会出版发行，2000年，第884页。

② *The Holy Bible Containing the Old and New Testaments*, revised standard edition (New York and Glasgow: Collins' Clear-Type Press, 1971) 498.

神学意蕴。

教堂的雏形包括会幕、地方圣所和圣殿。

会幕(tabernacles)，又称帐幕，或者，更准确地说，应当称为耶和华的帐幕。它是教堂的雏形之一。会幕存在于以色列人的旷野游牧时代。游牧于旷野中的以色列人在营地支起一座帐篷，帐篷内的至圣所里安放着约柜，在帐篷门口的露天部分摆放上祭坛，又在帐篷的四周用幔子围起来，形成一个长方形。于是，会幕就建立起来了。约柜代表上帝降临在以色列百姓之中，与他们同在，因而这是会幕的核心部分。如果他们迁徙到别处去，就会拔营，小心翼翼地拆下会幕，精心地护卫着约柜，启程前往新的营地。到了新的营地之后，他们又会搭建一座新的会幕，继续进行崇拜上帝的神圣活动。《历代志下》1：3—4写道："所罗门和会众都往基甸的邱坛去，因为那里有上帝的会幕，就是耶和华仆人摩西在旷野所制造的。只是上帝的约柜，大卫已经从基列耶琳搬到他所预备的地方，因他曾在耶路撒冷为约柜支搭了帐幕。"会幕是神圣的地方，只准祭司进入。《利未记》素有"祭司手册"之称，其中详细记述了会幕的样式。最先的会幕是摩西用以色列人奉献的布匹、珍宝、美玉和其他器具建成的。会幕的顶棚用细白麻布、羊绒和皮革做成，周围有用黄金包裹起来的木柱。会幕内设有献饼台、焚香台和七连灯台等。会幕是简洁朴素的，又是美轮美奂的，更是圣洁的。

地方圣所(holy places)，这是以色列人的崇拜场所。从流动的会幕，到固定的建筑物，其间有一个过渡环节，那就是地方圣所。随着生活的发展，游牧的犹太民族逐步过上了定居的生活。在居住地进行崇拜活动，这是人们的天性。以色列各地都有圣所，所以统称为地方圣所。在旧约时代，地方圣所在人们的崇拜活动中，发挥着类似教堂的作用。一般说来，每个居民点都有自己的圣所。但是，圣所毕竟与教堂不同，教堂是一座建筑物，而圣所不一定都设在建筑物之内。就多数情形而言，所谓圣所，其实就是一个露天的祭坛。祭坛的前方有两根立柱，立柱的样式与所罗门圣殿的立柱相类似。但是，就功能而论，圣所与教堂是接近的，人们定期前往圣所献祭。与会幕相比，圣所是一个进步。会幕只允许祭司进入，一般的民众是不得进入会幕的里面的。民众崇拜上帝的心愿要通过祭司来表达，借用中国的古话说，祭司的工作就是在天上的神明与地上的人民之间进行沟通。在这一点上，我们不妨对比一下中国上古时期的宗教情形。《国语·楚语下第十八·昭王问于观射父》："及少皞之衰也，九黎乱德，民神杂糅，不可方物。夫人作享，家为巫史，无有要质。民匮于祀，而不知其福。烝享无度，民神同位，民渎齐盟，无有威严。神狎民则，不蠲其为。嘉生不降，无物以享。祸灾荐臻，莫尽其气。颛顼受之，乃命南正重司天以属神，命火正黎司地以属民，使复旧常，无相侵渎，是谓绝地天通。"①这是中国上古时期进行的第一次宗教改革，发生在帝颛顼时代。在原始社会中，财产为氏族集体共有，人们的关系平等。这种经济关系反映在宗教上，就是神权的集体共有，居住在地上的人们都享有与天上的神灵交通的权利。后来，享有特权的贵族要求垄断与上帝相通的权利，便通过颛顼来下达命令，实行"绝地天通"的政策，强迫被统治阶级放弃自己的宗教。《尚书·吕刑》："皇帝哀矜庶戮之不幸，报虐以威，遏绝苗民，无世在下。乃命重、黎绝地天通，罔有降格。"②这是中国上古时期进行的第二次宗教改革，发生在帝尧时代。这次宗教改革的性质与第一次相通，依然是禁制地民与天神相互感通。从世界宗教式的进程看，发生在中国上古时期的这两次宗教改革是一次大倒退，氏族贵族野蛮地剥夺了人民大众的信仰自

---

① 徐元诰《国语集解》，北京：中华书局，2002年，第514页。
② 周秉钧注译《尚书》，长沙：岳麓书社，2001年，第239页。

由。古代以色列的情形与此有所不同，设立祭司一职，正是为了实现地民与天神之间的相互感通。倘若没有祭司，那就是"绝地天通"亦即神学垄断了。但是，通过祭司来与神沟通，毕竟还不是直接的人神交流。以色列民族后来的宗教发展，以及后来基督宗教的发展，所遵循的都是一条逐渐走向人和神直接相通的道路。这是世界宗教发展的总体趋势。基督宗教后来的历次改革，都旨在实现人和神的直接相通。这一世界宗教发展的总体趋势是任何人也阻挡不了的历史潮流。在这股潮流的早期涌动之中，地方圣所应运而生。圣所与会幕相比，有两点最大的不同。第一，会幕是流动的崇拜场所，而圣所是固定的崇拜场所。随着人们的经济活动从游牧转向农耕，人们实现了居有定所，这就客观地提出了崇拜亦应该有定所的历史必然要求。地方圣所依乡镇而设立，这就实现了拜有定所。一般的民众也可以前圣所进行以崇拜上帝为中心的宗教活动了。官话和合本《民数记》3：28 记载说："按所有男子的数目，从一个月以外看守圣所的，共有八千六百名。"这一节经文的意思，据圣经现代中文译本（修订本）《民数记》3：28，是这样的："出生一个月以上的男性被登记的人数是八千六百人。"圣经现代中文译本，针对官话和合本中暗晦难明的语句，以"意义相符，效果相等"为原则进行翻译。我们由此可知，直接去圣所与神相通的人达到了一个多么大的数目。第二，地方圣所的出现，实现了由祭司代为崇拜上帝向民众直接崇拜上帝的转换。这一转换了不得，它第一次实现了人和神之间的直接的心灵交流，从而也实现了民众的人格与上帝的神格之间的平等对话。于是我们看到，人向神倾诉衷肠，并且聆听神的教诲。神并非高高地居住在遥远的天上，神来到了人间，神就在圣所里。圣所的出现是一个转折，它说明民众的宗教意欲高涨起来了。简言之，圣所的出现适应了人民大众普遍参与宗教活动的现实需要。

圣殿（temple），这是教堂的雏形在其第三阶段中的产物，也是与明堂契合之处最多的一种宗教性的建筑。耶路撒冷的神殿在古代希伯来人的心中占有特殊的位置。《耶利米书》7：2—4写道："你当站在耶和华殿的门口，在那里宣传这话说：你们进这些敬拜耶和华的一切犹大人，当听耶和华的话。万军之耶和华以色列的上帝如此说：你们改正行动作为，我就使你们在这地方仍然居住。你们不要依靠虚谎的话，说：'这些是耶和华的殿，是耶和华的殿，是耶和华的殿。'"①"圣殿"的英文作temple，"庙宇"之英文亦作temple。由于中国古代与宗教有关的活动往往在庙宇或殿堂里举行，因此"圣殿"在中国人的感觉之中乃是非常亲切的。在中国人看来，与其说圣殿是具体的礼拜场所，不如说它更是一种精神的象征。古代以色列民族的心理特点与中国人颇多相似之处。这或许是历史上以色列民族遭受迫害的时候中国屡屡接纳他们的深层次的原因。圣殿是以色列民族的信仰之象征，其中寄托着该民族的宗教期盼。圣殿又是以色列民族自我意识的象征，这是更为重要的。为什么呢？因为圣殿是民族意识的外化，也是其物质的载体。人类历史将要走过的道路，虽然因为各民族的具体差异而在表现的形式方面会有种种的不同，但是就人类历史的精神本质体现为人对上帝的信仰这一点来看，各民族的历史总的说来却并没有什么根本的不同。或许可以说，人类的历史就是人的主体性不断得以实现的一个过程，而人的主体性之本质就是人对自己的充分信任。从终极的意义上说，人对自己的充分信任就是人与神之间的亲密无间的合一。这种合一是浑然一体的，这种合一是神格与人格的交融。这是因为，掌握了自己命运的人宛如神一般，他知道自己该往何处去，他有着自己的既定

---

① 《圣经——中英文对照（合和本·新修订标准版）》，中国基督教三自爱国运动委员会、中国基督教协会出版发行，2000年，第1208页。

目标,遭遇重大事变的时候从不惶恐。与人充分合一的神宛如活生生的具体的个人一般,他过着普通的生活却一点也不猥琐,而是在自己的一言一行中体现着神的伟大。从建筑式样上看,圣殿的内部格局与耶和华的会幕颇为相似。它们均包括门厅、主厅和高出于地面的至圣所三部分。门厅和主厅均为长方形,至圣所为正方形。而且,它们的核心部分都是至圣所。这说明圣殿与会幕是有内在的联系的。在圣经有不少篇章歌颂圣殿的美丽,比如《列王纪上》6:14—37描写道:"所罗门建造殿宇,殿里面用香柏木板贴墙,从地到棚顶,都用木板遮蔽,又用松木板铺地。内殿,就是至圣所,长二十肘,从地到棚顶,用香柏木遮蔽。内殿前的外殿,长四十肘。殿里一点石头都不显露,一概用香柏木遮蔽,上面刻着野瓜和初开的花。殿里预备了内殿,好安放耶和华的约柜。内殿长二十肘,宽二十肘,高二十肘,墙面都贴上精金。又用香柏木作坛,包上精金。所罗门用精金贴了殿内的墙,又用金链子挂在内殿的前门扇,用金包裹。全殿都贴上金子,直到贴完,内殿前的坛,也都用金包裹。他用橄榄木作两个基路伯,各高十肘,安在殿内。这一个基路伯有两个翅膀,各长五肘,从这翅膀尖到那翅膀尖,共有十肘。那一个基路伯的两个翅膀也是十肘,两个基路伯的尺寸、形象都是一样。这基路伯高十肘,那基路伯也是如此。他将两个基路伯安在内殿里。基路伯的翅膀是张开的;这基路伯的一个翅膀挨着这边的墙,那基路伯的一个翅膀挨着那边的墙,里边的两个翅膀,在殿中间彼此相接。又用金子包裹二基路伯。内殿外殿周围的墙上,都刻着基路伯、棕树和初开的花。内殿外殿的地板都贴上金子。又用橄榄木制造内殿的门扇、门楣、门框,门口有墙的五分之一。在橄榄木作的两门扇上,刻着基路伯、棕树和初开的花。都贴上金子。又用橄榄木制造外殿的门框,门口有墙的四分之一。用松木作门两扇:这扇分两扇,是折叠的,那扇分两扇,也是折叠的。上面刻着基路伯、棕树和初开的花，都用金子贴了。他又用凿成的石头三层，香柏木一层，建筑内院。所罗门在位第四年西弗月，立了耶和华殿的根基。到十一年布勒月，就是八月，殿和一切属殿都按这样式造成。他建殿的功夫共有七年。"① 对圣殿的这一段详尽的描写，类似于中国古代的赋体文学。赋者，富也，意象密集，描写丰赡，乃是赋体文学的基本特征。中国读者对这样的描述不仅不会觉得厌烦，反而十分喜欢。"基路伯、棕树和初开的花"则是这一段文字中反复出现的意象（recurrent images）。如果没有一以贯之的精神之统摄，那么过多的描写就会流于铺张，产生冗长之感。而这一段文字以信仰的归宿为聚焦点，文字华丽却有法度，可谓"诗人之赋丽以则"（杨雄《法言·吾子》）。总之，圣殿建造得庄严雄伟，而内部的陈设庄严华美。从这一段对圣殿的具体描述中，有四点值得我们充分注意。

第一、圣殿的建造极其不易，非倾全国之财力物力难以为之。据圣经记载，古代以色列民族的第二代国王大卫（约公元前1013—公元前973）早就想建造圣殿，但是上帝未同意，因为大卫不断征战，导致人民大量流血牺牲。于是建造圣殿的重任便落到了一代太平君主所罗门的身上了。所罗门为大卫与拔示巴所生之子。他是公元前10世纪以色列最伟大的国王，在位一共40年。在所罗门王统治时期，国泰民安，四境平静，确实是可以大兴土木的时候。耶路撒冷城有三座山，其中摩利亚山位于城的北边。由于在1100年前亚伯拉罕曾在这座山上将自己的独生子以扫献给上帝，体现了人对神的虔敬之心，所以这座山便成为建造圣殿的最佳地址。所罗门所建造的圣殿是当时近东地区最宏伟的一座建筑，大约长30米，宽10米，

---

① 《圣经——中英文对照（合和本·新修订标准版）》，中国基督教三自爱国运动委员会、中国基督教协会出版发行，2000年，第528页。

高15米。所罗门建造圣殿花了整整七年的时间，开始于他登基后的第4年春，竣工于7年后的秋天。《列王记上》5：13—16写道："所罗门王从以色列人中挑取服苦的人共有三万；派他们轮流，每月一万人上黎巴嫩去。一个月在黎巴嫩，两个月在家里。亚多尼兰掌管他们。所罗门用七万扛抬的，八万在山上凿石头。此外所罗门用三千三百督工的，监管工人。"①由此可知，一共有18万工人投入了建造圣殿的艰苦劳动。

第二、圣殿极其华美，集中了那个时代建筑艺术的精品于一殿。据《列王记上》7：20—26的记载："两柱顶的鼓肚上，挨着网子，各有两行石榴环绕，两行共有二百。他经两根柱子立在殿廊前头：右边立一根，起名叫雅斤；左边立一根，起名叫波阿斯。在柱顶上刻着百合花。这样，造柱子的工就完毕了。他又铸一个铜海，样式是圆的，搞五肘，径十肘，围三十肘。在海边之下，周围有野瓜的样式，每肘十瓜，共有两行，是铸海的时候铸上的。有十二支铜牛驮海：三只向北，三只向西，三只向南，三只向东；海在牛上，牛尾都向内。海厚一掌，边如杯边，又如百合花，可容二千罢特。"②所谓铜海，也就是用铜铸造的大型贮水池。野花与百合，使人感到温馨与圣洁。两根柱子构成一对相互依赖的象征，"雅斤"象征神必坚定地挺立，而"波阿斯"象征人民依赖神而站立。于是我们看到，人与神并肩而立支撑起了圣殿这座信仰的大厦。雅斤和波阿斯支撑着古代以色列人信仰的大厦，犹如尧舜支撑着古代中国人对美好生活的信念一样。元·脱脱《宋史》卷一三八《乐志》十三《皇帝上尊号一首·降座乾安》："皇帝降席，流云四开，尧趋舜

---

① 《圣经——中英文对照(合和本·新修订标准版)》，中国基督教三自爱国运动委员会、中国基督教协会出版发行，2000年，第527页。

② 《圣经——中英文对照(合和本·新修订标准版)》，中国基督教三自爱国运动委员会、中国基督教协会出版发行，2000年，第531页。

步,下蹑天阶。恭授宝册,翠旄裴回。明明纯孝,鸿釐大来。"①

第三,圣殿内的格局安排非常周密,容不得半点含糊。圣殿由三部分组成,由南往北分别为廊子、圣所和至圣所。至圣所是一个长宽高均为九米的方台,约柜就安放在至圣所的尽北端。如何将约柜运入圣殿内安放,这是一件至为庄严肃穆的事情。由于时光的流逝,圣殿已经变成了历史的遗迹。我们今日已经无法看到圣殿内的详细格局,但是从安放约柜的过程中人们尚可体会到圣殿的建造者对圣殿的内部作了何等精心的安排。这是因为,安放约柜的每一个动作都会受到圣殿内部结构的制约。《历代志下》5:7—14:"祭司将耶和华的约柜抬进殿内,就是至圣所,放在两个基路伯的翅膀底下。基路伯张着翅膀在约柜之上,遮掩约柜和抬柜的杠。这杠甚长,杠头在内殿前可以看见,在殿外却不能看见,直到如今还在那里。约柜里惟有两块石板,就是以色列人出埃及后,耶和华与他们立约的时候,摩西在何烈山所放的。除此以外,并无别物。当时,在那里的所有祭司都已自洁,并不分班供职。他们出圣所的时候,歌唱的利未人亚萨、希幔、耶杜顿和他们的众子、众弟兄都穿细麻布衣服,站在坛的东边敲钹、鼓瑟、弹琴,同着他们有一百二十个祭司吹号。吹号的歌唱的都一齐发声,声合为一,赞美感谢耶和华。吹号、敲钹,用各种乐器,扬声赞美耶和华说:'耶和华本为善,他的慈爱,永远长存!'那时耶和华的殿有云充满。甚至祭司不能站立供职,因为耶和华的荣光充满了神的殿。"②在这里,"殿有云充满"这一动态的意象是人与神交感的象征。在圣经中有许多地方用云彩来象征上帝的荣耀和权能。由于人类思维的一致性,在中国

---

① 中华书局编辑部编"二十四史"简体字本第43册《宋史》三,北京:中华书局,2000年,第2180页。

② 《圣经——中英文对照(合和本·新修订标准版)》,中国基督教三自爱国运动委员会、中国基督教协会出版发行,2000年,第672页。

古代典籍中,用云彩来表明神人交感的象征亦复不少。宋·李昉编《太平御览》卷第八引《汉武帝内传》曰:"帝登寻真之台,斋戒到七月七日夜,忽见天西南如白云起。直来趣宫。须臾,闻云中箫鼓之声。复半食顷,西王母至,乘紫云之辇。临发,云气勃郁,尽为香气。"①据史书记载,汉武帝具有浓郁的宗教情结。《汉武帝内传》,两卷,是一部重要的道教典籍,旧题汉·班固撰,近人多以为为六朝文士所依托,该书内容反映了中国早期宗教的情形则是毫无疑义的。

第四,圣殿内外的雕刻和装饰纹样对圣殿的宗教性质起到了营造氛围的重要作用。由于人类最初的居所是伊甸园,因此圣殿的布置便刻意营造伊甸园的氛围。这可以使人常常反思自己所由从来,不忘根本。在圣殿周围的墙上,都刻着基路伯、棕树和初开的花。这三种意象是圣殿内的主要装饰,也是早期犹太会堂的装饰。它们使人想起人类的祖先亚当和夏娃所居住的乐园。园中那美丽和平的情景以前只是依稀地存在人们的记忆之中。现在就不同了,有了圣殿,人们能够在此献祭赎罪,圣殿也就如同乐园一般了,园中那美丽和平的情景宛在目前。在这三种主要意象中,基路伯是古代以色列人特有的宗教意象。天使一共有九级,基路伯属于天使中的第二级,亦称智慧天使。上帝驾驶基路伯行走,基路伯表示上帝的临在。在圣经中有时也称基路伯为活物,《启示录》4:6—8描写道:"宝座前好像一个玻璃海,如同水晶。宝座中和宝座周围有四个活物,前后遍体都满了眼睛。第一个活物像狮子,第二个像牛犊,第三个脸面像人,第四个像飞鹰。四活物各有六个翅膀,遍体内外都满了眼睛。他们昼夜不住地说:'圣哉,圣哉,圣哉,主神是昔在、

---

① [宋]李昉编修,夏剑农等点校《太平御览》第一册,石家庄:河北教育出版社,1994年,第70页。

今在、以后永在的全能者！'"①棕树是近东地区各民族常用的装饰物，又是美丽的象征，昔日的橄榄山上棕树茂盛，耶利哥被称为棕树城。依据希伯来人的风俗习惯，于住棚节的第一天他们要手持棕树枝摇曳欢呼。届时，在希伯来人居住的地方，处处欢声笑语一片，人们载歌载舞庆祝。据《新约》记载，耶稣最后进入耶路撒冷城的时候，百姓曾手持棕树枝夹道欢迎他。为什么棕树枝和初开的花那么受希伯来人青睐呢？因为它们都能散发出清芬的气息，而清芬的气息恰好是营造宗教氛围的物质要素。此理中外皆然，《楚辞·山鬼》："若有人兮山之阿，被薜荔兮带女萝。既含睇兮又宜笑，子慕予兮善窈窕。乘赤豹兮从文狸，辛夷车兮结桂旗。被石兰兮带杜衡，折芳馨兮遗所思。"②薜荔、女萝（萝）、辛夷、桂树、石兰、杜衡（蘅），都是散发出清芬气息的植物。在清芬的气息中，那位生活在山中的少女，要将其一往深情献给她日夜思念的公子灵修君。灵修君，并非诗人屈原任意起的一个名字。屈原，字灵均，据他自己所说，他是神一般的帝高阳的后裔。灵修君，字面意思是注重属灵修养（spiritual cultivation）的人，亦即人格神（personalized deity）在人间的体现。

可与圣殿进行比较的是中国古代的明堂。有趣的是，中国古代的明堂，其建筑、设计和布局也是极其考究的。《大戴礼记·明堂篇》："明堂者，古有之也。凡九室，一室而有四户八牖，三十六户，七十二牖。以茅盖屋，上圆下方。明堂者，所以明诸侯尊卑。外水曰辟雍。南蛮、东夷、北狄、西戎。明堂月令，赤缀户也，白缀牖也。二九四七五三六一八。堂高三尺，东西九筵，南北七筵，

---

① 《圣经——中英文对照（合和本·新修订标准版）》，中国基督教三自爱国运动委员会、中国基督教协会出版发行，2000年，第437页。

② ［宋］洪兴祖撰，白化文等点校《楚辞补注》，北京：中华书局，1983年，第79页。

上圆下方。九室十二堂，室四户，户二牖，其宫方三百步，在近郊，近郊三十里。或以为明堂者，文王之庙也。朱草日生一叶，至十五日，生十五叶，十六日一叶落，终而复始也。周时德泽洽和，蒿茂大以为宫柱，名蒿宫也。此天子之路寝也。不齐不居其屋。待朝在南宫，揖朝出其南门。"①这里主要讲明堂的体制，附带也谈到了明堂的功能。就明堂的体制看，名堂的规模甚为宏大，里面有许多的房间，房间各有门和窗户，而且门和窗户都涂有彩色的油漆。外边有一水环绕，碧水如带，在阳光的照射之下，波光粼粼，如同美玉在闪闪发光。在以上对明堂的描述中有三点值得我们注意。

第一，"二九四七五三六一八"，这是五行生成之数，也是建造明堂所取法的原则。清·王聘珍《大戴礼记解诂》卷八《明堂第六十七》引郑注《易系辞传》云："天一生水于北，地二生火于南，天三生木于东，地四生金于西，天五生土于中。地六成水于北，与天一并；天七成火于南，与地二并；地八成木于东，与天三并；天九成金于西，与第四并；地十成土于中，与天五并。"②在构成明堂这一庞大建筑物的众多房间中，哪些房间要建在哪一个方位，要开多少道门和窗户，就是根据这一系列数字而来的。请注意：在天地之数的配合中，地上的事物总要配合天上的事物。这一点可以从反复出现的句型"地……与天……并"中看出来，"并"就是"配合"的意思。历代思想家都想尽可能"科学地"对这些数字做出"合理的"解释。宋·朱熹《易学启蒙》："天一生水，地六成之。地二生火，天七成之。天三生木，地八成之。地四生金，天九成之。天五

---

① [清]王聘珍撰，王文锦点校《大戴礼记解诂》，北京：中华书局，1983年，第149—152页。

② [清]王聘珍撰，王文锦点校《大戴礼记解诂》，北京：中华书局，1983年，第150页。

生土，地十成之。"①此外，治《易》各家，还有许多解释。其实，我们不妨换一个角度来认识这些数字。笔者认为，宗教学的角度更能揭示这些数字背后所隐藏的历史的真实。这些数字显然带有神秘主义的色彩。所以如此，乃是因为明堂是一个神圣的场所。这就像在圣经中也有一些神秘的数字一样，它们发源于人类的原始思维，在今天看来，未必尽为科学。但是，在营造宗教氛围方面，这些数字功莫大焉。当然，这些数字也并非尽不科学，因为它们毕竟反映了当时人们对宇宙的认识。人们将那些数字看得那么神秘，这反映了人们对天以及对神的亲近感。这就好比，一个稚嫩顽皮的小孩子，站在慈父的膝盖上，伸出小指头，指指划划，试图数清父亲的胡须，有多少根一样。

第二，尽管明堂建造得也很考究，但是，与圣殿相比，明堂的主要建筑特色却是简单而朴素的。朱草，一种红色的草，可作染料。古人以为祥瑞。《文选》卷五一东方朔《非有先生论》："凤凰来集，麒麟在郊，甘露既降，朱草萌芽。远方异俗之人，向风慕义，各奉其职，而来朝贺。"②蒿属于艾类植物，有白蒿、牡蒿、青蒿、茵陈蒿等种类。各种蒿类植物，均散发出清香的气味。有的蒿类植物，其幼芽还可食用。《诗经·小雅·鹿鸣》二章："呦呦鹿鸣，食野之蒿。我有嘉宾，德音孔昭。视民不恌，君子是则是傚。我有旨酒，嘉宾式燕以敖。"③在江南和华南，由于气候温暖，因此蒿可以长到一人多高，但是无论如何，蒿也不可能作为柱子来支撑宫殿的屋顶。清代学者俞樾，对此就有所怀疑。他说，以蒿为宫柱，不足信。他认为，"蒿"为"高"的通假字，周人尊崇文王之庙，故称为高宫。对朱草的描述，对蒿柱、蒿宫的得名之追述，显

---

① [元]胡一桂《周易启蒙翼传》上篇。
② [梁]萧统编，[唐]李善注《文选》，长沙：岳麓书社，2002年，第1546页。
③ [宋]朱熹注《诗集传》，南京：凤凰出版社，2007年，第116页。

然有不少想象的成分在里面。笔者以为，对比圣经对耶路撒冷圣殿的装饰图案之描绘，不难推测，中国周代古人在明堂的墙壁和柱子上饰以朱草和蒿的纹样，则是以完全可能的。朱草可以增添吉祥的氛围，蒿柱使人产生肃穆清芬的情愫。总之，朱草和蒿均有助于营造宗教的气氛。

第三，然而，明堂和圣殿的区别主要还在用途之上。那么，明堂是做什么用的呢？据《大戴礼记·明堂篇》，明堂主要用作帝王祭祀、朝见诸侯、宣明政教的场所。在这三者之中，仅有帝王祭祀具有国家宗教活动的性质。其余的用途都属于政治活动的大范畴。当然，明堂还有别的用途，比如用作帝王的路寝，亦即正寝，这是明堂在生活方面的用途。《礼记·明堂位》对明堂的作用有详尽的描述："昔者周公朝诸侯于明堂之位，天子负斧依，南向而立。三公，中阶之前，北面，东上。诸侯之位，阼阶之东，西面，北上。诸伯之国，西阶之西，东面，北上。诸子之国，门东，北面，东上。诸男之国，门西，北面，东上。九夷之国，东门之外，西面，北上。八蛮之国，南门之外，北面，东上。六戎之国，西门之外，东面，南上。五狄之国，北门之外，南面，东上。九采之国，应门之外，北面，东上。四塞，世告至。此周公明堂之位也。明堂也者，明诸侯之尊卑也。"①你看，天子巍巍然南向而立。三公肃肃然站在中间的台阶前。诸侯来了，诸伯来了，诸子来了，诸男来了，各个级别的贵族都来了。东方少数民族的首领来了，南方少数民族的首领来了，西方少数民族的首领来了，北方少数民族的首领也来了。九州的方面大员来了，四方蕃塞的统领也来了。总之，四海的领袖都在这里。这简直就是一幅四海同贺周朝盛世的长轴画卷。这样的场

---

① [清]朱彬撰，饶钦农点校《礼记训纂》，北京：中华书局，1996年，第479—481页。

面,几乎与宗教没有关涉。由此可见,明堂的基本用途,主要还是政事性的,而不是宗教性的。虽然在明堂的功能中有宗教的方面,但是明堂主要不用作宗教场所。清·惠栋《明堂大道录》卷一《明堂总论》对此作了概括:"明堂为天子大庙,禘祭宗祀,朝觐耕籍,耆老尊贤,飨射献俘治,望气告朔,行政,皆行于其中,故为大教之宫。……室以祭天,堂以布政。"①中国古代的房屋之内部结构,前叫堂,堂后以墙隔开,后部中央叫室。一般说来,堂,比室大。堂有时也可以称为殿。从"室以祭天,堂以布政"这一表述来看,显然,在中国古代君王的心中,行政活动比宗教活动来得更为重要。《淮南子》卷九《主术训》:"甘雨时降,五谷繁殖,春生夏长,秋收冬藏。月省时考,岁终献功,以时尝谷,祀于明堂。明堂之制,有盖而无方,风雨不能袭,寒暑不能伤。迁延以入之,养民以公。"②由于儒教不是严格意义上的宗教,它只具有部分的宗教功能,因而按照儒家的思想理念而建立起来的明堂不是严格意义上的教堂,它仅仅具有教堂的部分功能罢了。简言之,明堂本来是中国古代帝王举行国家祭祀、朝见诸侯、宣明政教法令的场所,从其功能看,明堂主要是政事堂。从汉代以后,中国宗教走上了与世界各国不同的发展道路。至少在中国本土,儒教不是严格意义上的宗教。由于明堂丧失了其存在的根据,因此明堂也就逐渐退出了历史的舞台,而仅仅见于某些典籍的记载之中。

再看圣殿。圣殿固然宏敞华美,却带来一个问题。仅有圣殿,虽然凸现了宗教的庄严与神圣,但是,偌大一个国家才有一座圣殿,千百万民众才有一个圣殿。居住在边僻之地的民众,欲前往圣

---

① [清]惠栋:《明堂大道录》卷一《明堂总论》,《丛书集成初编》第1035册,北京:中华书局,1985年新一版,第1页。
② 中华书局编辑部编:《朱子集成》第七册,北京:中华书局,1986年,第128页。

殿，必须长途跋涉，跨越万水千山。由此而观之，圣殿显然不利于宗教的普及，而民众的日常宗教需要却是普遍存在的。这就提出了一个历史的必然要求：应当在广大的范围之内建造适应民众宗教生活需要的场所，于是会堂便应运而生了。

会堂（synagogue），这是犹太人进行宗教活动、举行集会和学习律法的场所。会堂内一般设有收藏《律法书》的约柜，柜前燃有长明灯，还设有烛台、长凳和诵经台等。早在公元1世纪，会堂就遍及罗马、希腊、巴比伦、埃及和小亚细亚等地。公元70年，罗马皇帝提多将第二圣殿毁坏，这一不幸的事件客观上促使民众前往分布在各地的会堂，于是会堂演变变成了犹太人宗教活动的中心。到了公元1世纪时，地中海沿海所有的重要城市都建有会堂，犹太人每周都到那里崇拜。会堂与圣殿相比，有哪些不同呢？第一，建筑规模不同，因而崇拜的规模也不同。会堂比圣殿要小得多。由于会堂的规模小，因而建造也就比较容易。从前的圣殿，全国只有一个，壮观委实壮观，但是却不方便。现在的会堂，可谓星罗棋布，如明珠颗颗镶嵌在大地之上。第二，相应地，从圣殿到会堂的转变，实现了由信仰的活动中心到信仰的分散实体的过渡。这样一来，民众的宗教意识不仅没有淡化，宗教的普及度反而提高了。第三，崇拜场所功能的多元化也随着会堂的出现而逐渐成为一股趋势。圣殿的功能是单一的，仅仅供人们在那里进行崇拜活动。会堂的功能则是综合的，会堂以宗教信仰为中心而全面地组织信徒的社会生活。会堂既是崇拜的中心，又是交谊的中心、教育的中心、切磋技艺的中心，还是文艺演出的中心。今日欧洲各国的教堂，规模大一些的，往往自办产业，乃至编辑和发行书刊。在今日英国的教堂里，我们甚至可以看到托儿所等服务性的设施。可以说，这正是会堂的社会功能在新形势之下自然而然的延续和发展。显然，会堂与现代教堂之间仅距一步之遥了。

最会看教堂(church)。说到教堂，笔者想起了一句名言，图德拉的本杰明《游记》："君士坦丁堡还有许多教堂，一年中有多少天，就有多少教堂。"①现代的教堂本身又经历了一个历史发展的过程。在这个过程中，我们看到一个总的趋势：教堂的宗教功能日渐增强。教堂，又称礼拜堂，它是基督教徒做礼拜用的建筑物，起源于希腊文 kryiakon，意为主的居所。《使徒性传》15：22："那时，使徒和长老并全教会定意从他们中间拣选人，差他们和保罗、巴拿巴同往安提阿去。"②公元47年，安提阿的教会曾经派出保罗和巴拿巴，带着捐资去帮助耶路撒冷的基督徒。他们从安提阿出发，先往居比路，后到加拉太省，沿途建立教会，设立长老。返回的路途中再访问信徒，然后回到安提阿。他们每到一处就以现成的犹太会堂为根据地展开工作。一般认为，现存位于安提阿的早期拜占庭建筑就是第一座基督教教堂。这就说明，教堂的确是在会堂的基础上发展起来的。至于教堂的样式，从来就不是一成不变的。不同的时代，往往有其代表性的教堂，它们成为体现那个时代的建筑艺术的典范。罗马巴西利卡会堂为早期教堂提供了基本的形式。巴西利卡会堂呈一个长方形，中央为堂，两侧各有一廊或两廊侧堂，用列柱与中堂分隔。公元4世纪基督教成为罗马帝国的国教之后，开始正式建造教堂。教堂的主要形式如下。公元6世纪建造的拜占庭式教堂，位于君士坦丁堡的索菲亚教堂是其中的代表。11世纪建造的罗马式教堂，位于罗马的圣·彼得大教堂是其中的代表。12世纪建造的哥特式教堂，位于巴黎的圣母大教堂是其中的代表。16世纪建造

---

① Philip Lee Ralph, Robert E. Lerner, Standish Meacham, and Edward McNall Burns, *World Civilizations, Their History and Their Culture*, volume 1, eighth edition (New York: W. W. Norton & Company, Inc., 1991) 359.

② 《圣经——中英文对照(合和本·新修订标准版)》，中国基督教三自爱国运动委员会、中国基督教协会出版发行，2000年，第236页。

的斯拉夫式教堂，位于莫斯科的瓦西里升天大教堂是其中的代表。世界进入现代以来，教堂的教主样式呈现多元化的格局，建筑的样式是自由的。在基督教本色化（indigenization）运动的影响之下，世界各地出现了不少按照民族风格建造的教堂。这是因为，教堂的本质是神的住所，神喜欢自由自在地居住在各民族中间。

《以西结书》37：26—27写道："并且我要与他们立平安的约，作为永约。我也要将他们安置在本地，使他们的人数增多，又在他们中间设立我的圣所，直到永远。我的居所比在他们中间。我要做他们的神，他们要做我的子民。"①由此我们可以看出，教堂的建立是基督宗教必然的逻辑发展。在上帝和信众之间所呈现出来的实际上是一种互动关系。随着时代的进步，民众对于基督宗教的认识也在逐步深化。在上帝和信徒之间，在上帝与非基督教信徒的其他民众之间，乃至在上帝与其他宗教的信徒之间，互动的关系一直都在发展着，对话的关系也一直都在发展着。而且，进入现代社会以后，人与上帝的互动关系之发展速度呈现出加快的趋势。既然教堂的本质涵义是神的居所，那么教堂所采取的形式就不那么重要了。现代的教堂建设不再以样式为关注的中心，而以如何完美地体现教会的基本性质为依据。那么，现代教会的基本性质是什么呢？概括地说，就是统一性、神圣性、大公性和使徒性。这四项基本性质概括地表明了基督宗教各派在当今世界的共同走向，因而它们也是现代教会的四大标志。这四大标志是需要有物质的载体的，而这个物质的载体就是教堂。至于教堂在当今时代的作用，显然已经比它在历史上的作用来得更为宏大。不过，其基本的性质仍然没有改变，那就是基督宗教的信仰的堡垒。正是马丁·路德在一首圣歌中

---

① 《圣经——中英文对照（合和本·新修订标准版）》，中国基督教三自爱国运动委员会、中国基督教协会出版发行，2000年，第1384页。

写道：

> 我们的主是一个坚固的堡垒，
> 稳固的防卫，有力的武器。①

---

① 谭余志编著《德语诗歌名家名作选读》，上海：上海外语教育出版社，2005 年，第 17 页。

论保罗的精神操练[①]

保罗是基督教初期教会的创始人之一。青年保罗对基督教很不理解,甚至对基督教会抱着敌视的态度。保罗的一生似乎带有浓郁传奇色彩,然而他的确是一位历史人物,既具有充分的植根于基督的信念,也具有完全的投入于现实生活的人性。保罗脚踏实地,埋头苦干,他在生活的实践中追随基督。保罗从一个迫害基督教会的人,转变为早期基督教会的使徒。在基督教的发展历史上,保罗是第一个到外邦去宣传基督福音的使者。保罗最终成长为一位名副其实的外邦使徒,他为基督宗教的世界传播做出了卓越的贡献。

保罗的名字具有一定的暗示性。保罗(Paulus)是一个来自拉丁文形容词(pualus,-a,-um)的名字,本意为微小。在拉丁文中,小钱,小不点儿,小马儿,小人儿,一小会儿,均用这个词来表达。在罗马人中,保罗是一个很普通的名字,犹言张三、李四。他原名叫扫罗(Saulus),这是一个希伯来语的称号。由于古代以色列人的第一代国王名叫扫罗,因此扫罗是一个颇为响亮的名字。在以色列人那里,如果有某个人取名扫罗,那么这就意味着其祖先或许是名门望族。保罗是犹太裔的基督教传教士,而在当时许多人是不相信乃至反对基督教的。保罗以三种称谓而为人所知,即大数的扫罗(Saul of Tarsus)、使徒保罗(Paul the Apostle)和外邦人的使徒(the

---

[①] 本文原载《西南民族大学学报》2006 年第 9 期。

Apostle of the Gentiles)。这三种称呼典型地说明了保罗在基督教发展史上的地位和作用。大数的扫罗,这个称谓以出生地标志人物。"保罗说:'我原是犹太人,生在基利家的大数,长在这城里,在迦玛列门下,按照我们祖宗严谨的律法受教,热心侍奉神,像你们众人今日一样。'"(徒22:3)大数是小亚细亚东南基利家省的首府,距地中海十八公里,遏制着通往安提阿城和伯拉河的商道,为一重要的商业城市和港口。使徒保罗,这个称谓以使命标志人物。这是保罗皈依基督教之后所获得的称呼,它用得最为广泛。使徒,原义为使者,或受差遣的人,在《新约》中特指耶稣的门徒。耶稣在传道时召选了十二个门徒,他们是最初的一批使徒,或曰十二使徒。不过,到了初期教会时期,亦即保罗传道的时候,使徒的内涵明显地较以前扩大了许多。大凡那些生气勃勃、忠心耿耿、自愿前往艰苦的地方、敢于为传播基督教而打先锋的信徒,都可以称为使徒。保罗就是这样看待自己的,他在《罗马书》的开端写道:"耶稣基督的仆人保罗,奉召为使徒,特派传上帝的福音。"(罗1:1)这说明,在主教制产生之前,使徒们实际上承担着相应的使命。在为数不少的使徒中,保罗堪称典范,因此在今天的宗教节日中有圣保罗日。该节日在6月29日。到了那一天,人们要读诗诵经,歌赞祈祷,颂扬保罗向外邦人传播基督福音的丰功伟绩。外邦人的使徒,这个称谓以基督教的传播范围来标志人物。外邦人,此语有两种含义。在《旧约》中,外邦人系相对于以色列人而言的。起初,外邦人指那些迦南地的土著居民。后来,外邦人指未接受犹太教信仰、未受割礼的人。在《新约》中,外邦人系相对于基督宗教的信徒而言的。外邦人指一切尚未皈依上帝或耶稣基督的人们。在基督教的发展链条中,关键的一环就是该宗教能否为外邦人所接受。倘若基督教能够为外邦人所接受,它就能发展为普世性的宗教,亦即基督宗教作为普遍的真理而为世界各民族所共同接受。倘若基督教不能够为外邦人所接受，那么它就只好局限在某一民族之中，从而作为一种民族宗教而存在了。显然，普世性的宗教意义较大，而民族性的宗教意义较小。保罗的历史功绩就在于他努力传播基督教，是以保罗为首的使徒们把基督教传播到了外邦人之中。基督宗教之所以具有今天这样的规模，保罗是一个关键性的人物。至于保罗本人是否信仰基督教，则是关键之关键。圣经中有"保罗归主"的记载：

扫罗仍然向主的门徒口吐威吓凶杀的话，去见大祭司。求文书给大马士革的各会堂，若是找着信奉这道的人，无论男女，都准他捆绑带到耶路撒冷。扫罗行路，将到大马士革，忽然从天上发光，四面照着他。他就扑倒在地，听见有声音对他说："扫罗！扫罗！你为什么逼迫我？"他说："主啊！你是谁？"主说："我就是你所逼迫的耶稣。起来！进城去，你所当作的事，必有人告诉你。"同行的人，站在那里，说不出话来，听见声音，却看不见人。扫罗从地上起来，睁开眼睛，竟不能看见什么。有人拉他的手，领他进了大马士革。三日不能看见，也不吃，也不喝。当下，在大马士革有一个门徒，名叫亚拿尼亚。主在异象中对他说："亚拿尼亚。"他说："主，我在这里。"主对他说："起来！往直街去，在犹大的家里，访问一个大数人名叫扫罗，他在祷告；又看见了一个人，名叫亚拿尼亚，进来按手在他身上，叫他能看见。"亚拿尼亚回答说："主啊，我听见许多人说，这人怎样在耶路撒冷多多苦害你的圣徒，并且他在这里有从祭司长得来的权柄，捆绑一切求告你名的人。"主对亚拿尼亚说："你只管去。他是我所拣选的器皿，要在外邦人和君王并以色列人面前宣扬我的名。我也要指示他，为我的名必须受许多的苦难。"亚拿尼亚就去了，进入那家，把手按在扫罗身上说："兄弟扫罗，在你来的路上向你显现的主,就是耶稣,打发我来,叫你能看见,又被圣灵充满。"扫罗的眼睛上,好像有鳞立刻掉下来,他就能看见,于是起来受了洗,吃过饭就健壮了。(徒9:1—19)

原本"大名鼎鼎"的扫罗,皈依基督教以后成了"小人物"保罗。然而谦卑的名字为伟岸的人格所承载。这伟岸的人孜孜不倦,努力工作,在历史的进程中实现了他的人生价值。在信仰基督教的诸民族中,一般说来做家长的并不都望子成龙。他们只是希望,自己的孩子在青少年时代能够健康活泼地成长,长大成人以后能够安分守己从而有益于社会。人人成龙,这是违背事物的普遍的辩证法的,它很容易造成人们心态的失衡。就个人来说,信仰基督教的人们,大都乐于奉献,大都慷慨助人。他们默默无闻地工作,共同促成社会的和谐发展。可以说,基督徒的人格是小中见大的人格。保罗做出了小中见大的人格榜样,保罗是基督徒人格的典型代表。在今天的中国,由于社会在急剧地转型,所以个人出人头地的机会多,带来的各种社会问题也多;有升官的,有下岗的;有发财的,有蚀本的;有人弹冠相庆,有人心头流血。一方面,国家在大踏步向前进。一方面,人人需要精神的慰藉。对于今天的中国社会来说,保罗的人格,其伦理意义实在大得很。

在保罗的成长过程中,有几个重要的事件值得注意。

大马士革路上的异象,这是保罗成长过程中的第一个阶段的标志。年少气盛的扫罗对于当时刚诞生的基督教很不理解,他也像那些自以为热心律法和犹太教的人一样,对基督教会抱着敌视态度。大约在公元36年或37年,在扫罗的故乡发生了基督徒司提反以身殉道的重大事件。扫罗以敌视基督教的态度目睹了该事件的全过程。"众人听见这话,就极其恼怒,向司提反咬牙切齿。但司提反被圣灵充满,定睛望天,看见上帝的荣耀,又看见耶稣基督站在上帝的右边,就说:'我看见天开了,人子站在上帝的右边。'众人大声喊叫,捂着耳朵,齐心拥上前去,把他推到城外,用石头打他。作见证的人把衣裳放在一个少年人名叫扫罗的脚前。他们正用石头打的时候,司提反呼吁主说:'求主耶稣接受我的灵魂!'又跪下大声喊着说:'主啊,不要将这罪归于他们!'说了这话,就睡了。扫罗也喜悦他被害。"(徒7:54—60)司提反早年曾信仰犹太教。不过,他后来皈依基督教,并且加入了初期教会,成为七位执事之一。任何事物都有一个发展过程,初期教会也是这样,它是有缺陷的。初期教会在分配公共财产方面存在弊端,而且许多教徒还深受犹太教的影响,信仰不纯正。司提反认为,应当从实际出发来考虑人们的行为规范,而不必恪守全部摩西律法。他还经常与操希利尼语的犹太教徒辩论。这样一来,司提反便犯了众怒,被拘捕到犹太公会受审,最后被拥出城外以乱石打死。司提反,基督教的第一位卫道士,就这样牺牲了。这就是有名的司提反殉道事件(The Stoning of Stephen)。后来,扫罗又积极投入了另一场迫害耶路撒冷教会的运动。"从这日起,耶路撒冷的教会大遭逼迫。除了使徒以外,门徒们都分散在犹太和撒玛利亚各处。有虔诚的人把司提反埋葬了,为他捶胸大哭。扫罗却残害教会,进各人的家,拉着男女下在监里。"(徒8:1—3)请注意"残害"一语,希腊原文作 lumainomai 在《每日研经丛书》(*The Daily Study Bible*)中,有贝克莱所著《新约圣经注释》。其《使徒行传注释》说:"经文说扫罗残害教会。在希腊语这个词所指的是兽性的残酷,是用以指野猪蹂躏葡萄园,和野兽狂咬一个人体的。这一章里的那个残害教会的人和下一章那个降服于基督的人,两者之间的对比是非常值得注意的。"① 如据拉丁文圣经武

---

① [英]贝克莱著《新约圣经注释》(上卷),南京:中国基督教协会,1998年,第1285页。

加大本直译，则为：扫罗的确蹂躏了教会，穿堂过屋来着，拉扯男女来着，他把他们交给监狱。①从文学的角度看，青年扫罗的形象很有些怙恶不悛的意味。扫罗甚至主动提出要到大马士革的教堂中去捉拿基督徒。然而，就在这个关头一个重大的事件发生了。扫罗在前往大马士革的路上曾看见异象从天上发光，于是扑倒在地，变成了瞎子。保罗自述他归主的经过如下：

> 我将到大马士革，正走的时候，约在晌午忽然从天上发大光，四面找着我。我就扑倒在地，听见有声音对我说："扫罗，扫罗，你为什么逼迫我？"我回答说："主啊，你是谁？"他说："我就是你所逼迫的拿撒勒人耶稣。"于我同姓的人看见了那光，却没有听明白那位对我说话的声音。我说："主啊，我当作什么？"主说："起来！进大马士革去，在那里，要将所派你做的一切事告诉你。"我因那光的荣耀不能看见，同行的人就拉着我手进了大马士革。那里有一个人，名叫亚拿尼亚，按着律法是虔诚的人，为一切住在那里的犹太人所称赞。他来见我，站在旁边对我说："兄弟扫罗，你可以看见。"我当时往上一看，就看见了他。他又说："我们祖宗的上帝拣选了你，叫你明白他的旨意，有的见那义者，听他口中所出的声音。因为你要将所看见的、所听见的对折万人为他作见证。现在你为什么耽延呢？起来！求告他的名受洗，洗去你的罪。"（徒22：6—16）

这就是"保罗叙述归主的经过"。类似的记述也出现在《使徒行传》其他的章节之中，比如徒9：1—19、徒26：12—18。不过，

---

① Act 8，1—3：Saulus vero devastabat eccelesiam per domos intrans et trahens viros ac muliers tradebat incustodiam. —Biblia Sacra Iuxta Vulgatum Versionem（Stuttgart：Deutsche Bibelgesellschaft，1994）p. 1710.

上引"保罗叙述归主的经过"由于特殊的叙事技巧而更具有文学性。这就是第一人称的话语结构。当事人将事情的经过从自己的口中娓娓道来,这就具有如临其境的真实性和感同身受的亲切感。关于这一记载,曾有人试图从自然科学的角度加以解释,认为那一天恰好发生了地震,而扫罗在地震时产生的强烈电光中发生了幻觉。笔者认为,这种解释即使得到了严格的考证而显得千真万确,也还是缺少神学的深刻性的。扫罗所经历的启示就是一刹那间所发生的"悟"。有人或许会问:本来是前去迫害基督徒的扫罗,何以会产生"悟道"式的精神飞跃呢?一方面,扫罗守旧的犹太教思想的影响和律法的束缚,对刚产生的基督教还不理解。可是另一方面,业已产生的基督教也一直在对扫罗的思想产生着潜移默化的作用。尽管他当时尚未自觉,但是新型的基督教的思想毕竟在他的头脑中积累着。当这种积累达到一定的量的时候,飞越就产生了。这种情形,每一个内心真诚的人都是会遇到的,差别仅在于事件发生的早迟罢了,以及有何种契机来引起它罢了。悟道,就是猛然之间达成对宗教本质的了解。按照中国佛教界的习惯说法,悟道,又名得悟,即了见心性,彻悟大道。虽然"悟道"一语,多为禅宗所用,以指得法开悟者而称为"见性悟",然而悟道并非佛教禅宗的专利,它是世界上各种宗教修炼所共同期待的终极目标。悟道的行为过程是悟。悟具有深刻性和突然性。然而,悟的深刻来源于平日的似乎浅表的对宗教各种各样的接触,悟的突然来源于长期而缓慢的乃至似乎久期不致、越是期待越是不到来的积累。人们不禁会问:扫罗怎么会亲眼见到耶稣基督呢?佛教的这段论述有助于我们理解这件事情。《法华经·方便品》:"欲令众生悟佛知见,故出现于世。欲令众生入佛知见道,故出现于世。"①这里讲的是佛为什么会出现的道理,经文中省略了主语"佛"。为了让大家体会到佛的智慧,所以佛就出现于世。为了然大家进入佛的智慧,所以佛就出现于世。这里的"悟",即英文的 realize. 就众生而言,体悟,体会也;就佛而言,示悟,真实化也。佛的出现,须借助于一定的契机,亦即引起世人注意的某个特别的事件,所以《法华经·方便品》又说:"诸有所作,尝为一事,唯以佛之知见,示悟众生。"②这里的"示悟",即英文的 to appear to somebody and to enlighten him. 就佛而言,出现其身影以开启众生也。就众生而言,看见佛的身影从而体会到佛的智慧也。我们仅须转换一下东西方的文化背景,即可明了扫罗何以看见耶稣基督了。所谓示悟,说到底,就是将神的真理加以展开。所谓体悟,说到底,就是对于神的启示有所接受。换句话说,就是现实生活中的人们对于事物的本质意义、根本原理、真相等等,获得了启示,或有所发现,从而达成了理解。悟,必然导致人们发现真理,从迷惑、迷惘、迷失的状态中脱却开来,因此扫罗此后便脱离了从前的存在方式,不再作恶了。他一心向善,主动去传播基督教的真理。这样一来,不仅保罗自己悟了道,他也让别人悟了道。于是作恶多端的扫罗顿时变了个人,成为使徒保罗了。

在保罗的成长过程中,精神操练,或曰神操,一直在起作用。

兹论述保罗神操的第一阶段。见主之后,包罗并没有停止对基督真理的追求。保罗对基督真理的追求,就是进行精神的操练。保罗做过神操吗?答案是肯定的。虽然当时尚未有神操这一术语,但是保罗的确做了神操。让我们看看保罗做神操的第一阶段吧。在保

---

① [后秦]鸠摩罗什译,[隋]智顗疏,[唐]湛然记,[宋]道威入疏《妙法莲华经》,上海:上海古籍出版社,1990年,第103页。

② [后秦]鸠摩罗什译,[隋]智顗疏,[唐]湛然记,[宋]道威入疏《妙法莲华经》,上海:上海古籍出版社,1990年,第104页。

罗归主的记载中，有一段关键的话，即"三日不能看见，也不吃，也不喝。"（徒9：9）保罗不能看见，这是无可奈何的事情，对此他是被动的。一连三天，他不吃不喝，这却是主动的行为。保罗自己不吃不喝。这说明了什么呢？这说明保罗进行了某种类似"斋戒"的修炼。斋戒的本意，指清净身心，从而慎防身心产生懈怠。其实，斋戒式的修炼在各种宗教中都有。在古印度婆罗门教的祭法中亦有斋戒，即信众们每隔十五日举行一次集会，令各自忏悔罪过、清净身心。这一天，祭主还要实行断食和助于清净界之法。到了佛陀时代，尼乾子等外道依然沿用这种祭法，他们聚集在一起，持断食等四戒。佛陀也在僧团中采用了斋戒这一修炼的方法。《中阿含经》卷十四《大天林柰经》："剃除须发，著袈裟衣，至信捨家，无家学道，学仙人王修梵行。在此弥撒罗大天柰林中，彼最后王名曰尼弥如法法王，行法如法，而为太子、后妃、綵女，及诸臣民、沙门、梵志，乃至昆虫，奉持法斋。月八日、十四日、十五日，修行布施，施诸穷乏沙门、梵志、贫穷孤独、远来乞者，以饮食衣被、车乘华鬘、散花涂香、屋舍床褥、氍氀绵筵，给使明灯。"[①]这是佛教每月进行三天斋戒的例子。根据其他佛教典籍记载，实际上每个月有六天均须持斋，即初八日、十四日、十五日、二十三日、二十九日和三十日。于此六日，佛教长老必集僧众诵呗说戒经，使比丘安住于净戒中以便促进善法在其内心中不断地生长。随着佛教的发展，原本较为简单的斋戒，即断食，既不吃不喝，后来将发展为八戒，这是大家较为熟悉的。在斋戒的各种事项中，戒绝吃喝和戒绝性生活，乃是各种宗教所一致强调的。中国古代也有关于斋戒的学说。儒学亦有斋戒一说。在古代中国入学事实上起着类似于宗教的

---

① ［东晋］僧伽提婆译《中阿含经》，上海：上海古籍出版社，1995年，第88页。

作用。《论语·乡党》:"斋必变食,居必迁坐。"①关于这句话的具体含义,孔颖达疏:"此一节论齐祭饮食居处之事也。齐必变食者,谓将欲接事鬼神,宜自洁净,故改其常馔也。居必迁坐者,谓改易常处也。"②简言之,斋戒的时候,一定要改变平时的饮食习惯;居住的地方也一定要搬移,不与妻妾同房。为什么呢?生活经验告诉我们。在略有饥饿感和寒冷感的时候,我们读书总是容易入神,记得更牢靠一些,体会也更深刻一些。如果酒醉饭饱,那么谁也会昏昏欲睡。生活经验告诉我们,在进行重大活动期间,性生活一般也宜戒绝,以便集中精力,避免耗散。《周易·系辞》记载了孔子与其弟子讨论《易经》时的情形。《易经》有什么作用呢?《周易·系辞上》:"圣人以此齐戒,以神明其德夫。"③"齐"字在中国古代经传中与"斋"通用,齐戒,即斋戒。圣人用《易经》这本书来进行斋戒,是为了神妙地显明其道德吧。那么,斋戒的涵义是什么呢?王弼注:"洗心曰齐,防患曰戒。"孔颖达疏:"圣人以易道自齐自戒,谓照了吉凶,齐戒其身。"④《礼记·曲礼上》:"齐戒以告鬼神。"⑤《礼记·祭义第二十四》:"致齐于内,散齐于外。齐之日,思其居处,思其笑语,思其志意,思其所乐,思其所嗜,齐三日,乃见其所为齐者。"⑥中国的本土宗教道教有一种重要的修炼方术,就是"辟谷",又称"绝谷"、"休粮"、"却粒"等,指修道之人不食五谷而生存。道教认为人体内有三尸,三尸为欲望产生的根源,毒害人体之邪魔。三尸在人体内依靠谷气而生存,如人不食五谷,就断

---

① 杨伯峻译注《论语译注》,北京:中华书局,1980年,第101页。
② [清]阮元校刻《十三经注疏》,北京:中华书局,1980年,第2495页。
③ 宋祚胤注译《周易》,长沙:岳麓书社,2000年,第338页。
④ [清]阮元校刻《十三经注疏》,北京:中华书局,1980年,第82页。
⑤ 钱玄等注译《礼记》,长沙:岳麓书社,2001年,第15页。
⑥ 钱玄等注译《礼记》,长沙:岳麓书社,2001年,第611页。

绝了三尸赖以生存的谷气，三尸也就无法生存了。因此，人欲益寿长生，就必须实行辟谷之术。当然，道教的辟谷，指不食谷物，并非完全不食任何事物。开始的时候，逐步减食，由一日三餐减为两餐、一餐。适应一段时期之后，即以饮水食气为主，并服用白术、山药、黄精、巨胜、茯苓、灵芝等辅助药物。《太清中黄真经》："内修形神除嗜欲，专修静定身如玉。但服元和除五谷，书帝录形入太微。必获寥天得真，百日专精食气足。食气玄微总五事，大关之要莫能知。元气初服力尚微，要自将心运守之。"①我们知道，道教修炼的着眼点在长生。尽管道教与基督教在神学思想方面差别甚大，但就道教修炼术的神学思想而言，其指向依然是明白的。同时，斋戒的艰辛亦得到了惟妙惟肖的刻画。如果不能"将心运守"即用心去通神，斋戒是非常难以做到的。让我们回过头来看保罗吧。保罗所进行的类似斋戒的修炼有什么效果没有呢？效果极大。由于保罗一连三天不吃不喝，静坐默想，于是他竟然恢复了视力，得以重见光明。这就是神操的神奇功用啊。

再论保罗神操的第二阶段。归主之后，扫罗重见光明，并受了洗礼。从此他痛改前非，在大马士革各会堂中传扬：耶稣就是基督。此后，扫罗曾到过阿拉伯，《加拉太书》对此有明确的记载。有些版本的圣经，还给这段记载加了小标题"保罗怎样成为使徒"：

> 弟兄们，我告诉你们，我素来所传的福音，不是出于人的意思，因为我不是从人领受的，也不是人教导我的，乃是从耶稣基督启示来的。你们听见我从前在犹太教中所行的事，怎样极力逼迫、残害神的教会。我又在犹太教中，比我本国许多同岁的人更有长进，为我祖宗的遗传更加热心。然而那把我从母

---

① ［宋］张君房编《云笈七签》，北京：书目文献出版社，1992年，第106页。

腹里分别出来、又施恩召我的上帝,既然乐意将他的儿子启示在我心里,叫我把它传在外邦人中,我就没有与属血气的人商量,也没有上耶路撒冷去见那些比我先作使徒的,唯独往阿拉伯去,后又回到大马士革。(加1:11—17)

保罗提到的阿拉伯地区,乃是从大马士革到西奈半岛的一大片阿拉伯游牧民族居住的区域。阿拉伯游牧民族,又称贝都因人,他们最富于阿拉伯人的气质。在贝都因人居住的地区,有牧草,有绿荫,有淙淙流水,有汩汩清泉,挺拔的椰枣树参天,低矮的帐篷点缀着蓝天白云下的大地,裹头巾的男人在劳作,披面纱的女人在汲水,悠然的骆驼则默默无言。但是,在贝都因阿拉伯人生活的区域里更多的还是一望无垠的沙漠和令人凄凉的荒原。这强烈的二元反差的环境有助于人们对宇宙和人生的基本问题进行思考。保罗去阿拉伯的目的,乃是为了在完成上帝所交托的重大责任之前夕拥有一段静修(retreat)的时期,学习如何专一侍奉上帝,如何让整个身心为主所用。经文这里叙述了影响保罗一生的两件大事。第一,在他尚未出身之前,上帝已将他分别出来为之所用。对此保罗自己却一点也不知道,直到他归信之后才清楚。第二,上帝放置在他心里的乃是一道神圣的使命,即向外邦人传福音的启示。在保罗的一生中,从母腹到归信,在生命的每一阶段,每一时刻,原来都有上帝那奇妙的预备和操练啊。《孟子·告子下》:"故天将降大任于斯人也,必先苦其心志,劳其筋骨,饿其体肤,空乏其身,幸福乱其所为,所以动心忍性,增益其所不能。"[1]明白了保罗成为使徒的经过之后,我们对孟子所提出来的这一命题,或许可以有更为深刻的理解:倘无目标,盲目苦干瞎搞,未必有什么益处,未也必有什么结

---

[1] 杨伯峻译注:《孟子译注》,北京:中华书局,1960年,第298页。

果。怀抱"降大任于斯人"之信念,这是斯人奋斗之前提。至于"降大任于斯人"之第一施动者,则是天,亦即上帝。换句话说,斯人欲有为,必须信靠上帝。保罗就是这样做的。保罗在阿拉伯地区一共待了三年。当然,他隐居在阿拉伯旷野的时间没有那么多,因为其间他还曾去过大马士革几次,还和门徒一起住了一些日子。我们现代人举行一个讲习班,一般不过两三周或一两个月罢了。相比之下,保罗用于沉思默想的时间总的说来还是很多的。他要检讨过去得失的根源,以便今后更好地传道。然后,他再次回到大马士革,继续讲道。不过,这时的保罗已经与过去判若两人,讲道的本领已经很高明了。请看:"扫罗和大马士革的门徒同住了些日子;就在各会堂里宣传耶稣,说他是上帝的儿子。凡听见的人,都惊奇说:在耶路撒冷残害求告这名的,不是这人吗?并且他到这里来,特要捆绑他们,带到祭司长那里。但扫罗越发有能力,驳倒住大马士革的犹太人,证明耶稣是基督。"(徒9:19—22)那么,我们不禁要问:为什么扫罗讲道越发有能力,竟然能够驳倒大马士革的犹太人呢?笔者认为,这得益于扫罗在在阿拉伯的生活经历。扫罗在阿拉伯旷野沉思默想,其实就是在做神操。就今日之情形而论,一般说来修道院才是做神操的好所在,修道士的主要工作就是两项:一是劳动生产,二是做神操,而前者是为后者服务的。今日遍布欧洲各地的大大小小的修道院正是在埃及萌生的,而埃及就位于阿拉伯半岛之上。位于亚洲西南部的阿拉伯半岛是东西方的结合部,人类某些原创的思想在那里产生,而世界各地的思想又在那里汇集。那里是东方神秘主义的渊薮之一。那里产生了世界三大宗教之一的伊斯兰教。伊斯兰教也是主张斋戒的,而斋戒可视为广义的神操之呈现于斋戒者之外部的形态。扫罗在阿阿拉伯旷野沉思默想可以视为其神操的深化阶段。即由外在的看得见的不吃不喝,向着内在的看不见的灵性之修炼逐步升华,并最终达到与基督的合一。笔者以为，扫罗所进行的灵性之修炼，颇似于佛教的观法（梵：vipasyana，英：discernment），即人们在正智（right knowledge）指导下所进行的思维观察活动。观法，又称修观、观想、观行，也简称观，它是一种透过冥想来把握真理的修行实践。观法是佛教常见的修行方式，即把心思专一起来，以智慧来观想一定的对象，比如一座山、一泓水、一枝梅、一只鸟、漠漠原野、芸芸众生、乃至佛法等，由此而得到觉悟。在佛教徒看来，观的内容是极其广泛的，自然界中的各种物体可以观，日常生活中的具体事情可以观，深刻的教义和哲理也可以观。然而，在观的内容中最大的一项还是人心，也就是说佛教尤其注重修行的佛教徒对自己的心进行观想。佛教传入中国之后，迅速与中国固有的思想相结合。中国佛教特别是天台宗把观心作为一种重要的功夫。天台宗认为，心为万法之主，无一事可以漏于心，因此观察心也就是观察一切。进而，大凡就事而观其理，统统可以称为观心。《十界二门》曰："观心乃是教行枢机。"即是说，观心是一切宗教行为的核心部分。同书《指要钞》上曰："一代教门，皆以观心为要。"意思是说，天台宗之所以成为一代宗派，就是因为教门中人掌握了观心的理论和操作规范。《教观纲宗》上曰："佛祖之教，教观而已矣。观非教不正，教非观不传。有教无观则罔，有观无教则殆。"这一段话颇类似于《论语·学而》的行文口吻。在这里，观心的重要性已经上升到与宗教本身一样的高度了。具体说来，天台宗有"一心三观"之修炼方法。天台宗讲究修一心三观，即于自己一念妄心之上，观其如何为假，如何为空，如何为中。观察的对象有心、佛和众生。其中，自观己心最为容易，而且最为重要。这是因为，心为一切事物之根本，当然亦为迷妄之根本，故而天台宗强调应观自己心之本性。《妙法莲华经玄义》卷二上："前所明法，岂得异心？但众生法太广，佛法太高，于初学为难。然心、佛及众生,是三无差别者,但观己心则为易。"①如此看来,较之了解佛和众生,了解自己的心还是相对容易一些。因此,一个人应该在观照自己的心上痛下工夫。说到底,较之研究经书和施行仪轨等来说,独自一人,做做神操,到底是更容易的。一个人进行精神操练,可以增进信仰。而且,精神操练还可以推而广之,它帮助有信仰者最终实现从认识自己到认识彼岸世界和客观世界的飞跃。

复论述保罗神操的第三阶段。此阶段开始于保罗的第一次传道之旅程,贯穿于他的三次传道之旅程,并且持续到他生命的最后一息。在第一次传道之旅程中,扫罗在居比路获得了成功,从此以后扫罗就称为保罗了。"扫罗又名保罗,被圣灵充满。"(徒13:9)我们知道,扫罗是犹太名字,而保罗则是希腊名字。因此,史家认为,也许从这时候起,保罗完全接受了他作为异邦人的使徒之使命。为什么这样说呢?因为他决意从此以后只用其外邦人的名字了。果真如此,则从这时候起,保罗便开始了圣灵所指示他的一往无前的事业了。大约在公元47至49年间,保罗与巴拿巴同行,第一次外出传道,足迹遍及小亚细亚东南部地区。不顾沿途所遇犹太人的反对,保罗每到一处都积极创建教会。大约在公元50至52年间,保罗第二次旅行传道。他与同伴渡过爱琴海前往欧洲。保罗还独自去了希腊的文化中心雅典,大力向雅典人传道。之后,保罗又去了哥林多,并在那里居住了一年半之久。大约在公元53至57年间,保罗第三次旅行传道。他重访加拉太的各个教会之后,在以弗所居住了三年之久。之后,保罗渡海到马其顿和希腊去看望那里的教会之情形。保罗的晚年充满艰辛。他大半在狱中度日。他曾带着四个人到圣殿去行洁净礼,然而他们却被犹太人指责为污秽圣殿。

---

① 大三三·六九六上。

经过一系列曲折之后，罗马巡抚腓力斯竟然拘禁保罗长达两年之久。直到新任巡抚非斯都接任，保罗才出狱。保罗要求到罗马上诉，得到允许。于是他乘船前往罗马。历尽千辛万苦之后，保罗终于到达当时世界权力中心的罗马，然而他又被监禁了，他被关押两年之久。不过，大约从这时起，保罗可以自由地接待信徒，并进行传道工作了。《新约》对保罗的记载至此结束。在保罗一生所经历的处所之中，安提阿是一个耐人寻味的地方，它对保罗尽情发挥外邦人的使徒之使命具有特别重要的意义。从文学的角度看，《使徒行传》的作者路加是以一位高明的传记作家，他有计划地选择材料来写作本书。路加在《使徒行传》中记载的地区也是有选择性的，安提阿就是一个例证。安提阿是罗马管辖的叙利亚省的首府，位于奥伦提斯河上游。安提阿又是罗马帝国的第三大城市，仅次于罗马和亚历山大，大约有80万人口之常住居民。在当时，安提阿已经取代了耶路撒冷而成为向外邦人传教的中心。如前所述，巴拿巴和保罗曾受耶路撒冷教会的委派到安提阿传道，于是保罗在此居留了一年。在安提阿，保罗被称为基督徒。此后，保罗的三次旅行传道均由安提阿出发。可以说，安提阿是保罗向外邦人传道的一个根据地。"安提阿城和周围的加帕多家地区，位于今日的土耳其境内。在早期阶段，一种强烈的基督教之存在就在东地中海以北的这个地区建立了起来。保罗的传教之旅，正如《使徒行传》所描写的那样，经常涉及在该地区建立教会，而安提阿的种种特色就凸现在早期教会史的好几处关节点上。安提阿本身很快就变成了基督教思想的一个领导中心。像亚历山大城一样，她也与一种明显的神学风格联系起来。在4世纪时，加帕多家的'教父们'也是这一地区中的一种重要的神学存在,他们尤以其对三一学说的贡献而著名。"①显然,安提阿是基督教的摇篮。由于安提阿的缘故,受惠于基督教的便不再是保罗一人,而是一个日渐扩展的群体,这个群体后来扩展到了全世界。换句话说,安提阿是使基督教成为普世宗教的一座文化名城。这就是安提阿的文化史的意义。

最后论述保罗神操的当代启迪。假如人们纯粹地从历史事件的角度对保罗的一生进行考察,那么就会觉得其中的环节多多少少带有神秘的色彩。值得注意的是,这样的神秘色彩正是造成日益相信科学的人们怀疑基督宗教之真理性的原因之一。因此,实事求是地解读保罗一生中的诸重要阶段,就成了基督教是否为神圣信仰的关键问题了。笔者认为,保罗的一生是精神操练的一生。从精神操练的角度来审视保罗的一生,就会觉得其中的环节确实可信,不仅从事实上看的确如此,而且从理性上看应该如此。笔者还认为,在东方的历史语境下对保罗的精神操练进行比较研究,乃是认识保罗精神操练的当代意义之有效途径。就个人而论,进行精神操练有助于达成心态之平和,诚如歌德所言:"群山之巅,一片静寂。"②就全社会而论,进行精神操练有助于建构和谐社会,诚如保罗所祝福:"还有末了的话:愿弟兄们都喜乐。要做完全人,要受安慰,要同心合意,要彼此和睦。如此,仁爱和平的上帝必与你们同在。你们亲嘴问安,彼此务要圣洁。终圣徒都问你们安。愿主耶稣基督的恩惠、上帝的慈爱、圣灵的感动常与你们众人同在。"(林后13:11—14)保罗经历了一次偶然的精神操练和大量自觉的精神操练。保罗最终从一个微小的人成长为一位基督精神的勇敢传播者。这一点对每一个信仰基督宗教的知识分子来说都具有榜样的作用。然而,保罗的榜

---

① Alister E. McGrath, ed. *Christian Literature, An Anthology* (Oxford: Blackwell Publishers Ltd. 2001) 9.

② Über allen Gipfeln /Ist Ruh. —Johann Wolfgang von Goethe, *Wanderers Nachtlied*, 1.1.

样作用还远远不止于此。经过适当的改造，保罗的榜样作用完全可以运用于中国人民今天正在进行的伟大事业。今天，中国人民正在进行社会主义的物质文明和精神文明建设，以便在21世纪中叶实现中华民族新的伟大复兴。所谓适当的改造，就是让传统的宗教文化适应当今社会，让起源于外国的世界诸大宗教适应中国的社会境况。在社会主义精神文明的建设中，每个人行动起来不断增强自身修养，全体人民共同努力逐步建构和谐社会。这就是保罗给予我们的当代启迪。

论但以理的形象、故事组的情节性和西方小说的历史发展[①]

一、引论：研究目的与版本考察

但以理是圣经文学中着意刻画的一个形象：他虔敬上帝、足智多谋、善于判案。但以理的形象本来属于东方文学的范畴，由于基督教的传播，但以理又成了西方世界家喻户晓的人物。在希伯来文中，"但以理"意为"上帝已经审判"。在西方，不仅许多人喜欢以"但以理"或其昵称"丹"为名，而且还有以"但以理"为喻的谚语若干条。在两千年来的西方文学史中，各国都有以圣经中的但以理为原型而蔓生衍化出来的作品。历史唯物主义和辩证唯物主义是我们从事宗教学和宗教文学研究的指导方针，也适合用来指导我们研究圣经文学。本文用比较研究的方法，从以下方面研究但以理的形象、故事组的情节性和西方小说历史发展之关系：有关文献的版本源流，各种文献的情节特征，情节与主题展示的关系，但以理形象的符号学意义，女性形象的特殊作用，圣经对文学创作所具有的特殊的感悟性，即圣经文学对发展中国的文学的借鉴作用。

但以理的形象主要记载在三种基督教文献之中，一是《但以理

[①] 本文原载《珞珈哲学论坛》2000年第4辑。

书》，为圣经《旧约》中的一卷，共十二章。我国基督教新教普遍采用的版本是所谓官话和合本。此译本以译笔优美见长，接近全世界各地的中国人当前正在使用的汉语语体文。二是《苏撒拿传》，载于《圣经后典》，共64节。三是《彼勒与大龙》，亦载于《圣经后典》，共42节。我国普遍使用的《圣经后典》是由张久宣所作的译本，由商务印书馆于1994年出版第一版。此本以译笔优美见长，文体更加明白晓畅。属于我国大陆地区当前正在使用的汉语语体文。不过，在天主教所使用的思高本圣经中，此卷经书称为《达尼尔》，系译音时所采用不同的汉字来标记所致。思高本的译笔略带浅显的文言味儿。此译本虽然与我国大陆地区当前人们正在使用的口语相去较远，但其优点也是明显的，即对于占圣经篇幅三分之一的诗歌体裁显示出了汉语文言文的强大的不可替代的优势，较好地表现了圣经中诗歌体部分应有的诗歌韵味，更像诗词一些。

《达尼尔》共十四章，前面十二章为正文，其内容与《但以理书》一致。后面两章为附录。《达尼尔》第十三章就是《苏撒拿传》，内容与《圣经后典》所载《苏撒拿传》一致。《达尼尔》第十四章就是《彼勒与大龙》，内容与《圣经后典》所载《彼勒与大龙》基本一致，不过共有43节，这多出来的是最后一节即第43节。最后一节经文显然是为了突出主题而在传承的过程中添加上去的："君王遂宣布说：全地的居民都应敬畏达尼尔的天主，因为他施救，在地上行了神迹奇事，从狮子圈里拯救了达尼尔。"（达14：43）[①]

《达尼尔》第三章和《但以理书》第三章并不完全一致。《达尼尔》多了两部分内容。一是《亚撒利雅祷言》，即达3：24—45。二是《三童歌》，接于《亚撒利雅祷言》之后，即达3：36—90。

[①] 思高本《圣经》，北京：中国天主教主教团出版，1992年，第1417页。

把这两部分拼接起来，恰好就是《圣经后典》的《三童歌》。就常见的中文圣经版本来说，官话和合本以希伯来文原著为底本而翻译，思高本以《拉丁文通俗本》（Vulgate，俗称：武加大本）为底本而翻译，故有此差别。由于《但以理书》记述平实可靠，基督教新教以之为定本而加以信奉。新教虽然不把《圣经后典》看作经书，但由于它文学性极强，人们对《苏撒拿传》和《彼勒与大龙》还是津津乐道的。东正教大多数教会与天主教会相同，信奉《达尼尔》，即信奉三种材料之所记载。俄罗斯正教不接受《次经》，但是在叙事文学极其发达的俄罗斯，人们对《苏撒拿传》以及《彼勒与大龙》的故事十分熟悉。为了全面展示但以理的形象和性格特征，本文采取记载但以理事迹的三种材料为研究的本文。它们各有胜长，引用时予以注明。

二、形象来源：由情节凸现形象

但以理的形象是由一组故事通过五个板块的文本叙述而塑造出来的。

板块 A，但以理的生平行事和事迹。见《但以理书》第一至六章，体裁上介于情节性较强的故事和纪实小说之间。

板块 B，但以理讲述的异象和预言。见《但以理书》第七至十二章，体裁上属于比较典范的启示文学。

板块 C，《亚撒利雅祷言》和《三童歌》。见《达尼尔》第三章，或《圣经后典·三童歌》。前者属于口语体散文，后者属于诗歌体。

板块 D，但以理智断苏撒拿的冤案。见《苏撒拿传》或《达尼尔》第十三章。就苏撒拿的冤情得到伸张这一层面说，体裁上属于侦探小说。就但以理机智地断案这一层面来说，体裁上属于推理小说。

板块 E，但以理智屠假神龙的故事。见《彼勒与大龙》或《达尼尔》第十四章，体裁上属于带有鲜明的寓言色彩的传奇小说。

但以理的形象是通过情节的逐步展开而在运动中凸现出来的。公元前 605 年，犹太国力衰微，巴比伦王尼布甲尼撒兵临城下，犹太王约雅敬屈膝讲和。巴比伦王不仅索要了圣殿里的器皿，并且还从犹太王室贵胄中挑选俊美少年侍奉他，但以理就是其中之一。到了巴比伦，个人信仰面对异教挑战，他常常问自己：作为被掳的人能否遵照自己民族的律法生活呢？于是他拒用王家酒膳，只食素饮水，但却长得更加俊美。尼布甲尼撒常作怪梦，心中烦乱，术士和先知，都不能解。但以理却善解其梦。尼布甲尼撒钦佩但以理的才华，拜为大先知，令掌全国术士哲人。但以理在巴比伦宫廷位列第三，招致总长和总督的嫉妒和谋害，将之投入狮子窟中。蒙上帝拯救，但以理安然无恙。于是一系列的异象发生了，这是上帝通过隐喻说明巴比伦和其他帝国的兴衰以及世界的结局。但以理凭借其智慧讲了许多预言。之后，但以理进一步展现了他的才能和智慧。

苏撒拿是巴比伦人约雅金之妻，敬虔坚贞，美丽善良。有两个恶长老，一睹其美色便淫心顿起。他们偷偷溜进花园，乘苏撒拿单独沐浴之时威胁利诱其犯罪。不料遭到断然拒绝。二恶长老便行诬告，说苏撒拿与一青年通奸。众人轻信长老的谎言，一时之间喧嚣大作，纷纷要求将苏撒拿处死。幸而，在苏撒拿被押赴刑场的途中遇到了以智慧而享誉全国的但以理。但以理见事有诈，分别复讯了两个长老。从其矛盾重重的陈述中，但以理断定他们诬陷苏撒拿。按照摩西律法，凡行诬陷者必反坐。但以理处死了两个恶长老，众人拍手称快。但以理坚信上帝，以智慧破除偶像与动物崇拜。正如汇集我国秦汉以前各种礼法的典籍《礼记·曲礼下第二》所说："凡祭，有其废之，莫敢举也。有其举之，莫敢废也。非其所祭而祭之，名曰淫祀。淫祀无福。"① 祭祀这样的大事，关系民族的命运、国家的前途和风俗的治化，既不可轻易施行，也不可轻易废除。而不合理的祭祀，即所谓淫祀，则严重地危害民族、国家和人民。

在公元前波斯王居鲁士初年，巴比伦人也盛行淫祀，供奉着彼勒（Bel，即 Baal，巴力）大神。据信彼勒大神能吃许多食物，于是敬拜者们每天都用大量的面粉来供奉彼勒。而且，连国王也深信不疑，顶礼膜拜。唯有但以理拒绝敬拜彼勒，并声言：既是偶像，焉会吃喝？但以理暗中派人监视庙中的动静，并于桌下撒下灰屑。次日清晨灰屑上便留下了许多脚印。但以理对照脚印后得知是祭师及其家属所为。从此之后，彼勒的偶像被推到了，庙也拆除了。

另有一事也显出了但以理的智慧。原来巴比伦人还奉一条大蛇为龙。国王同样深信不疑而顶礼膜拜。但以理决心扫除迷信。在获得了国王的恩准后，他用脂油、沥青、毛发等做成貌似大蛇喜欢吃的食物大圆团。大蛇见食团甚美，立即吞噬，之后不久便肚胀而死。

但以理终于为巴比伦人民破除了一大迷信。可是但以理的举动竟然招徕了敬拜者们的愤怒，国王迫于压力，只好将但以理投入狮子窟中。不料，但以理与七头巨狮相伴而安然无恙！国王见此情景惊叹不已，从此以后相信但以理的上帝确实伟大。

三、情节的基干：板块 A、D、E 的情节作用

以上是与但以理相关的一组故事，其情节颇有特色。总的说来，但以理故事组的情节特征是非线性的（non-linear），它不仅曲折复杂，而且构成回环往复的网状结构，颇具迷宫特色。我们不妨称

---

① ［清］阮元校刻《十三经注疏》，北京：中华书局，1980 年，第 1268 页。

但以理故事组的情节特征为"蛛网式"(spider-webbed)和"迷宫状"(maze-like)。由于这两个术语系笔者根据研读多种圣经文本的体会而自拟的,兹尝试申说。

如果把但以理看作一个完整的文学形象,则其形象的来源之最大特色是:在叙述文本中实现了各种文学体裁的有机结合。在构成叙述文本的 A、B、C、D、E 五大板块中,只有 A、D、E 三个板块承担实际上推动情节主干进展的作用。B、C 板块主要起充实和丰富情节结构的作用。不过,这三个板块对情节的推动方式却并不一样。

板块 A 叙述但以理的事迹,是历史文献,它对情节的推动是历时性的。历时性的情节推动见于大量的叙述作品之中,这是传统的情节展开方式。"所谓情节,指戏剧、诗歌或小说作品中对事件的计划、设计、安排或模式。而且进一步说,指对事件和人物的如此组织,以便诱发观众或读者心中的好奇心和悬念。在情节的空间或时间的持续统一体中,持续的问题以三种方式发生作用。它们是:那件事为什么发生?为什么是这样发生的?下一步发生什么,为什么?"①最简单的传统情节,就是不断地回答一个问题:"后来怎么样?"这种提问反映了人类早期的思维习惯。这可从儿童听故事的情形中得到验证。他们老是问:"后来呢、后来怎么样?"但以理的事迹,一部分属于历史事实,因而把《但以理书》视作历史著作者亦大有人在。这是因为,希伯来文圣经将《但以理书》编在《旧约》的第三部即《圣卷》之中,而不是编在包括预言的第二部即《先知书》之中。《圣卷》内容复杂,有礼仪诗歌、世俗抒情诗、智慧文学、历史著作、启示文学和小说等。这个事实为人们将《但以理

---

① J. A. Cuddon, *A DICTIONARY OF LITERARY TERMS*, rev. ed. (London: Andre Deutsch Limited, 1979) p.513.

书》视作历史著作提供了理由。笔者不认为整个《但以理书》都是历史著作。笔者认为《但以理书》是介于历史与小说之间的一类作品，即历史小说的雏形。该书的前面六章基本上是历史实录。但以理是生活在异国他乡的一位政治家，他不具备说预言的技术专长，不会承受先知的任命。不过由于他具有某些先知的天赋，因此《新约》也偶尔称他为先知。①

但以理的主要事迹如下：

  A—1 但以理被巴比伦国王选入宫中；
  A—2 但以理为尼布甲尼撒解第一梦；
  A—3 三位少年被投火窑但安然无恙；
  A—4 但以理为尼布甲尼撒解第二梦；
  A—5 但以理为伯沙撒解释墙上的字；
  A—6 但以理被投狮子窟但安然无恙。

以上六个部分是按照时间的先后次第推进的，即线性发展的。这样的情节朴实无华但略显单薄。这是整个但以理故事组的原始基础。在此基础上，但以理故事组作为历史小说逐渐发展起来。

  板块D叙述但以理智断苏撒拿案，是推理小说。从表面上看，本板块的情节本身亦是历时性地线性地推进的。由于本板块包容了极大的历史文化信息，因此从实质上看，本板块则属于立体的错综时空的情节结构。这种情节结构使得读者产生跨度极大的古今之思。苏撒拿，在希伯来原文中意为百合花，是美丽纯洁的象征。中文译本尊重传统的译法，记作苏撒拿。在西方，女子取教名，多用这同一名字。不过，在汉语文献中这一译名现在一般写作"苏珊

---

① For instance, in *Matthew* 24：15.

娜"了。已有研究表明，该板块来源于异教故事，其中包含了两种民间故事的类型。

第一种类型是贞洁的女子被失败的追求者诬告。这一故事类型，可以在印度文学中找到源头。比如，在印度史诗《罗摩衍那》中，魔王罗波那发出谣言说悉达曾经与之同居，致使罗摩将久别重逢之妻悉达再度流放到大森林中。《美妙篇》这样描写了罗摩之妻悉达受到诬陷后的心情：

"过不了多久的时候，/我就要实现我的愿望。/你们这些干坏事的家伙，/厄运降临到你们的头上。/如果他知道我现在/被困在罗波那宫中。（5·24·31）①

我同那卑污苟贱的罗波那，/那最下流的东西在一起；/只要这件事一传扬开，/他的性命就算到了底。（5·24·32）②

……如果那个罗波那，/用暴力把我来摸，/我无依无靠无力量，/我还能干些什么？"（5·35·63，季羡林译文）③

罗摩是一个英雄，他的眼睛将会发红。他一定会把自己解救出来。对此，悉达坚信不疑。有趣的是，佛教把魔王罗波那的名字用作贪欲的代名词（罗被那）："罗被那 Ravana，贪欲之一种也。《大乘义章》二曰：心贪其利，口悦人意，名罗被那。"④由此可见，诬告的根源在于贪心，失败的追求者诬告贞洁的女子，究其原因，乃是古

---

① [印度]蚁垤著，季羡林译《罗摩衍那》第五册，北京：人民文学出版社，1980—1984年，第225页。

② [印度]蚁垤著，季羡林译《罗摩衍那》第五册，北京：人民文学出版社，1980—1984年，第226页。

③ [印度]蚁垤著，季羡林译《罗摩衍那》第五册，北京：人民文学出版社，1980—1984年，第315页。

④ 丁福保编《佛学大辞典》，上海：上海书店出版社，1991年，第2843页。

代视女子为财产的观念所致。但以理故事组的文献与那些几乎无人问津的死文献不一样，它们全都是活文献。这是因为自它们产生以来，全世界每一天都有数以亿计的人们在阅读它们。这还因为自基督教建立以来，全世界每一天都有数以亿计的人们在阅读它们的过程中发展它们。因此，古代文学之思总是不断地融入但以理的形象和但以理故事组的情节之中。

第二种类型是年轻的审判官拯救了遭受诬告者。此类故事各国皆有。年轻的审判官，或者弱女子，或者小孩，所以能够准确判断，拯救被诬告者，因为他们没有受到社会不良风气的习染从而说了真话罢了。这一主题不仅是古已有之，而且是代有人写。最著名的晚近的例子是莎士比亚的《威尼斯商人》一剧。剧本通过高利贷商人夏洛克的吝啬残忍与青年人真诚无私的爱情友谊的鲜明对比，揭露批判了金钱对传统社会关系所起的破坏作用，歌颂了基督教所倡导而又为人文主义所肯定的仁爱原则。鲍西娅是剧本中光彩照人的形象。她是待字闺中的年轻漂亮的女子，外表雍容大度，内心感情丰富，性格达观乐天，言谈举止不凡。她还是个"业余律师"。她凭借机智巧妙地破解了夏洛克设下的一磅肉之圈套，夏洛克于是惊呼："一个但以理来做法官了！真的是但以理再世！聪明的青年法官啊，我真佩服你！"①接着夏洛克又说："啊，尊严的法官！好一位优秀的青年！"②这正好说明了但以理故事组的文献是活文献。莎士比亚正是从熟读圣经中获得营养，而且手法如出一辙。我们完全有理由认为鲍西娅就是女性化的但以理，而《威尼斯商人》一剧则是但以理故事情节的近代发展。古代希伯来人撮合这两类故事而加以改写，并且融进自己的宗教观念将之铸为一体。

---

① William Shakespeare, *The Merchant of Venice*, IV. i. lines 218–219.
② William Shakespeare, *The Merchant of Venice*, IV. i. lines 318.

但以理智断苏萨拿案的情节如下：

D—1 苏撒拿美貌惊动恶长老；
D—2 恶长老企图奸污苏撒拿；
D—3 苏撒拿遭诬告被判死刑；
D—4 但以理智断冤案救苏卿。

尽管情节是按照时间的先后顺序推进的，但是板块 D 与板块 A 不同。不同之处在于逐步营造了悬念。而悬念的成功营造在于以细腻的笔触，以类似于中国文学的"赋"的手法，描绘了苏撒拿的美貌。由于所费笔墨较多，客观上造成了情节进展的缓慢。本来文本的叙述减速了，可是读者的心理运作速度却加快了。两种速度之间的反差造成悬念的高度成功，因为读者急于知道事情究竟如何了结。

板块 E 是一个复合型的故事，它包括三部分：但以理除灭伪神彼勒，但以理屠龙，以及但以理被投进狮子窟。从情节的推进看，如果为了凸现但以理的形象，显然应当先叙述但以理屠龙，再叙述但以理除灭伪神彼勒，最后才写但以理被投入狮子窟。因为自古希腊悲剧的时代起，人们便形成了这样的审美习惯：只有将难度较大的内容放在后面，才有利于情节的层层递进，最终走向高潮的形成。高潮之后，情节急转直下，剧情戛然而止。留下时间，让观众在震撼之中净化心灵。德国戏剧理论家古斯塔夫·弗赖塔格曾经将这种结构加以总结，绘成不等边的金字塔图形，即所谓"古斯塔夫金字塔"（Gustav Freitag's Pyramid）。[1]这种结构为西方小说所承袭，几乎成为欧美传统小说的结构模式。但是，但以理故事组的现有文献却采取了颠倒的次序，情形如下：

---

[1] Gustav Freitag, *Techniques of Drama*, 1863.

E—1—1 贪吃的伪神彼勒；

　　E—1—2 但以理拒绝敬拜彼勒；

　　E—1—3 但以理揭露祭师们的奸诈；

　　E—1—4 但以理设计破除对彼勒之迷信；

　　E—1—5 真相大白，除彼勒像，捣毁淫祀庙。

　　E—2—1 巴比伦流行的大龙迷信；

　　E—2—2 但以理制糕饼除掉大龙；

　　E—2—3 除龙后国王的为难处境；

　　E—2—4 但以理受罚被投进狮窟。

　　E—3—1 哈巴谷为庄稼汉送食物

　　E—3—2 天使带哈巴谷往巴比伦；

　　E—3—3 但以理祷告并获得食物；

　　E—3—4 但以理安然无恙出狮窟。

　　我们看到，与板块 D 相比，板块 E 有两个特点。第一，它的"发育"是不充分的。第二，但以理平安出入狮窟与板块 A 部分地重复(A—6)。这说明了什么呢？这只能说明但以理故事组的情节结构本身也是历史发展的产物。笔者以为，只有板块 A 是史实，而其余的板块统统是后来逐渐添加上去的。最先添加的是板块 D，即苏撒拿的故事。由于是最先添加的，因此那些古代的编撰者们做得小心翼翼，将苏撒拿的故事整理得也最好，真可谓完璧无瑕，扣人心弦。最后添加的是板块 E，因为事功已毕，不免有些草率，情节虽然复杂，但却几乎在每一步上都没有展开，仅仅具有故事的梗概而已，而且还有重复的地方未及觉察。不过这种草率却在客观上造成了一大好处。这是因为在 A、D、E 三个板块中，仅最后一个板块未采取历时的线性的叙述方式。也就是说，这样一来，反而使得但以理的种种事迹最终摆脱了历史的束缚。但以理故事组终于一跃而成为小说了。历史的辩证法就是这样奇妙，摆脱历史却产生了历史的飞跃。这不是量的变化。这是质的飞跃。因为这样一飞跃，便产生了一个新的文体，即历史小说。如果换成另一个法官，苏撒拿的故事还是成立的。现在有一个法官，他就是但以理。就是这个但以理，将但以理的事迹和苏撒拿的故事连接起来。但以理的事迹便不再平淡，而是显得异峰突起，于是但以理的形象蓦地高大起来。丰满了许多。在现当代西方的侦探小说和推理小说之中，美丽的女性形象是不可或缺的。她们并非只有性的丰盈，她们还更有灵的充满。相对于但以理凛冽的阳刚的一极，苏撒拿是活脱脱的阴柔的对偶。不妨设想，要是没有苏撒拿，但以理又算得了什么呢？当然，你会说，但以理还是算得上一个历史人物。但是，我要说，他恐怕不会被那样多的人记住。由于苏撒拿的故事是如此之高的一座突起的异峰，当它并入但以理的事迹中之后，在承传的过程中，人们又添上了一些故事，即除彼勒，屠大龙，进狮窟。关于屠大龙，据现存文献之所记载，但以理是用糕饼胀死大龙的。而各国的类似故事却是用刀枪屠宰的居多。比如，《搜神记》卷十九《李寄》中的少年女英雄李寄杀大蛇：

> 寄乃告请好剑及咋蛇犬。至八月朝，便诣庙中坐，怀剑将犬。先将数石米餈，用蜜灌之，以置穴口。蛇便出，头大如囷、目如二尺镜。闻香气，先啖食之。寄便放犬，犬就啮咋；寄从后斫得数创。疮痛极，蛇因踊出，至庭而死。①

李寄除灭大蛇，用的是剑。又比如，《世说新语·自新第十五》

---

① 上海古籍出版社编：《汉魏六朝笔记小说大观》，上海：上海古籍出版社，1999年，第425页。

描写周处除蛟：

> 周处年少时，凶强侠气，为乡里所患。又义兴水中有蛟，山中有白额虎，并皆暴犯百姓，义兴人谓为三横，而处尤剧。或说处杀虎斩蛟，实冀三横惟余其一。处即刺杀虎，又入水击蛟，蛟或浮或没，行数十里，处与之俱，经三日三夜。乡里皆谓已死，更相庆。竟杀蛟而出。①

这里使用"击蛟"、"杀蛟"等字眼，说明工具为刀剑等利器。但以理则不同凡响，他仅仅用糕饼就胀死了大龙，达到了除恶的效果。这是但以理故事组编撰人的创造。据今日印度人捕蟒之情形来看，食物亦只用作诱饵，与李寄用糯米糍粑团子和蜜炒麦粉引蛇出洞的做法差不多。不过印度人的做法更为大胆，他们将香油、蜂蜜、糯米粉涂抹全身，团身悄卧于大蟒洞口，让大蟒将自己吞进口中，待到大蟒闭合巨口之后，突然运肘，将手中紧握的锋利匕首猛刺蟒眼，再拉一刀，迅疾地将大半个蟒头旋削下来。来得及动作者，出来便是顶天立地一个英雄，还能赚上一笔大钱。来不及动作者，只好听命，溜溜滑滑地进入大蟒肚中慢慢地被消化掉。但以理仅用糕饼就除掉了大龙。这样的描写，显然与世界各国文献中屠蛇之记载不合。但是这样的描写，增添了但以理故事的传奇色彩。而且这样的描写，突出了但以理性格中最主要的一个方面，即他的智慧。

至于但以理安然进出狮子窟，表面看是疏忽所致，仿佛是败笔。然而，历史的辩证法在这里又向人们开了一个玩笑。仅仅由于

---

① 上海古籍出版社编《汉魏六朝笔记小说大观》，上海：上海古籍出版社，1999年，第920页。

这一"疏忽",却产生了出人意料(unexpected)的美学效果,它造成了但以理故事组的新结构,即回环往复的结构,或者,说得通俗一些,即蛛网式、迷宫状结构。西方20世纪的许多长篇小说都采用回环往复的结构。美国短篇小说家欧·亨利(O Henry,1862—1910,系William Sydney Porter的笔名,以笔名行)十分熟悉但以理故事组,他的小说大都追求出人意料的结局。这是因为小说有两大功能,一是刻画人物性格,二是展现社会场景。只有这样的结构,才能生动逼真地展示复杂多样的社会生活以及人的内心世界。其实历史本身的真实也是这样,人类的认识,事物的发展,都不是一帆风顺的。唯物辩证法认为事物的运动是螺旋式上升的,这种运动方式反映到小说的构造上就是回环往复的结构的兴起。这一点,当然是但以理故事组的编撰者们当初并没有想到的。按理说,具备了A、D、E三大板块之后,但以理故事组的框架就已经基本形成了。但是现存的相关文献却不是这样一个面目。其中还有B、C两大板块。这两大板块本身却不是叙述性的。那么,它们有什么作用呢?

四、情节的复杂化:板块C的情节作用

板块C的第一部分是《亚撒利雅祷言》,它本身不是叙述体,而是用口语体散文写成的祷告文。但是它的插入,增强了但以理故事组情节结构的回环往复性质,对但以理故事组之形成复杂的蛛网状、迷宫式结构起到了一定的作用,并且预示了小说文体的现代化方向。《亚撒利雅祷言》如下:

啊,主啊,我们祖先的上帝,我们赞美你崇拜你,愿你的名字永披荣光。我们理应得到这样的对待。在你对我们所做的

每件事上，你一向是诚实的，当你审判我们的时候，你一向是公正的。当你向我们祖先的圣城耶路撒冷降下灾难的时候，你做得完全正确。我们理应得到那个审判，因为我们犯了罪。我们不顺从你，我们转背对着你，我们罪行累累。我们没有按照你的命令行事。如果那时服从你的律法，我们早就昌盛了。可是现在呢，我们理应得到你给我们带来的审判和惩罚。你把我们交给了无法无天的可恶而又无礼的敌人——交给了世上最坏的国王。现在我们所有崇拜你的人都受到了侮辱，我们羞愧难当，不好开口。不过，为着你本身的尊严，请不要破坏你与我们所立的约，不要永久抛弃我们。请不要从我们身上取回你的怜悯。请遵守你对你所喜爱的亚伯拉罕、你的仆人以撒和你的以色列圣民之父雅各所作的诺言。你向他们许下诺言，让他们的子孙多如天上的繁星，多如海边的沙粒。可是现在，主啊，我们的人数比任何别的民族都少了，由于我们犯了罪，无论我们走到什么地方，我们都生活在耻辱之中。我们没有剩下一个国王，也没有剩下任何先知和首领。我们再也没有一个献燔祭、供品、礼物或香料的圣殿了，我们没有一个向你献祭和祈求怜悯的地方了。然而我们怀着忏悔的心和卑贱的灵魂走到你面前，乞求你收下我们，就当我们带来了献燔祭的公羊公牛和成千只的肥羊羔吧。今天请把我们的忏悔当作献给你的祭品收下吧，这样我们就可以全心全意地顺从你了。凡是忠实于你的人都不会失望。现在我们全心全意向你保证，顺从你，礼拜你，并且向你做祷告。请你以仁慈和怜悯对待我们吧，让我们永远不再蒙受羞耻。啊，主啊，用你的奇迹来营救我们吧，给你的名字带来荣耀。将羞耻和羞愧降给那些迫害我们的人吧。解除他们的强权，粉碎他们的力量。让他们知道，你是独一无

二的主和上帝，全世界在你的主宰之下。（张久宣译文）①

从结构看，这一段祷文可以分为五部分：

C—1—1 以虔诚的心态向上帝悔罪。
C—1—2 回忆当初与上帝订立的约；
C—1—3 述说全民族今日的困难处境；
C—1—4 保证从今往后一定敬主爱主；
C—1—5 请上帝惩罚民族的共同敌人。

这篇祷文对但以理故事组的情节作用可以从以下三方面来认识。

首先，由于这篇祷文的结构本身是回环往复的。将它加入之后，必然增强整个但以理故事组在情节结构上的回环往复性。絮絮叨叨是大多数祷文的特点。这是由祷告的性质所决定的。祷告又称祈祷。据圣经记载，祷告是信徒与上帝交谈的方式，其目的是祈求上帝施恩或佑福。简单地说，祷告就是向上帝讲自己的心里话。西方流行一句俗话："一切无忧，万事祷告。"（Don't worry about anything, do pray for everything）按照《新约》的规定，基督徒要奉主耶稣的圣名，藉着圣灵，向上帝祷告。祷告的对象范围极宽，可以为自己、朋友、教徒、患病的肢体、众人、执政当权者、乃至为敌人祷告。祷告可以用各种姿势，如站立、坐着、伏地、俯伏举手、脸伏于地、屈膝、或者屈身在地将脸伏在两膝之中。祷告不拘时间，清晨、中午、午后、黄昏均可。亚撒利雅是在三位青年葬身火海之

---

① The Prayer of Azaria, see David Norton, ed., *THE BIBLE KING JAMES VERSION WITH THE APOCRYPHA* (New York: Penguin Books Ltd. 2005) p.1463. 中译文见张久宣译《圣经后典》，北京：商务印书馆，1994年，第252页。

前发出祷告的。祷告灵验与否,据说关键在于是否具有信心。在基督教中,"信心"一词特指对上帝的信仰之心。因此祷告的时候要谦卑、专一、真诚、放胆、遵从圣经的教训,还要耐心等候上帝于冥冥之中来到心中与己交谈。对于心怀罪孽,祈求肉体的奢华享乐,或者祈求上帝帮助自己实现罪恶的目的之祷告,基督教是怎么看待的呢?既然知道做祷告,说明那做祷告的人心中毕竟还有上帝,这还是对的,但由于其目的是违反圣经的教训的,因此必不蒙垂听,即不被上帝理睬。祷文的长度并无规定,可以是几句话,也可长达一两个小时。英国至今沿用圣经所开创的传统,在重大场合由名人为全国人民做祷告。BBC 的第四套节目每天清晨六点一刻,均有各界名人做的祷告。大体据圣经名段结合时事略作发挥,此种祷文乃上乘之英语散文,听这样的祷告乃是学习英语的一条有效的好途径。尽管亚撒利雅的祷文是简洁的,并无一般祷告絮絮叨叨之弊,但是其内容本身的回环往复也是明显的。将它插入但以理的事迹中,可以避免平铺直叙的单调。

其次,从口吻看,祷文借祈祷人亚撒利雅之口,道出了全体以色列人民的心声,是一篇肺腑之言。亚撒利雅在祷文中回顾了以色列民族数百年的历史。从前在旷野的西奈山上,上帝以与待遇其他民族不同的方式把他的热情施与以色列,选择以色列作他的百姓并宣称自己是它的神。于是他便与以色列建立了一种契约的关系,并通过大量的拯救行动把这种关系彰显出来。其宗旨是要以色列成为一个祭师的国度,而上帝则作它的君王。一种神治政体就这样建立起来了。然而以色列并未忠于这个崇高的宗旨。当他居住在应许之地一段时期之后,便对神治政体的基本原则不满,欲与周围的世俗政权看齐。以色列对上帝的背叛,招致了上帝的恼怒和怨恨。于是以色列人遭到了亚述和巴比伦的侵略和奴役,犹太国灭亡了。以色列人经历了屈辱的"被掳时期"(Age of Exile,586—538 BC)。这段历史令人痛心疾首。《但以理书》就是被掳时期的作品。意味深长的是，以色列民族的优秀儿子但以理却是出类拔萃的。在这里，民族与个人形成了鲜明的对照。但以理故事组的编撰者们将吁请上帝和回忆民族的历史的《亚撒利雅祷言》插入记述但以理个人事迹的但以理故事组中，这就说明但以理的事迹不是孤零零的个人行为，而是以色列民族优秀品质的整体表现。如此一来，但以理的形象便具备了历史厚重感。它使人们认识到，暂时处于衰落时期的以色列民族，终将有重振雄风，屹立于世界民族之林的那一天。

第三，从文体看，这是一篇口语性极强的散文。诚然今日的长篇小说（novel，音译：莱弗尔）大都是用散文写成的。但是西方小说在起初的时候也有不少是用韵文写作的，这就是罗曼斯（romance）一体。"罗曼斯"本指罗曼斯诸语言，即由原罗马帝国的各个行省演变而成的欧洲诸国语言，尤指古法语和普罗旺斯语。后来，罗曼斯转指用韵文写成的宫廷故事，或大众故事书。罗曼斯在中世纪特别发达，形成了亚瑟王、查理大帝和亚历山大大帝三大系列。这样就开创了用韵文写作小说的传统。到了13世纪，任何题材的冒险故事都称为罗曼斯，但主要的题材还是骑士行迹和爱情。在罗曼斯的发展过程中，出现了一些韵文与散文间杂的作品，颇类似于中国文学中的变文。由于散文在写作时束缚少，后期的罗曼斯也有全部用散文来写的。这时之所以还叫做罗曼斯，已经不是由于韵散的关系了，而仅仅由于内容还是在骑士冒险与爱情里打转转。随着内容的进一步解放和扩大，现代意义上的小说才终于形成。"中世纪的罗曼斯是写冒险的叙述文，它追随某一位英雄，经历连续不断的穿插故事，寻求他自己选择或被别人指定的目标。长篇小说或多或少是对社会关系的现实研究，结构较罗曼斯紧密得多，并不逊于传说，它主要描写社会的中层。但是这些区别并非天衣无缝，随着岁月的流逝，区别逐渐变得模糊。卡夫卡的《城堡》究竟是长篇小说还是罗曼斯呢？人们总是称它为长篇小说，但它看起来却更像罗曼斯，事实上它更像扩展了的寓意故事。"①从世界小说的发展历程来看，小说语言媒介对文体的成长起着重要的作用。小说在西方为文学之大宗。然而，在中国，小说的发展经历了一条曲折的道路。"小说者，街谈巷语，道听途说者之所造也。孔子曰：'虽小道，必有可观者焉，致远恐泥，是以君子弗为也。'然亦弗灭也。闾里小知者之所及。亦使缀而不忘。如或一言可采。此亦刍荛狂夫之议也。"②但是，我们却不能认为，中国小说从一开头起就走上了用散文来作为叙述的语言媒介的道路。这是因为原初形态的小说不过是街谈巷议而已。严格说来，中国的与西方小说相当的文学体裁在明清时期才发展起来。中国小说的前身是宋元时期的话本。所谓话本，就是说书人说唱故事的底本。既有用口语写成的白文部分，又有用韵文写成的唱词。再往上溯，就是变文了。由此看来，现代意义上的中国小说也经历了与西方小说类似的发展阶段。可见，口语体的散文对小说的发展有多么重要！我们知道，《旧约》大部分用希伯来文写成，少量经节用亚兰文（the Aramaic，又叫阿拉米文，古代叙利亚文）写成。圣经所用的希伯来文与现代希伯来文差别不大。圣经学界普遍有这样一种说法：假如所罗门和大卫现在漫步在耶路撒冷街头，他们大致能听懂以色列人的交谈。《但以理书》约有一半的篇幅用亚兰文写成（2：4下半节至7：28），也就是说其文字对于普通希伯来人来说是外语，遑论口语化！由于世界大多数语言都经历过"口语——书面语——口语"这样一个正反合的过程，因此我们有理由认为，但以理故事组的编撰者们是特地将《亚撒利雅祷言》补译为通俗拉丁文

---

① M. H. Abrams, ed., *THE NORTON ANTHOLOLGY OF ENGLISH LITERATURE*, volume 1, fifth edition (New York: W. W. Norton & Company, 1986) p.2598.

② 中华书局编辑部二十四史简体字本《汉书》第二册，北京：中华书局，2000年，第1377页。

之后再加进《但以理书》中的。当然，他们的目的是为了增强该卷经书的可读性。在这里，历史的辩证法又给他们开了一个玩笑，其所作所为大大地促进了小说这一文体的发展。

板块 C 的第二部分是《三童歌》。《三童歌》又叫《三青年歌》，其结构如下：

C—2—1 三位青年赞美上帝；
C—2—2 普世众生赞美上帝；
C—2—3 无垠大地赞美上帝；
C—2—4 地上全民赞美上帝。

这是三位敬虔勇敢的青年面对死亡时发出的齐声歌唱。称他们为"三童"，是旧有的翻译法，因为在上帝的眼里，每一个人都是孩子。这三位青年是哈拿尼雅、米沙利和亚撒利雅。当疯狂的巴比伦王尼布甲尼撒将他们投入火窑后，他们毫无畏惧，迈步在火焰中转着圈子，一边行走，一边唱诗，歌颂上帝，赞美他是主：

啊，主啊，我们祖先的上帝，我们赞美你。愿你荣耀的圣名，永远受人尊重与敬仰。愿赞美之歌声，永远颂扬你的荣耀，愿你那神圣的荣光，永远在圣殿里受人赞美。天堂圣殿里，飞禽翅膀上，凌驾着你的宝座，你坐在宝座上，俯视死亡的世界。愿你永远受人赞美，愿你永远受人尊敬。愿你坐在宝座上，接受对你的赞美。愿赞美之歌声，永远颂扬你的荣耀。愿你在诸天苍穹里，接受对你的赞美。愿赞美之歌声，永远颂扬你的荣耀。

普世众生赞美主啊，唱诗赞美他，荣耀永无疆。在上诸天赞美主啊，唱诗赞美他，荣耀永无疆。全体天使赞美主啊，唱诗赞美他，荣耀永无疆。天上诸水赞美主啊，唱诗赞美他，荣耀永无疆。诸天势力赞美主啊，唱诗赞美他，荣耀永无疆。太阳月亮赞美主啊，唱诗赞美他，荣耀永无疆。天上星星赞美主啊，唱诗赞美他，荣耀永无疆。雨呀露呀赞美主啊，唱诗赞美他，荣耀永无疆。各种风儿赞美主啊，唱诗赞美他，荣耀永无疆。火焰热浪赞美主啊，唱诗赞美他，荣耀永无疆。严寒酷暑赞美主啊，唱诗赞美他，荣耀永无疆。露水和雪赞美主啊，唱诗赞美他，荣耀永无疆。黑夜白天赞美主啊，唱诗赞美他，荣耀永无疆。光明黑暗赞美主啊，唱诗赞美他，荣耀永无疆。冰和严寒赞美主啊，唱诗赞美他，荣耀永无疆。霜啊雪啊赞美主啊，唱诗赞美他，荣耀永无疆。闪电风云赞美主啊，唱诗赞美他，荣耀永无疆。

让大地赞美主吧，唱诗赞美他，荣耀永无疆。高山峻岭赞美主啊，唱诗赞美他，荣耀永无疆。各种生物赞美主啊，唱诗赞美他，荣耀永无疆。江河湖泊赞美主啊，唱诗赞美他，荣耀永无疆。水中诸泉赞美主啊，唱诗赞美他，荣耀永无疆。鲸鱼海物赞美主啊，唱诗赞美他，荣耀永无疆。各种飞鸟赞美主啊，唱诗赞美他，荣耀永无疆。家畜野兽赞美主啊，唱诗赞美他，荣耀永无疆。

地上全民赞美主啊，唱诗赞美他，荣耀永无疆。以色列人赞美主啊，唱诗赞美他，荣耀永无疆。主的祭师赞美主啊，唱诗赞美他，荣耀永无疆。主的仆人赞美主啊，唱诗赞美他，荣耀永无疆。全体信徒赞美主啊，唱诗赞美他，荣耀永无疆。哈拿尼雅、亚撒利雅、还有米沙利，同心合意赞美主啊，唱诗赞美他，荣耀永无疆。他营救了我们，脱离死亡的深渊；他拯救我们，脱离死亡的强权。他领我们走出窑炉，他救我们脱离火焰。感谢主啊，他完美无缺，他的怜悯永世长存。拜主之人赞

美主啊,唱诗赞美他啊,他是万神之神,都要感谢他啊,他的怜悯永世长存。(张久宣译文)①

《三童歌》较长,长达四十节经文。它是一首赞美诗。创作手法受到《诗篇》第 136、148 首的影响。《三童歌》在天主教会中用得极广,编入经文日课,用于歌唱,每次弥撒之后必唱的圣歌《感谢颂》就是这首诗。不过现在教堂中实际吟唱的歌词对《三童歌》的原文进行了适当的归并。现行歌词的拉丁文本和英文本均只有二十节经文。每一节都较短,十个音步左右,相当于两个普通的诗行。拉丁文歌词每一节都以"赞美"开头,英文歌词除三行以外都以"啊"开头。便于抒发唱诗人饱满的情绪。②我们从以下三方面,来认识这一首圣诗对但以理故事组情节结构的巨大作用。

第一,《三童歌》的最大特点就是回环往复。这是由该诗的体裁决定的。全诗中共出现相同的词句"唱诗赞美他,荣耀永无疆"三十二次。这一反复出现的意象(recurrent image),显然就是全诗的主题,即赞美上帝,愿他荣耀永无疆。《三童歌》是一首启应体(antiphon)赞美诗。启应体,音译"安提丰",是基督教圣诗的一种体裁,歌唱的方法是应答轮唱。由于在启应体诗中,往往有许多完全相同的词句,这些词句也称作"安提丰"。在《三童歌》中,主题意象"唱诗赞美他,荣耀永无疆"就是安提丰句。因此,即使按照原诗四大段来演唱,也是并不费力的。因为,除了在第一段由三位男歌手齐唱,在第二段和第三段由某一男歌手或女歌手领唱第一经

---

① The Hymn of the Three Children, see David Norton, ed., *THE BIBLE KING JAMES VERSION WITH THE APOCRYPHA* (New York: Penguin Books Ltd. 2005) p.1464. 中译文见张久宣译《圣经后典》,北京:商务印书馆,1994 年,第 254 页。

② Thanksgiving after the Holy Mass, see Society of St John the Evangelist, ed., *THE NORMAN MISSAL IN LATIN AND ENGLISH*, third edition (Belgium: Desclée & Co., 1925) p. lv.

节的起始句之外，其余的人只需要唱安提丰句，打打和声就可以了。只有到了最后几节经文诗句，才再由全体齐唱。这样一来，需要参加礼拜的群众记忆歌词的地方并不多。在西方，未必每一个人都能尽道《三童歌》的原委，但是恐怕也没有哪一个人不知道这一首圣歌的。当我们把但以理故事组看作一个完整的文章学之单位的时候，即使原来的故事平铺直叙，平淡无味，由于《三童歌》的插入，整个故事也会热烈鲜活起来。《三童歌》对情节的推动作用是显而易见的。

第二，《三童歌》对情节的推动作用，还在于它间接地使得但以理故事组，获得了绚烂的印度文化式的色彩，避免了单纯的说教。我们知道，印度的文学是以色彩鲜明而著名的。时至今日，印度的戏剧、电影、电视等演艺形式，依然是穿插着大量的歌舞表演的，在中国观众看来甚至有喧宾夺主之嫌。从根本上说，印度艺术的这种特色是风土文化的产物。印度地处热带，恒河流域几乎一年四季繁花似锦。旱季里本来清空的池塘，到了雨季，一夜风吹，莲叶盖满，又一夜风吹，莲梗甚至蹿到埂上。所以，印度古典梵文文学作品总是呈现出花枝招展，富丽堂皇，繁茂荣滋的样子。这种风格也表现在佛经中，比如对净土的描写，往往用相同的句式写出一连串的比喻。这种风格也影响了一部分中国文学作品，比如，《全唐诗》卷三三六韩愈《南山诗》五言一百零二韵，确是少见的大篇。此诗描写韩愈第三次游历南山时的所见，以51个"或"字一泻直下，像电影的快镜头将一幅幅画面打出。接着又以十四个叠字组成的词，推出14幅画面。庞垲《诗义固说》下卷说："韩退之《南山诗》，如烂砖碎瓦，堆垒成丘耳。"[1]其实，这是熟悉佛典的韩愈，于不自

---

[1] 郭绍虞编选，富寿荪校点《清诗话续编》第二册，上海：上海古籍出版社，1983年，第738页。

觉中受到了印度文学影响的结果。印度文学可以影响中国文学，自然也可以影响古代希伯来文学。希伯来文学的发源地巴勒斯坦地区，在欧洲人看来是东方，称之为近东或中东。在中国人看来则是西方，称之为西亚。这一带是中西文化交流必经之地，因而印度文学对希伯来文学的影响是不可避免的。《三童歌》中大量"安提丰"句的存在，就是印度文学影响希伯来文学的例证，虽然圣经文学以希伯来文学风格为主，但是它也隐含着世界各国文学的某些特点。或许，这也是圣经能够逐渐为全世界多数人所接受的根本原因之一。

第三，诗歌体裁的存在，使得但以理故事组的情节性变得丰满，从而预示了小说发展的现代化方向。从前面的论述中，我们已经看到，小说在世界范围内的发展经历了"散文—韵文—散文"的正反合过程。当小说发展到全部用散文来写作时，又带来了另一个弊病即文体上的单调性。世界文学史已经证明，文体的运动并不是单向的，当它变为一种主潮的时候，往往又有局部的回归。以当代世界各国小说为例，我们断难见到完全用清一色的散文来写作的长篇小说。在20世纪多变的时代，小说的文体也是多变的。尽管不同国度不同作家的处理略有差别，但是有一个共同特点，当代长篇小说几乎囊括了一切文体。总的说来，小说是用散文在推动基本的情节发展，但是在一个个的局部，诗歌、谜语、谚语、戏剧、图表、照片等都有，可以说应有尽有，而这些杂七杂八的体裁也都在一定程度上起着推动情节发展的作用。美国小说家多斯·帕索斯（John Roderigo Dos Passos，1896—1970）的长篇小说《美国》（*USA*）三部曲（第一部 *The 42nd Parallel*，第二部 1919，以及第三部 *The Big Money*），用新闻短片、摄影机镜头、人物传记三种手法来写作，将新闻剪辑、报纸标题、流行歌曲、广告、官方文件等穿插于小说之中。难道说这些东西没有推动情节的发展吗？关于圣经的文体，诗歌体裁占了较大的比重。《约伯记》、《诗篇》、《箴言》、《传道书》、《雅歌》和《耶利米哀歌》等六部是诗歌书，占全部圣经的五分之一。连同其他散篇诗作，则诗歌所占的篇幅接近圣经全书的三分之一。然而，《但以理书》不含诗歌，仅在述及梦境和异象时有一些韵语。笔者之所以称这些文字为韵语，是因为它们与谜语相仿，很难说具有诗的意境。"诗的装饰成分被剥落了，就直接呈现了它的本质。本质是诗，它还是诗；本质不是诗，它才是'押韵之文'。"①在这种情况下，但以理故事组的编撰者们将圣诗《三童歌》插入叙述文本之中，意义是深远的。

五、情节的升华：板块 B 的情节作用

本板块描写异象和预言，属于启示文学（apocalyptic literature）。"启示"，希腊文为 apokalyptein，指以神谕的方式揭示真理。启示文学是宗教文学作品中常见的体裁，也是基督教文学的体裁之一，它主要通过描写一系列的奇怪现象即所谓异象，亦即通常只有信徒才能够理解的隐喻，来传达上帝的旨意，实际上是曲折隐晦地反映该宗教对当代问题的见解和主张，以隐蔽的方式动员和号召信徒们起来变革社会。一般说来，启示文学往往产生在乱世或动荡的局面中。启示文学在当初产生的时候具有一定的鼓动人心的作用。

尽管在中国文学中没有启示文学这一体裁。但是，在中国历史上，也产生过类似启示文学的作品。比如，陈胜、吴广举行起义前，行卜时发现鱼腹置丹书帛，夜晚狐鸣"大楚兴，陈胜王"的故事（《史记·陈涉世家》），就类似于启示文学作品。又如，东汉末年太平道首领张角发动农民起义时流传的民谣："苍天已死，黄天当

---

① 施蛰存《唐诗百话》，上海：上海古籍出版社，1987年，第407页。

立，岁在甲子，天下大吉。"于是，张角等人迅速组织起数十万人的起义大军黄巾军。史书中有这样的记载，见《后汉书·灵帝纪》。该民谣之作用与启示文学之作用相类似。如果我们仔细搜寻，那么一定还能够从笔记小说找到一些类似的记载或作品。

  但是，中国文史著述中的这些作品，与基督教的启示文学亦有着显著的区别。中国人的鬼神观念甚为薄弱，它们不相信末世论一说。中国人比较倾向于积极乐观的生活态度，中国作品往往号召人们起来为自己的幸福而斗争，因而具有现实的色彩，格调热热闹闹，可以纳入现实主义文学的大范畴。启示文学的基本观念是末世论：世界末日即将到来，届时耶和华上帝将实行最后审判，义人享永福，恶人受永罚，并建立弥赛亚永久统治的新天地。西方人由于接受了基督教，在许多国家基督教是国教，民众全体信教，西方人是具有牢固的神的观念的。受启示文学影响的西方作品往往号召人们起来为来世的幸福而斗争，因而具有预言的色彩，格调凄怆悲凉，可以纳入存在主义文学的大范畴。

  启示文学与预言文学有相似之处。二者都是预言。区别在于启示文学的预言较为遥远，而预言文学的预言贴近当前。由于启示文学寄希望于未来，其笔调较超越，其情绪较悲观，其意象扑朔迷离，喜欢运用象征性的语言和搬弄数目字。总的说来，启示文学具有四个特征：内容的超现实性、冲突的宇宙性、语言的象征性、作者的匿名性。这些特征基本上都存在于东方的下层秘密社会的结构之中。可以认为，启示文学具有浓郁的东方文学色彩，比如喜欢搬弄数目字显然来源于古代的印度文学，象征性和匿名性则是道教符箓派的主要特征。

  为了认识《但以理书》的启示文学特点，先看其板块的结构：

  B—1 神见四兽的异象；

B—2 公绵羊与公山羊相争的异象；

B—3 七十个七的预言；

B—4 南王和北王以及末日的异象。

以上合称四大异象。它们以表征的形象，次第叙述四个国度的进展兴衰，目的在于告诫上帝的子民不必失望，必须忍耐到底，直到上帝的国度在地上最终建立起来。正如《但以理书》中的侍者所说："这第四个兽就是将在地上兴起的第四个国，她与其他各国不同，她要并吞、蹂躏且粉碎天下。至于那十只角，即指将由此国而兴起的十个君王；他们以后，将兴起另一位君王，他与以前者不同，他要制胜三个君王，他要说亵渎至高者的话，企图消灭至高者的圣民，擅自改变节庆和法律；圣民将被交在他手中，直到一段时期，另两段时期和半段时期；然后审判者要坐堂，夺取他的统治权，将他永远消灭，将王国的统治权和天下万邦的尊威，赐给至高者的圣民：他的国是永远的国，一切邦国都要服侍他，顺从他。"[①]此据思高本圣经《达尼尔》7：23—27 之译文。在这一段文字中，出现了密集的神秘的一连串意象，它们就是启示文学的异象。

在当初启示文学刚刚产生的时候，这些异象是每一个信徒都能理解的。由于时代久远，后来的人们已经很难确切地了解它们的意义了。这样的话语只有从神学的角度才能有所领会。又由于启示文学的神学意义大于文学意义。对于这些异象，迄今并无定于一尊的解释方法。按照基督教的看法，读者必须对上帝有谦卑依靠之心，才能略窥堂奥。比如七十个七的隐喻，就有历史的解释、传统的解释、表象的解释、间隔的解释等多种。各种解释都能讲通一部分内容，但是也都有牵强的地方。笔者认为，这种任何人都不能完全讲

---

① 思高本《圣经》，北京：中国天主教主教团出版，1992 年，第 1402 页。

通的地方，正是启示文学的奥秘所在。正因为不能完全讲通，所以就吸引着你去终生阅读它。法国文学批评家罗兰·巴特（Roland Barthes，1915—1979）说："文学不允许一步一步地行走，但是它允许呼吸。"①这句名言对于启示文学乃至对于整个圣经文学尤其适用。这是因为，圣经文学的许多内容是难于用阅读一般文学作品的方法来理解的。它需要用整个生命来把握。一步一步地蹬蹬行走，很难穿越其皇皇殿宇幽幽堂奥。一开一合与之同呼吸，则功过半矣。

从神学的角度说，板块 B 是必须有的，否则但以理故事组就不是宗教经典了。那么，从文学的角度来考量本板块，又如何呢？笔者认为，这一部分也是必须有的。这是因为它给但以理故事组带来了趣味，而趣味是推动情节发展的读者因素，具有接受美学的意义。因为每一个故事，都可以按两种方式推进。一是讲故事的人自己设法推进。他可以不断地设问：试问后来怎么样呢？二是由听故事的人来推进。他们可以不断地发问：请问后来怎么样呢？显然在两种推进方式之中，后者更有力量。这是因为听故事的人远远比讲故事的人要多，他们可以从许多不同的角度将故事发展下去。正因为如此，千百年来《但以理书》的后半部才引起了人们无穷的兴趣。正因为有了板块 B，板块 C 的内容才陆续添加进来。

然而，板块 B 还有更加奥妙的地方，它不仅本身是回环往复的结构，而且还在全书中组成更大的回环往复的结构，从而形成了一个网络。具体情形如下。第七章解释第二章。第八章解释第七章。第九章为第八章的异象。第十章和第十一章将异象综合。第十二章为结语。既然板块 B 具有如此的穿插与交接组合的功能，谓其情节作用巨大，谁曰不可？

---

① "La literature ne permet de marcher, mais elle permet de respire." ——Roland Barthes, *Mythologies*, *Le Seuil*.

六、但以理形象的符号性

考察文学现象,可以多维度地进行,从形式到内容,或者从内容到形式,或者从符号性加以认识和考察。如果从形式到内容作考察,那么我们研究情节性如何在塑造但以理的形象方面起作用。这样的分析简单易行,已经有不少研究者做过了。如果从内容到形式作考察,那么我们将会有新的发现。我们将看到,但以理的形象是如何突破了情节的局限而一步一步地完善和丰满起来,并且最终造成叙事文学的情节革命的。这就是研究但以理形象的美学意义之所在。然而,从内容到形式的考察还不是终极的认识,我们还可以从理论的宏观把握上加以升华,这就是符号学的研究方法。本节略论但以理形象的符号学意义。

首先,任何实际存在的事物在历史发展的过程中都有可能演化为符号。但以理的情况也是这样。但以理是一个客观存在的历史老人。但以理一生历事四王,可谓"四朝元老"。你看,他经历过巴比伦、玛代,以迄波斯,先后从政长达半个世纪,共活了80余岁。虽然但以理数次被投入狮子坑而不死的记载文学色彩浓郁,带有虚构成分。但是,投人入狮子坑的确是古代巴比伦的酷刑。在巴比伦的废墟中,人们已经发掘到一个类似深井的大坑,坑边有铭刻:这是刑场,任何激怒帝王的人将在这里被猛兽撕裂。考古学家还寻得一份纪录,其上列有484名死于狮子坑的官员的名字。另外,据亚述王亚述巴尼拔(Ashurbanipal,668—627 BC)的铭刻记载:"正如我的祖父西拿基立的一贯做法,我把其余叛变的人,一并活生生地扔在狮子和野牛坑中。啊!我也依循他的做法,把它们扔进狮子和野牛坑中。"①由此看来，根据但以理的性格，他被投入狮子坑是完全可能的事情。至于为什么但以理被投入狮子坑中而安然无恙，原因很多。究其主要的原因，则是这位智慧超群的人物，其形象在承传的过程中，被符号化了。符号化既是对于原来事物的简化，又是对于原来事物的神秘化。

其次，从符号学的观点来看，一个符号不仅可以区分为形式和内容，还可以区分为实质和表现。在这四种因素中，形式与实质的对立较为重要，因为这种对立有助于用来认识文学作品。至于传统的做法，则停留在形式与内容的对立关系的探讨之中。至于叙述体，它以文字为媒介，它才是表现的实质。因此，那一个活生生地存在的但以理，即历史人物但以理、作品中的但以理、读者脑海中的但以理，……统统都是也只不过是表现的实质。《但以理书》、《达尼尔》、《三童歌》、《亚撒利雅祷言》、《彼勒与大龙》和《苏撒拿传》才是形式的实质。在符号学看来，这些形式的实质比表现的实质重要。这是因为，形式的实质是符号。虽然形式的实质是符号，它却是一切表现的实质赖以存在的基础。这是因为，一旦没有符号，人的大脑就没法发挥作用。以上列举的种种文本固然是符号，然而还有比以上列举的种种文本更重要的符号。这就是文体。但以理故事组的文体是小说，小说的情节是需要运动的。从前面的论述可以知道，无运动也就无所谓情节了。以上论述过的种种运动着的情节固然是符号，然而还有比以上列举的种种运动着的情节更重要的符号。这就是但以理。不过需要注意，作为符号的但以理并不等同于作为文学形象的但以理。这是圣经所欲传达的但以理。这是基督教所欲传达的但以理。这个但以理或可称为"元典但以理"（Daniel in the original code）。这个但以理，无法一步一步通过阅读来

---

① 梁工主编《圣经百科辞典》，沈阳：辽宁人民出版社，1990年，第160页。

理解，只能通过生命、通过呼吸来把握，即是说须凭借对圣经的感悟性来把握。

第三，在《本文的欢悦》一书中，罗兰·巴特曾把阅读的乐趣分为两种。一种是阅读作品的乐趣。另一种是有所领悟时的乐趣。前者是小乐趣，后者是大乐趣、真乐趣、终极的乐趣。一个人阅读作品的乐趣是顺从自己原有的文化习惯和传统的乐趣，因此这实际上是局限于文字意义的因而也是有限的乐趣。领悟时获得的乐趣则是游戏性质的。为什么称为游戏呢？所谓游戏，指游戏于天地之间和游戏于天人之际。因此，领悟的乐趣是不受限制的无比自由的乐趣，这样的乐趣近乎狂喜。①在中国古代的文学批评中，庄子也表达过类似的心情，他说："古之道术有在于是者，庄周闻其风而悦之。以谬悠之说。荒唐之言，无端崖之辞，时恣纵而不傥，不以觭见之也。以天下为沉浊，不可与庄语。以卮言为蔓延，以重言为真，以寓言为广。独与天地精神往来，而不敖倪于万物。不谴是非，以与世俗处。其书虽瑰玮，而连犿无伤也。其辞虽参差，而諔诡可观。彼其充实不可以已，上与造物者游，而下与外死生无终始者为友。"②中国古典文艺理论中的这段名言，实为认识启示文学之有益中介。"以天下为沉浊，不可以庄语"，当初但以理故事组产生的时代背景不正是这样的么？荒唐（无贬义）之言、无端涯之辞、卮言、重言和寓言，这些不就是启示文学的语言特点么？"独与天地精神往来"，今日我们阅读研究圣经的有关章节不应当如此么？"彼其充实，不可以已"，对圣言的研读，难道不是这样一个回环往复的过程么？中西横亘，千里万里。中外哲人，其思想也相近，其呼吸也相通，至于其道（the Way-the Word-Verbum），一也。

---

① Cf. Roland Barthes, *Le Plaisir du texte* (1973).
② [宋]林希逸著，周启成校注《庄子鬳斋口义校注》，北京：中华书局，1997年，第295页。

论婚姻神学的文学表达[①]

婚姻神学的本质是基督宗教关于婚姻的伦理学说。它在天主教的梵二会议上得到了系统全面的总结。其主张大体上也为基督宗教各派所共同遵循。它的形成则经历了漫长的岁月。早在古代人类社会中形成基督思想的时候,婚姻神学的理念就开始萌芽了。圣经中也记录着人类关于婚姻的思考。在这些记录中,有些篇章语段特别富于文学色彩。情思浓郁,语言有着朴素的大美;理念明晰,闪射着哲学的光芒。它们是希伯来民族文学的华章和世界文学的精华,也是人类关于婚姻的文学表达。

一、婚姻神学要义

婚姻神学产生的直接导因是第二次世界大战后西方各国泛滥的性解放浪潮。该浪潮的出现对于以基督教理念为核心的西方传统的道德婚姻伦理观念产生了猛烈的冲击,进而危害到婚姻家庭关系的稳定和国家的安定。梵二会议对此进行了重点的检讨,从神学的观点对人的性行为、婚姻和计划生育等问题作了一系列回答。这些回答,以圣经为依据,高扬了人的主体意识,维护了人的人格尊严,充分考虑了二战以后发展变化了的形势。其中相当一部分内容对于

[①] 本文原载《基督教文化学刊》2004 年第 12 辑。

处于社会主义初级阶段的中国具有重要的参考价值。但是，也有些内容不符合中国国情，需要依据实际情况，根据圣经，予以重新解释。梵二会议的重要文件、四大宪章之一的《论教会在现代世界牧职宪章》，简称《牧职宪章》（拉：Gaodium et Spes，直译：欢乐和希望），系统地表述了婚姻神学的三大基本观点。它指出，婚姻、家庭、文化、社会、政治生活以及各民族的团结与和平，是当代社会亟待解决的问题。维护婚姻与家庭尊严被列为该宪章的第一章而加以探讨。这就表明，从梵二会议起，教会已经放弃了传统的清教徒式的婚姻理论和恋爱观。该宪章还肯定了夫妻之间的性爱生活是上帝所设立和祝福的，从而提出了以下三个主要的论点。

第一，肯定性爱自身价值的观点。长期以来，教会沿用圣·奥古斯丁关于精神与物质相分离的观点，片面强调精神价值，忽视乃至贬低肉体的价值，把夫妻间的性爱的行为单纯看作生理上的血肉关系和传宗接代的需要，从而导致了对婚姻本质的片面理解，酿成了许许多多的爱情悲剧。这些爱情悲剧在西方文学中有着大量的描写。虽然作品读起来哀婉凄恻，情思绵绵，倘若实际落到今人身上，谁都受不了。这种片面的理解，表现有四。首先，圣··奥古斯丁本人撰有《懊悔录》，贬低肉体的性爱生活，提出"我们都是生活在屎尿之间"（拉：Inter urine et faeces nascimur. 英：Between urine and faeces we are born.）的经典说法，即所谓的"粪观"（The excremental vision）。① 可以说，这是类似佛教"不净观"（asubha-bhavana）的一种思想。试比较《大智度论》卷第十九："如偈说：是身种不净，非余妙实物。不由净白生，但从尿道出。"② 这是最接近

---

① Norman O. Brown, *The Excremental Vision*, in *Twentieth Century Literary Criticism*, edited by David Lodge, Longman Group Ltd, 1983, p.509.

② ［印度］龙树原注，［后秦］鸠摩罗什译《大智度论》，上海：上海古籍出版社，1991年，第127页。

圣·奥古斯丁言论的东方论述之一。其次，在欧洲，从中世纪以来，不少人主张柏拉图式的爱情（Platonic love）。得其上者，得其高雅。得其下者，得其愁苦。得其末者，则只好暗度陈仓，酿成种种败行；已经有学者指出，这是导致后来的同性恋的原因之一。第三，过分的洁身自好。比如说，富兰克林在《自传》一书中，列举了十三条美德，作为他恪守的道德箴言。其中第十二条说："贞洁。除了为了繁殖后代和身体健康之需要外，罕用性交。"（Chastity. Rarely use venery but for health or offspring.）[①]这样的生活态度，颇具清教徒革命家的色彩，如果有人愿意这样做，自然也无可非议。对于大多数普通人来说，显然做不到，也没有必要这样去做。第四，教会的旧传统还认为婚姻有而且只有三个好处，如1917年颁布的《教会法典》第1013条第二款写道："婚姻的主要目的为生育和教养子女，次要目的为互相帮助和治疗情欲。"1930年教皇庇护十一世发布《圣洁婚姻》谕，更简单地把婚姻的功能定义为生育和教养子女。

梵二会议则从五方面阐述了性爱本身在婚姻中的独立价值。其一，固然婚姻与夫妻之爱在本质上以生育和教养子女为目标，但婚姻并不只是为传生而设立的，夫妻之间亲密而圣洁的结合是正当和高贵的行为。这一条可以概括为"行为"（拉：actus）。其二，男女二人因婚姻的契约已非两个，而是一体。婚姻所表现的是真正的夫妻之爱，这种爱情是由一个人指向另一个人的出自意志和情感的行为。这种爱情无疑是属于人性的，它们包含着整个人格价值，因而使肉体和心灵的表现能拥有特殊的尊严，并使之成为夫妻之爱的特殊因素的标记。这一条可以概括为"标记"（拉：signum）。其三，

---

① Benjamin Franklin, *Autobiography*, *Anthology of American Literature*, second edition, Volume I, Part 1 (New York: Macmillan Publishing Co., 1974) p.322.

这种以合乎人性方式而完成的行为，表现并培育夫妻之间的"相互赠与"，使二者以愉快感激的心情彼此充实。这种以相互忠实为标志的爱情，尤其为圣事祝圣的爱情，使二者的心灵肉体无论在顺境逆境中，都能忠贞不渝，并能排除任何奸淫和离异的念头。这一条可以概括为"赠与"（拉：donum）。其四，性爱为上帝所设计，为圣经所揭示，系上帝邀请人类参与其中的造化工程的一部分。因此真正的夫妻之爱就是同造物主的爱进行合作。这种既有人又有上帝成分的夫妻之爱，引导夫妻，以自由意志并以事实所证明的温情，互相授受其自身，并渗透二者的整个生活，以及因其慷慨豪爽的行动而更为成熟和完满。这种爱情远远超过单从自私自利为出发点的一刹那即消失的纯粹色情倾向。忠实而快乐的夫妻之爱使人们对真正的夫妻之爱的心理更加重视，并使之成为健康的舆论。夫妻双方应以身作则，互相献身，永久忠实地彼此相爱。这一条可以概括为"忠实"（拉：fides）。其五，人的价值和神的价值结合在一起的爱情，可以避免淫乱，但决不只是为了避免淫乱和发泄情欲。它实质上是按照上帝的计划，参与上帝的造化工程。造化的结果不仅仅是后代，也是爱本身，因此性爱不再低级和庸俗，而是高尚和神圣的。这一条可以概括为"造化工程"（拉：fabricatio）。以上是婚姻神学的伦理理念，属于精华部分。

第二，关于婚姻不可解除的再认识。婚姻为上帝所设，不可解除，这是基督宗教各派恪守的一条原则。梵二会议对此进行了再认识。首先，确认教徒婚姻的圣事性，肯定教徒婚姻的绝对不可拆散性。《牧职宪章》第48—49节：由当事人互相授受其自身的自由行为而实现的婚姻，不仅在上帝面前而且在社会面前都是一个不可动摇的坚强制度。1983年《天主教法典》1141条规定：法定的有效婚姻，除死亡外，任何人间权力，或任何原因，都不得解除。以上为基本态度。其次，教会法专家奥培尔（Jean-Marie Aubert）认为，教会法典具有历史性,而历史是发展的。法典中的许多条文原是根据当时的生活习俗写成的,教会的伦理道德规范不能只从一种纯粹的自上而下的路线中产生,而必须根据现实的生活经验从由下而上的路线中产生。即从现实出发以实事求是具体分析的态度来处理离婚和再婚问题。再次,现实是什么呢?现今夫妻结合在一起的主要力量是相互之爱。忠诚不再刻在社会经济结构之中。它只能是一项应当努力实践和争取的目标,它有可能遭到失败。由于现实的变化,教会不能不考虑放宽婚姻不可解除性的某些规定,最后,有些所谓不合法的婚姻和家庭,情况极其复杂,当事人不一定都是坏教徒,有些依然是好教徒,因此拆散再婚者的家庭而恢复原来的家庭并不可取。如果规定离婚者终身不得再找一个婚姻伴侣,这在伦理上可悲,在圣经上找不到充分的根据。因此,目前在离婚和再婚问题上教会实际上采取"通融原则",即不提倡离婚和再婚,但灵活处理和分别对待离婚和再婚,或予以承认,或予以谴责。以上是婚姻神学的实践原则,亦属于精华部分。

第三,节余育与堕胎问题。这一部分也属于婚姻神学的实践原则。不过,婚姻神学在这一方面显出相当严重的滞后性,其相关论述严重脱离中国以及广大第三世界国家的国情现实,应当以批判的态度重新加以解释。为研究当前意义部分,笔者将予以重新申说。

二、婚姻神学的文学表达

婚姻神学的文学表达极其丰富。广义地说,大凡体现婚姻神学的基本理念的一切文学作品均可视为婚姻神学的文学表达。为着研究方便,本节只讨论圣经中关于婚姻神学的文学表达。仅此而论,内容也极其丰富,洋洋大观,美不胜收,亦仅能择其要者而论述之。希伯来民族的婚俗古朴典雅,欢乐祥和,具有浓郁的东方色彩。其中有不少内容，随着基督教的传播，在经历过一个融和的过程后，进入了西方各国的婚俗仪式之中。这一点在戏剧小说和影视作品中有大量的描写，寻究其根，还在圣经。圣经中有着许多优美的描写。其中仅婚礼仪式一项，有关的描写即十分丰富。下面研究那些可以与中国及其他各国婚礼仪式相比较相参证的部分，并试图发掘其中蕴含着的文化史和文学史的意蕴。

希伯来人婚礼仪式的整个过程包括十多个环节，圣经对之都有描写。它们是：列队迎亲、欢欣庆祝、装扮新娘、帕子蒙面、新郎戴冠、摆设宴席、宾客礼至、饮宴欢乐、馈赠礼物、父母祝福、更改名字、订立盟约、送入洞房和展示贞证。下面试看数例。

第一，掌灯迎娶。这是何等庄重、静穆、典雅和祥和啊！《马太福音》写道："那时，天国好比十个童女拿着灯出去迎接新郎。其中有五个是愚拙的，五个是聪明的。愚拙的拿着灯，却不预备油；聪明的拿着灯，又预备油在器皿里。新郎延迟的时候，她们都打盹，睡着了。半夜有人喊着说：'新郎来了，你们出来迎接他！'那些童女就都起来收拾灯。愚拙的对聪明的说：'请分点油给我们，因为我们的灯要灭了。'聪明的回答说：'恐怕不够你我用的；不如你们自己到卖油的哪里去买吧。'他们去买的时候，新郎到了。那预备好了的，同他进去坐席，门就关了。其余的童女随后也来了，说：'主啊，主啊，给我们开门！'他却回答说：'我实在告诉你们，我不认识你们。'所以你们要警醒；因为那日子，那时辰，你们不知道。"（马太 25：1—10）由此可知，希伯来人举行婚礼多在黄昏时分。这与古代部落间的抢婚习俗是有联系的，由此可见人类发展的共同性。"婚姻者，何谓也？婚事行礼，故谓之婚也。妇人因夫而成，故曰姻。"①中华古国，文明之邦，礼乐昌盛，婚礼主要用烛而

---

① 《白虎通德论》卷四婚娶，《百子全书》下，浙江古籍出版社，1998 年，第 1073 页。

不用灯,《诗经》中无"灯"字。灯和灯笼的使用是后来的事。文学作品中出现"灯"字,以嵇康《杂诗》为较早:"肃俗霄征,造我友庐。光灯吐辉,华幔长舒。"①婚礼是各民族最古老最基本的礼俗,故往往遵循旧制,于兹可见一斑。《马太福音》原文是希腊文,是公元 70—90 年间的产物,追述的却是往古时代的希伯来民族风俗。灯,希腊文作 lampas,拉丁文作 lampadas,英文作 lamps,俱用复数。此词源于古代希腊的火炬接力赛,实际上是一把火。罗马诗人卢克莱修有名句云:"赛跑者们传递火炬,仿佛就是传递生命。"(Lampas, adis. From the Greek torch-race, in which one runner passed on the torch still burning to the next runner. Lucrtius: quasi cursores vitai lampada tradunt.)②圣经中常常用灯和火把比喻光明,它们能够给人以新的生命,比如,"用圣灵与火给你们施洗。"(路:3:16)对于女人,人们常常以水喻之,中外文学中例子都不少。对于新妇,人们以火喻之。这里边有什么道理吗?难道希伯来民族婚礼用灯和中国人婚礼用烛,仅仅是巧合于一把火吗?仅仅是巧合于以火喻爱情的热烈吗?不,还有更深刻的理由。这理由为《山海经·海内北经》所道出:"舜妻登比氏生宵明、烛光。(郭璞)注:即二女字也。以能光照,因名云。"③女子结婚生育后代,延续人类文明,在这根本的意义上,中外是一致的。

第二,新妇盛装。思高本圣经《圣咏集》中有这样的描写:"因为君王恋慕你的美艳雅丽,/她是你的主,你应向他俯首至地!/提洛的女儿都前来奉献礼品,/民间的显要都想得到你的欢心。/公主穿戴齐备,姗姗来迎,/她的衣服全是金丝绣成。/她身穿绣衣华

---

① 逯钦立辑校《先秦汉魏晋南北朝诗》上,中华书局,1983 年,第 485 页。
② *Chambers Murray Latin-English Dictionary*, ed. Sir William Smith and Sir John Lockwood (London: John Murry, 1976), p.389.
③ 袁珂校注:《山海经校注》,上海:上海古籍出版社,1908 年,第 320 页。

服,被引到君王面前,/成群的童女陪伴着她,也到你身边:/在欢乐的歌声中,一起进入了王宫。"(咏45:12—16)在巴勒斯坦,按照希伯来人的风俗,婚后并不是去蜜月旅行,而是待在家中,而新人的家也对亲朋好友开放一周,新人被当作王子与公主,盛装打扮,接待来客,客人们甚至称呼他们为王子公主。新郎还有戴冠之仪,《以赛亚书》:"我因耶和华大大欢喜,我的心靠上帝快乐。因他以拯救为衣给我穿上,以公义为袍给我披上,好像新郎戴上华冠,又像新妇佩上装饰。"(赛61:10)由此可知,在希伯来人的婚礼中,只有新郎才戴冠,新娘是不戴冠的。然而,按照中国古代婚俗,新郎新娘都戴冠。男子成年时要举行戴冠的仪式,叫冠礼。男子结婚,自然要戴冠。女子结婚时戴的冠,叫凤冠。本来皇家妇女才有资格戴凤冠。不过对于戴冠的规定历代有许多变更。到了明代,九品以上命妇皆用凤冠,按照当时的风俗,平民嫁女,可以假用九品服,以后凤冠霞帔便成了嫡妻的例服,一直沿用到清朝末年。在我国西南地区的某些山区地方,妇女结婚戴凤冠的习俗一直沿用到新中国成立前夕。男女结婚戴冠,这种仪式也传到了朝鲜和韩国,直到今日,冠仍然是新郎新娘正式的结婚礼服的一部分。在古代朝鲜的三国时代,半岛上兴起了花郎教,亦称花郎道,提倡仙儒融合,兴邦治国。笔者认为,花郎之所以称为花郎,究其初始的原因,亦有他们重视仪表,爱好修饰,服饰必戴华冠的成分在其中。花郎实际上起到了古代朝鲜的礼仪表率的作用。由此而观之,在希伯来人婚俗中平民味儿更浓郁一些,在中、韩等国的婚俗中则等级观念较重。

第三,帕子蒙面。这是与中国许多民族相类似的婚俗。《创世记》写道:"那时,以撒住在南地,刚从庇耳拉海莱回来。天将晚,以撒出来在田间默想,举目一看,见来了些骆驼。利百加举目见以撒,就急忙下了骆驼。问那仆人说:'这田间走来迎接我们的是谁?'仆人说:'是我的主人。'利百加就拿帕子蒙上脸。仆人就将所办的一切事都告诉了以撒,以撒便领利百加进了她母亲拉撒的帐篷,娶了她为妻,并且爱她。以撒自从她母亲不在了,这才的了安慰。"(创24:62—67)用帕子蒙面,是东方民族中的女性贤淑端庄的标志。中国民间也一样,居住在西北的少数民族有这样的习俗,汉族也有这样的习俗。帕子,又叫盖头,民间用得很普遍。最典型的例子如民歌中写道:揭起你的盖头来,让我看看你的脸,你眉毛细又长呀,好比那天上的弯月亮!在中国,大体说来,西北地区的少数民族女性用帕子比汉族用得更普遍,汉族女性只在结婚的时候才用盖头,平时是较少使用的。宋·吴自牧《梦粱录》二十《嫁娶》:"(两新人)并立堂前,遂请男家双全女亲,以秤或以机杼挑盖头,方露花容,参拜堂次诸家神及家庙。"①这是结婚仪式上用的盖头。不过汉族妇女平日也有使用盖头的,目的是遮蔽灰尘。宋·周晖《清波杂志》二:"妇女步通衢,以方幅紫罗障蔽半身,俗谓之盖头,盖唐帷帽之制也。"②唐代是我国历史上开放的时代。那时中国人民充满了自信。中外民族文化交流频繁。中亚各国来华人士不少,必然也带来他们的风俗习惯。宋·高承《事物纪原·盖头》:"唐初宫人著幂罗,虽发自戎夷,而全身障蔽,王公之家亦用之。永徽之后用帷帽,后有戴皂罗方五尺,亦谓之盖头。"③这说明了盖头来自西北少数民族的风俗习惯,并且暗示我们,这一习惯与中亚一带生活着的各民族有关,与希伯来民族的风俗习惯有关。据《以赛亚书》,希伯来妇女有许多的装饰品:"……她们华美的脚钏、发网、月牙圈、耳环、手镯、蒙脸的帕子、华冠、足链、华带、香盒、符囊、戒指、鼻环、吉服、外套、云肩、荷包、手镜、细麻布、裹头巾、蒙身的帕子。"(赛3:18—23)英文本圣经中,"蒙脸的

---

① [宋]吴自牧《梦粱录》卷二十,文渊阁四库全书本。
② [宋]周晖《清波杂志》卷二,文渊阁四库全书本。
③ [宋]高承《事物纪原》卷三,文渊阁四库全书本。

帕子"有两种表记,一是上引《以赛亚书》的 the headbands,主要起装饰作用。二是 veil,即面纱,既有遮蔽灰尘的作用,又有装饰作用。如《雅歌》用新郎的口吻这样称赞新娘的美丽:"我的佳偶,你甚美丽!你甚美丽!/你的眼在帕子内好像鸽子眼。/你的头发如同山羊群卧在基列山旁。/你的牙齿如新剪羊毛的一群母羊。/洗净上来,个个都有双生,/没有一只丧掉子的。/你的唇好像一条朱红线;/你的嘴也秀美。/你的两太阳在帕子内,/如同一块石榴。/你的颈项好像大卫建造收藏军器的高台,/其上悬挂一千盾牌,/都是勇士的藤牌。/你的两乳好像百合花中吃草的一对小鹿,/就是母鹿双生的。"(歌4:1—5)《雅歌》是按照婚曲形式所作的歌。直到今天,在叙利亚一带,人们在婚礼中依然唱诵《雅歌》。即使不唱它的原文,也会仿照它的方式来下笔作歌。这美丽的诗行巧妙地描绘出希伯来少女的端庄、贤淑、宁静的美好品质,同时也描绘出面纱后面那一张脸上那一双眼中扑扑跃动的生命的力量!鸽子是纯洁羞涩的表征,帕子用来遮眼,眼睛却透过帕子流盼生辉。这一段描写与《诗经》是极其相似的。"手如柔荑,肤如凝脂,领如蝤蛴,齿如瓠犀,螓首蛾眉,巧笑倩兮,美目盼兮"(《卫风·硕人》)虽遮于帕子,不难想象兮!两太阳,英文翻译作 cheeks,面颊;拉丁文作 genae,复数,可指面颊,本义为"眼窝",或其附近的部位,即两边的太阳穴,那里的血管随着脉搏而突突跳动,人激动时更是如此。至于少女心中有一股什么样的精神在支撑着她,支撑着她的恋人,这就是我们下一节要研究的内容。

三、对话体的话语特征

婚姻神学的文学表达,除了以上所显示出来的特征即宁静简朴、欢乐祥和、洋溢着浓郁的东方色彩之外,还有另一个更为根本的特征,这就是对话体的使用。婚姻神学的文学表达,从根本上说,即通过对话、对面、交流、交通的表达。圣经直接言及"话语"(discourse)的论述多达十余处,主要见于《创世记》4：23,《约伯记》3：3,《诗篇》49：13、119：114、119：148,《箴言》6：2,《以赛亚书》44：26,《耶利米书》28：9,《以西结书》3：6,《科林多前书》13：1,《提摩太后书》1：13,和《雅各书》3：2。用话语分析的方法来研究外国文学,可以把我们的思路从语词和句子中解放出来,既避免只见树木不见森林之虞,又可避免只作形而上学的探索而脱离文本的实际。因此,请允许笔者在此作一尝试。我们将看到,圣经中大凡与婚姻相关的章节,均充分地表现出话语的种种特征,它们构成了一个庞大的多层次的回环往复的对话网络,或曰对话体系、对话结构。大体可以见出以下几种类型。

A　人—人关系　即人与人之间的对话关系,复可以再分为恋人双方关系、夫妻双方关系和父母与子女的关系。

A—1　恋人双方对话　最突出的例子是《雅歌》。"良人"指男方恋人,女方即"书拉密女"。整个《雅歌》便是对唱为主,穿插伴唱的大型婚曲。伴唱的人中有新娘的朋友、耶路撒冷的众女子,以及新郎的朋友。伴唱主要起烘托气氛的作用,基本内容还是由对唱来表达。对唱,就其本质来说,是用歌唱的形式表现出来的对话。如:"[新郎]我的佳偶,你甚美丽!你甚美丽!/你的眼睛好像鸽子眼。/[新娘]我的良人哪,你甚美丽可爱!/我们以青草为床榻,/以香柏树为房屋的栋梁,/以松树为椽子。/我是沙仑的玫瑰花,/是谷中的百合花。[新郎]我的佳偶在女子中,/好像百合花在荆棘内。/[新娘]我的良人在男子中,/如同苹果树在树林中。/我欢欢喜喜坐在他的荫下,尝他的果子的滋味,觉得甘甜。"(歌1：15—2：3)

A—2　夫妻双方对话　夫妻双方对话的特点是比恋人对话更加

直接和坦率。最突出的例子是亚当和夏娃之间的对话，直接坦率地、赤裸裸地提出联合为一体营造生命的要求，正如他们当时本来也是赤裸裸的一样。能够通过对话提出"自己本来的要求"，这说明了具有人格的"那人"亚当比无人格的动物要来得高明得多。赤裸裸的动物只有"自身本能的要求"。从有人格的人和无人格的动物的对比中，人有着从里面被唤起的与人"交谊"的愿望。值得注意的是，圣经的各种英文本中"同房"一语用的是 knew，拉丁文本用的是 cognovit，意思均是"认识"。同房绝不仅仅是肉体的交媾，而且同时还是灵的合一。由之可见，人的主体性特征也表现在交媾的行为之中，男女交合的性行为使用的是一种"身体语言"："耶和华上帝就用那人身上所取得肋骨造成一个女人，领她到那人跟前。那人说：'这是我骨中的骨，肉中的肉，可以称她为女人，因为她是从男人身上取出来的。'因此，人要离开父母，与妻子联合，成为一体。当时夫妻二人赤身露体，并不羞耻。"（创2：22—25）

A—3　父母与子女对话　作为婚姻的结晶会产生子女，父母与子女的对话既经常发生又充满了真诚。父母与子女的血缘关系是任何力量也解除不了的。圣经中记载了大量的父母与子女之间的对话，最突出的大概要算《路得记》中拿俄米与儿媳路得的对话了。这是婆婆对儿媳妇的规劝，有的只是真情一片。在《路得记》中，没有刀光剑影与打击的镜头，听不到嘈杂喧嚣的人声，一切都显得异常静寂。在田亩间照常有农民操作，古老的乡风习俗照常流传。窈窕淑女，君子好逑，结婚恋爱，生儿育女，不会因时代而改变。比如："拿俄米对两个儿妇说：'你们各人回娘家去吧。愿耶和华恩待你们，像你们恩待已死的人和我一样！愿耶和华使你们各在新夫家中得平安！'于是拿俄米与她们亲嘴。她们就放声而哭，说：'不然，我们必与你一同回本国去。'拿俄米说：'我女儿们哪，回去吧！为何要跟我去呢？我还能生子作你们的丈夫吗？我女儿们哪，回去吧！我年纪老迈，不能再有丈夫；即或说，我还有指望，今夜有丈夫可以生子，你们岂能等着他们长大呢？你们岂能等着他们不嫁别人呢？我女儿们哪，不要这样。我为你们的缘故甚是愁苦，因为耶和华伸手攻击我.'两个儿妇又放声而哭，俄珥巴与婆婆亲嘴而别，只是路得舍不得拿俄米。"（得1：8—14）

B 神—人关系 亦即上帝—人类关系。这是整个圣经着力宣讲的中心主题，因而随处可见。按照基督教的理解，人类既然为上帝所造，人与人的关系中也就必然蕴含着神的参与，隐含着神与人的关系。因此，话语（discousre）的本质是逻各斯（logos）。这逻各斯，有时候翻译为"话语"，有时候翻译为"圣言"，有时候翻译为"道"。也就是说，人与人的对话，实质上暗含着神与人的对话。有趣的是，圣经文学还以特殊的笔触描写了神与人的直接对话，这些对话异常生动逼真，如同父子交谈一样，完全没有矫揉造作，完全不用遮遮掩掩，具有完全的真实。上帝与人的对话关系亦可分为三种类型。

B—1 上帝与恋爱中人对话 人类的始祖亚当和夏娃当然也曾经是一对恋人，上帝对他们曾经有过多次对话，俱见于《创世记》中。《雅歌》描写一对恋人，即书拉密女和她的良人。然而全书中却不见上帝出面与她们作对话，这是怎么一回事呢？笔者认为其实也有上帝的对话在里边，这就是书中反复出现了三次的那两行诗："不要惊动、不要叫醒我所亲爱的，等他自己情愿。"（歌2：7；歌3：5；歌8：4）这可以看作全诗中"反复出现的意象"（recurrent images），其使用往往暗示诗歌的主题。有趣的是中译本的原注："不要叫醒……情愿，或译不要激动爱情，等它自发。"要说谈恋爱真有什么方法的话，那么，这两句诗所指示的恐怕就是最好的促成恋爱成功的方法了。这是对恋爱双方的忠告，甚至也是对夫妻双方的忠告，不要将自己的意志强加于人，而要让对方自己情愿。这不仅仅是达成爱的诀窍，而且是珍重对方，珍重自己，高扬自己作为人的主体意识，而且也有助于爱的行为实践。

B—2 上帝与夫妻双方的对话 这种对话关系最充分地表现在上帝和亚当、夏娃的交谈中。按照基督教的理解，上帝与人的交通采取某种奇特的方法，这是伊甸园先有的假定。上帝寻找人类，不是因为他失去了对人类的认识，而是因为人类失去了与上帝的交通。对此，《创世记》中有着生动地描述："天起了凉风，耶和华上帝在园中行走。那人和他妻子听见上帝的声音，就藏在园里的树木中，躲避耶和华上帝的面。耶和华上帝呼唤那人，对他说：'你在哪里？'他说：'我在园中听见你的声音，我就害怕；因为我赤身露体，我就藏了。'耶和华说：'谁告诉你赤身露体呢？莫非你吃了我吩咐你不可吃的那树上的果子吗？'那人说：'你所赐给我、与我同居的女人，他把那树上的果子给我，我就吃了。'耶和华上帝对女人说：'你做的是什么事呢？'女人说：'那蛇引诱我，我就吃了。'"（创3：8—13）

B—3 上帝和父母子女的对话 这种对话在圣经里面也很多。基督教是讲究所谓"耶稣家庭"的，也就是说家庭里所有的成员都应当在上帝的精神指导下生活。这样一来，上帝与父母子女对话也就是很自然的了。请看："耶稣还对众人说话的时候，不料他母亲和他弟兄站在外边，要与他说话。有人告诉他说：'看哪，你母亲和你弟兄站在外边，要和你说话。'他却回答那人说：'谁是我的母亲？谁是我的弟兄？'就伸手指着门徒，说：'看哪，我的母亲，我的弟兄。凡遵行我天父旨意的人，就是我的弟兄姊妹和母亲了。'"（太12：46—50）

C 人—神关系 即人和上帝的关系。这主要表现为人对上帝的寻找与追求。圣经中这样的记载有很多存在于散文体各经卷中，但是以各种诗歌形式表现出来的人—神对话则更加优美动人。这是因为诗歌是主情的文学样式，华兹华斯说："诗歌是强烈感情的自发涌流，它发源于在宁静中积聚起来的情感。"（Poetry is the spontaneous overflow of powerful feelings：it takes its origin from emotion recollected in tranquility.）①对于我们一般的中国人来说，人在没有别的办法可以倾诉自己的心声的时候，人在感情极度强烈的时候，就会"朴则返本"，呼天叫地。对于信仰基督教的希伯来人来说，情况也与此相类似。他们会直接呼请上帝的帮助。上帝的概念在许多时候，与中国人心中的天的概念是类似的，这便是天主教（Catholic Church）传来中国的时候，把 God 翻译作"天主"的理由。人—神对话亦可分为三种类型。

C—1　恋人—上帝对话　恋爱中的人最大的愿望就是希望上帝帮助他们实现与自己心爱的人结合。《北风啊兴起》是基督教圣歌（hymnody）中的一首，它取自《雅歌》中的一节，本来是恋爱中的女子所唱的歌，也代表了恋爱中的男子的心声。上帝的回答呢？歌中没有直接写出，但是谁都知道，这一对新人最终还是结成了眷属。也就是说，上帝还是回答了他们了。歌词唱道："北风啊，兴起！／南风啊，吹来！／吹在我的园内，／使其中的香气发出来。／愿我的良人进入自己园里，／吃他佳美的果子。"②这首歌的歌词即《雅歌》4：16。

C—2　妻—上帝对话　按照基督教的认识，恋人结为夫妻，建立家庭后，上帝的恩眷是必要的。没有属灵的生活基础，生活将成为空虚，无目的，无作用，徒劳无功。在古代，人们以大家庭为美满。上帝对大家庭的祝福，使大家庭充满生气，温馨，其乐融融。这在中外都是一致的。《诗经·国风》的《周南·螽斯》说："螽斯

---

①　*The Norton Anthology of English Literature*，ed. M. H. Abrams，fifth edition，volume 2，New York：W. W. Norton & Company，1986，p.168.

②　《赞美短歌（新编）》，北京：中国基督教协会出版，1996年，第69页。

羽，诜诜兮，宜尔子孙，振振兮。螽斯羽，薨薨兮，宜尔子孙，绳绳兮。螽斯羽，揖揖兮，宜尔子孙，蛰蛰兮。"①《圣咏集·信赖天主照顾·登圣殿歌·撒罗满作》描写了这种夫妻与上帝的关系，歌中写道："若不是上主兴工建屋，／建筑的人是徒然劳碌；／若不是上主在护守城堡，／守城的人白白儆醒护守。／你们及早起床尽属徒然，／每夜坐至深更图谋打算，／为了求食经过多少辛酸；／天主所爱者却好生安眠。／的确子女全是上主的赐予，／胎儿也全是他的报酬。／年轻少壮所生的子嗣，／犹如勇士手中的箭矢。／装满自己箭囊的人，真有福气，／城门前与敌人争辩，不会羞愧。"（咏127）

C—2　家人—上帝对话　家人指父母子女以及大家庭中的一切成员，古代希伯来人的家庭亦有数代同堂者。按照基督教的理解，是共同的信仰把家庭成员们联系在一起的。在基督教徒的家庭中，一般由父亲或年长者带领，学习圣经，遵守各种礼仪，共同侍奉上帝。因此，家人与上帝之间的交流是经常的必不可少的。最常见的交流形式就是祈祷，将自己的心声向上帝吐露陈述。《圣咏集·家庭之乐·登圣殿歌》写道："不拘你是谁，只要你敬畏上主，／在他的路上行走，就算有福！／你能吃你双手赚来的食物，／你便实在幸运，也万事有福！／你的妻子住在你的内室，／像一株葡萄树结实累累；／你的子女绕着你的桌椅，／像是橄榄树的枝叶茂密。／的确，谁敬畏上主，必受这样的祝福！／惟愿上主由熙雍圣山向你祝福，／使你一生得见耶路撒冷的福禄，／使你目睹你的子女的子女，／见到以色列民的平安富足。"（咏128）

婚姻神学中的对话关系是多层次的。它回环往复，兴味无穷；它无处不在，六合充溢；它无时不在，亘古至今，直到永远。这种对话，既是实话，也是诗歌的华章，音乐的交响，它洋溢着生命，

---

① 程俊英、蒋见元注译《诗经》，长沙：岳麓书社，2000年，第5页。

充满着爱情、亲情、友情、人的感情。这种对话关系虽然互有联系，却又各不相同，它们实际上构成了一种特殊的复调结构。

四、人—神—人的思维模式

婚姻神学构成了一个庞大的复调结构的话语体系（polyphonic system of discourse）。好比音乐，单声部固然清越激昂，但是难以构成共鸣洪响。复调结构则不然，它是多声部的。好比音乐，各个声部独立成立却又共同作用，可以构成最完美的乐章，也就能更完美地贴近生活。我们说婚姻神学中的对话是复调式的对话，理由如下。

第一，对话本身即已蕴含着上帝的参与。对话不同于独白，既然是对话，就有对话的对面一方，如此才对得起来。从语源说，英文中的 Dialogue（对话）一语，来自拉丁文 dialogus，而后者来自希腊文 dialogos。在希腊文中，前缀 dia，意为 through（通过）。而 logos（语词）在圣经文学中有着特殊的意义，这就是"道"。《约翰福音》一开篇即云："泰初有道，道与上帝同在，道就是上帝。这道泰初与上帝同在。万物是藉着他造的；凡被造的，没有一样不是藉着他造的。生命在他里头，这生命就是人的光。光照在黑暗里，黑暗却不接受光。"（约1：1—5）由此可知，通过语词（word）交流而进行的对话，其本质上已经包含了上帝的参与。人—神对话（B类关系）是这样，神—人对话（C类关系）也是这样，人—人对话（A类关系）也还是这样。

第二，微型对话中有上帝的存在。在婚姻神学的文学表达中，有许多语段属于微型对话，比如说，夫妻之间的低语，恋人间的呢喃，以及最重要的一类即个人私下所作的祈祷。基督教是最重视祷告的。有一个通俗的说法：Don't worry about anything, do pray for everything（万事莫愁事事祷）。个人的祷告是一种特殊类型的独白。

据圣经记载，祷告指信徒与上帝交谈，祈求上帝的施恩与福佑（西4：2；来5：7；彼前2：21—23）。在《诗篇》中，祷告诗的比重极大，约占总数150篇的四分之一。就本质说，祷告并非自言自语，并非独白，而是二人对谈，是交通，如："耶和华啊，求你听我的祷告，留心听我的呼求！我流泪，求你不要静默无声！因为我在你面前是客旅，是寄居的，像我列祖一般。求你宽容我，是我在去而不返之先可以力量复原。"（诗39：12）诗篇所以能保持其恒新和耐久的特性，主要的原因是在于它灵感的深邃。其中每一篇祷告，都是作者心声的回响，反映出祷告人和上帝之间和谐的联系。呢喃如诉的祷告实际上是由虔诚敬心所发出的微型对话。

第三，宏伟对话中有上帝的存在。在圣经中还有不少气势恢宏、充塞天地，响彻寰宇的大型对话，它们探索的不是个人的祸福得失，而是民族的兴衰、国家的命运、宇宙人生的根本存在等等具有宏观意义的大课题。比如，《耶利米哀歌》、《传道书》、《启示录》等就属于这一类。其中，可以划入婚姻神学的文学表达这一大范畴之中的有《约伯记》。约伯是一个完全正直、敬畏上帝、远离恶事的人，它有幸福美满的家庭，生有七个儿子和三个女儿，家产有七千只羊，三千头骆驼，五百对牛，五百头母驴，仆婢成群，在东方人中为至大。但是，他惨遭横祸，突然间狂风大作，天昏地暗，于是他失去了全部财富和儿女，还从脚掌到头顶长满了毒疮。他和他的朋友都无法回答好人为什么受苦这一问题。约伯希望和上帝直接对话，弄清事情真相。后来，上帝从旋风中回答了约伯：人类无法把握上帝的意志。后来，约伯回答上帝说："我知道，你万事都能做；你的旨意不能拦阻。谁用无知的言语使你的旨意隐藏呢？我所说的是我所不明白的；这些事态奇妙，是我不知道的。求你听我，我要说话；我问你，求你指示我。我从前风闻有你，现在亲眼看见你。因此我厌恶自己（或译：我的语言），在尘土和炉灰中懊悔。"（伯42：2—6）约伯与上帝的关系在圣经中表现为宏伟对话关系。这种关系亦即人与存在的关系，它在中国哲学中则表现为极其冷静的哲理的思考。天，在殷周时指最高的人格神，主宰人间的一切。老子说："天地不仁，以万物为刍狗；圣人不仁，以百姓为刍狗。天地之间，其犹橐籥乎！虚而不屈，动而愈出。多言数穷，不如守中。"①其宏伟的意味与《约伯记》略同，只是未用对话的方式来表达，而是采用了直陈式的表述。

第四，对话与会话之辩。在谈到 dialogue（对话）的语源时，我们曾指出，其含义是通过语词（Word，拉：Verbum）。我们须注意，dialogue 的前缀是 dia-（通过）而不是 di-（双，二）。因此，本文说婚姻神学的文学表达是使用对话方式的表达时，不能把对话的参与者理解为在两方之间进行。这种对话，实际上是会话（conversation），说对话，不过是遵循西方文学批评上的惯例罢了。在中国文学批评的惯例之中，"对"往往指两两相对，因为对仗、对偶、对句在中国文学之中是极其发达的。在古希腊柏拉图的《文艺对话集》中，虽然一篇之中确实为两两对答，但是参与对话者却有多人。在圣经中，有不少两两对答的对话，但是也有多人参与的大型对话即会话。比如在《约伯记》中，会话的参与者有十一人：撒旦和耶和华，三个报信者、约伯和约伯的妻子，约伯的朋友以利发、比勒达、琐法，以及青年以利户等。而且会话的环境极其广阔，一会儿在天上，一会儿在地上，一会儿在神灵界，一会儿在人世间……不过有一点可以肯定，众多的会话者可以区分为人和神两方；不断变化的会话环境之中，有一处所始终没有改变，这一处所就存在于人的心中。

第五，尽管在婚姻神学的文学表达之中对话者可以简单地区分

---

① 《老子·第五章》。

为人和神两方，从对话的路径看，却体现了一种回环往复的交流，呈现出一种"人→神→人"的对话模式。也就是说，对话实际上是在三方之中进行。在"人→神"的对话路径之中，人与神各为一方，交换着语言，交流着思想，交通着信息。在"神→人"的对话路径之中，神与人交换着语言，交流着思想，交通着信息。表面看来，对话似乎只存在于人和神两方之间，实际上则不然，在两种对话路径之中，神这一方没有什么改变，神就是神，上帝就是上帝，耶和华就是耶和华，他万古长新，滋养着人的生命，启迪着人的心灵，培育着人的爱的感情。然而在人这一方，则确实是起了变化的。在第一条路径之中，人是未蒙上帝教诲的人，是旧人。然而，在第二条路径之中，人已经蒙受了上帝的教诲，已然改变为新人了。旧人与新人，体质人类学的种种特征或许并没有多少变化，然而他的思想、他的心灵，已经起了根本的变化，显然是作为另一方而参与对话了。倘若在人这一方完全没有变化，则对话将无法进行，将无所谓对话。这就是婚姻神学的文学表达中存在的"人→神→人"思维模式的要义。

五、研究的当前意义

我们研究婚姻神学的文学表达有着积极的当前意义。这种当前意义，可以从许多方面去把握，比如说，从伦理理念和伦理实践去把握，显然有助于维系一个良好的社会风气，有助于我国社会主义精神文明的建设。在比如说，具备了婚姻神学的基本理论及其文学表达的基本模式的知识之后，有助于我们以宏伟的意识和宏阔的眼光来观照世界文学，从其古典作品中见其深邃，从其现代作品中见其宏伟，从其当前创作中见其广远。不过，本节主要从文学的角度来研究婚姻神学的文学表达的当前意义，主要体现在以下两个方面。

  第一，它有助于我们加深对西方文学的理解。圣经尤其是其《旧约》部分，是希伯来民族文化早期的产物。希伯来人民敬爱神灵，上帝的观念产生得很早。圣经也是历史的产物，承认并且研究其中包含着的上帝的观念，正是实是求实的态度。圣经中包含的上帝的观念，较诸当时的种种学说来，具有一定的先进性，因为只有发展程度较高的民族才在当时达到了那样的认识高度。比如中华民族也在殷周时产生了叫做"天"的观念。圣经无疑属于东方文化的大范畴。将圣经文学置于东方文学之中来进行研究当然是可以的。但是，由于基督教的广泛传播，它已经变成了西方文学和西方文化乃至整个西方文明的核心了。我们可以毫不夸大地说，不研究圣经，甚至连西方小说也无法读懂，遑论西方诗歌和西方哲学等其他学术门类的著作！文学是描写人的，爱情是文学的最重大的主题之一。应当承认，爱情不等于婚姻。今日不少人的爱与性行为也呈现出与婚姻相分离的倾向。但是，无论文学怎么发展，爱情题材的作品总是离不开婚姻的。再有，圣经学（Biblical Science）在整个西方是一门几乎包罗万象的大学问，它本身也在发展之中。尤其是第二次世界大战以来，圣经学取得了突飞猛进的大发展，大家迭出，著作如林，产生出种种新的学术分支。尽管婚姻神学只是当代神学中的一种，它对于文学创作的影响仍然是强大的。在婚姻神学已经产生并且已经蔚为大观的情况下，如果我们对圣经中的相关文字的研究依然停留在研究处理神话传说的水平上徘徊，那么我们的研究将会落伍，难于与世界学术界接轨。因此，我们很有必要将文学与婚姻神学联系起来进行考察，研究婚姻神学的文学表达。如拒绝做这样的研究，在我们进行外国文学的课堂教学的时候，也难以满足求知欲极强的学生们的要求。先进的教学须跟上时代。这是历史唯物主义对教学研究提出的根本要求，也是我们研究婚姻神学的文学表达的出发点。

第二，研究婚姻神学的文学表达有助于深化我们对文学理论研究，充分认目前相当热门的巴赫金（Mikhail Mikhailovich Bakhtin,1895—1975）的对话理论。"复调小说"的概念在有的外国文学史教材中已经简略地提到。①近年来，随着研究的深入，陆续出版了巴赫金的专著和选集。"复调小说"是巴赫金在其《陀思妥耶夫斯基诗学问题》中系统地提出的观点，他写道："有着众多的各自独立而不相融合的声音和意识，由具有充分价值的不同声音组成真正的复调——这确实是陀斯妥耶夫斯基长篇小说的基本特点。在他的作品里，不是众多性格和命运构成一个统一的客观世界，在作者统一的意识支配下层层展开；这里恰是众多的地位平等的意识连同它们各自的世界，结合在某个统一的时间之中，而相互不发生融合。"②巴赫金抓住了问题的实质，统一场中的多声部，或曰复调，的确是陀思妥耶夫斯基长篇小说的特点，正是这种多声部，使得他的小说具有极其丰富的内涵，不同凡响。然而，我们不禁要问，陀斯托耶夫斯基复调小说的文学史和文化史的基础又在哪里？笔者认为，其文学史基础在于俄国文学中大量描写基督教的作品的存在，其文化史的基础在于俄罗斯丰富而长时期的东正教传统。从历史上看，公元988年基辅罗斯公国弗拉基米尔一世大公皈依基督教，定东正教为国教。之后，基督教在俄国迅速发展。由于受十字军东征之影响，东正教君士坦丁堡牧首的权力受挫。又由于1453年土耳其奥斯曼帝国灭东罗马帝国，俄罗斯东正教地位迅速上升，一时间大有将东正教中心移往莫斯科之势，莫斯科被称为"第三罗马"。因此，整个俄

---

① 参见朱维之、赵澧主编《外国文学史》（欧美部分），北京：中国人民大学出版社，1994年，第324—325页。
② ［苏］巴赫金《陀思妥耶夫斯基诗学问题》，北京：三联书店，1988年，第29页。

罗斯文化浸透着浓烈的基督宗教的气息。从作家个人看，陀思妥耶夫斯基曾是进步学生组织比德拉舍夫斯基小组的成员，1849年4月23日他在参加小组学习时被捕，被判死刑，直到12月22日临刑前才改判为服四年苦役。四年期间，他唯一可读的书只有一本圣经。不用说，他不仅熟悉圣经的内容，也十分熟悉其表现方法。我们知道，圣经的主要表现方法之一就是复调与多声部。在一部分读者看来，陀思妥耶夫斯基的长篇小说读起来确有沉闷之感，不仅中国读者有此感觉，一些西方读者也有这样的感觉。原因何在呢？这是因为他的作品中存在着一种叫做"陀思妥耶夫斯基式布道"（Dostoyevskyan sermon）的成分。说教较多，这并非陀氏一人的创作特点，可以说是整个俄罗斯文学的共同特征，托尔斯泰也是喜欢说教的，但是与陀氏相比只是小巫见大巫了。托尔斯泰执意学习东方，热爱四书五经，喜爱中国文化。当他读到由雅金夫·比丘林翻译的《论语》的俄文译本时，他曾经写信给契诃夫说："我正沉湎于中国的智慧之中，极想告诉您和大家这些书籍给我带来的精神上的教益。"① 托尔斯泰的短篇小说颇具东方笔调，而且也还是清新可爱，容易为一般中国读者阅读的。然而，陀思妥耶夫斯基则不同，他想拼命地学习西方（西欧）。他读莎士比亚和狄更斯孜孜不倦，但他阅读的西方作家和作品均不广泛。由于成长的国土环境不同，又由于个性的差异，他学习西欧并未至其胜境，却得到了意想不到的收获——发展出以之命名的创作手法复调小说来。因此，复调的创作方法没有在托尔斯泰那里产生，而是产生在陀思妥耶夫斯基那里。

第三，圣经学是一个开放的系统，婚姻神学作为它的一个子系统，也应当是开放性的。笔者认为婚姻神学中有一些地方不适合中

---

① 参见马祖毅、任荣珍《汉籍外译史》，湖北教育出版社，1997年，第41页。

国国情，作为一个圣经学研究者，我们有必要根据圣经本身和中国国情重新对婚姻神学的部分内容予以解释，庶几更好地理解婚姻神学的文学表达，进而建设婚姻神学本身。《牧职宪章》写道：夫妻性行为的"伦理性，并不仅仅以个人的诚意及其动机的评价为标准，而应以人性的尊严及其行为的性质为客观的取决标准。在真正的夫妻之爱的交识中，要遵守相互授予及传生人类的整个意义。"①此为天主教会在节育与堕胎问题上的总认识。这个总认识，前半部分没有错，后半部分则具有滞后性。其滞后性表现在四个方面。首先，对它的极端理解导致反对任何堕胎与人工避孕，仍停留在以婚姻为生养子女的手段的狭隘理解之中，不符合圣经关于婚姻问题的论述的丰富内涵。其次，与新教各派相比，梵二会议以后天主教对婚姻问题的认识进步很大，但是仍然显得滞后。主要表现不符合第三世界各国的国情。第一世界和第二世界国家的人口已经相对稳定或略呈下降趋势，天主教对于婚姻的生育功能的理解对这些国家发展生产力是有利的。第三世界各国则人口自然增长率极高，而且经济发展水平较低，生产力不发达。听任生育自发而为不利于这些国家发展生产力。再次，听任生育自发违背了上帝关于事物和谐共处的原则，"所以，我们务要追求和睦的事，与彼此建立德行的事。"（拉：Itaque quae pacis sunt sectemur, et quae aedificationis sunt in invicem.）②从拉丁文原文看，"和睦"与"和平"为同一个词pacis，"德行"为aedification，意为"建设"。第三世界恰恰是战乱频仍，建设较差之处。因此，不顾现实情形而盲目反对节育和堕胎不符合圣灵的旨意。从实践来看，就连天主教也同意采用安全期避孕法，其根

---

① 参阅傅乐安主编《当代天主教》第三章第六节，东方出版社，1996年，此处引文转引自该书第241页。

② Rm.14, 19, *Vulgata*, vierte verbesserte Aufgabe (Stuttgart: Deutsche Bibelgesellschaft, 1994) p.1766.

据是《加拉太书》5：22—24，"圣灵所结的果子，就是仁爱、喜乐、和平、忍耐、恩慈、良善、信实、温柔、节制。这样的事律法没有禁止。凡属耶稣基督的人，是已经把肉体连肉体的邪情私欲同钉在十字架上了。"因此世界各地的教会事实上采用因地制宜的原则来对待堕胎和节育问题。这是我们研究婚姻神学时需要注意的。请听："跟上时代！"（Aggiornamento!）这是梵二会议最根本的口号。梵二会议召开至今已有40多年，世界各地形势已发生了很大的变化。以上提出的尝试性解释，想必不至于伤害天主教界广大信众的宗教感情吧。以建设性的态度来对待婚姻神学，就会发现，婚姻神学的文学表达有着更加广阔的领域。第三世界各国那些描写和反映计划生育的文学作品自然也就可以置于婚姻神学的文学表达这一大范畴之中来加以探讨了。这样做，既有利于文学研究的丰富性，又有利于文学研究的深刻性。本文从思维模式和话语分析的角度探讨了婚姻神学的文学表达，虽然力求尽量深入细致，但也只是这方面努力的一个尝试，相信还会涌现出更好的研究来。

从比较的角度看《商颂·烈祖》中的祭祀[①]

一、祭祀的主题

在《诗经》中具有史诗性质的作品不少,其中《商颂·烈祖》是史诗性质较为突出的一篇。《毛诗正义》卷二十《烈祖》及诸多旧本均将《烈祖》定为一章。《烈祖》22句,除第16句为五言句之外,其余均为四言句,全诗一共89字,录如下:

嗟嗟烈祖,有秩斯祜。申锡无疆,及尔斯所。

既载清酤,赉我思成。亦有和羹,既戒既平。鬷假无言,时靡有争。绥我眉寿,黄耇无疆。

约軝错衡,八鸾鸧鸧。以假以享,我受命溥将。自天降康,丰年穰穰。来假来飨,降福无疆。

顾予烝尝,汤孙之将。[②]

以上系为着研究的方便,根据该诗的叙事脉络,参考诸多现代学人的研究,略作调整之后,而做出的分章。笔者以为,将《烈祖》一

[①] 本文原载《广东社会科学》2013年第3期。
[②] 周振甫译注《诗经译注》,北京:中华书局,2002年,第545页。

诗分作四章较好。这样的分章，似能更好地反映中国人在诗歌创作中所遵循的一般思维模式。

祭祀是《商颂·烈祖》一诗的主题。首章以"嗟嗟"起句，"嗟"是感叹词，"嗟嗟"是感叹词的重叠。《郑笺》："重言嗟嗟，美叹之深。"①一叹再叹，表达了祭祀祖先的强烈愿望。那么，祭祀的对象究竟是谁呢？这就牵涉到祭祀的指向性问题了。从诗篇的题目看，祭祀的对象是"烈祖"，意思是有功烈之祖，亦即建树了丰功伟绩的祖先。陆德明《音义》正是这样理解的，他说："烈祖，有功烈之祖。"② 1871 年，英国汉学家理雅各布（James Legge, 1815—1897）在伦敦出版了《中国经典》第四卷，其中包括《诗经》的全译本。理雅各布的处理办法，遵从陆德明《音义》，将"烈祖"译作 our meritorious ancestor,③即"我们的有功劳的祖先"。请注意，中心词"祖先"，英文使用的是单数。不过，理雅各布没有意译标题，而是使用了"烈祖"的英式拼音 Lëeh tsoo。1891 年，英国汉学家威廉·詹宁斯（William Jennings, 1847—1927）在伦敦出版了他所作的英译本《诗经——中国人古老的诗歌经典》，其处理办法，即遵从陆德明《音义》的解释，将"烈祖"译作 glorious sire of yore,④即"远古光荣的祖先"。请注意，在这里中心词"祖先"，英文使用的仍然是单数。詹宁斯将该诗的标题译作 AT THE SACRIFICES IN HONOR OF KING T'ANG，即《在为汤王的献祭仪式上》，点出了该诗的主题。

---

① 摘藻堂《钦定四库全书荟要·毛诗注疏》，长春：吉林出版集团有限责任公司，2005 年，第 978 页。

② 摘藻堂《钦定四库全书荟要·毛诗注疏》，长春：吉林出版集团有限责任公司，2005 年，第 978 页。

③ 春秋·孔丘编，英·理雅各布译《诗经=The She King：汉英对照》，北京：外语教学与研究出版社，2011 年，第 931 页。

④ Willian Jennings, *THE SHI KING—THE OLD POETRY CLASSIC OF THE CHINESE* (New York: Paragon Book Reprint Corp. 1969)377.

二、祭祀指向性

　　关于《商颂·烈祖》的祭祀指向，牵涉到一个带根本性的问题：祭祀的对象究竟是单数还是复数呢？列祖，烈祖，究竟孰是？何以谓之"列"？列，数字形容词，系复数，指诸多、各个，比如，列徒、列宿、列位、列祖、列宗。何以谓之"烈"？烈，既是名词，指功绩、功业，又是品质形容词，指光明、显赫。功绩卓著，这一主谓词组，经过缩合，便是"功烈"了。由于"列"和"烈"读音完全相同，人们在使用的时候，也有不少通假的地方。比如，"烈士"，也可以写作"列士"；"列女"，也可以写作"烈女"。由于烈士的功绩显赫，人们才有祭祀他们各位（列士）的需要。由于《列女传》中的女性大多性子刚强，坚贞不屈，犹如烈火烈焰，彰显了古人所提倡的美德，人们才有在史书中书写坚贞刚强的女性（烈女）的需要。那么，为什么有人认为《商颂·烈祖》的祭祀指向为单数呢？首先，这是因为人们囿于《诗小序》的说法。《序》云："烈祖，祀中宗也。"[1]其次，这也因为《郑笺》的进一步申说而强化了这一说法。《笺》云："中宗，殷王太戊，汤之玄孙也。有桑穀之异，惧而修德，殷道复兴，顾表显之，号位中宗。"[2]再次，这还因为《毛诗正义》将这一说法固定下来了。《正义》云："烈祖诗者，祀中宗之乐歌也。谓中宗既崩之后，子孙祀之，诗人述中宗之德，陈其祭时之事，而作此歌焉。"[3]以上是"烈祖"被认作

---

[1] 摘藻堂《钦定四库全书荟要·毛诗注疏》，长春：吉林出版集团有限责任公司，2005年，第978页。

[2] 摘藻堂《钦定四库全书荟要·毛诗注疏》，长春：吉林出版集团有限责任公司，2005年，第978页。

[3] 摘藻堂《钦定四库全书荟要·毛诗注疏》，长春：吉林出版集团有限责任公司，2005年，第978页。

单数的来源。

然而，这一说法早就有学者怀疑。《钦定诗经传说汇纂·诗序下》录朱熹《诗序辩说》："详此诗未见其为祀中宗，而末言汤孙，则亦祭成汤之诗耳。《序》但不欲连篇重出，又以中宗商之贤君，不欲遗之耳。"①古人对朱熹的说法不尽认同，而现代学者大都认为，《商颂·烈祖》是商人或宋人祭祀祖先的时候通用的乐歌，诗中的"烈祖"应该读作"列祖"。那么，列祖一共有几代人呢？一共有多少位呢？孔颖达《毛诗正义》，引用史料对此进行了说明："案《殷本纪》云：'汤生太丁，太丁生太甲。崩，子沃丁立。崩，弟太庚立。崩，子小甲立。崩，弟雍己立。崩，弟太戊立。'是太戊为汤之玄孙也。"②此指《史记》卷三《殷本纪》，原文较长，孔颖达仅扼要叙述。这里头绪繁多，我们不妨整理一下，括号内为辈分：汤（父）→ 太丁（子）→ 太甲（孙）→ 沃丁（曾孙）→ 太戊（玄孙）。由此可见，从汤至太戊，一共五辈人。此外，同一辈人中曾经居于君主之位的还有三人。他们是沃丁之弟太庚，小甲之弟雍己，太戊之兄小甲。从孔颖达的引述看，从汤至太戊，一共有八人居君主之位。这仅是大略的说法罢了。其实，太丁未立而卒，他并非君主，而只是祖先。在汤与太甲之间还有两位君主，即外丙和仲任。外丙为汤之子，太丁之弟。汤死后，外丙继位。不过，在殷墟卜辞中，外丙列为旁系先王祭祀。外丙死后，他的弟弟仲任继位。不过，在殷墟卜辞中，仲任未见祭祀。综合以上情况，可知《商颂·烈祖》的祭祀指向确为五辈八人。

我们还看到，在祭祀对象中，是否为国君，不是首要的条件。是否为祖先，这才是考虑的首要条件。《商颂·烈祖》的祭祀指向

---

① 摘藻堂《钦定四库全书荟要·钦定诗经传说汇纂》，长春：吉林出版集团有限责任公司，2005 年，第 872 页。

② 十三经注疏整理委员会整理《十三经注疏·毛诗正义》，北京：北京大学出版社，1999 年，第 1437 页。

是一个饶有趣味的问题，从比较宗教学的角度看，则此问题易于解决。祖先祭祀是神灵祭祀的早期形态。人们缅怀祖先的丰功伟绩，对他们加以祭祀崇拜，这是很自然的事情。随着时间的推移，一种变质为神的过程就发生了。人们的祖先，本来是神，但是在后代的心中，他们的性质发生了位格的变化。在后人的心中，祖先仿佛就是神似的。越是往古的祖先，其神格越是丰满。越是往后的子孙，他们对祖先的神性崇拜便越容易发生。宗教的发展趋势，乃是从多神崇拜往独一神崇拜发展的。世界各大宗教的情形，基本如此。不过，在特殊的情况下，有的宗教还始终保持着多神崇拜的性质，比如，中国土生土长的宗教道教就是如此。笔者认为，道教至今保持着多神教的形态，与中华文明的多元性有着很大的关系。道教的特点就是庞杂而繁多，几乎所有民间信仰的神灵均为道教所吸收。

《商颂·烈祖》中的祭祀对象也是如此，他们也被吸收到道教的庞大神系之中了。《淮南鸿烈集解》卷五《时则训》：

> 仲秋之月，招摇指酉，昏牵牛中，旦觜巂中。其位西方，其日庚辛，其虫毛，其音商，律中南吕，其数九，其味辛，其臭腥，其祀门，祭先肝。凉风至，候雁来，玄鸟归，群鸟翔。天子衣白衣，乘白骆，服白玉，建白旗，食麻与犬，服八风水，爨柘燧火，西宫御女白色，衣白采，撞白钟。其兵戈，其畜犬。朝于总章太庙①

这一记载，涉及许多名物制度，须略作现代的阐释，方可洞见其

---

① 刘文典撰，殷光熹点校，张文勋审定《淮南鸿烈集解》，合肥：安徽大学出版社/昆明：云南大学出版社，1998年，第175页。

妙。仲秋八月,位于北斗星斗柄末端的摇光星指向西位,即正西方;黄昏时分,牵牛星便出现在南天正中央了,而这本是觜嶲星在此月天明时才会出现的位置。它的方位在西方,天干用庚辛,代表动物是兽毛类,代表音是商调而十二律中的夷则与之相配,代表数是九,代表味道是辛,代表气味是腥味,它的祭祀是祭门神而祭祀时须将肝脏放在前面。此时凉风吹来,大雁飞来,燕子回去,群鸟翱翔。天子穿白衣,骑白马,用白玉,树白旗,吃黍子和狗肉,喝八方吹来的露水,用柘木烧火,用燧石取火。西宫的侍女们身穿白色衣服,佩白色饰物,敲击白色的钟。代表兵器是戈,代表家畜是犬。天子在向西的明堂正室中会见群臣。《商颂》中另有一篇诗《玄鸟》,一开始就说:"天命玄鸟,降而生商。"①在《时则训》的这一段记载中,玄鸟具有神格。玄鸟,亦即燕子,起到了链接在世的人们与先世祖先的作用。玄鸟是一个象征,它翻飞回翔在神与人之间。玄鸟的来去,对人群的代表天子来说,就像天象等事物一样,起着行为指示符的作用。在天子的种种行为之中,进行祭祀最为重要,比如,祀门,亦即祭祀门神,就是这些祭祀活动中的一项。据《礼记·祭法》,帝王为天下老百姓建立了七种祭祀,诸侯为自己国内的百姓建立了五种祭祀,大夫设立三种祭祀,适(适、嫡)士亦即上士设立两种祭祀。在这些祭祀中,均有对于门神的祭祀。门是建筑物的出入口,单扇为户,双扇为门。进或出,均须经过门户。祀门,以汇集天下之藏。在农耕社会中,门的重要性尤其突出。汉·刘安撰《淮南鸿烈训》,亦称《淮南子》。这是一部道教的重要典籍。《淮南鸿烈训》这一书名暗示了该书旨在阐明"道"的伟大和光明。《淮南子》以道教思想为主,其中心是道家的自然天道观。《淮南子》经过东汉人许慎和高诱加以注解之后,其本子称为《淮南

---

① 周振甫译著:《诗经译注》,北京:中华书局,2002年,第547页。

鸿烈解》。该书二十八卷，收入道藏太清部。从道教发展史看，《淮南子》倡言自然无为，秉要执本以治国养生，为汉代黄老学派顺天道而治人事之思想宗旨，后世道教亦受其影响。道教典籍《神仙传》还将刘安列为神仙。由此可见，《商颂·烈祖》的祭祀对象已经成为道教的神明了。

道教的许多典籍均有关于玄鸟神格的记载。宋·张君房《云笈七签》卷九六为道教赞颂歌的汇编，其中有《郭四朝常乘小船，游戏塘中，叩船而歌四首》，其一如下：

> 清池带灵岫，长林郁青葱。玄鸟翔幽野，悟言出从容。鼓楫乘神波，稽首希晨风。未获解脱期，逍遥丘林中。①

《云笈七签》素有道教小百科之称，它记载了郭四朝的资料。《云笈七签》卷一一一《郭四朝》："郭四朝者，燕人也。秦时得道，来句曲山南，所住处作塘，遏涧水令深，基塽垣墙，今犹有可识处。"②在张君房看来，郭四朝确有其人。郭四朝是一位高道，他喜欢燕子，因为燕子能够交通神人，帮助他通达大道的妙境。

三、祭祀的场所

首章末句"及尔斯所"，其字面意思是：直到遍及你的这个处所。那么，我们不禁要问：这究竟是哪个处所呢？朱熹《诗集传》在解说《烈祖》首章时写道："赋也。烈祖，汤也。秩，常；申，重也。尔，主祭之君，盖自歌者指之也。斯所，犹言此处也。此亦祀

---

① [宋]张君房编《云笈七签》，北京：书目文献出版社，1992年，第688页。
② [宋]张君房编《云笈七签》，北京：书目文献出版社，1992年，第793页。

成汤之乐,言嗟嗟烈祖,有秩秩无穷之福,可以申锡于无疆,是以及于尔今王之所,而修其祭祀,如下所云也。"①按照朱熹的理解,"尔"指主祭之君,而且这是从歌唱者的角度而言的。依照朱熹的逻辑,则"主祭之君"与"歌唱者"为两方。主,指国君,比如,人主、明主、英主、雄主、盟主、霸主、主公。主祭,并非主持祭祀,而是国君的祭祀。把"主祭"作为一个动词,这仅仅是现代汉语的用法。由此可见,所谓"主祭之君",并非进行祭祀的一方,而是接受祭祀的一方,即"接受主祭之君",亦即那些接受今王祭祀的各位祖先了。至于进行祭祀的一方,则是今王、时王、在位的君王。对于逝去的祖先进行祭祀,为的是获得来自他们的福佑,他们的福佑一定会到达今王亦即目前在位的君王这一方。这样一来,祭祀的目的就达到了。这里所说的,其实只是施事与受事双方,并不是处所和地方。那么,这一场祭祀究竟是在什么地方举行的呢?笔者认为,汤的子孙对于祖先的祭祀乃是在宗庙里进行的。《商颂·烈祖》有人认为是商代的乐歌,有人认为是宋人的作品。宋为周代诸侯国,都商丘(今河南商丘县南)。春秋时,宋为十二诸侯之一。宋人为殷的苗裔,契的后代,因而他们在许多方面都保留了商的特征,这是可以肯定的。现存礼书所记载的内容大致涵盖周代至汉初的情形,其中还杂有儒家的设想。不过,我们可以根据它们来推知商代的情形。宗庙是祭祀祖先的场所。《礼记·王制》:"天子七庙:三昭三穆,与大祖之庙而七。诸侯五庙:二昭二穆,与大祖之庙而五。大夫三庙:一昭一穆,与大祖之庙而三。士一庙。庶人祭于寝。"②庙,貌,读音相近。宗庙起源于人们图写祖先尊容相貌的愿望,所以宗庙里供奉着祖先的画像或牌位。图写形貌,需要较高

---

① [宋]朱熹《诗集传》,南京:凤凰出版社,2007年,第285页。
② 钱玄、钱兴奇等译注《礼记》,长沙:岳麓书社,2001年,第174页。

的绘画技术。书写牌位则仅需写字，技术要求简单得多。不过，牌位所起的作用，依然与图写祖先形貌的画像相同。在这里，所谓七庙、五庙、三庙等，指图写形貌的位数，即供奉的祖先之位数。祖先的这些画像或牌位都供奉在一座叫做宗庙的建筑物里面。太祖之庙，即始祖之庙。始祖为王朝的建立者。商的宗庙，就是将汤供奉在中央之庙。供奉祖先的原则是左昭右穆。始祖以下的祖先，奇数代的放在左边，称为昭；偶数代的放在右边，称为穆。这样一代一代地摆放画像或牌位，井然有序，让进行祭祀的后人肃然而生敬意。不同等级的贵族，祭祀祖先的位数也不相同。庶人没有专门的祭祀祖先的场所，他们在居所的正室里祭祀祖先。

我们还不得不追问：这究竟是一个什么样的处所呢？已有的资料表明，商代的建筑布局以大型的宗庙或宫殿为中心，按照纵向而分列建筑群落，采用夯土建筑地基，墙壁为土坯墙，地面与屋顶之间立有木柱，在建筑物的上方还有各种横梁。在商代，祭祀和尊崇祖先是一个普遍的现象。不仅商王室的祖先得到祭祀和尊崇，而且，商王室以外的其他族姓祖先也得到祭祀和尊崇。盘庚迁殷是商民族发展史上的一件大事，因为迁都往往意味着重大的政策调整。就在迁都的重大时刻，商王盘庚曾经鼓励诸族首领祭祀祖先。《尚书·盘庚上》："古我先王暨乃祖乃父，胥及逸勤，予敢动用非罚？世选尔劳，予不掩尔善，兹予大享于先王，尔祖其从与享之。作福作灾，予亦不敢动用非德。"[1]商王盘庚明确地说：现在我祭祀先王，你们的祖先也一同受祭祀。这是多么鼓舞人心的话呀！这一番话，表明了商王室决心与诸族同甘苦共患难，共同建设新的首都，开创崭新的未来，因而它极大地调动了各族人民的积极性。值得注

---

[1] 摘藻堂《钦定四库全书荟要·钦定书经传说汇纂》，长春：吉林出版集团有限责任公司，2005年，第304页。

意的是，宗庙并不仅仅是进行祭祀活动的场所，它也是商王室进行政治活动的场所。祭祀祖先，这是宗庙的宗教功能。议论政事，这是宗庙的政治功能。除了天子的宗庙之外，各地的贵族都有自己的宗庙。这样一来，全国就有许许多多的宗庙。就功能而言，分布全国各地的宗庙实际上形成了一个宗教活动的网络。翦伯赞指出："据甲骨文记载，商代贵族祀祖，皆以被祀之祖的生日或祭日，如祭祀癸则以'癸日'，祭大乙则以'乙日'，亦有先后数日举行者，则非常例。祖妣既多，则祭日自繁，所以商代奴隶贵族，几乎成天为其祖先举行祭日。"①然而，在整个人口中贵族毕竟是少数，老百姓也有宗教活动的要求。那么，怎么办呢？古人有更伟大的创造，能够实现宗教活动的全民参与。这就是明堂。

明堂的功能，与基督教的教堂颇为类似。基督教进行祭祀的场所是教堂（church）。基督教的教堂是从犹太教的会幕（synagogue）逐渐演变而来的，其直接的前身为犹太教的圣殿（temple）。可与圣殿进行比较的是中国古代的明堂。有趣的是，中国古代的明堂，其建筑、设计和布局与圣殿相仿佛，因而也是极其考究的。《大戴礼记·明堂篇》："明堂者，古有之也。凡九室，一室而有四户八牖，三十六户，七十二牖。以茅盖屋，上圆下方。明堂者，所以明诸侯尊卑。外水曰辟雍。南蛮、东夷、北狄、西戎。明堂月令，赤缀户也，白缀牖也。二九四七五三六一八。堂高三尺，东西九筵，南北七筵，上圆下方。九室十二堂，室四户，户二牖，其宫方三百步，在近郊，近郊三十里。或以为明堂者，文王之庙也。朱草日生一叶，至十五日，生十五叶，十六日一叶落，终而复始也。周时德泽洽和，蒿茂大以为宫柱，名蒿宫也。此天子之路寝也。不齐不居其

---

① 翦伯赞著《先秦史》，北京：北京大学出版社，2001年第2版，第211页。

屋。待朝在南宫，揖朝出其南门。"①这里主要讲明堂的体制，附带也谈到了明堂的功能。就明堂的体制看，明堂的规模甚为宏大，里面有许多的房间，房间各有门和窗户，而且门和窗户都涂有彩色的油漆。外边有一水环绕，碧水如带，在阳光的照射之下，波光粼粼，如同美玉在闪闪发光。据《大戴礼记·明堂篇》，明堂主要用作帝王祭祀、朝见诸侯、宣明政教的场所。在这三者之中，仅有帝王祭祀具有国家宗教活动的性质。其余的用途都属于政治活动的大范畴。于是我们看到，明堂不仅是宗教堂，它也是政事堂。我们通过《商颂·烈祖》一诗，能够大体解古人普遍地举行祖先祭祀的情形。那么，明堂究竟有多少座呢？民间习语有助于我们解开这个谜。由于明堂的结构复杂，在明堂里进行祭祀的礼仪做法繁复，因而当人们对某事某人纳闷不解的时候，至今还说："搞什么明（名）堂？"由此可知，明堂在古代是大家都见过的，否则就不会进入习语了。也就是说，不仅京城有天子进行祭祀的明堂。各地也有明堂。各地的明堂，曾经作为乡校的活动场所，也就是说具有类似于教堂的性质。

从历史的发展来看，宗庙一直保存了下来，明堂却在后来的岁月中逐渐消失了。这一点留下了千古之谜。笔者以为，汉代独尊儒术是造成明堂消失的根本原因。在汉代以前，中国国人的宗教发展与世界各国是大体同步的。自汉代独尊儒术以后，在中国人的精神生活中，伦理性增强了，宗教性却日趋淡薄。在中华大地上，华夏民族作为主体民族，并没有受到来自异民族的宗教压迫，因而是否进行定期的宗教活动就显得并不那么重要了。祖先祭祀，虽然带有宗教性，但是与一般的宗教活动并不完全等同。由于祭祀祖先的日

---

① ［清］王聘珍撰，王文锦点校《大戴礼记解诂》，北京：中华书局，1983年，第149—152页。

期，大多为该祖先的生日或祭日，因而在多数情况下，一年才进行一次祖先祭祀。这与基督宗教等至少每周举行一次礼拜是很不相同的。不过，在华人为非主体民族的国家里，至今也还有类似于教堂的场所，人们也定期去那里读经和礼拜。海外各国，尤其是东南亚各国的情形正是如此。在那里，儒教具有完全的宗教形态。有的国家还把儒教列为法定宗教之一种。基督教所信奉的耶稣基督，并不是信奉基督教的各民族的共同祖先。根据基督教的教义，虽然基督是圣母玛利亚所生的，但是基督乃"受生而非受造"。儒教与基督教有一点很大的不同，那就是儒教的教义与祖先崇拜始终是紧密地结合在一起的。儒教的这一特色，与《商颂·烈祖》有绝大的联系。目前，在世界不少国家中儒教俨然存在，《诗经》依然是受到崇奉的经典之一。

四、祭祀的物品

人们祭祀祖先是为了表达对祖先的追思，获得他们的福佑。往古的祖先，逐渐变质为神。各位祖先神，仅是诸神中的一类。古人明白，在宇宙间还存在着其他的神灵，有的神灵还远远高出祖先的层级之上。比如，在中国古人的心中，就还有天、天帝、上帝等远远高于祖先神的神灵。要想实现祭祀祖先的目的，就得给层级更高的神灵奉献祭品。因此，祭品并非仅仅献给所祭祀的对象，也同时献给了更高层级的神。祭祀和祭献是紧密相关的一组概念，祭祀重在表达心中的诉求，祭献重在体现奉献的诚意。以此之故，在祭祀的时候人们奉献的物品不仅有饮品、食品、日常生活用品，还有珠宝、金银器皿等。在古代巴勒斯坦，曾有人为异教神巴力（Baal）铸造塑像，供献金牛犊，中国佛教徒为佛塑金身、再塑金身等行为，从本质上说也属祭献的范畴。古代印度人实行马祭（Asvamedha），大规模的马祭以一百匹马为牺牲，最多时以三百匹马为牺牲，此远非低等种姓所能为。中国古代大多以猪牛羊等牲畜为牺牲，此远非贫穷者所能为。祭祀时奉献的物品反映了生产力发展的水平以及宗教虔敬的程度。

《商颂·烈祖》所记载的祭品之一为"清酤"。"酤"就是酒，"清酤"就是"清酒"。有的工具书把"清酒"解释为"清洁的酒，祭祀用酒"。这不够准确。清酒是祭祀用酒，这是正确的。从朱熹起直到现在都有不少人把"清酒"解释为"清洁的酒"，这却是望文生义。从酿酒发展史看，人类从陈放的含淀粉类的食物自然发出酒精味而悟出了酿酒的原理。人们起初酿出的酒包含谷物颗粒，它称为醴，犹如现在的米酒。通过过滤，将谷物颗粒去掉，就得到湑。酒的这一制作工艺流程，经历了漫长的岁月，才最终形成。《烈祖》诗所谈到的清酒，固然清洁，却并不仅仅是清洁而已，而是祭祀用酒中经过了最长时间的酒。古有三酒之制，清酒为三酒之一。所谓三酒，指事酒、昔酒和清酒。《汉魏古注十三经》卷五《周礼·天官·酒正》："辨三酒之物：一曰事酒，二曰昔酒，三曰清酒。"[①]此为《周礼》正文，明白指出了三种酒的区别。其后注曰："郑司农云：事酒，有事而饮也；昔酒，无事而饮也；清酒，祭祀之酒。玄谓事酒，酌有事者之酒，其酒则今之醳酒也。昔酒，今之酋久白酒，所谓旧醳者也。清酒，今中山冬酿，接夏而成。"[②]这里具体讲述了区分三种酒的理由。理由有两类，一是功用的不同，清酒是专门的祭祀用酒。二是三种酒品质的不同。造成酒品质不同的根本原因，主要在于储藏的时间。清酒比其他两种酒在储藏时间上要长一

---

① 中华书局编辑部编《汉魏古注十三经》上册，北京：中华书局，1998年，第41页。

② 中华书局编辑部编《汉魏古注十三经》上册，北京：中华书局，1998年，第41页。

些,至少得半年以上,即头一年冬天酿造,第二年夏天使用。总起来说,事酒储藏的时间最短,有事需要用酒,临时酿造便可,但是事酒的味道不够浓厚。昔酒储藏的时间比事酒为长,味道也浓厚一些。清酒储藏的时间最长,其味道也最为浓厚。我们常说,陈年佳酿。陈酒待客,情谊深厚。陈酒献神,心意虔诚。

虽然献祭的物品在事后往往被人享用,但是人们奉献的初衷却并非供人享用,而是供神灵享用。常言道,祭如在。祭献的时候,必须真正地当作神就在你的面前,这样才灵验,否则,不仅不灵验,还会招来祸患。用神学术语来说,进行祭祀的人务必处于虔敬的状态之中。这就涉及宗教学上的洁净观念了。笔者认为,在清酒与洁净的观念之间存在着本质的联系。《商颂·烈祖》诗中的"清酤",理雅各布译作 clean spirits(清洁的酒),这是不准确的。詹宁斯译作 clean and pure spirits(洁净的酒),可谓后出而转精。作为宗教观念的洁净,固然要求清洁,然而清洁并不等于洁净。天天洗澡,讲究卫生的人,未必是一个洁净的人。身陷囹圄的志士仁人,尽管蓬头垢面,满身虮虱,却仍然洁净。洁净是与宗教仪式和法典联系在一起的。在古希腊的祭神仪式中,有倾酒于地以敬神的做法,叫奠酒(libation)。执行这一仪式的神职人员叫做祭酒(libationer)。在五斗米道的教职人员中,也有祭酒一职,他们也执行类似的仪轨。《周礼》、《礼记》和《仪礼》等礼书,各种规矩极其繁复,其目的就是要求人们在这些礼仪做法中,逐步走向洁净。有宗教信仰的人追求的是一种洁净的生活,而洁净的生活要求涤除心中的罪孽。圣洁是洁净的最高形式,它具有双重指向。一是指向内部,即自身洁净。一是指向外部,即忌邪除恶。历代志士仁人之所以不但自身高尚,而且勇敢地与邪恶势力作斗争,义无反顾,视死如归,就是因为他们达到了洁净的境界。那么,我们不仅要追问,酒的洁净内涵是怎样来的呢?这涉及酒与水的关系。酒的主要成分是乙醇和水,而水具有洁净事物的原始力量。道教对水的认识颇具参考价值。水在道教中可派很大的用场。水是道教的供品之一。这是因为水能滋润万物,生血生精。用水作为供品而献给神,这叫做神水供养。道教将七种宝浆献给神,它们是日精、月华、星精、甘露、金液、灵光和玉匮。其中,甘露就是水。由于水的量比其他六种宝浆都多,在古代水可以取之不竭,因而用水来敬神就能表达出无限的虔诚。《老子·七十八章》:"天下莫柔弱于水,而攻坚强者莫之能胜,以其无以易之。"①世间没有比水更柔弱的东西,攻击坚强者中没有什么能胜过水,因为没有什么东西能代替它。以上为一般性的理解。唐·杜光庭《道德真经广圣义》卷四十九:"义曰。水之为用,其体至柔,其性至善。……然而,强柔相制,强者必损,亦由六欲缠性,三业萦身,结构日增坚固难解。以至柔之道、至静之真消而解之,渐除坚执,久久行之,则廓然清静,虚室生白矣。此所谓至柔攻坚莫之能胜也。"②以上为杜光庭的阐释和发挥。有趣的是,经过杜光庭的阐释和发挥,水竟然成了一种药物了,可以用来治疗体内的包块乃至肿瘤。中国民间流行冷水疗法:清晨起来,空腹喝一大茶盅冷开水或矿泉水。由于各人的体质不一样,此法并非万能,但是也的确有人用此法治好了许多痼疾,其中包括肿瘤。

　　《商颂·烈祖》所记载的祭品之二为"和羹"。将肉或菜和水煮,直到烂稠,就得到羹。上古时期的羹,一般是肉羹。至于菜羹,主要是贫穷人家的食物。熬羹是最简单的烹饪方法。对羹的喜爱,古人远胜于今人,因而用羹来做祭品献给神乃是很自然的事情。《汉魏古注十三经》卷四《周礼·天官·亨人》:"祭祀共大

---

① 陈鼓应《老子注译及评介》,北京:中华书局,1984年,第350页。
② 胡道静、陈莲笙、陈耀庭选辑《道藏要籍选刊》(二),上海:上海古籍出版社,1989年,第253页。

羹、铏羹，宾客亦如之。"①遇有祭祀，一共可以用两种羹来献祭，一是大羹，一是铏羹。宴请宾客的时候，也是如此。关于这两种羹，其后注云："大羹，肉湆。郑司农云，大羹不致五味也，铏羹加盐菜矣。"②湆，一作渚，肉汁。大羹，又作太羹，这是不调和五味、不加任何蔬菜的纯肉浓汤，做法最为简单。铏，盛羹的器皿。铏羹的做法复杂，要添加五味以进行调和。古代的五味指的是醯、醢、盐、梅和某一种蔬菜。醯，醋。醢，用鱼肉等制成的酱。梅，梅树的果实梅子，有酸味，古人用作调料。虽然醋和梅都酸，但是味感有别。盐梅在中国古籍中，指食盐和梅子两种物品。盐梅在日本却是一种食品。日本临海多山，盐和梅极易觅得。在日本古代就有用盐腌制梅子的习惯，称作盐梅。用盐梅作调料，则咸与酸两种基本的味道都有了。日本料理，保持了用梅子调味的传统，因而味道独特，美食者自能鉴别之。烹制铏羹所用的蔬菜，大有讲究，主要根据肉的品类进行搭配，可以是葵、葱、韭、藿、苦、薇等菜中的任何一种。葵，冬葵，四川人呼为冬苋菜，口感溜滑，谚云：冬苋菜煮稀饭忒好吃。藿，嫩豆叶。苦，苦菜。薇，野豌豆。以上所列有一些属于野菜，无怪乎尊重传统的日本人把蔬菜写作"野菜"。后面三种，今人已经不大食用了，笔者则统统都吃过。理论上说，任何肉类都可以做羹，但任何肉类都有自身的特殊气味和味道，配以适当的蔬菜，则可以起到冲和的作用。一般的做法是，牛肉羹配以藿，羊肉羹配以苦，猪肉羹配以薇。我们不禁要问：铏羹的做法，干嘛弄得这么复杂呀？的确，铏羹的做法是被弄复杂了的。原来，献祭的物品并非仅供享用，它们也是对献祭者的考验。

---

① 中华书局编辑部编《汉魏古注十三经》上册，北京：中华书局，1998年，第35页。

② 中华书局编辑部编《汉魏古注十三经》上册，北京：中华书局，1998年，第35页。

须知,神明其实是不需要吃任何东西的。在铏羹与奉献者之间有着重要的联系。就献祭而言,所献之物,其做法越复杂越好。这是因为,唯有复杂,唯有麻烦,才能表达奉献者的诚意。

五、祭司的身份

《商颂·烈祖》一诗具有重大的历史文献价值,其可贵之处在于明确地记载了献祭人。此献祭人就是"汤孙"。"汤孙"一语,在《诗经》中一共五次出现。在《商颂·烈祖》中出现一次:"汤孙之将。"意为:(这就是)汤孙的祭献。在《商颂·那》中出现三次:"汤孙奏假。"意为:汤孙奏乐以招请神灵到来。"于赫汤孙。"意为:啊,盛美的汤孙!也出现了"汤孙之将。"在《商颂·殷武》中出现一次:"汤孙之绪。"意为(这就是)汤孙的功业。汤孙,字面意义为"汤的子孙",具体而言指进行献祭的在位君王(the reigning king)。"子孙"一语容易给人以集合名词的联想,因而在国内学者所作的英译本中,有把"汤孙"处理为复数的,这显然是错误。其实,在《诗经》中"汤孙"是具体名词,应为单数。理雅各和詹宁斯都处理为单数:the Tang's descendant, 或 the Tang's scion. 请看对 descendant 的权威解释:a person who is an offspring, however remote, of a certain ancestor, family, group, etc.①某祖先、家族、族群的后裔中的一个人,不计相距多么遥远。请看对 scion 的权威解释:a young member of a rich and famous family.②富裕和著名家族的一个年轻成员。在确定了汤孙的单数性质之后,我们可以进而断定他的具

---

① Michael Agnes, David B. Guralnik, *Webster's New World College Dictionary*, fourth edition (Foster City, USA: IDG Books Worldwide, Inc. 2001) 390.

② Michael Rundell, *Macmillan English Dictionary for Advanced Learners* (London, UK: Bloomsbury Publishing Plc. 2002) 1269.

体身份。

汤孙的身份是什么呢？笔者以为，在献祭的场合汤孙的实际身份是祭司。祭司是专门执掌祭神活动的人员。就世界范围看，祭司制度起源于原始社后的后期，本是原始宗教活动发展到较为完备的阶段之产物。尽管在不同的文化体系中，祭司的名称有所差异，但是其功能却是相同的。祭司在神和人之间起中介作用。神的观念确立之后，人们对神的献祭成为一项重要的宗教活动。神是看不见的，但是祭神的活动却生动地展现在人们的面前，具有很大的参与性，也能给文化生活相对单调的古人带来巨大的娱乐。商代是高度发达的奴隶制社会，祭神的活动极为频繁。在具有体制完备的宗教的民族那里，祭司由神职人员充当。比如，在古代印度，婆罗门教的祭司称为祭官，由婆罗门充当，并配备助手。古代犹太教对祭司一职极为重视，祭司由亚伦的后裔担任。亚伦的后裔专任祭司职务，他们负责管理圣殿中的祭祀事宜，久而久之便形成了一个单独的族裔支派，称作利未人(Levites)。于是祭司一职在利未人中代代相传，世袭不移。由于商代没有体制完备的宗教，因而祭司的职能是由族群中地位最高的贵族代为执行的，具体的劝请、歌唱、击奏乐鼓、奉献牺牲等工作则由其他人等协助进行。于是我们看到，在国君祭祀祖先的场合，祭司由国君充当；在诸侯祭祀祖先的场合，祭司由诸侯充当；在部落祭祀祖先的时候，祭司由部落首领充当。

汤孙在献祭的时候充当祭司的角色，其根据是什么呢？笔者以为，这就是"通神能力"。本来，在氏族社会中就出现了咒术师、巫师一类的人物。他们是担任天人交际的僧侣，属于神职人员。咒术师和巫师的职责是进行卜筮，他们变成了天人相感的工具。翦伯赞说过这样一段话："上帝的命令，由僧侣下达；下帝的要求，由僧侣上闻。于是僧侣便成为当时政治上之主要角色。"① "下帝",这是一个戏谑的说法,指时王,或今王。翦伯赞认为,"上帝"是"下帝"的神格化。就世界宗教的一般情形而论,情况的确如此。但是,在中国商朝时期,情况早已经不是这样了。"上帝"一语在卜辞中就出现了。卜辞中的上帝是一位人格神。巫师虽然属于僧侣,但是在中国的特殊情况下,他们的地位不高,而且其权利逐步被剥夺。纵观中国宗教史,巫师一直在走下坡路,他们逐步丧失了作为社会阶层而存在的价值。到了汉武帝时,因为谣传有人利用巫蛊谋害国君,造成皇族内讧,最终导致多名巫师被杀。此后,巫师一蹶不振,仅在民间活动,而且屡遭打击,仅为零星的存在了。《诗经》中无"巫"字,这说明早在《诗经》的时代,巫师就已经不是一个社会阶层了。所以如此,乃是因为在中国上古时期发生过两次"绝地天通"的运动。

公元前30世纪初至公元前21世纪,这属于中国上古史的五帝时期,在巴勒斯坦则属于《圣经旧约》开始形成的时期。在帝颛顼时,发生了第一次"绝地天通"的运动。《国语集解·楚语下第十八》:"及少皞之衰也,九黎乱德,民神杂糅,不可方物,夫人作享,家为巫史,无有要质。民匮于祀,而不知其福。烝享无度,民神同位。民渎齐盟,无有严威,神狎民则,不蠲其为。嘉生不降,无物以享。祸灾荐臻,莫尽其气。颛顼受之,乃命南正重司天以属神,命火正黎司地以属民,使复旧常,无相侵渎,是谓绝地天通。"② 注曰:"夫人,人人也。享,祀也。巫,主接神。史,次位

---

① 翦伯赞著《先秦史》,北京:北京大学出版社,2001第2版,第210页。
② 徐元诰撰,王树民、沈长云点校《国语集解》,北京:中华书局,2002年,第514页。

序。言人人自为之。"①人居住在地上，神居住在天上。在当时，人民普遍求神祈福，已经到了人人祭祀，家家都有人请神进门，排列诸神位次的地步。换句话说，当时已经到了全民均能自行在大地和上天之间交通的地步了。这就导致了氏族贵族的不满，他们要求垄断神权，因此便发动了第一次"绝地天通"的运动，庶几禁绝老百姓自行交通神人。在帝舜时，又发生了第二次"绝地天通"的运动。《尚书·吕刑》："民兴胥渐，泯泯棼棼，罔中于信，以覆诅盟。虐威庶戮，方告无辜于上。上帝监民，罔有馨香德，刑发闻惟腥。皇帝哀矜庶戮之不辜，报虐以威，遏绝苗民，无世在下。乃命重、黎，绝地天通，罔有降格。"②《尚书·吕刑》所记载的是周穆王告诫诸执法官的话，讲的是往古时的情形，有所追述。那时苗民互相欺诈，纷纷作乱，背弃盟约。受了虐刑的人和被侮辱的人都向上帝申告自己的无罪。上帝考察苗民之后，对他们实行了重罚，并且不准他们留后嗣在下国。这等于是告了皇帝一状，说他没有统治得好。于是，皇帝发布命令，禁止地民和天神相互交通。这次"绝地天通"究竟发生在什么时候呢？有人以为发生在颛顼的时代，因为重和黎都是颛顼时代的官员。重主管天神，黎主管臣民。实际上，这是追述，援引往古的例子来为当时采取的重大举措增添说服力。笔者以为，第二次"绝地天通"发生在帝尧养老于家，帝舜代行天子之职期间。从根本上说，第二次"绝地天通"还是帝舜所采取的重大举措。《钦定书经传说汇纂》卷二一集传引："吕氏曰。治世公道昭明，为善得福，为恶得祸。民晓然知其所由，则不求之渺茫冥昧之间。当三苗昏虐，民之得罪者，莫知其端，无所控诉，相与听于神，祭非其鬼，天地人神之典，杂糅渎乱。此妖诞之所以

---

① 徐元诰撰，王树民、沈长云点校《国语集解》，北京：中华书局，2002 年，第 515 页。

② 周秉钧主译《尚书》，长沙：岳麓书社，2001 年，第 238 页。

兴，人心之所以不正也。在舜当务之急，莫先于正人心，首命重、黎修明祀典，天子然后祭天地，诸侯然后祭山川，高卑上下，各有分限，绝地天之通，严幽明之分，慸蒿妖诞之说，举皆屏息，群后及在下之群臣，皆精白一心，辅助常道，民卒善而得福，恶而得祸，随鳏寡之微，亦无有盖蔽，而不得自申者也。"①吕氏，指吕祖谦。《钦定书经传说汇纂》一书，依据资料的重要性和准确性而在处理方式上有所区别。编者认为可靠度高的资料，纳入"集传"中，并用大字刊刻。其他学说，则纳入"集说"中，并用小字刊刻。吕祖谦的这一段话，属于"集传"性质，它明确地指明了第二次"绝地天通"发生在帝舜当政的时期中。虽然他也提到了重、黎，但是其意思并非确指，而是借代性的指称，指那些执掌与重、黎相当的官员。这一点，细玩上下文，自可知之。

由今王来充当祭司，祭祀的功效性如何呢？《商颂·烈祖》一诗所书写祭祀，具有鲜明的现实性。汤孙，即今王，即祭司，其祭祀效果远比巫、史等僧侣要好得多。《商颂·烈祖》的第二章和第三章，从叙事手法看，属于赋题。赋体的本质就是铺陈，将各种祭祀实景搬上舞台，展示给读者。不少论者认为，《商颂·烈祖》一诗的缺点是不够生动。其实，这既是该诗的缺点，也是其优点。诗人以冷静客观的态度将祭祀场面做了铺陈。用事实说话，这就够了。汤孙作为今王而充任祭司，最大的好处是他可以运用手中的决策权和行政权，直接推行自己的主张。以此之故，汤孙在献祭时的祝祷，无异于一篇国情报告，回顾此前的得失。汤孙在献祭时的祝祷，也无异于一篇施政纲领，向国人宣布了他在将来之所欲为。唐·柳宗元《监祭使壁记》讲过一段耐人寻味的话："圣人之于祭祀，非必神

---

① 摛藻堂《钦定四库全书荟要·钦定书经传说汇纂》，长春：吉林出版集团有限责任公司，2005年，第616页。

之也，盖亦附之教也。事于天地，示有尊也，不肃则无以教敬；事于宗庙，示广孝也，不肃则无以教爱；事于有功烈者，示报德也，不肃则无以劝善。凡肃之道，自法制始。"[①]可以说，在《商颂·烈祖》中隐含有当时国君对民众所发布的一篇文告。由此我们也可以知道，祭祀制度，尤其是对祖先的祭祀，曾经在我国历史上起过多么重要的积极作用。

[①] ［唐］柳宗元著，曹明刚标点：《柳宗元全集》，上海：上海古籍出版社，1997年，第215页。

后　记

王向远教授作为《比较文学与世界文学名家讲堂》丛书的主编，向我约稿。我既感到荣幸，又感到了一种责任。20多年来，我在武汉大学一直从事比较文学与世界文学的教学与研究工作，深知这套大型丛书的推出，必将有助于中国比较文学的学术事业的繁荣。自己的工作与这项事业联系在一起，是尽责任，也是荣幸。

这部论文集正标题为《诗心会通》，副标题聚焦"东西比较诗学"。这个题目是笔者与向远主编进行反复沟通之后才敲定的。论文集的上编为东西方诗学交汇论，下编为诗学与宗教关系论。这样的编排大体符合各篇文章的内容。不过，上下编的划分只是相对的，目的是为了便于翻检，希望这样的划分对学人们有一定的助益。

复旦大学中文系的顾易生教授是我攻读博士学位阶段的导师。顾先生是一位因材施教的良师。他所招收的博士生，即便是同一个年级，每人修习的课程也并不相同。1989年9月我进入复旦园，用三个月的时间制订了学习计划。顾先生为我定了四门课程：古今中外文学史、古今中外文学理论史、中国古代文学史、中国文学批评史。学习计划填了表，存了档，可稽查。当初一心想学习，面对这四个分野，颇有些惶恐。几年的紧张学习，自己觉得似乎也没有多大的进步。不过，我心中常常默想：老师说了嘛，就那样做！25年倏焉而过。回过头来一看，老师毕竟是老师。自己挣扎过来，挣扎过去，多少像样一点的文章，仍大致不出这四个范围。尤其是前面两个范围，它们合起来，就是我的日常工作面。父亲是引导我走上学术研究道路的第一人，顾先生是引导我走上学术研究道路的第二人。记得刚进复旦园的时候，顾先生叫我们每个学生标点古书，学写文言文，并做点诗词。我听话，标点了好几部古书，文言文和诗词曲赋也都做过一些。尤其是诗词，居然一发不可收拾，先后发表了四百余篇首。我后来到了英国，旅英期间发表过几首英文诗，恐怕也与此相关。中文诗歌，英文诗歌，内在原理，毕竟相通。在复旦园练习写的文言文，大都没有保存。今从旧笔记中，终于捡得一篇，叫做《学画记》：

> 思齐与诸弟妹不同，三岁起随父生活，五岁始学，诵读诗书，然而兴趣，悉在绘画上。七岁画一树参天，名曰"乔木"。九岁时，见父亲挂一画临牖，题曰"西湖雪景"。岸上草，堤上树，皆被雪，茫茫然，皑皑然，亭台楼榭，一派静寂。然而静中，亦略有动，戴围巾之人，挂披风之妞，星星点点，散见画中。思齐心向往之，捉笔而摹之。此牖东向，有遮阳板，清晨取之，黄昏复之，此劳则稚儿之事也。白天见画，夜晚近画，西湖雪景，渐置心中。一日饭后，父亲问曰：果欲画乎？思齐对曰：思为画家。父亲笑曰：苟能此，画家矣。从此以后，天天临摹，乐此不疲，经月乃成。然将己画，置诸壁上，对比观之，相差甚远，始知为画家难。然学画之志，始终未泯。后又摹之，摹而益善，几经反复，几可乱真。文革来，大字报，炮声响，打破了，画家梦。人生途程，遂为改观。未及弱冠，母亲去世。思齐梦中，见一乔木，生在家旁，且于梦中，占成一诗："青青冢上草，泪湿胸前衣。猎猎风吹树，乔乔挺拔立。"醒来见父亲，白发参半矣。此情此景，画耶真耶？父

亲曾师承梁漱溟先生，治学和为人皆发于内心，从不望子女学为某行人。父亲察儿女爱好，置器物书籍于居室之中，似甚随意。然其留心也细，其用心也深，其寄虑也长远。以此之故，子女六人，得习书画，得观群籍。三十一年，倏焉已过。童年依稀，画早不作。而今思齐，置身沪上。键户攻书，志成专门。每有数钱，便思买书。然而物价，日渐腾贵。伙食甚贵，书岂易得？节省饭费，花钱买书，久而久之，竟至大病。大病之中，导师叮咛："用钱买饭，用心读书。"用心读书，不亦乐乎？人曰六经皆史，我曰六经皆画。大凡关心之处，一切皆可画也。（1989年11月25日复旦南区）

去年8月18日顾先生在美国华盛顿的Suburban医院去世。当时我只写了一封信，寄给师母和他们的女儿。由于家父去世得早，因而在此前的15年里，我得以经常讨论学问的师长其实只有顾先生一人。录此短文，纪念我的父亲，纪念顾先生。

陶潜《归去来兮辞》云："三径就荒，松菊犹存。携幼入室，有酒盈樽。"中国的比较文学，从昔日的外国文学中走出来，与今日的世界文学相伴而行，共生而互补，相得而益彰。这是一个方兴未艾的伟大事业。趁此机会，将一些业已发表过的文章，搜寻出来，以类相从，编在一起，或许也还有些用途。做这项工作，受到两个条件的制约。一是兹所选不与本人已有论文集中的文章重复。一是所选文章须有电子文档。惜不少存于软盘中的文章，目前已很难读取，只得割爱。不过，整个工作毕竟是令人愉快的。想到这里，思齐心中波澜起伏，于是写了以上这些话，是为后记。

张思齐
2014年4月29日
武汉大学九区寓所

图书在版编目(CIP)数据

诗心会通 / 张思齐著. —北京:中央编译出版社,
2014.9
(比较文学与世界文学名家讲堂 / 王向远主编)
ISBN 978-7-5117-2320-8

Ⅰ.①诗… Ⅱ.①张… Ⅲ.①诗学-研究
Ⅳ.①I052

中国版本图书馆 CIP 数据核字(2014)第 214891 号

诗心会通

出 版 人	刘明清
责任编辑	邓　彤
责任印制	尹　珺
出版发行	中央编译出版社
地　　址	北京西城区车公庄大街乙5号鸿儒大厦B座(100044)
电　　话	(010)52612345(总编室)　(010)52612352(编辑室)
	(010)52612316(发行部)　(010)52612315(网络销售)
	(010)52612346(馆配部)　(010)66509618(读者服务部)
传　　真	(010)66515838
经　　销	全国新华书店
印　　刷	北京时捷印刷有限公司
开　　本	787毫米×1092毫米　1/16
字　　数	313千字
印　　张	23.25
版　　次	2014年9月第1版第1次印刷
定　　价	68.00元

网　　址	www.cctphome.com	邮　箱:cctp@cctphome.com
新浪微博	@中央编译出版社	微　信:中央编译出版社(ID:cctphome)

本社常年法律顾问:北京市吴栾赵阎律师事务所律师　闫军　梁勤
凡有印装质量问题,本社负责调换。电话:010-66509618